本书系国家哲学社会科学基金项目"齐美尔与法兰克福学派文艺理论的关联研究"（编号：10CZW007）"免予鉴定"结项成果。

本著作的出版获得浙江传媒学院"十三五"省一流学科"戏剧影视学"、浙江传媒学院科研处"学术出版社资助"、浙江传媒学院"戏剧影视文学"专业、浙江传媒学院"汉语言文学"专业、浙江传媒学院文学院等平台给予的支持和资助，特此表示感谢。

文化、现代性与审美救赎

——齐美尔与法兰克福学派

杨向荣 著

中国社会科学出版社

图书在版编目（CIP）数据

文化、现代性与审美救赎：齐美尔与法兰克福学派/杨向荣著．—北京：中国社会科学出版社，2017.11
ISBN 978-7-5203-0704-8

Ⅰ.①文… Ⅱ.①杨… Ⅲ.①齐美尔（Simmel,Georg 1858—1918）—文艺理论—理论研究②法兰克福学派—文艺理论—理论研究 Ⅳ.①I01

中国版本图书馆CIP数据核字（2017）第169920号

出 版 人	赵剑英
责任编辑	郭晓鸿
特约编辑	席建海
责任校对	闫 萃
责任印制	戴 宽

出　　版	中国社会科学出版社
社　　址	北京鼓楼西大街甲158号
邮　　编	100720
网　　址	http://www.csspw.cn
发 行 部	010-84083685
门 市 部	010-84029450
经　　销	新华书店及其他书店

印　　刷	北京明恒达印务有限公司
装　　订	廊坊市广阳区广增装订厂
版　　次	2017年11月第1版
印　　次	2017年11月第1次印刷

开　　本	710×1000 1/16
印　　张	25.5
插　　页	2
字　　数	309千字
定　　价	109.00元

凡购买中国社会科学出版社图书，如有质量问题请与本社营销中心联系调换
电话：010-84083683
版权所有　侵权必究

目　录

导　论 …………………………………………………………… 1

第一章　从齐美尔到法兰克福学派 ………………………… 20
　第一节　齐美尔的学术遗产 ………………………………… 20
　第二节　齐美尔与法兰克福学派的事实关联 ……………… 28
　第三节　齐美尔与法兰克福学派的思想关联 ……………… 39

第二章　现代文化的诊断批判 ……………………………… 49
　第一节　文化悲剧诊断 ……………………………………… 49
　第二节　物化文化批判 ……………………………………… 61

第三章　现代性碎片的审美解剖 …………………………… 91
　第一节　现代性碎片的审美体验 …………………………… 92
　第二节　现代性碎片的历史复原 …………………………… 109
　第三节　现代性碎片的哲学挖掘 …………………………… 118
　第四节　现代性碎片的都市拾荒 …………………………… 124

第四章 现代人形象的审美解读 ········ 144
- 第一节 陌生人与都市栖居者 ········ 144
- 第二节 独特虚空的边缘人 ········ 167
- 第三节 批判缺失的单向度人 ········ 180
- 第四节 拱廊街的闲逛者与浪荡子 ········ 185

第五章 现代性都市景观 ········ 202
- 第一节 货币化都市 ········ 203
- 第二节 商品化都市 ········ 230
- 第三节 时尚化都市 ········ 244

第六章 现代艺术的审美之维 ········ 262
- 第一节 艺术距离的审美之维 ········ 263
- 第二节 新感性形式的审美之维 ········ 288
- 第三节 艺术自律的审美之维 ········ 297

第七章 现代性审美救赎及其反思 ········ 318
- 第一节 距离与齐美尔的审美救赎策略 ········ 319
- 第二节 法兰克福学派的审美救赎策略 ········ 345
- 第三节 审美救赎的乌托邦幻象及其反思 ········ 363

结　语 ········ 377

参考文献 ········ 381

后　记 ········ 400

导　　论

学界普遍认为，法兰克福学派的文艺美学思想是经典马克思主义文艺美学思想的延续与发展，但在法兰克福学派发展史上，齐美尔[①]的名字不能忽略。齐美尔的影响使法兰克福学派思想家们把马克思的资本主义政治经济学批判延伸到社会学、美学、文化和艺术领域。立足于审美文化社会学视域，齐美尔对现代文化危机、现代性碎片景观、现代人形象、现代都市审美空间、现代艺术的审美之维、现代性的审美救赎等主题的讨论对法兰克福学派的文艺美学思想产生了很大影响，本研究侧重于从多学科交融的层面来探讨齐美尔的文艺理论与法兰克福学派文艺理论的关联，力图构建齐美尔与法兰克福学派在文学理论、美学、艺术理论领域的思想关联。

一

在齐美尔生活的年代，他和韦伯以及迪尔凯姆的社会学研究使社会学成了一门独立的学科。齐美尔文本中的哲学思辨性以及他对康德、叔本华和尼采等哲学家思想的研究又使他享有哲学家的称号。就齐美

[①] 格奥尔治·齐美尔（Georg Simmel，1958—1918）有诸多译法，如齐姆蔑尔、杰姆麦尔、西墨尔、辛迈尔、斯麦耳、西莫儿、西摩、辛麦尔、沉默尔、席墨尔、齐穆尔、席木尔、沈末尔、辛米尔、西默尔、齐梅尔、齐美尔、西梅尔、西美尔、席美尔等。在这些译法中，国内目前一般沿用齐美尔和西美尔两种，本书统一使用"齐美尔"。

尔本人而言，他更希望自己是一个哲学家，他曾表达了想被人称为哲学家而不是文学家或社会学家的心声。正如他自己所言："我不是文学家，在任何意义上我都不是文学家。"① "我在国外仅仅被看成是一名社会学家，这让我感到非常着急。之所以这样说也是因为我是一名哲学家，我将哲学作为自己一生的使命。而社会学只不过是作为副业在搞。"②

由于齐美尔的兴趣涉猎广泛，这让他的思想相当飘逸，也有着鲜明的独特性，这种独特性缘于其著述风格的独树一帜：随笔式的文风和断片式的叙述。齐美尔是他那个时代的哲学小品文大师或社会学小品文大师，他的所有著作，包括早期的作品，都是以小品文的风格写作的。克伦则认为相对主义是齐美尔著述的基本风格。齐美尔的相对主义不同于我们平常所说的相对主义，相对主义是他了解科学世界和我们的生活世界的基本范畴。在齐美尔看来，所有的真理都是相对的，换句话说，真理在某些地方是真理，但换个地方就是谬误。③ 迪尔凯姆在评论齐美尔时认为，由于齐美尔面对日常生活的感情用事，所以他所处理的问题都是含混不清、漫无边际或是笼统概括的。④ 这样的文风使其思想在表述上缺乏系统性和内在连贯性，很难被整理成条理分明的逻辑统一体，因而也很难被人们所接受。马尔图切利认为，在齐美尔的著作中，没有哲学的预言和历史的悲观主义，"他的研究总是跨越学科的界限；他的主题非常分散。尽管他所关注的东西始终是相

---

① ［日］北川东子：《齐美尔：生存形式》，赵玉婷译，河北教育出版社 2002 年版，第 17 页。
② 同上书，第 116 页。
③ M. Kaern, "Georg Simmel's The Bridge and the Door", *Qualitative Sociology*, Vol 17, 1994, p. 401.
④ Durkhein, *The Elementary Forms of the Religious Life*, London: Allen & Unwin, 1957, p. 193.

同的；在他的一生中，思想的转变是明显的，从一种康德主义和实证主义，经过相对主义，最后转变成生命的形而上学，人们几乎能在同一部著作的各个版本中看到这种发展"①。

对齐美尔的解读者或研究者们而言，他们无疑是从各个角度阐释齐美尔，并给齐美尔贴上了不同的印象式标签：社会学家、哲学家、文化社会学家、审美的印象主义者、悲情的形而上学者，等等。可以说，在学界的讨论视域中，不存在本质意义上的齐美尔，只存在从不同话语建构中解读出来的齐美尔。科塞认为，至少存在三个不同的齐美尔形象："都市现象的杰出分析家；结构主义社会学家；都市生活的体验者。"② 甚至有学者认为，"齐美尔可以贴上后现代主义者的标签，他的思想具有后现代性特征"③。虽然每个标签都洞悉或捕捉到了齐美尔思想的某个侧面，但显然都不是齐美尔整体思想的完整画像。伯林曾区分了刺猬型思想家和狐狸型思想家两种类型，认为狐狸型思想家的特征是"离心性"，他们追逐的诸目的之间相互无关联、甚至经常彼此矛盾，他们的思想呈现出零散性、碎片性和漫射性。④ 根据伯林的描述，齐美尔无疑属于狐狸型思想家。从审美的维度来看，学界最先给齐美尔的美学与艺术思想贴上的是"生命形式美学"⑤ 的标签。其后，齐美尔的美学思想被贴上了各种各样的标签：现代性美学、都市审美文化学、社会美学、社会学美学、文化社会学美学，等等。在

---

① ［法］达尼洛·马尔图切利：《现代性社会学：二十世纪的历程》，姜志辉译，译林出版社 2007 年版，第 295 页。
② L. Coser, "The Many Faces of Georg Simmel", *Contemporary Sociology* 22.3, 1993.
③ D. Weinstein and M. Weinstein, "Georg Simmel: Sociological Flâneur Bricoleur", *Theory, Culture&Society* 8.3, 1991.
④ ［英］伯林：《俄国思想家》，彭淮栋译，译林出版社 2001 年版，第 26—27 页。
⑤ 蒋孔阳、朱立元：《西方美学通史》（第五卷），上海文艺出版社 1999 年版，第 140 页。

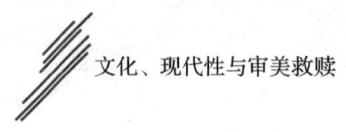

上述众多的美学标签中，弗里斯比所提出的"现代性美学"标签更为学界所接受，也较为精准地把握到了齐美尔美学思想的精髓。可以说，无论社会学、哲学还是美学研究都不能绕开齐美尔的现代性言说立场。

在学术界，齐美尔思想的光芒长期处于被遮蔽状态。一直到20世纪后半叶的一段时间内才出现"齐美尔热"和"齐美尔复兴"现象。在这段时间里，齐美尔大部分著作被译成英文。不过，这段时间的齐美尔是作为一个社会学家被学者们加以研究的，他的美学和艺术思想并没有得到学界的关注。在国内，目前齐美尔的大部分重要著作，如《社会学》《货币哲学》《时尚的哲学》《桥与门》《金钱、性别、现代生活风格》《生命直观》《社会是如何可能的》《历史哲学问题：认识论随笔》《叔本华与尼采：一组演讲》和《哲学的主要问题》均有中译本出版。而被译介到国内的齐美尔研究专著则有日本学者北川东子的《齐美尔：生存形式》和英国学者弗里斯比的《现代性的碎片：齐美尔、克拉考尔和本雅明作品中的现代性理论》，其他的齐美尔相关研究则散见于各类社会学、美学艺术哲学的研究文献中。

在大多数的社会学教材或研究著作中，与韦伯所占据的篇幅相比，齐美尔往往处于一个极不起眼的位置，经常被一笔带过。社会学领域如此，美学领域就更可想而知了。齐美尔的现代性美学思想对后起的法兰克福学派的批判理论产生了很大影响，然而这一贡献却极少被研究者们所重视。哈贝马斯在《交往行为理论》中对齐美尔的作品只引用了两次，在《现代性——未完成的工程》中，对齐美尔更是只字未提。在《现代性的哲学话语》中，哈贝马斯讨论了从黑格尔到福柯的现代性和后现代性理论，齐美尔只被引用两次，而且还是在相当随意的情况下引用的。不过在为齐美尔的《文化哲学》再版时所写的导言中，哈贝马斯用了"作为时代诊断者的齐美尔"这一标题，他肯定了齐美尔关于现代性的研究，并高度称赞齐美尔对后起的法兰克福学派理论的贡献与影响。哈贝马斯在为齐美尔《哲学文化》所写的评论中，虽然认为齐美尔的文化哲学思想过于传统，局限于从洪堡到黑格尔的时代，但他对齐美尔的著作在思想史上的意义进行了肯定。此外，哈贝马斯还高度赞扬齐美尔对其所处时代生活样态的敏感性，认为他的哲学对于美学的创新起到了很大的推动作用。

较早系统关注齐美尔与法兰克福学派美学和艺术思想关联的是英国学者弗里斯比。1982年，第一届"齐美尔国际学术研讨会"召开，弗里斯比的论文《齐美尔的现代性理论》开启了对齐美尔的现代性美学和艺术思想的研究。此外，他在《现代性的碎片》和《社会学的印象主义》等书中以及《现代生活的审美》等论文中毫不掩饰他对齐美尔审美社会学和艺术思想的高度认同与浓厚兴趣。弗里斯比还主编了三卷本的《齐美尔：批判性评论》，收录不同时期的研究文献88篇，其中不少文献论及了齐美尔的美学和艺术思想。弗里斯比认为，齐美尔的现代性研究源于对成熟的货币经济和现代性大都市的考察，而这两个维度的中心则是它们对现代人日常生活体验和内在精神的影响，"大都市是现代性关注的中心，成熟的货币经济（也处于大都市的中心位置）是对整个社会现代性的扩张的反应"[①]。这两个维度也为法兰克福学派的审美现代性研究提供了核心主题。在弗里斯比看来，齐美尔具有同时代人无法企及的捕捉现代性体验的能力，可以被视为"第一个现代性的社会学家"。他将齐美尔视为一个具有美学倾向的社会学家，并从社会学维度来解读齐美尔的社会美学和艺术思想，并强化"现代生活的审美"这一论题。笔者以为，在弗里斯比的这种审美化

---

① D. Frisby, *Simmel and Since: Essays on Georg Simmel's Social Theory*, London: Routledge, 1992, p. 69.

的解读中，齐美尔思想的内涵也因此被架空，被塑造成了一个脱离现实的"审美印象主义者"形象。同时，他高度评价被卢卡奇所批判的齐美尔的审美主义立场，认为齐美尔审美主义立场的核心在于对现实的审美化，在于与现实保持距离来对现实生活展开审美观照。① 齐美尔将自己视为现代生活的"游手好闲者"，他超越自己的身份，以旁观者的身份去观察和审视日常生活。他与日常生活保持着一种审美距离，去捕捉现代性的审美碎片和体验日常生活的现实性之美。基于此，在弗里斯比的文本中，齐美尔被理解为一个现代性的审美浪荡子，一个搜集城市碎片的审美闲逛者，一个现代生活的审美印象主义者形象，这无疑开启了后来法兰克福学派审美日常生活批判的先河。

弗里斯比将齐美尔、克拉考尔和本雅明三人置于有着共同主题的现代性谱系学中加以研究，认为他们三人现代性剖析的共同主题，源于他们现代性概念的创始人波德莱尔所反复强调和刻画的现代性特征：过渡的、短暂易逝的、偶然的现代生活表征。波德莱尔认为，真正的画家将是从当下的现时生活中提炼出史诗性场面的人，他用线条和色彩教会我们理解我们自己这些穿着漆皮鞋、打着领带的人是多么了不起、多么富有诗意。或许真正的先锋会在未来给我们带来极度的愉悦，让我们欢庆真正的"新"东西的出现。② 波德莱尔在《现代生活的画家》中引入了现代性概念，而齐美尔和本雅明都从波德莱尔的思想中汲取了养料。齐美尔、克拉考尔和本雅明都是以日常生活的表面碎片化景观作为现代性研究的入口，而这一点也是他们与现代主义运动所共同关注的主题。"本雅明'拱廊街计划'的关注焦点放在19世纪中

---

① D. Frisby, *Sociological Impressionism: A Reassessment of Georg Simmel's Social Theory*. London: Routledge, 1992, p.78.
② [英]弗里斯比：《现代性的碎片》，卢晖临等译，商务印书馆2003年版，第21页。

叶的巴黎；齐美尔用一种可以称作社会学的方式去体验世纪之交柏林的现代性；克拉考尔关注20世纪20年代和30年代初期柏林的魏玛德国，尤其是'最新德国'。"① 弗里斯比除了在现代性研究的方法论、所共同关注的主题、传记和文本风格方面建立三人的联系外，还立足于现代日常生活的角度将齐美尔、克拉考尔和本雅明联系在一起。弗里斯比认为，"尽管表现方式不一样，他们三人都是自己所在社会的旁观者和陌生人。……正是作为局外人，这三个人才可以以一种批判的态度去体验现代性，也才可能将他们自己的社会视同陌路"②。弗里斯比强调了齐美尔作为现代性理论的奠基者地位，并认为克拉考尔和本雅明都从齐美尔的思想中获益匪浅。他发现，尽管本雅明的早期著作表现出令人迷惑的学理渊源，并且也有着社会学的痕迹，但这并不能将其归功于韦伯，因为在本雅明"拱廊街计划"的注释中，频繁提及的名字却是齐美尔。

除了弗里斯比，格罗瑙的《趣味社会学》对齐美尔的社会学美学思想及其对法兰克福学派的影响进行了考察，并重点讨论了"趣味""时尚"和"游戏"等审美概念，以及这些概念是如何被法兰克福学派的学者们沿用的。格罗瑙将齐美尔的时尚理论视为解决康德审美趣味二律背反问题的社会结构之一。格罗瑙把齐美尔的学说定义为"美学社会学"，认为现代人在日常的社会生活中（如追求时尚，参与时尚追逐的游戏等）就实现了席勒著名的美育计划。在戴维斯对齐美尔美学和艺术思想的解读中，齐美尔的美学被定位为"社会学美学"，而这种"社会学美学"的研究思路无疑也是法兰克福学派资本主义文化社会学批判的基本方法论。在戴维斯看来，"如果马克思社会学的基

---

① ［英］弗里斯比：《现代性的碎片》，卢晖临等译，商务印书馆2003年版，第12页。
② 同上书，第15页。

石是经济学和政治科学,杜克海姆社会学的基石是生物学和统计学,而韦伯社会学的基石是历史学和人类学,那么齐美尔则试图建立一个以美学为基石的社会学"①。在戴维斯的解读中,齐美尔的社会学美学关注社会学与美学在方法与结构方面的相似性。在他看来,社会学与美学都关注空间的视觉形式,艺术和社会产品也都是从社会现实生活中产生的,并且这两个学科都采用一样的研究方法,即从特殊到一般。与戴维斯的观点类似,福恩特则认为齐美尔是一个审美的社会理论家,他大部分关于美学与社会学的建构是通过一种类比的方式实现的。②在这个意义上,齐美尔不仅是一个社会学家和哲学家,同时也是一个美学家,一个现代生活的审美主义者。这也正如斯卡福所认为的那样,齐美尔力图通过艺术和审美来救赎世界,他极力将生活演绎为一种艺术和审美的事件,并主张在美学领域实现其救世情结。在斯卡福看来,"齐美尔关于艺术以及诸如伦勃朗、歌德、罗丹和格奥尔格等艺术家的著述,他自己对于作者介绍的诗歌尝试,以及以根本样式出现在现代主义的新艺术杂志《青年时代》中的小品文形式,都倾向于这一方向。另一方面,他的社会学中,'亲身体验'这一概念中固有的美学特征亦是如此"③。雷克的《齐美尔与先锋社会学:现代性的诞生,1880—1920》将齐美尔定义为一个"先锋社会学家"。④ 雷克认为齐美尔最终建立的是"尼采式社会主义"。因为尼采和社会主义都是资本

---

① M. S. Davis, "Georg Simmel and the Aesthetics of Social Reality", *Social Force* 51.3, 1973, p.328.

② E. Fuente, "The Art of Social Forms and the Social Forms of Art: The Sociology-Aesthetics Nexus in Georg Simmel's thought". *Sociological Theory*. 26:4, 2008, p.346.

③ [美] 瑞泽尔:《布莱克维尔社会理论家指南》,凌琪等译,江苏人民出版社2009年版,第264页。

④ R. M. Leck, *Georg Simmel and Avant - Garde Sociology: The Birth of Modernity*, 1880—1920, New York: Humanity Books, 2000.

主义的对头，是资本主义社会最具革命性与颠覆性的对立面。马费索利认为齐美尔是一个后现代主义的审美社会理论家，对美学的关注使他将目光直接转向了齐美尔以及他的诸多作品。在他看来，"成为审美的"是当代社会生存的流行模式，而审美的社会存在方式也是后现代社会的主要特征。而齐美尔身上无疑展现了这些特征。① 费瑟斯通则认为齐美尔的重要性在于预料到了"日常生活的审美性"，而这是后现代文化的重要组成部分。② 雷格夫则通过对希腊神话中的卡洛斯和宙斯两个神话形象的解读来阐释齐美尔的思想。从前者来看，齐美尔是一个慢节奏的浪漫主义者和生活哲学家；而从后者来看，齐美尔是一个"游手好闲者"，一个新康德主义者，一个社交哲学家，或者说是一个早期的后现代主义者。③ 雷格夫认为，齐美尔的这些形象在克拉考尔、本雅明、阿多诺和哈贝马斯身上都可以找到痕迹。

笔者以为，在某种意义上也可以将齐美尔、卡夫卡、弗洛伊德和德里达等犹太思想家的理论看作后现代文化的根源。因为这些思想家的著作有着现代性理论中所没有的特殊性，同时也被现代性理论所排斥。这种现代性的特殊经验，使一种后现代的未决断感觉性成为可能。也正是因为如此，在近几年的齐美尔研究中，不少学者将齐美尔以前的批评声音，即过于局限于接受美学假设的乌托邦思维模式解读为一种后现代性倾向，认为这种倾向对于我们理解和把握现代文化的品质及其独特性有着特殊的意义。而齐美尔的著作所体现出来的这种美学特征，也日益受到当下不少学者的重视和青睐。

---

① M. Maffesoli, "The Ethics of Aesthetics". *Theory, Culture and Society*, 1991, 81, pp. 7 - 20.

② M. Featherstone, *Consumer Culture and Postmodernism*. London: Sage, 1991.

③ Y. Regev, "Georg Simmel's Philosophy of Culture: Chronos, Zeus, and In Between". *The European Legacy*, Vol. 10, No. 6, 2005, p. 585.

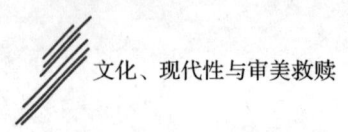
文化、现代性与审美救赎

在国内学界,齐美尔长期只是一个陌生的他者。齐美尔的名字在国内最早出现于 1920 年覃寿公所译的日本社会学家达藤隆吉的《近世社会学》中。1929 年,德国社会学家维泽的《德国社会学简论》评价齐美尔并非"专纯的社会学家",而是"富有新奇思想的灵杰"。① 20 世纪早期,国内的一些社会学著作也零星提到或介绍了齐美尔,如 1921 年易家钺的《社会学史要》、1928 年黄新民的《德国社会学史》、1930 年李剑华的《社会学史纲》、1933 年叶法无的《近代各国社会学思想史》、1934 年吴文藻的《德国的系统社会学派》、1935 年李剑华的《辛迈尔社会学之介绍》等。在这段时间内,刘榘分别发表于 1931 年和 1933 年的《社会学之对象及其范围》和《齐穆尔之社会学学说及其批评》不仅对齐美尔进行了详尽全面的介绍,同时也肯定了齐美尔思想的社会学意义和价值。新中国成立后,由于特定的历史原因,中国社会学学科发展遇到困境,齐美尔研究也因此而中断。

直到 1980 年的《现代外国哲学社会科学文摘》刊载了罗思的《评:西梅尔著〈历史哲学的问题:一篇认识论的论文〉和韦伯的〈对施塔姆勒的批判〉》,重新开启了国内的齐美尔研究历程。1987 年狄塞的《齐美尔的艺术哲学》作为论及齐美尔审美艺术思想的论文首次在中国大陆刊出。1986 年美国学者李普曼所编《当代美学》收录了齐美尔的《面孔的美学意义》,同年,《德国哲学》刊载了齐美尔的《论主体文化》,这两篇论文是中国大陆较早涉及齐美尔美学思想的齐美尔文献。20 世纪 90 年代以来,齐美尔的《桥与门》中译本出版,这是大陆最早翻译出版的齐美尔著作。1992 年费瑟斯通的《格奥尔格·齐美尔专辑评介》收录了齐美尔的 4 篇论文以及卢卡奇和其他学

---

① [德] 维泽:《德国社会学简论》,梅贻宝译,《社会学界》1929 年第 3 期。

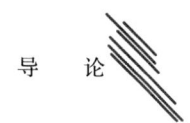

导 论

者的 10 多篇论文。1994 年刘小枫的《人类困境中的审美精神》收录了齐美尔 2 篇论及现代审美文化精神的论文。1999 年皮兹瓦拉的《齐美尔、胡塞尔、舍勒散论》、温斯坦夫妇合著的《作为符号的解构：席美尔/德里达》两篇论文也从现象学和解构学的层面拓展了齐美尔思想研究的主题。

在研究性专著方面，目前国内学界的齐美尔研究专著有 3 部。1999 年成伯清的《齐美尔：现代性的诊断》从现代性社会学的维度对齐美尔的思想展开了较为系统的研究。2006 年陈戎女的《齐美尔与现代性》和 2009 年杨向荣的《现代性和距离：文化社会学视域中的齐美尔美学》分别从货币哲学和社会学美学的角度对齐美尔的思想展开了深入系统的研究。除了这 3 部研究专著外，值得一提的是刘小枫，虽然他没有专论齐美尔的专著，但他的许多著作都深入论及齐美尔的思想，尤其是在《现代性社会理论绪论》中视齐美尔为第一个具有现代性心性的社会学家，他"致力于把握现代性社会中，个体和群体的心性质态以及文化制度的形式结构"①。由于齐美尔讨论美学的大量文献并没有引介到中国来，如《康德》《歌德》《伦勃朗》等，这对学界全面深入理解齐美尔的美学与艺术思想有一定的阻碍。

目前在中国学界，仅有的较为系统的齐美尔研究成果也都是立足于齐美尔的现代性经验来探讨齐美尔与法兰克福学派文艺美学思想之间的关联，聚焦点也定位于其社会学思想，作为美学家的齐美尔极少有人关注，也就更谈不上对其文艺美学思想与法兰克福学派文艺美学思想关联的系统研究了。刘小枫在《现代性社会理论绪论》中对齐美尔的现代性体验美学及其与法兰克福学派美学思想的关联进行了讨论。

---

① 刘小枫：《现代性社会理论绪论》，上海三联书店 1998 年版，第 8 页。

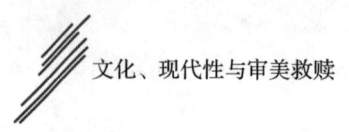

刘小枫的分析中有两个关键概念："脱魅"（以韦伯为分析对象）和"审美性"（以齐美尔为分析对象）。刘小枫认为，世界之脱魅作为现代性的品质，包含着一个引人注目的论点：在现代世界的意义理解中，整体性的意义消失了，意义多元是现代性的品质之一。这种意义多元也就意味着传统宗教性的世界图景已逐渐消失，凡俗的文化与社会开始形成。在刘小枫看来，合理性与审美性都要求掌握此岸世界的管辖权，只不过合理化是俗态的社会层面的表征，审美性则是俗态的个体心性层面的表征。在刘小枫看来，现代审美性的实质包括三项基本诉求：第一，为感性正名；第二，艺术代替宗教并被赋予解救功能；第三，对世界的审美游戏人生态度。[①] 刘小枫强调，齐美尔的体验美学强调对现代性生活社会感觉品质的把握。在这种感觉体验中，个人主义和社会主义的审美话语对感性加以神化和美化，并与社会日常生活的真实感觉形成不协调的矛盾冲突。这种反常而且逆众的个人自我对立和自我孤立的感觉，也形成了齐美尔所说的浪漫主义审美体验，并被法兰克福学派的学者们所迷恋，如克拉考尔和本雅明等。

杨向荣的《现代性和距离：文化社会学视域下的齐美尔美学》基于文化社会学与美学的视域，选取了两个具有代表性的范畴"现代性"和"距离"对齐美尔的美学思想展开了讨论，并由此在齐美尔美学与法兰克福学派美学之间建立联系。作者力求从美学的角度来给齐美尔画像，因此，审美现代性的视域和美学的维度始终是贯串该书的一条主线。而此书的最终目的在于以齐美尔的现代性理论为背景，以距离观念为聚焦点，进而从文化、美学、艺术以及现代生活等层面窥

---

① 刘小枫：《现代性社会理论绪论》，上海三联书店1998年版，第300—307页。

探齐美尔的美学和艺术思想及其对法兰克福学派美学思想的影响。①陈戎女在《齐美尔与现代性》中也专辟一章讨论齐美尔的美学与艺术思想，其中也提到了齐美尔的货币哲学思想对法兰克福学派工具理性和大众文化批判的影响。陈戎女认为，"齐美尔的现代性思想是描述现代'生活—世界'内在经验的转型，内在经验主要指现代生命主体的心理感受和精神体验。在齐美尔看来，由货币经济、金钱文化催生的现代人物化和世俗化的精神品质，使他们的心理感受转向自我本能冲动和感官刺激。这样一种现代性的生存样态，其本质就是感性论和审美主义质态"②。由于陈戎女的关注点在于齐美尔的哲学层面，特别是货币哲学及其文化层面，因而对其美学思想的内涵拓展不是很深。

二

学界普遍认为，法兰克福学派的文艺美学思想是经典马克思主义文艺美学思想的延续与发展，但笔者以为，在法兰克福学派文艺美学发展史上，齐美尔的名字不能忽略。法兰克福学派以德国思想界为中心，在西方思想史上，法兰克福学派的社会批评理论又被称为"批判理论"。单世联认为，批判理论"以焕发马克思主义的激进意识和批判潜能为起点，在整合了精神分析、存在哲学（后期还包括语言哲学、解释学等）等现代思想后，发展为对现代社会，特别是发达工业社会进行跨学科综合性的研究和批判"③。批判理论表现出对封闭的学院派思想体系的厌恶，强调批判路径的开放性、探索性和未完成性。

---

① 杨向荣：《现代性和距离：文化社会学视域中的齐美尔美学》，社会科学文献出版社2009年版。
② 陈戎女：《齐美尔与现代性》，上海书店出版社2006年版，第180页。
③ [美] 杰伊：《法兰克福学派史》序言，单世联译，广东人民出版社1996年版，第2页。

对于法兰克福学派的历史发展进程，不同的学者有着不同的观点。艾兰认为可以按第一代、第二代的称谓去讨论法兰克福批判理论的发展。① 欧力同将法兰克福学派的历史发展分为五个时期：孕育期（1923—1929）、创立期（1930—1939）、发展期（1940—1949）、昌盛期（1950—1969）和衰落期（1970—）②。俞吾金和陈学明认为可以按法兰克福学派的活动空间来讨论其发展时期：西欧时期（20世纪20年代末至30年代末）、美国时期（20世纪30年代末至40年代末）、西德时期（前）（20世纪40年代末至60年代末）、西德时期（后）（20世纪70年代至现在）。③ 周宪提出了法兰克福学派历史发展的三阶段观点。早期的法兰克福学派的理论实践：20世纪30年代到第二次世界大战结束；资本主义福利国家、大众传媒和文化产业问题研究：二战结束到20世纪60年代；交往理论研究：60年代之后，以哈贝马斯为代表。④ 虽然对法兰克福学派的历史发展有分歧，但学界一般认为，法兰克福学派的第一代学者主要以阿多诺、霍克海姆、克拉考尔、本雅明、布洛赫和马尔库塞为代表；第二代学者以哈贝马斯和施密特等后继者们为代表；随后，一大批当代学者沿着他们的足迹继续前进，如韦尔默、施奈特、比格尔、沃林、伯格、内格特、杜必尔、奥菲、索勒尔和布龙浩斯等，可以将他们称为法兰克福学派第三代学者。⑤

法兰克福学派第一代学者们对资本主义的批判主题集中于工具理

---

① H. Alan, *Critical Theory*, New York: Palgrave Macmillan, 2004.
② 欧力同：《法兰克福学派研究》，重庆出版社1990年版。
③ 俞吾金、陈学明：《国外马克思主义哲学流派新编·西方马克思主义》（上），复旦大学出版社2002年版。
④ 周宪：《20世纪西方美学》，南京大学出版社2000年版。
⑤ 在研究思路上，本书主要以法兰克福学派第一代学者为核心，即主要探讨齐美尔与法兰克福学派第一代学者在文艺美学方面的思想关联，兼论齐美尔与第二代、第三代相关学者们的美学与艺术思想关联。

导 论

性及其影响的大众文化上。这一主题首先由韦伯提出并经由齐美尔阐发后延续到了法兰克福学派那里。韦伯认为，工业化社会的产生要求抛弃像宗教统治和神授统治这样的政治权威形式。韦伯所强调的工具理性，"包括手段和目的的分离，往往成为工业文明中压倒一切的要考虑的事。韦伯已被人们形容为是一位'怀旧的自由主义者'，他虽然是一位工业资本主义时代的产儿和理论家，但又留恋工业进步无情发展所威胁的文化的某些质的方面"[①]。而齐美尔对货币经济的扩张所引发的文化危机以及由此而来的文化焦虑与文化批判，事实上也是韦伯工具理性批判的另一种表述。在一定程度上，韦伯也受到了齐美尔的较大影响，他在发表的著作中也承认在思想上受惠于齐美尔，虽然他的解释往往带有批评情绪，并且和当时的许多学者一样，难以将齐美尔的研究分门别类，归入某一明确的学科和传统。列文在所编齐美尔文选的导言中写道："对韦伯而言，《货币哲学》提供了一种既可以深入洞察但又有分寸的社会学分析范式，提供了对近代社会及其文化中的理性化趋势无所不在的影响富有启发性的阐释。"[②] 斯卡夫也认为，韦伯与齐美尔都关注现代社会中文化的命运、都市风格、都市生活、生活伦理和审美转向、"铁笼"中的现代人生存等一系列现代性问题。这些共同的兴趣关注促使韦伯与齐美尔走到了一起，并彼此有着相互的影响。

齐美尔所描述的货币及其引发的手段与目的的分离，同样也是韦伯工具理性批判中的重要方法论原则，这一原则也为法兰克福学派的思想家们如霍克海姆、阿多诺、马尔库塞、哈贝马斯等人所共享与沿

---

① [加]阿格尔：《西方马克思主义概论》，慎之等译，中国人民大学出版社1991年版，第234页。

② D. N. Levine, *Georg Simmel: On Individuality and Social Forms*, Chicago: The University of Chicago Press, 1971, xiv.

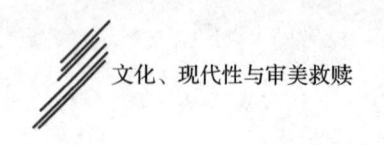

用。偏离马克思对资本主义的政治经济学批判和历史唯物主义立场,转而以符号经济学立场对现代性展开剖析与批判,是法兰克福学派一以贯之的主题。法兰克福学派批判理论所强调的现代性批判主旨在于通过对文化与资本主义意识形态的批判而实现社会解放,这一宏大叙事借助韦伯、齐美尔、卢卡奇、霍克海姆、阿多诺等学者的物化批判理论,以期揭露资本主义文明发展中的异化本质和工具理性对主体意识形态和批判功能的遮蔽。在这个意义上,我们发现,齐美尔对货币文化的批判与马克思、卢卡奇以及后起的法兰克福学派对工具理性的批判是一脉相承的,卢卡奇通过对韦伯理论中的合理化和官僚化社会进程的描述,并以此来对资本主义的经济制度展开批判,从而回到齐美尔的讨论主题,与齐美尔的资本主义货币经济文化批判理论形成了呼应。而齐美尔对货币文化和资本主义理性社会的分析也为法兰克福学派的社会批判理论提供了理论支撑。基于此,法兰克福学派的现代性理论与齐美尔的现代性理论之间的关联可见一斑。[1]

在法兰克福学派那里,马克思政治经济学批判中的文化维度得到了关注,这一文化维度也最先由齐美尔与韦伯所提出并倡导。齐美尔对资本主义货币文化的分析及其商品拜物主义的讨论主题,也被法兰克福学派所关注,虽然关注的重点有所转变。齐美尔通过对货币文化的分析,对现代人的计算品质展开了讨论。刘小枫认为,齐美尔的《货币哲学》等著作"立意要弥补马克思所忽略的资本主义经济活动带来的生活感觉变化,他要把握的是:货币成为现代生活的文化象征和现代生活观的主宰,个体情感与社会结构的关系通过货币来规定之

---

[1] A. Scaff, "Weber, Simmel, and the Sociology of Culture", *Sociological Review* 36.1, 1988, pp. 1–30.

后,个体生活感觉发生了什么变化及其在社会文化形态中如何表达"①。齐美尔对现代人理性人格的分析成了法兰克福学派技术理性批判的重要理论资源。在霍克海姆和阿多诺的《启蒙辩证法》中,工具理性批判成了他们的批判主题和主要工作。霍克海姆和阿多诺通过对神话和理性交织的思考对资本主义文化中的工具理性和技术理性展开了讨论和批判,这与齐美尔对货币影响下的现代生活的计算理性和科学理性的揭露与批判有着潜在的一致性。霍克海姆在1942年6月2日与洛文塔尔的通信中谈到了《启蒙辩证法》中的主题:"生活与艺术中缺乏你所说的对永恒重复的反抗,这表明了现代人坏的顺从,可以这么说,这既是你论文的主题,也是我们书的基本概念。"② 霍克海姆认为,当代人更多是对个体性的消费领域感兴趣,而对生产领域却持一种排斥的态度。在这种乌托邦的建构中,生产领域不是决定性的东西,而艺术与审美也总是展示出与消费领域的明显亲和性,霍克海姆认为这种行为带有明显的乌托邦色彩。在同年的10月14日的信中又写道:"真实的情况是,做的和得到的(拥有)在社会中趋于同一,机械主义对人的统治无论是在闲暇时间还是工作时间都是绝对相同的,我甚至可以说理解消费领域中行为模式的关键就是人在工业中的处境,他在工厂、官方组织、工作场所的日程安排。"③ 显而易见,在《启蒙辩证法》中,马克思显然不是霍克海姆和阿多诺关注的主要对象。霍克海姆和阿多诺希望重启启蒙传统,在启蒙的批判和反思中,韦伯和齐美尔的文化批判主题显然比马克思更迎合他们的分析兴趣。这一批判主题经由卢卡奇的《历史与阶级意识》,韦伯的"合理性"命题以

---

① 刘小枫:《现代性社会理论绪论》,上海三联书店1998年版,第336—337页。
② [美]杰伊:《法兰克福学派史》,单世联译,广东人民出版社1996年版,第245页。
③ 同上书,第245—246页。

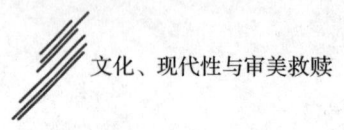
文化、现代性与审美救赎

及物化概念在《启蒙辩证法》对大众文化的批判中得到了进一步的展示。而在马尔库塞那里,对技术理性的政治内涵和控制关系的批判,是其资本主义批判的理论出发点。

法兰克福学派与齐美尔有着审美艺术思考的延续性,他们都希望从不同的角度展开对艺术与审美的分析,并力图挖掘审美艺术对于异化现象的救赎功能。本雅明对机械复制时代的艺术作品展开了独特分析,洛文塔尔对消费偶像以及传记从审美的角度展开了剖析,霍克海姆和阿多诺也曾专门探讨过艺术和审美问题。尤其是马尔库塞、本雅明和阿多诺,曾撰写过艺术和美学方面的论著《审美之维》《机械复制时代的艺术作品》和《美学理论》。他们看到了审美和艺术对现实的超越性功能,希望以审美或艺术作为一种救赎策略,来抵抗日益物化的资本主义文明和社会现实。法兰克福学派学者认为,现代社会由于理性与技术的进步,导致艺术逐渐丧失了其超然的存在品性,沦为受资本主义意识形态操纵的文化工业。面对现代人的困境,法兰克福学派强调,现代人可以自由地在审美艺术作品中实现自己,对意识形态的反抗要素内在地存在于超越现实存在的审美艺术中。基于此,对文化工业的异化批判也就成为法兰克福学派资本主义批判的出发点,这也是霍克海姆与阿多诺《启蒙辩证法》以及其他学者的论著中反复强调的主题。而对文化工业的异化批判,我们在齐美尔的文本中也很容易找到其理论源头。

基于文学理论、社会学、美学、艺术理论等多学科交融的视角,我们可以在现代性的视域下,从文化诊断、现代性碎片、现代人形象、现代艺术审美之维和审美救赎的角度对齐美尔与法兰克福学派的思想关联展开系统、全面和深入的研究。笔者以为,齐美尔所讨论的文化悲剧在法兰克福学派学者的眼中变成了对"文化工业"和"单面人"

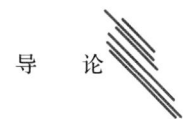

等的批判,而齐美尔提出的对现代性的距离的审美救赎策略则成了法兰克福学派眼中的审美乌托邦拯救之路。就现代文化诊断与批判而言,齐美尔对现代文化的悲剧诊断及其批判的实质是对工具理性化的文化工业的批判,它引发了法兰克福学派的思想家们对资本主义工具理性与文化工业的批判,如本雅明、马尔库塞、洛文塔尔和阿多诺等。就现代性体验而言,印象主义式的体验源于齐美尔对现代性碎片的审美关注,而关注现代性审美碎片这一主题在卢卡奇、克拉考尔、布洛赫、本雅明、哈贝马斯等学者的思想中得到了延续。就现代人形象而言,齐美尔对现代人形象的分析包括对"陌生人"和"都市人"两类形象的剖析。齐美尔的现代人形象在克拉考尔的"边缘人"、马尔库塞的"单面人"、阿多诺的"漫游者"和本雅明"游手好闲者"等形象中得到了延续与深化。就现代性都市体验而言,齐美尔对货币、时尚等现代都市生活风格的剖析与批判对法兰克福学派的都市批判理论有着很大的影响,如马尔库塞、本雅明、阿多诺、韦尔施、海默尔、哈贝马斯、比格尔等人就延续与深化了这一主题。就审美救赎而言,齐美尔强调与现实保持距离来实现现代人与现代生存的审美救赎。以距离为核心的审美乌托邦的救赎策略可谓法兰克福学派文艺美学的理论诉求,如马尔库塞、本雅明、阿多诺、哈贝马斯等人都强调通过艺术与现实保持距离,呼吁艺术的"异在性"实现对异化人性的审美救赎。可以说,对上述问题展开研究,我们可以建构齐美尔与法兰克福学派文艺美学的思想关联。

第一章　从齐美尔到法兰克福学派

哈贝马斯认为,"现代"这个词有其独特的内涵,"'现代'一词在内涵上就有意识地强调古今之间的断裂。'现代'一词在欧洲被反复使用,尽管内容总是有所差别,但都是用来表达一种新的时间意识"[1]。在欧洲思想史上,黑格尔是第一个阐释现代概念的哲学家,随后韦伯将现代性视为理性化过程,即祛魅的世俗化过程。立足于现代性体验和都市生活风格诊断,齐美尔对现代人形象和对异化文化展开剖析,最后提出以距离为核心的审美救赎策略。沿着齐美尔的足迹,法兰克福学派的思想家们把对资本主义的政治经济学批判延伸到社会学、美学、文化和艺术领域。

第一节　齐美尔的学术遗产

齐美尔是德国思想史上的一个巨人,被冠以生命哲学家、社会学家和美学家等称号。齐美尔1881年在德国柏林大学凭借论文《根据康德的物质单子论看物质的本质》获得哲学博士学位,并于1884年获得

---

[1] [德]哈贝马斯:《后民族结构》,曹卫东译,上海人民出版社2002年版,第178页。

教授资格。但由于他的犹太人身份,加之他学术风格的独特性,他迟迟未能被聘为教授。直到1901年,他才被聘为副教授,那时他已出版了6本著作,发表了70多篇文章。1915年,在他的教授资格论文被通过31年后,56岁的他才被位于法德交界处的斯特拉斯堡大学聘为教授。3年后,齐美尔在斯特拉斯堡大学逝世。

齐美尔一生著述颇多,哲学、美学、文学、社会学诸领域无不涉及。在齐美尔的文本中,他常常有意"采用小品文风格,关注于碎片化的东西,在文章中不喜欢赤露自我,以审美化的眼光审视现实,并与现实保持着距离,并注重把艺术品当作自己随笔的范式"①。齐美尔对现代日常生活事物的剖析不时迸发着思想的火花,面对现代日常生活事物的碎片化景观,他总能在漫不经心的言语中直面碎片背后的实在,进而深刻地揭示潜藏在生活碎片背后的深刻社会本质。如在讨论音乐对于社会意义的建构与呈现时,就强调应当立足于社会层面来阐释音乐的地位和功能。② 这正如斯威伍德所言,"齐美尔没有提出任何文化分析的特殊概念——距离、悲剧、碎片化和物化,形成了泛泛的批评的一部分。……文化产品的不同形式之间的联系被如此抽象地论述,以至于丰富多彩的文化形式和制度脱离了具体的社会历史语境而处于自由飘浮的状态"③。可以说,在齐美尔的著作中,文本内容呈现出碎片化的风格,任何一个内容都是孤立的独立存在,并且被嵌入整体性的社会生活和普遍规律之中。这种风格使评论者无法从齐美尔的

---

① D. Frisby, *Sociologyical Impressionism*: *A Reassessment of Georg Simmel's Social Theory*, London: Heinimann Educational Books Ltd, 1981, p. 78.

② K. P. Etzkorn, "Georg Simmel and the Sociology of Music". *Social Forces*, Vol. 43.1, 1964, p. 101.

③ [英] 斯威伍德:《文化理论与现代性问题》,黄世权等译,中国人民大学出版社2013年版,第38页。

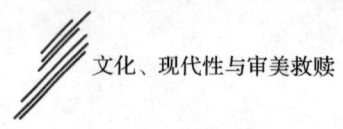 文化、现代性与审美救赎

文本中看出宏大叙事般的社会关怀,也不会让人意识到文化在聚结权力关系的社会斗争中的不可或缺作用。

研究齐美尔的学者往往会遇到很多困难,这缘于齐美尔本人思想肖像的多面性展现。齐美尔在学界有着多重的思想肖像,他既是生命哲学家,一个新康德主义者,同时也是经典的社会学家、文化理论家和美学家,有着大量关于艺术、文化和审美的论著与小品文。博尔德认为,齐美尔的作品涉及社会学,或者更确切地说,涉及哲学、形而上学、美学和文化。① 就齐美尔的著述风格而言,他的写作风格并不遵循严谨的学术规范,行文自由、随意,而且也从来不会刻意去建构一个清晰严谨的逻辑体系,这使得他的作品有着显著的碎片化风格,这种著述风格也往往会使研究者陷入缺乏逻辑的蛛网般的迷雾之中。这种令人眼花缭乱的"准学术"研究工作缺乏系统性,显得很不成熟且很不专业。而且,在当时社会学还没有发展起来的情况下,齐美尔的很多论述都不符合学院中的"学术规则",往往被视为不务正业,或者用他的同行们的话来说,他的"蜻蜓点水"般的研究工作表明了他的浅薄涉猎。虽然如此,但这丝毫不影响齐美尔的同代人以及后来者对他的高度评价。虽然他在生前抑或死后都遭遇着几乎被遗忘的命运,但法兰克福学派的很多学者,如卢卡奇、克拉考尔、布洛赫、阿多诺、本雅明和哈贝马斯等,都从齐美尔的文字中汲取过不少养料,而他也获得了不少人的高度认可:

> 齐美尔的每部著作,都充满了重要的理论观点和细致入微的观察。齐美尔完全堪称是先进的思想家之一,对学界青年和同事

---

① I. Borde, "Space beyond: spatiality and the city in the writings of GeorgSimmel", *The Journal of Architecture*, Vdr., 1997, p.313.

第一章　从齐美尔到法兰克福学派

而言,他则是首屈一指的灵感源泉。①(韦伯)

那个时期,无论时间长短,没有人不对齐美尔思想着魔,齐美尔是整个现代哲学领域最重要也最令人感兴趣的过渡现象。②(卢卡奇)

齐美尔是详细描绘这个世界的碎片化图画的大师。③(克拉考尔)

惟有齐美尔的著作向我们提供了面向具体对象的运动的第一人。④(布洛赫)

齐美尔正是在心理主义的观念论大行其道的时代,将哲学拉回到面向具体对象的运动的第一人。⑤(阿多诺)

齐美尔也许是第一位研究现代性的社会学家。⑥(弗里斯比)

由于对处于萌芽状态中的社会学的贡献,齐美尔的著作——包括美学著作以及那些阐释"货币经济"的文化作用及其影响的

---

① M. Weber, "Georg Simmel as Sociologist". *Georg Simmel: Critical Assessments*, Vol. I, London: Rouotledge, 1994, p.78.
② [日]北川东子:《齐美尔:生存形式》,赵玉婷译,河北教育出版社2002年版,第11页。
③ [英]弗里斯比:《现代性的碎片》,卢晖临等译,商务印书馆2003年版,第76页。
④ [日]北川东子:《齐美尔:生存形式》,赵玉婷译,河北教育出版社2002年版,第43页。
⑤ 同上。
⑥ [英]弗里斯比:《现代性的碎片》,卢晖临等译,商务印书馆2003年版,第6页。

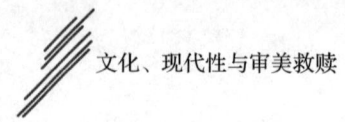文化、现代性与审美救赎

著作——穿越于"文化社会学"的广大视域中,并因此而声名显著。①(海默尔)

只是到了现在,齐美尔才开始被认为是非常(也许是最)有力度和最富洞察力的现代性分析家;他被认为是一位敢于发表言论的作家,是一种异端思想,而这种异端思想在他死后多年才变成社会学智慧中的常识;他被认为是一位思想家,比其他任何人都更加合乎当时的经历。②(鲍曼)

虽然获得了极高的评价,但齐美尔在生前和死后似乎都处于被人们遗忘的角落。齐美尔在写给韦伯夫人玛丽安娜的信中曾说道:"关于我自己几乎没有什么可汇报的事情。只有无法想象的莫名其妙的内心的兴奋与紧张。我就是在这种心情与修道院般被隔绝的堪称荒凉的局外性的存在之间的矛盾中生活着。"③ 在写给胡塞尔的信中也说道:"在这种莫名其妙的命运之中,我感到自己的存在完全是多余的。"④ 齐美尔的一生是寂寞与孤独的一生,虽然获得了不少好评,但客观上来说,在生前抑或是死后,齐美尔并没有获得学界足够的重视。在临死前的一篇日记中,齐美尔留下了自己的学术遗言:

我知道我将在没有学术继承人的情形下死去,但事实也确应如此。我的遗产就如同现金,为许多继承人所分享,每个继承人

---

① B. Highmore, *Everyday Life and Cultural Theory: An Introduction*, London: Rouotledge, 2002, p. 33.
② [英] 鲍曼:《现代性与矛盾性》,邵迎生译,商务印书馆2003年版,第281页。
③ [日] 北川东子:《齐美尔:生存形式》,赵玉婷译,河北教育出版社2002年版,第45页。
④ 同上。

第一章 从齐美尔到法兰克福学派

都按自己天分将所获得的那部分派上用场,但是从他们的使用中,不再能够看出他们所继承的却是我的遗产。①

带着形而上学的悲情主义,齐美尔写下此话时复杂和矛盾的心情可想而知。而事实也确实如此,后人从齐美尔的著述中各取所需,但却很少有人清醒地意识到,这些为他们所用的思想实际上源于齐美尔。正如有学者所言:齐美尔有许多学术继承者,然而并不是他们之中的所有人都聪明到能够认出他们的父亲来。②

哈贝马斯曾撰文探讨齐美尔的文化哲学思想对卢卡奇、本雅明、霍克海姆以及阿多诺等批判理论家的影响。③ 在这篇文章中,哈贝马斯特别指出,齐美尔对青年卢卡奇的论文选题产生过影响,并给予本雅明研究现代性大都市生活的灵感。甚至还有学者认为,齐美尔的思想曾影响了西班牙学者奥尔特加。④ 希勒在1911年所写的并发表于表现主义的先锋杂志《行动》上的一首诗描述了卢卡奇、布洛赫和帕克在内的拥护者们所着迷的齐美尔的形象魅力:"所有的差别皆是幻觉/难道火烈鸟会比鹳更高贵/我深深地陷入座椅,痛苦不已/追忆着伟大的分析家吉克/繁多的物体包围着我/哎,困惑起伏不息/壁炉的烟雾漠不关心地围绕着我/生命的意义何在/这个问题显得愚蠢无比,却长存

---

① D. N. Levine, *Georg Simmel*: *On Individuality and Social Forms*, Chicago: The University of Chicago Press, 1971, xiii.

② G. W. H. Smith, "Snapshot 'Sub Specie Aeternitatis: Simmel, Goffman and Formal Sociology'". *Georg Simmel*: *Critical Assessments*, Vol. Ⅲ, London: Rouotledge, 1994, p. 354.

③ J. Habermas, "Georg Simmel on Philosophy and Culture: Postscript to a Collection of Essays", *Critical Inquiry* 22.3 (Spring 1996): pp. 403 – 414.

④ N. R. Orringer, "Simmel's *Goethe* in the Thought of Ortegay Gasset", *MLN* 92.2. Hispanic Issue, 1977, pp. 296 – 311. 奥尔特加是西班牙19世纪末20世纪初的艺术理论家。奥瑞格在这篇文章中主要从文化的角度分析了齐美尔的《歌德》一文对奥尔特加的影响,认为奥尔特加受齐美尔的影响主要有三个方面:新康德文化主义、形而上学人类学和人类存在本体论。

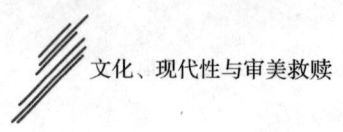

心底/二十年如一日,刺激着我不得安宁/我痛苦地坐着,虚弱无助。苍白无力。"① 而事实也确实如此。

齐美尔去世以后,他的思想遗产被后继者们所瓜分和遗忘,他的学生们,如卢卡奇、布洛赫、舍勒、布伯、本雅明等学者也纷纷偏离了其老师的思想方向,虽然如此,在他的学生的很多著述的字里行间还是能隐约看到齐美尔的思想痕迹。由于齐美尔"随笔式"的文风,在20世纪上半期的德国思想界,"随笔式"思想以一种积聚了诸多思想力量的方式而展开。可以说,齐美尔与他的追随者们形成了一种"随笔式"思想谱系,在这个谱系中,有卢卡奇、布洛赫、本雅明、阿多诺等诸多思想家,而齐美尔恰恰是这些思想家中的第一人。斯卡福发现,齐美尔的影响如此深远,以至于在后来很多思想家的作品中都能发现齐美尔的影子,如卢卡奇《历史和阶级意识》中关于"异化"和"物化"的阐释,克拉考尔和早期法兰克福学派成员所推动的"文化批判主义",以及美国社会学芝加哥学派的"互动论"观点,都深受齐美尔的影响。②

在这里,需要特别指出的是卢卡奇。严格来说,西方马克思主义阵营中的杰出代表卢卡奇并不完全属于法兰克福学派,但在齐美尔与法兰克福学派的思想关联中,卢卡奇又是不可绕过的一个人。卢卡奇的思想对法兰克福学派的影响很深,杰伊写道:"如果没有卢卡奇的著作,西方变异的马克思主义所写的许多著作就不会统一起来。无论作者本人后来对《历史与阶级意识》如何,但对他们而言这是一本开山著作。"③ 卢卡奇思想所呈现出来的批评基调是马克思主义文化分析的

---

① [美]瑞泽尔:《布莱克维尔社会理论家指南》,凌琪等译,江苏人民出版社2009年版,第274—275页。
② 同上书,第275页。
③ [美]杰伊:《法兰克福学派史》,单世联译,广东人民出版社1996年版,第201页。

第一章 从齐美尔到法兰克福学派

关键,同样也是齐美尔文化分析的主题。法兰克福学派学者与其他西方马克思主义学者一样,参加了由齐美尔所提出、卢卡奇所着力发掘的物化批判讨论,他们和卢卡奇都是在一个共同的传统中讨论着相似的问题。虽然在法兰克福学派的发展史上,对齐美尔思想的传播起了阻碍作用的是卢卡奇,但也正是通过卢卡奇这一中介,齐美尔的很多观点影响了阿多诺、霍克海姆、本雅明和马尔库塞等法兰克福学派学者。因此,通过卢卡奇,我们可以合理地建构齐美尔与法兰克福学派文艺美学的思想关联。

齐美尔与卢卡奇都是在新康德主义[①]浸染中成长起来的思想家,他们的思想也充满浓郁的新康德主义元素。不仅齐美尔、本雅明和阿多诺等德国思想家的身上体现着新康德主义印迹,卢卡奇也深受康德思想的熏陶和影响。齐美尔、卢卡奇和法兰克福学派的其他思想家的文化哲学转向可能并非有意倒转马克思主义,但是却与新康德主义思潮的影响密不可分。因此,深受新康德主义影响的齐美尔与卢卡奇纷纷将思想的重心放在了文化哲学之上,这也是建立两人思想关联的重要线索。卢卡奇之所以被齐美尔的魅力所吸引,很大原因就在于齐美尔对现代文化的剖析给予了他很好的灵感。齐美尔关于主体文化与客体文化冲突以及文化现象的种种表征的分析,也确实让青年卢卡奇相当着迷。在卢卡奇的一系列文献中,他描绘和分析文化的诸种方式。他将社会学视为一种形式,这其中也有齐美尔的影子。甚至在卢卡奇后来的文本《历史与阶级意识》中,齐美尔的影响依然存在,他仍然

---

① 新康德主义是19世纪中后期至20世纪初期欧洲最重要的思想潮流。新康德主义以"回到康德去"为口号,试图通过对康德哲学的重新阐释来反对传统形而上学。在19世纪中后期逐渐形成了以柯亨、那托普、卡西尔等为代表的马堡学派和以文德尔班、李凯尔特等为代表的弗莱堡学派。前者同实证主义经验论联系密切,后者则与注重社会伦理研究的实用主义密切相关。

是卢卡奇批判与质疑的主要对象。虽然卢卡奇在 1981 年齐美尔逝世时所写的悼词中高度评价了其思想，并明确承认了齐美尔的著作在西方思想史上的意义。但他在悼词中也同时指出，随着历史的发展，齐美尔的学术成就已不如他，齐美尔对他的学术影响只是扮演一个"非凡的倡议者"的角色。而且，在卢卡奇的眼中，齐美尔的学术遗产飘忽不定，他只是现代哲学思想中的一个重要且有趣的"过渡现象"。

第二节 齐美尔与法兰克福学派的事实关联

在西方思想史上，齐美尔并没有正统的学术继承者，但他对法兰克福学派的学者们，如卢卡奇、克拉考尔、布洛赫、本雅明和阿多诺等，有着不可忽略的影响。这种影响也缘于齐美尔与法兰克福学派的学者们在日常交际中的千丝万缕的联系。

在 19 世纪后半叶的德国文化界，文化沙龙是知识分子喜欢参与的活动。作为学院之外的交流舞台，形形色色的知识分子聚集在其中。齐美尔不仅出入各种文化沙龙，如韦伯夫妇举办的文化沙龙，而且也经常自己举办文化沙龙。韦伯夫人曾高度评价齐美尔在她们沙龙中的表现："有几回是格奥尔格·齐美尔夫妇为整个气氛定了调子。"[①] 齐美尔的学生苏斯曼曾这样描述齐美尔举办的沙龙活动："这个沙龙的唯一目的就是陶冶人。所有的参与者在进行交流时，都不允许谈论他们个人、他们的疑惑与焦虑。不涉及任何人类的义务，谈话上升到了一

---

① [德] 玛丽安娜:《马克斯·韦伯传》，阎克文等译，江苏人民出版社 2002 年版，第 533 页。

种睿智、迷人和机敏的境界。"① 这样的沙龙其诱惑力可想而知，也正因如此，卢卡奇一到柏林，便被齐美尔以及齐美尔周围的世界所吸引。

卢卡奇是齐美尔的得意门生，并与法兰克福学派保持着十分密切的关系。卢卡奇1885年生于匈牙利布达佩斯，1902年进入布达佩斯大学。1905年，卢卡奇来到柏林，聆听了齐美尔的讲课。1906年，卢卡奇加入了齐美尔举办的文化沙龙，1910年后，卢卡奇离开了齐美尔的课堂，但仍然与齐美尔保持着书信往来。1918年，齐美尔去世，齐美尔与卢卡奇的直接交往也到此结束。

在大学期间，卢卡奇对德国文学和艺术哲学情有独钟，一度有着"成为德国文学史家"的梦想。他在德国柏林大学学习期间，听了狄尔泰、齐美尔和韦伯的课，成了齐美尔和韦伯的私人学生。卢卡奇在1914年前后和布洛赫一起，作为齐美尔的学生进入了海德堡的韦伯圈子，他们强烈的乌托邦弥塞亚主义倾向曾给韦伯夫人玛丽安娜留下了非常深刻的印象。按照卢卡奇在20世纪70年代初期的自传中流露出来的信息，他与韦伯夫人的交流应当是在1914年的夏天，因为在同年8月，齐美尔曾对卢卡奇写给韦伯夫人的一封信进行过评论。由此也可见齐美尔在卢卡奇与韦伯之间的思想中介作用。虽然在1910年左右，卢卡奇开始流露出疏离齐美尔的情绪，他在这段时间内的思想重点处于从康德向黑格尔转变的过程中。尽管如此，卢卡奇也并不想否认齐美尔等人对他的影响，他在1918年为齐美尔所写祭文中仍承认齐美尔是位有魔力的思想家。不管后来如何质疑与批判齐美尔，卢卡奇仍然强调他的社会科学的第一课是齐美尔和韦伯教授的，并认为这对他个人的发展很幸运，意义非同寻常。对此，弗里斯比认为，只要人

---

① ［德］玛丽安娜：《马克斯·韦伯传》，阎克文等译，江苏人民出版社2002年版，第40页。

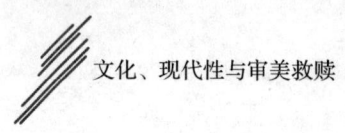
文化、现代性与审美救赎

们在理解卢卡奇思想变化时不特意强调其政治立场的改变,我们就丝毫不会奇怪在卢卡奇的著作中频频发现齐美尔思想的影响痕迹。①

作为齐美尔的得意门生,卢卡奇深受齐美尔影响,而最终又与齐美尔分道扬镳。卢卡奇深受德国思想的熏陶,他着迷于齐美尔的思想魔力,不仅在早期阅读了齐美尔的大量著作,后来更是在柏林聆听齐美尔讲课,参与齐美尔的沙龙,拜在了齐美尔的门下。虽然后来由于思想分歧,卢卡奇疏远了齐美尔,并最终走上了批判齐美尔的道路。卢卡奇在1910年前后由于思想分歧,逐渐与齐美尔分道扬镳,他在《历史与阶级意识》中开始质疑齐美尔,后来在《理性的毁灭》中更是对齐美尔展开了猛烈抨击。北川东子认为,许多被齐美尔吸引,一度为齐美尔思想着迷的人最终"抱着厌恶感而不得不舍他而去"②,可以说卢卡奇正是典型代表。初见基写道:"卢卡奇对齐美尔从前的吸引力后来仿佛表示抑制似的有些冷淡,因此他对齐美尔的评价突出地表现在,1918年写的悼词中,齐美尔被看作是'印象主义'哲学家,而被置之不顾——'印象主义'这种形容词本身在逻辑上绝不只是否定的意味——在《理性的毁灭》中,卢卡奇对齐美尔进行了几近痛斥般的批判。"③ 卢卡奇曾给齐美尔打上了"地道的印象主义哲学家"和"哲学的莫奈"等标签,但即便如此,齐美尔作为卢卡奇早年最重要的思想启蒙者却是事实。谢胜义将影响卢卡奇异化思想的思想家排序为:齐美尔、韦伯、马克思、黑格尔与恩格斯,将齐美尔放在了首位。在他看来,1910年前后的卢卡奇很难跳出齐美尔的理论范围之外而自

---

① G. Simmel, *The Philosophy of Money*. London: Routledge, 2004, pp. 20 – 21.
② [日] 北川东子:《齐美尔:生存形式》,赵玉婷译,河北教育出版社2002年版,第11页。
③ [日] 初见基:《卢卡奇:物象化》,范景武译,河北教育出版社2001年版,第47页。

行发展。①

在卢卡奇与齐美尔交往最密集的时期内,他一度对齐美尔的思想表示出狂热的兴趣。两人相似的家庭出身和犹太身份使他们有着共同的种族文化意识和文化精神。两人都对康德哲学思想颇有研究,新康德主义时代的文化思潮也赋予了他们相似的思想气质和关注主题。卢卡奇与齐美尔有着共同的学术命运,因此,当齐美尔试图在大学获得教授职位的愿望受挫时,这种挫折感也潜在地刺激和影响了卢卡奇。初见基认为,这是因为齐美尔与卢卡奇都有着犹太家庭背景,这种背景使他们在德国有着"异乡人"的精神情结,也正因如此,他们"遭受现存的'学术界'排斥,既然如此,或许可以说他们是在'学术界'失效的状况下产生的思想家"②。笔者以为,在卢卡奇对齐美尔思想的接受中,最直接和主要的中心主题就是齐美尔的文化史理论,特别是他在《货币哲学》中对文化的悲剧论断,即齐美尔将文化史的把握基于主观文化与客观文化的矛盾与冲突中的思想。齐美尔在不少文章中表明了自己的文化悲观论,即"主观文化"作为本来意义的生命流露受到货币经济中的"客观文化"压制,这种矛盾不可避免,也是文化史的必然发展历程。而且,就齐美尔对卢卡奇异化思想的影响来说,卢卡奇几乎是沿着齐美尔异化理论的思想轨迹而前进的,但需要指出的是,异化概念在展开时也有着韦伯的思想印迹。初见基也认为,卢卡奇本人承认"关于那本戏剧的本质的哲学是齐美尔哲学","异化"论在卢卡奇的思想中也根深蒂固,并占据了一定地位。

卢卡奇对齐美尔的生命哲学思想评价颇高,认为在旧的历史宗教

---

① 谢胜义:《卢卡奇》,东大图书股份有限公司2000年版,第47页。
② [日]初见基:《卢卡奇:物象化》,范景武译,河北教育出版社2001年版,第34页。

与形而上学都已崩溃的情况下,齐美尔比狄尔泰更为激进。因为齐美尔并不像施莱马哈尔那样转向内心方面去寻求宗教和形而上学的阐释,而是想给宗教和形而上学争取一个完全独立自主的地位。卢卡奇在自己的简历中曾高度评价齐美尔的讲课给予他的激励和影响。"我对于所谓'精神科学'方法的态度丝毫没有改变,这种态度基本上是来自于青年时代阅读狄尔泰、齐美尔、韦伯著作所留下的种种印象。《小说理论》事实上就是这种精神科学倾向的一个典型产物。"① "我一方面依照齐美尔的榜样使这种'社会学'尽量和那些非常抽象的经济学原理分离开,另一方面则把这种'社会学的'分析仅仅看作是对美学的真正科学研究的初期阶段。"②

对于卢卡奇与齐美尔在思想上的相遇与碰撞,施太格瓦尔德认为卢卡奇早在 1902 年就开始研究齐美尔的著作。③ 弗里斯比在为《货币哲学》所撰写的导言中提及卢卡奇早年师从齐美尔的事实,认为卢卡奇最早接触齐美尔思想应当是在 1904 年。卢卡奇在访谈中则表示自己是在 18 岁之后的几年里开始研究德国哲学,广泛阅读了康德和齐美尔等人的著作。④ 在与齐美尔接触期间,卢卡奇逐渐对马克思主义产生兴趣,并深入阅读了大量马克思和恩格斯的著作,如《路易·波拿巴的雾月十八日》《家庭、私有制和国家的起源》和《资本论》等。卢卡奇第一次接触马克思的著作,还是在 1908 年前后的大学阶段。为了写作关于现代戏剧的专著,卢卡奇专门深入研究了马克思的《资本

---

① [匈] 卢卡奇:《卢卡奇早期文选》序言,张亮等译,南京大学出版社 2004 年版,第 3—4 页。
② 杜章智:《卢卡奇自传》,社会科学文献出版社 1986 年版,第 211 页。
③ 张伯霖:《关于卢卡契哲学、美学思想论文选译》,中国社会科学出版社 1985 年版,第 48 页。
④ [匈] 艾尔希:《卢卡契谈话录》,郑积耀等译,上海译文出版社 1991 年版,第 35—37 页。

论》。虽然这个时期的卢卡奇对马克思和恩格斯的文献有着浓厚兴趣，但他终究是通过齐美尔和韦伯的视角来阅读和把握马克思主义，马克思在卢卡奇眼中也仅仅只是一个社会学家。在谈到自己在1908年前后受到马克思的影响时，卢卡奇说："引起我兴趣的是作为'社会学家'的马克思：我通过在很大程度上由齐美尔和马克斯·韦伯决定的方法论眼镜去观察他。"① 而1973年发现的《海德堡手稿》也证实了卢卡奇的文学社会学研究参考了齐美尔《面容的美学》《货币哲学》等著述的思想。可见，在卢卡奇真正地接触到马克思的著作以前，他已经通过齐美尔接触和汲取了马克思的思想。因此，齐美尔作为卢卡奇"走向马克思主义之路"的重要中介，重新考察两人的关系就显得尤为必要。

克拉考尔也是齐美尔的学生，曾考虑选择齐美尔为导师完成博士论文的写作，后来这个考虑由于某些原因而没能实现。克拉考尔评述齐美尔的论文准确把握到了《货币哲学》的精华。克拉考尔希望通过这篇论文撰写有关齐美尔的评论性专著，但后来由于种种原因而没有成功，只是发表了导论部分。克拉考尔与法兰克福学派的关系非常密切，同时他也是布洛赫和阿多诺的好友。克拉考尔关于现代性的分析受到齐美尔的很多启发，他曾于1919年左右撰写《齐美尔：阐释我们时代精神生活的贡献》，但此书稿后来没有出版，只存有打印稿。在这部书稿中，克拉考尔认为"通往现实世界的大门是齐美尔最先为我们打开的"②。弗里斯比认为，"克拉考尔属于批判的现象学一路，但他对侦探小说、白领阶层的研究以及其他20年代的研究，明显追随齐美尔的路向，力图挖掘个别现象中的精微意义，把握社会现象的意义整

---

① [匈]卢卡奇：《历史与阶级意识》，杜章智译，商务印书馆1992年版，第2页。
② [英]弗里斯比：《现代性的碎片》，卢晖临等译，商务印书馆2003年版，第13页。

体性。这一研究方式必须假定现象间有精微细致的相互关联。克拉考尔显然欣赏齐美尔尝试揭示极为不同的现象之间本质的相互关联"①。在弗里斯比的研究中,齐美尔最早为克拉考尔打开了"通往现实之门"。虽然克拉考尔早期作品中的现代性主题与韦伯相关,而且他的论述中也隐藏着对工具理性与理性化社会现实的批判。但这一主题与批判性的路径同样也可以在齐美尔的《货币哲学》中找到痕迹和源头。而且事实上,克拉考尔也曾经广泛地论述过齐美尔与他的《货币哲学》。

克拉考尔在多篇论文中都提及齐美尔,如《作为科学的社会学》和《电影的本性》等。然而,克拉考尔对齐美尔关于现代性的诸多分析并不赞同,在他看来,齐美尔对现实碎片的体验超越了现代生活的历史语境,使得对流动的、偶然的、稍纵即逝的现代性体验变成了对一种僵化的表面现象之间相互关系的体验。克拉考尔对齐美尔的现代性分析模式很不满意,在他眼中,这种将艺术实体化的做法,显然是一种乌托邦的审美理想,这种乌托邦的审美理想以一种虚幻的现实代替了活生生的社会现实。此外,齐美尔关于现代空间文化的剖析也成为克拉考尔"社会空间地形学"研究的理论源头。

布洛赫作为法兰克福学派的代表,也与齐美尔有着密切的关联。布洛赫1908年到1911年居住在柏林,结识了齐美尔并与其成为好朋友。1914年第一次世界大战爆发,布洛赫作为和平主义者坚决反对战争,而齐美尔则站在民族主义立场上坚持战争的合理性,由此两人因关系破裂而分道扬镳。布洛赫写到在与齐美尔相交期间,他开始学习去注意那些微不足道的现实(并未停留在现实主义上),还以一种不

---

① [英]弗里斯比:《论齐美尔的〈货币哲学〉》,齐美尔《金钱、性别、现代生活风格》,顾仁明译,学林出版社2000年版,第223页。

断增长的强烈责任感密切注视着现实之间的联系。① 这种对日常生活现实表面现象的关注，无疑有着齐美尔审美印象主义的影子。齐美尔在文化哲学和形式社会学等方面对布洛赫的思想有过重要影响也是学界所公认的事实。而且，布洛赫曾评论齐美尔，认为在同代的学者中，"齐美尔的心灵最为细致。然而，他过于茫然，除了真理无所不欲。他喜欢在真理周围堆积种种观点，却既无意又无能获得真理本身。而且，齐美尔的思想精细入微，又不乏内在热情，可惜的是，哲学在这个天生就缺乏坚实的内在信念的人手上变得过于贫乏"②。

在两人相交期间，布洛赫于1911年左右经齐美尔介绍，在海德堡与卢卡奇相识，精神上的相通使卢卡奇与布洛赫维持了十年左右的友谊。在布洛赫看来，他与卢卡奇有着共同的学术愿望。"我们都赞同黑格尔关于建立一个总体系的愿望，当然是一个不断被辩证—矛盾所打断的体系。我更赞同一个能向未来开放的'来世的'体系。卢卡奇在1923年出版的《历史和阶级意识》中也表达了类似的马克思主义思想，而他晚年仍坚持正统立场，这就从客观上使我们的友谊告一段落。"③ 在布洛赫与卢卡奇交往的这十年间，两人都对齐美尔的思想产生了很大兴趣，并撰文对齐美尔的思想展开过评述。而且，在与卢卡奇交往的十年间，布洛赫和卢卡奇同时对资本主义展开了批判，他们都承认资本主义社会造成了现代人的异化和人性的分裂，只不过卢卡奇将人性的救赎寄于艺术的总体性上，而布洛赫则质疑卢卡奇的总体

---

① ［德］布洛赫：《自我介绍》，《德国哲学》编委会《德国哲学论文集》第14辑，张慎译，北京大学出版社1995年版，第237页。
② ［德］齐美尔：《金钱、性别、现代生活风格》，顾仁明译，学林出版社2000年版，第222页。
③ ［德］布洛赫：《自我介绍》，《德国哲学》编委会《德国哲学论文集》第14辑，张慎译，北京大学出版社1995年版，第237页。

性观念,认为这是一种非现实性的总体性,他更希望通过艺术的碎片性来救赎人性碎片化了的社会。这种思考方式显然更接近齐美尔的救赎路径,由此也可以看出齐美尔思想对布洛赫的影响。

本雅明与齐美尔并没有什么直接接触,他更多是通过阅读齐美尔的著作而了解和评述他的,但齐美尔对本雅明有影响也是一个不争的事实。凯吉尔写道:"1912 年到 1915 年间,本雅明辗转于费赖堡大学、柏林大学和慕尼黑大学的哲学课堂。除了哲学课,他还修读了艺术史和文学史课程。和当时许多在柏林求学的人一样,他也受到了社会学家和文化历史学家格奥尔格·齐美尔的影响。"① 作为法兰克福学派的杰出代表,本雅明在 1939 年写给阿多诺的信中提到自己曾研读过齐美尔的《货币哲学》,认为齐美尔将这本书"献给莱茵霍尔德(Reinhold)和勒普秀斯(Sabine Lepsius)显然并非偶然。此书在齐美尔试图靠近盖奥尔格圈子(George circle)时写成,不是没有道理。不过,只要我们能打算不考虑其基本思想,这本书其实很有意思。它对马克思价值论的批判对我震动很大。"② 斯卡夫的研究中曾提及米茨科的《齐美尔与本雅明》一文,在这篇论文中,米茨科构建了齐美尔与本雅明关联的具体细节。米茨科成功地展示了本雅明在社会、经济、文化和艺术等领域对齐美尔思想的延续和继承,并力求把握齐美尔和本雅明在思想方面的本质性持续关联。③ 刘小枫认为,"本雅明的思想和写作风格与齐美尔相当接近——显然受过齐美尔影响,但本雅明的语言大于思想,过于文人化的嘟囔中并没有什么尖锐的思想。即便就语

---

① [英] 凯吉尔:《视读本雅明》,吴勇立等译,安徽文艺出版社 2009 年版,第 16 页。
② [英] 弗里斯比:《论齐美尔的〈货币哲学〉》,齐美尔《金钱、性别、现代生活风格》,顾仁明译,学林出版社 2000 年版,第 223 页。
③ A. Scaff, "Review of 'Walter Benjamin und Georg Simmel'", *Contemporary Sociology: A Journal of Reviews*, 2012, pp. 351–352.

言来说，本雅明显得夸张、繁复、兜圈子，齐美尔则典雅、节制、有质感"①。

本雅明在研究波德莱尔及其笔下的19世纪巴黎时，也曾多次援引齐美尔关于都市现代性体验的论述。有趣的是，在本雅明的著作中很少出现对他人著作的引述，但在宏大的"拱廊街计划"中，本雅明只字不提对现代性理论做出重大贡献的韦伯，甚至也很少提到马克思，但齐美尔却是一个频频被引述的名字。本雅明的《波德莱尔：发达资本主义时代的抒情诗人》由两篇论文和一篇提纲构成，其中《波德莱尔笔下的第二帝国的巴黎》曾被阿多诺否定，本雅明在这篇论文的基础上完成了一篇新的论文《论波德莱尔的几个主题》。新论文几乎是重写，但值得回味的是，在新的论文中，有两条引文却完全保留下来了，其中一条是恩格斯的，另一条是齐美尔的。由此可以看到齐美尔思想对本雅明的影响之深，正是由于受到齐美尔著作的影响，本雅明迷上了齐美尔的现代都市生活体验分析方法。在《现代性的碎片》中，弗里斯比认为本雅明受齐美尔思想影响首先体现为《德国悲剧的起源》从齐美尔的《歌德》中获得了"起源"这一极其重要的概念；而其他的一些证据可以在本雅明对波德莱尔的分析中以及"拱廊桥计划"中零散找到；此外，在本雅明和阿多诺关于波德莱尔研究的对话中，也能找到齐美尔对本雅明影响的证据：阿多诺对本雅明在波德莱尔的研究中使用齐美尔的著作提出尖锐的反对和批评，而本雅明则认为阿多诺对齐美尔的批评存有偏见。②

阿多诺15岁时，比他大14岁的克拉考尔引导他接触德国古典哲

---

① 刘小枫：《金钱性别生活感觉：纪念齐美尔〈货币哲学〉问世100年》，齐美尔《金钱、性别、现代生活风格》，顾仁明译，学林出版社2000年版，第17—18页。
② ［英］弗里斯比：《现代性的碎片》导言，卢晖临等译，商务印书馆2003年版。

学。尽管当时还是一种非常朦胧的感觉,但阿多诺敏锐地感受到哲学是一种表达人类苦难的精巧方式,并尝试把哲学还原成真实的社会历史,进而力图弥合哲学和生活的鸿沟。据杰伊考证,克拉考尔与阿多诺的关系相当密切,阿多诺还在中学时,就与比他年长 14 岁的克拉考尔成了朋友。曾经有一年多的时间,两人相约每周六的下午一起共同研讨康德的《纯粹理性批判》,杰伊认为,克拉考尔的著作倾向于整合观念和知识社会学,他强调以经验对抗普遍性思想,他对封闭的体系结构的不信任和反感也给他周围的年青朋友们留下相当深刻且富有意义的印象。而且,克拉考尔对电影文化相当感兴趣,他整合哲学、社会学和文化等方面的知识来展开研究,并时常有一些相当新颖的洞察性论断和研究,这种前无先例的研究方法也同样让他周围的朋友印象深刻。"任何一个熟悉克拉考尔著名的《从加利格里到希特勒》的人,都不难发现他的著作与下面将要讨论的阿多诺的一些著作之间的相似。"[1] 耶格尔在研究中发现,在艺术哲学和美学方面,卢卡奇是阿多诺的偶像。阿多诺曾提到还是中学毕业生的他,"看到了卢卡奇的《小说理论》一书,而且还知道布洛赫和他关系很好。我如饥似渴地捧起这本书读了起来"[2]。在耶格尔看来,齐美尔是青年卢卡奇的偶像,而卢卡奇又是阿多诺的偶像,这在一定意义上也间接表明了齐美尔思想对阿多诺的影响。而本雅明也将阿多诺视为自己唯一的学生,阿多诺在自己的艺术哲学思考中,特别是在后期作品《最低限度的道德》中,我们很容易发现本雅明的思想与文体风格的痕迹,而这种文风,我们也可以在齐美尔的文本中轻易感受到。

---

[1] [美] 杰伊:《法兰克福学派史》,单世联译,广东人民出版社 1996 年版,第 29 页。
[2] [德] 耶格尔:《阿多诺:一部政治传记》,陈晓春译,上海人民出版社 2007 年版,第 34 页。

就阿多诺而言,虽然他对齐美尔的很多思想颇有异议,但他非常欣赏齐美尔的小品文风,认为"齐美尔正是在心理主义的观念论大行其道的时代,将哲学拉回到面向具体对象的运动的第一人"①。在阿多诺对本雅明思想的评述中,他也将齐美尔与本雅明相提并论。阿多诺对齐美尔的研究方法并不很认同,他认为"齐美尔过于专注碎片和示范性例证的方法也存在于本雅明那里。但阿多诺认为这种方式不会导致碎片和示范性例证的历史具体化,只会导致它们化约为永恒领域,化约为可以互相转换的观念例证"②。尽管阿多诺对齐美尔往往持批判态度,但在他的许多著作中仍然可以发现他与齐美尔有不少共同的关注点和追求,如他们都关注社会分工制度对艺术的影响,都注意生命哲学背后的深刻主题,都期望通过对生命个别现象的研究探讨社会的总体性意义。

第三节 齐美尔与法兰克福学派的思想关联

斯基德尔斯基认为,齐美尔有着以非马克思主义者的立场重新解释马克思主义的洞察力。他尝试在智性态度与经济组织之间建立一种关联,他以一种审美直觉代替了原因分析,并在生活的细节中发现了

---

① 转引自[日]北川东子《齐美尔:生存形式》,赵玉婷译,河北教育出版社2002年版,第43页。
② [英]弗里斯比:《现代性的碎片》,卢晖临等译,商务印书馆2003年版,第78—79页。

意义的总体性。① 齐美尔的这种思维方式对想要在文化与经济关联方面保持马克思主义的洞察力的法兰克福学派有着强烈的吸引力，而《货币哲学》也对法兰克福学派学者们的思想有着决定性的影响。法兰克福学派所倡导的审美乌托邦、弥赛亚式的审美救赎、文化社会学批判和现代性批判等思想都与齐美尔的思想紧密相关。

在齐美尔的几个学生中，卢卡奇是受齐美尔影响比较大，同时也是对齐美尔评价前后反差较大的一个。卢卡奇早期高度评价齐美尔，后期则以批判齐美尔为主，这可能也与卢卡奇后期思想转向马克思主义有着很大的关系。在卢卡奇早期写作《小说理论》时，齐美尔思想中的形式概念对其影响比较大。在1918年纪念齐美尔的文章中，卢卡奇评价齐美尔为印象主义式的哲学家，认为齐美尔的思想具有至真至纯的哲学精神，能敏锐地感觉和深入被人忽视的日常生活现实内部，使其内在意义彰显出来，并从中析出哲学层面的永恒的形式联系。② 虽然卢卡奇对齐美尔赞誉颇多，但在他看来，齐美尔最终也只是一个伟大的"过渡型哲学家"。卢卡奇在写作《历史与阶级意识》时，其思想的主要来源是韦伯和齐美尔的社会学以及狄尔泰和拉斯克的哲学。安德森认为，卢卡奇思想中的"合理化"和"归属意识"是来自韦伯的；其关于"物化"的论述具有齐美尔的深刻印记。③ 此外，卢卡奇在自己的著作中抨击了科学的客观性。琼斯认为，卢卡奇对科学的攻击的思想根源也有着齐美尔的影响，这种思想"不是来自马克思，

---

① E. Skidelsky, "From epistemology to cultural criticism: Georg Simmel and Ernst Cassirer", *History of European Ideas*. 2003, p. 369.

② Lukacs. Georg Simmel. D. Frisby, *Georg Simmel: Critical Assessments*, Vol. 1. London: Routledge, 1994, pp. 98 – 101.

③ ［英］安德森：《西方马克思主义探讨》，高铦等译，人民出版社1981年版，第73—74页。

而是来自韦伯·迪尔西及卢卡奇首先接受的海德堡学派的德国反实证论：隐藏在'物化'概念背后的，正是韦伯对资本主义合理化所产生的'小齿轮'的恐惧；也正是齐美尔和柏格森的怀旧的生命哲学使得卢卡奇忽略马克思对科学的赞扬以及他所强调的工业化对反异化的必要性"①。可能也正是因为卢卡奇早期思想受到马克思与齐美尔的双重影响，卢卡奇也因此被批评者们指责为从根本上破坏了马克思主义本身的科学性论断，以及歪曲了马克思主义的资本主义论断。

到了后期，当卢卡奇的思想转向马克思主义之后，他对齐美尔的评价更多是基于马克思主义的立场，有着较强的阶级性和意识形态性。卢卡奇在《理性的毁灭》中将齐美尔的观点总结为主观主义、非理性主义、相对主义和虚无主义，等等。② 可以说，在写作《理性的毁灭》的时候，卢卡奇对齐美尔的思想几乎是全盘批判。在他看来，从席勒到希特勒的西方思想史的发展中，存在着一种非理性的哲学思潮，而齐美尔明显就属于这一思潮体系。卢卡奇认为，齐美尔以哲学印象主义为特征的美学，使他对认识论的唯物主义有一种排斥心理，因而持一种激进的心理主义和相对论。此外，卢卡奇还对齐美尔的文化哲学思想展开了清算。对卢卡奇来说，在齐美尔的文化哲学体系中，一切存在的形式都被置于形而上学式的文化冲突和悲剧中，而齐美尔对此文化现实并不展开批判，而是身处其中，以一种享受性的态度轻描淡写地面对文化的冲突与悲剧问题。

基于此，卢卡奇将齐美尔的哲学归根于帝国主义时代寄生主义的

---

① [英]琼斯：《早年卢卡奇的马克思主义》，见索珀《人道主义与反人道主义》，廖申白等译，华夏出版社2011年版，第45页。

② [匈]卢卡奇：《理性的毁灭》，王玖兴等译，山东人民出版社1997年版，第390—393页。

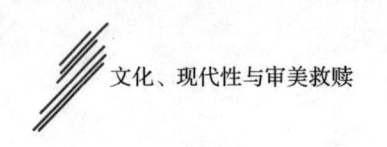

代表，认为齐美尔的文化哲学依附于资本主义社会的表面，但却带有明显的浪漫主义色彩。在卢卡奇看来，齐美尔的哲学视域中有着贵族式的审美主义立场，齐美尔所分析的只是日常生活中的一些最直接和抽象的关系范畴，而忽视了现象背后的经济事实和社会内容，并且视文化矛盾和悲剧为世界的普遍问题。卢卡奇极为排斥齐美尔身上的审美主义立场，自卢卡奇开始，"审美主义"也成为贴在齐美尔身上的批判标签。批评者们认为齐美尔的审美主义立场消解了其思想上的历史维度、阶级维度和现实维度，并且也使其思想缺乏现实的批判性立场。因此，齐美尔的文化哲学批判无法对资本主义现实进行历史唯物主义的阐释和清算，也无法对现存的资本主义现实进行革命性批判和改造。而且最根本的是，在卢卡奇看来，齐美尔对具体经济生活的社会内容视而不见，因而只是一个缺乏批判性的审美主义者。因此，卢卡奇并不认为齐美尔的思想对于现实生活有任何积极意义，在卢卡奇眼中，齐美尔虽然揭示了资本主义生活形式的内在性及其不合理性，但齐美尔体现出一种玩世不恭的态度，这在卢卡奇看来显然是一种颓废的妥协立场。

虽然卢卡奇后期以一种马克思主义的立场批判齐美尔，但这并不能否定齐美尔对他的思想影响。总体来看，齐美尔对卢卡奇的影响主要表现在以下方面：首先，青年卢卡奇从齐美尔那里学到了关于社会学的入门知识，并在齐美尔文化社会学思想的影响下，成功地实现了从社会学到文学社会学的转变。齐美尔文化社会学研究中的审美维度对卢卡奇影响很大。在卢卡奇的早期著作中，如《戏剧的形式》《灵魂与形式》《艺术哲学》等书中，到处弥漫着齐美尔的文化社会学思想，审美主义式的经验阐释也是卢卡奇主要的研究方法论。里希特海姆发现，在20世纪30年代，齐美尔和韦伯的著作对卢卡奇的思想有着潜移默化的影响，特别是齐美尔的《货币哲学》"为'文学社会学'提供了一种模式，在那里，那些取自马克思的因素必然被冲淡而变得毫无生气，虽然它仍存在着，但已几乎难以辨认"①。而雷克认为，"灵魂"概念是理解齐美尔影响青年卢卡奇的关键，如卢卡奇的《现代戏剧的发展历史》就是以齐美尔的社会学视域下的审美哲学为基石。② 其次，卢卡奇吸收了齐美尔《货币哲学》中的"物化"思想，并在《历史和阶级意识》中提出了"物化"概念。"异化"是马克思主义哲学中的重要概念，但青年卢卡奇是在1923年出版的《历史和阶级意识》中提出"异化"概念的，在此之前，他主要阅读的是马克思的《资本论》，而马克思的"异化"概念正式提出是在1932年发表的《1844年经济学哲学手稿》中，青年卢卡奇早在1904年就认真阅读了齐美尔的著作，其中就包括《货币哲学》。因此，卢卡奇的"异化"概念很有可能就是借鉴自齐美尔《货币哲学》中的物化思想。在《历史与阶级意识》中，卢卡奇批判齐美尔，指出齐美尔对异化分析的直接性和软弱性，甚至认为齐美尔对资本主义异化的剖析只是停留于外在的形式层面，并且有相对主义的嫌疑。卢卡奇借用韦伯的理性观念来批判齐美尔思想中的非理性主义，他开始有意地偏向于用马克思的观点来考察异化，将历史和阶级意识融入对异化的分析中，进而最终提出了异化的克服策略。可以说，在对异化的分析上，卢卡奇超越了齐美尔。最后，卢卡奇受齐美尔"通过碎片到达总体"的分析方法论影响，提出了"总体性"概念。

---

① ［英］里希特海姆：《卢卡奇》，王少军等译，中国社会科学出版社1989年版，第50页。

② R. M. Leck, *Georg Simmel and Avant - Garde Sociology: The Birth of Modernity, 1880—1920*, New York: Humanity Books, 2000, pp. 284 - 285.

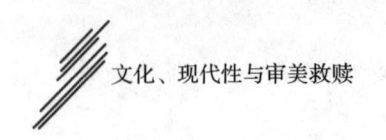

在现代性文化诊断中，齐美尔忧虑地发出了文化悲剧的呼声。在他眼中，现代性的展开使主客文化之间的裂缝越来越大，客观文化的发展超越了主观文化，并压制着主观文化，带来了现代个体的异化。卢卡奇与齐美尔一样，也看到了现代文化中隐藏的危机，他认为在现代社会中，完整的文化已不复存在，现代人性也随着文化的危机而日益分裂。齐美尔和卢卡奇均发现，如果在前现代社会主客观文化的发展还能保持同步的话，那么到了现代社会，文化的和谐性已被打破，现代文化从根本意义上来说是一种异化文化。在齐美尔那里，劳动分工以及货币文化的发展导致了文化的悲剧，虽然文化的悲剧的外在表征是客观文化与主观文化的矛盾，但其内在实质却是生命与形式的冲突，这也是齐美尔生命哲学的体现。在马克思对资本主义物化文明的批判中，劳动分工是其中的核心概念，虽然卢卡奇在中学时期就曾接触过马克思的著作，但如前所述，卢卡奇更多是通过齐美尔的理论来理解劳动分工概念的内涵，这在卢卡奇的自传以及他早期的著作中可以找到相关的依据。

齐美尔将文化悲剧视为生命的本质与形式对立冲突的外在表征，与齐美尔一样，卢卡奇也对生命的本质与形式相当关注，同样视其为现代文化危机的外在表现。在卢卡奇对生命与形式的理解中，我们也不难发现齐美尔的影子。对于这种批判性的思想关联，马尔图切利有详细的论述："生活的这种悲剧概念使卢卡奇把齐美尔的著作当作一种印象主义的哲学，即不能到达一个终点，但拒绝僵硬的形式，以便相信完美生活的一种过渡哲学。在印象主义看来，任何形式都本身是固定的和脆弱的，因而不能容纳丰富的生活运动。每一种态度都是必要的和无条件的，也没有一种态度能包括整个生活。这就是为什么卢卡奇说，齐美尔的社会学本身只不过是一种经验，一种过渡，反映了不能超越现实和到达一种社会整体观的关于现实的强化认识。"① 虽然两人对生命内涵的理解有所出入，但本质上却是相通的。卢卡奇试图在资本主义异化中打破心灵与现实的壁垒，进而批判资本主义的文化悲剧，达到现实的疗效目的。卢卡奇强调个体必须克服生活和文化之间的矛盾冲突以克服异化，尽管他明白，要完全做到这一点几乎是不可能的。

作为齐美尔的学生，克拉考尔也受其思想影响颇深，并在许多场合谈及了齐美尔。克拉考尔认为，齐美尔在考察现代人形象时，他总是会展示他们在现代日常生活中的独特性，并且将他们视为单独的个体，将他们从与周遭现象的纠结中剥离出来，不让其与周遭的环境混合起来。克拉考尔认为，在齐美尔的文本中，他对把个体混入宏大世界的整体性做法比较反感，并且"反对从一般的较高层次的概念出发，借助于严密的概念形式，系统地推演出个体性的事实。他所有思想的展开，都紧紧扣住直接经验到的——但也每个人都能感知到的——活生生的现实……他的全部思想，根本只是借助透视法对客体所做的理解"②。在克拉考尔对齐美尔的评论中，我们发现，两人剖析现实世界时有着共同的主题，这也表明齐美尔对克拉考尔来说有着很强的思想亲和性和重要的影响力。后来克拉考尔日益远离齐美尔，他逐渐形成批判的唯物主义立场，并且与马克思主义者的交往越来越亲密，"特别是他同布洛赫、本雅明和阿多诺之间时常并不那么愉快的关系。鉴于他1926年往后的作品中充满了对意识形态的强烈批判，他们似乎暗示着他也渐渐远离齐美尔的社会学著作和纯粹描述性的现象学"③。而

---

① ［法］马尔图切利：《现代性社会学：二十世纪的历程》，姜志辉译，译林出版社2007年版，第314页。
② ［英］弗里斯比：《现代性的碎片》，卢晖临等译，商务印书馆2003年版，第155页。
③ 同上书，第182页。

且，在克拉考尔眼中，齐美尔的思想带有典型的"景观主义"或"印象主义"色彩：齐美尔的思想立场和观察视角始终飘移不定，并且不断转换视野，很难持续依附于某一核心观念的稳定性。

齐美尔曾撰写《空间社会学》一文对空间的社会学和美学意义进行探讨，这一思想也被克拉考尔所延续和借鉴。齐美尔都市社会学思想主要见于1903年发表的《大都市与精神生活》。1907年，在柏林时，克拉考尔曾参加过齐美尔的讲座"艺术风格的问题"，并做了详细的笔记。在克拉考尔完成于1917年但一直没发表的专著中，其分析是建立在齐美尔的方法论指导基础上的。韦德勒写道："作为齐美尔的学生，克拉考尔被齐美尔空间社会学的课程所吸引，特别是如何运用空间形式去理解疏远的分析上。"[①] 在克拉考尔的文本中，他展示出对城市空间现代性的独特敏感性，空间的社会化形式在克拉考尔展开现代性文化批判时发挥着基础性作用。"芝加哥"学派也很好地继承了齐美尔的都市空间社会学思想。"芝加哥"学派代表人物帕克和沃思的都市社会学理论在知识谱系上清晰地反映了齐美尔对他们的重要影响（帕克在柏林求学时曾是齐美尔的学生，而沃思则为帕克的学生），二者的都市理论曾被认为是齐美尔理论近亲繁殖的产品。1938年，沃思发表论文《作为一种生活方式的都市性》，论文被看作对齐美尔及帕克都市社会学理论的融合与发展。但较之齐美尔的都市生活理论，沃思的理论表现出一种"纯都市社会学"的学科化倾向。齐美尔只是对现代都市生活做出客观化剖析和理性阐释，而非从价值方面加以裁决，他只是敏锐地记录了他关于现代都市生活的纷乱印象，而现代都市生活对沃思来说，则是摧毁人性和个性的恐怖机器，这一点，我们

---

① A. Vidler, "Agoraphobia: Spatial Estrangement in Georg Simmel and Siegfried Kracauer", *New German Critique*, *SpecialIssue on Siegfried Kracauer*, No. 54, Autumn 1991, p. 42.

在克拉考尔的文本中也能找到其源头。

齐美尔与本雅明的思想关联，首先体现在对现代性的分析上。作为一个历史唯物主义批评家，通过对早期（尤其是18世纪）和现代文化的严格区分，齐美尔对本雅明和其他学者产生了重要影响。本雅明与齐美尔共享着日常生活的现代性，他们都关注现代文化的现象学及其批判。斯卡夫认为，齐美尔对经济基础和上层建筑的区分强化的文化与文化生产的自主性，而这也构成了主观文化与客观文化对立和冲突的重要基础。"在客观文化与主观文化的张力中，展现出现代社会的类型和现代人的内心世界。浪荡子、搜集家、追求时尚者、消费者和陌生人等现代人形象，令齐美尔和本雅明都相当着迷。"[1] 本雅明在"拱廊街计划"中所论及的现代性社会体验中，最重要的就是对现代个体神经衰弱以及大城市居民和顾客的体验，而且与齐美尔一样，本雅明也是将现代性分析的出发点归之于现代性的碎片化景观。需要指出的是，齐美尔和本雅明的现代性碎片剖析都源于对波德莱尔的解读。杰伊认为，本雅明对波德莱尔的碎片化审美景观有着很大的热情，本雅明"对那些悠闲地逛在巴黎拱廊下的游手好闲者的迷恋，有利于那些强调他著作中静止成分的批评者，更鲜明的证据是本雅明对波德莱尔力图保留艺术所揭示出来的感应很感兴趣"[2]。虽然如此，但本雅明对波德莱尔关于人群的理解多少有点批评，认为波德莱尔把人群中的个体与游手好闲者等同起来是不合适的，在本雅明看来，群众中的个体并不是游手好闲者。

此外，本雅明关于韵味和震惊的二元范畴与齐美尔关于艺术品与

---

[1] A. Scaff, "Review of 'Walter Benjamin und Georg Simmel'", *Contemporary Sociology: A Journal of Reviews*, 2012, p. 352.

[2] ［美］杰伊：《法兰克福学派史》，单世联译，广东人民出版社1996年版，第240页。

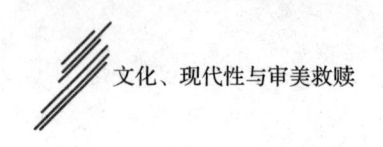

工艺品的二元范畴也存在着某种对应关系。本雅明提出了现代性的新奇特征，而这在齐美尔的时尚理论中也可以找到其源头。本雅明在分析现代时尚与商品的新奇时，曾引述过齐美尔论及时尚的论文。可以看出，本雅明对现代性新奇的分析在某种程度上从齐美尔那里汲取了灵感。而且，齐美尔对现代性的剖析基于特定的空间架构，他明确指出空间背景对人类互动之社会的重要性。后来，社会的空间图画成了本雅明分析游手好闲者和拱廊街、资产阶级居室和商品的空间分布关系的关键。

相对于法兰克福学派的其他学者，齐美尔的另一个学生阿多诺对他的批判则相对缓和得多。但由于阿多诺在西方思想史上的影响，他对齐美尔的批判对于齐美尔思想的被遮蔽也起到了重要的作用。阿多诺将齐美尔的哲学定义为"森林和草原形而上学"，认为齐美尔的哲学没有具体的研究对象。齐美尔关注的对象永远是生活中的一些碎片，如桥、卖淫、卖弄风情、首饰、冒险、旅游等，这些碎片都只是他用来阐释形式社会学的例子。在阿多诺看来，齐美尔哲学中的美学维度原则上具有积极意义，但齐美尔无疑也将这一美学维度夸张化和纯粹化了。正是由于这个原因，齐美尔的文化理论相对于他的美学诉求而言就显得逊色和苍白，这就使得齐美尔的文化哲学思想只是一种表象化的过时之物，而无法接触和解决当下人们所面临的现实问题。阿多诺认为，齐美尔强调了某种不真实的、人工的成分，但却忽略或省略了一种真正的理论，而且，他所考察的19世纪的现代日常生活历史的宏大规划也仅仅只是停留于乌托邦层面，或者说停留于魔术和实证主义的交叉路口而无法实现。

第二章 现代文化的诊断批判

随着西方资本主义的日益深入,现代文化出现了越来越多的问题。不少学者对文化的危机发出了自己的声音。众多学者对西方文明的没落忧心忡忡,齐美尔就是其中的一个。齐美尔从文化外在形式与内在精神的冲突出发,对西方文化发展进行了诊断:现代文化出现了悲剧。齐美尔对文化悲剧的诊断预言,在法兰克福学派那里得到了进一步的延续。

第一节 文化悲剧诊断

赫勒认为,齐美尔的《货币哲学》关注作为文化符号的货币,并努力通过货币这个经济符号在主客文化之间建立一种关联。[1] 确实如此,齐美尔在《货币哲学》中从货币经济的角度论及了西方现代文化的冲突及其悲剧。耐德尔曼认为齐美尔的文化悲剧思想可以从三个维度进行分析,齐美尔是从"文化对抗性模式""文化矛盾性模式"和

---

[1] H. J. Helle, *Messages from Georg Simmel*. BRILL: Leiden; Boston, 2012, p.107.

"文化二元性模式"三种模式来讨论现代文化悲剧的。[①] 笔者以为,耐德尔曼从文化社会学的视角来分析齐美尔的文化思想,而忽视了现代性这一重要维度。应该说,齐美尔的文化悲剧理论是启蒙现代性和审美现代性的矛盾在文化层面上的表征,同时也是其生命哲学理论中的矛盾的文化体现。

一 齐美尔的文化悲剧论

在《货币哲学》一书中,齐美尔对西方古典文化到现代文化的发展史展开了分析,在他看来,从古典文化发展到现代文化,特别是自启蒙时代以来,随着资本主义的发展,经济、文化和科学技术都得到了迅速发展。但随着外在物质文化的发展,社会个体的内在精神受到前所未有的压抑:客体的物质文化逐渐压倒主体的精神文化,从而衍生出个体主观精神与社会客观存在之间的矛盾冲突。在《文化的概念与悲剧》《现代文化的矛盾》和《文化的危机》等文章中,齐美尔对个体精神与社会存在之间的悲剧性矛盾冲突进行了详细而富有见地的阐释。

齐美尔在西方学界一直被冠以"生命哲学家"称号,在论及文化悲剧的实质时,齐美尔也是从生命哲学的角度来展开分析的。齐美尔认为,文化悲剧的实质在于生命与形式的矛盾与冲突,文化悲剧体现为文化的生命和形式的对抗。在齐美尔眼中,形式具有一定的界限,生命则力图冲破形式的界限,现代文化的悲剧即源于此。齐美尔写道:

    精神生命形体的这些形式在刚出现时就已经具备了实实在在

[①] B. Nedelmann, "Individualization, Exaggeration and Paralysation: Simmel's Three Problems of Culture", *Theory, Culture & Society* 8.3, 1991, pp. 169 – 193.

的独特意义，具有坚定性和内在的逻辑性。……这些形式同塑造它们的生命针锋相对，因为该生命是一种不仅充斥某些形式，而且充斥各种形式的、永不停息的流动。……生命有这样一个矛盾：它只能在形式当中找到一席之地，但又无法在形式当中找到立锥之地，因此，它既超越，又打破构成生命的任何一种形式。①

一旦生命进程超越纯粹的生物层面，向着精神层面迈进，并由精神层面进入文化层面，一个内在的矛盾便会出现。整个文化的进化，就是处理这个矛盾的发展、解决和再出现的历史。我们所说的文化，是由生活的创造性动力创造的具有某种表现和认知形式的艺术品。这些艺术品汲取了生命的流动性，并赋予生命以形式与内容、范围与秩序。……生命进程的这些产物的一个独特本质，在于它们从一诞生就具有属于其自我的某种固定形式，而这些形式不断与生命的狂热节奏（它的沉浮，永恒地更新，不断地分化与组合）相分离。……这些形式在产生的那一瞬间，也许是完全适合生命的，但随着生命的不断演化，它们会变得僵化，并从生命中脱离出来，与生命相敌对。②

在齐美尔的文化哲学中，生命企图超越一切形式，然而生命又只能用形式来体现。生命在不断地生产相对自身而言必不可少的形式。这种形式是一种现实的固定形体，而生命则力求对现有单一形式的彻底超越，即在个别瞬间打破当时存在的形式。可见，生命和形式的冲突在文化上其实就是文化的外在形式与内在精神的矛盾冲突。在他看

---

① ［德］齐美尔：《生命直观》，刁承俊译，生活·读书·新知三联书店2003年版，第18—19页。

② K. P. Etzkorn, *Georg Simmel, The Conflict in Modern Culture and Other Essays*, New York: Teachers College Press, 1968, p. 11.

来，当生命受到外在的他物，如文化、历史等因素支配时，它也就只能存在于由自己所创造出来的，最终又成为自身对立面的形式之中。"一旦各种变得客观的、结成固定形式的生命产品要求接受继续流动的生命，以其界限划定范围，并与自己统一规格时，不满和不安——或迟或早，准确地说，从出现那一时刻开始——就已针对着那种生命产品了。"①

在齐美尔看来，生命与形式的冲突并不是简单的矛盾对立关系，甚至还以一种战斗姿态体现出来，"这一对立往往以战斗的姿态出现，它是不停的，多数情况下不明显的、非原则性的，但又是以革命方式爆发出来的、继续前进的生命反对历史标记和当初文化内容在形式上僵化的斗争，因而它也会成为文化变迁的内在动机"②。精神生命会不断地创造出自给自足的，并渴望内在永恒无限地与特定的精神生命相适应，并作为特定精神生活表达的必然模式而存在的形式。而只要精神生命外化为形式，生命的内在永恒动力就会与形式固有的自足性产生矛盾，到最后必然会摧毁旧的形式，并渴望新的形式来适应自己。"当一种文化形式获得完满的发展，下一步就是另一种新的形式开始成形，并最终通过或短或长的斗争而取代前者。"③ 齐美尔认为，一旦新的生命内容与旧的生命形式相冲突，就会出现文化的危机。

生命与形式的二元对抗构成齐美尔的文化悲剧理论：主观文化与客观文化的矛盾冲突，即客观文化对主观文化的压制，个体所创造出来的文化反而成为控制人的工具。齐美尔发现，在语言、习俗、政治、

---

① [德] 齐美尔：《生命直观》，刁承俊译，生活·读书·新知三联书店2003年版，第135—136页。
② 同上书，第14—15页。
③ K. P. Etzkorn, *Georg Simmel*, *The Conflict in Modern Culture and Other Essays*, New York: Teachers College Press, 1968, p. 11.

宗教、文学和技术等领域中，"积淀着无数代人的工作，作为业已具体化的精神，每一个人都尽其所想或者尽其所能地向这种精神索取，但是，任何一个个人都根本不能充分利用它；在这个宝藏的规模和被从中索取走的东西的规模之间，存在着最为形形色色的和最为偶然的关系，个人部分的微不足道或者不合理，使得那种整个个类族的财富的内涵和尊严未被触动"①。基于这一困境，齐美尔认为，"现代人真正缺乏文化的原因在于，客观文化内容在明确性和明智性方面跟主观文化极不相称，主观文化对客观文化感到陌生，感到勉强，对它的进步速度感到无能为力"②。在齐美尔看来，现代性首先体现为诸种矛盾与冲突的二元对立，尤其是个人的生命精神存在和个人生命精神存在的外在形式之间的矛盾关系，而现代性体验也最终体现为主观文化和客观文化之间的距离体验。

在齐美尔看来，文化发展的理想状态应是：客观文化和主观文化平衡发展，相互和谐。齐美尔曾描述了西方文化史发展的三个历史阶段：古希腊，客观文化被运用于主观文化的发展和建设；中世纪，由于个体的个性与利益群体和社会团体的特性高度融合，客观文化与主观文化的发展相对来说比较和谐；现代，主观文化和客观文化的同一性再一次被打破，它们沿着各自的逻辑自行发展，开始出现分裂，并愈演愈烈。齐美尔认为，文化发展的这一后果也源于货币经济的发展：货币经济的膨胀致使外在的客观文化不断增强，当个体面对不断增强的客观文化时，要么顺从，要么抵制，而后者必然会导致一种极端主观主义的趋势。马尔图切利认为，"通过货币和一系列交换，价值超越

---

① ［德］齐美尔：《社会是如何可能的》，林荣远译，广西师范大学出版社2002年版，第107—108页。

② ［德］齐美尔：《桥与门》，涯鸿等译，上海三联书店1991年版，第96页。

了个体，是超个体的，但价值不是实在物体固有的一种实在性。这就是为什么货币在日常生活中的支配地位形成了从与物体的直接关系转变为符号媒介的一个社会"①。齐美尔认为，一方面，货币文化带来了个体、价值、生产，甚至更广泛的社会圈子的平均主义；另一方面，它带来了个体更具个性的方面的发展。因此，现代文化的主体与客体的悖论就在于：一方面，现代文化使个性本身独立，给予个性内在和外在的活动自由；另一方面，现代文化又赋予日常生活内容纯粹的客观性。客观文化对主观文化的压抑，客观文化与主观文化的分裂因而成为现代文化的悲剧，同时也构成现代社会的深层文化基因。然而，让齐美尔更焦虑的是，在现代文化中，传统文化所拥有的核心观念却荡然无存，现代人不再有共同的理想与诉求，因而陷入精神的危机与焦虑当中。

齐美尔对客观文化对主观文化的压制深怀忧虑，认为这必定会导致现代个体精神层面的困扰，并最终导致整体的文化的最终衰竭，"文化的不同分支各自为政，互不理睬；作为整体的文化实际上已经难逃巴比塔的厄运，因为其最深刻的价值正存在于其各部分的集合之中，而这种价值现在似乎岌岌可危：所有这些都是文化演进不可或缺的悖论。它们逻辑上的最终后果将会是文化一直持续发展到灭亡的地步"②。在齐美尔看来，主观文化与客观文化的矛盾在现代社会不但无法缓和，反而日益陷入无法转换的悲剧境地。按齐美尔的观点，面对外在客观文化的霸权及其所带来的物化世界和工具理性的轰炸，文化这一关于意义和目的的领域变得日益外在化，现代人的精神生存也日

---

① ［法］马尔图切利：《现代性社会学：二十世纪的历程》，姜志辉译，译林出版社2007年版，第303页。
② ［德］齐美尔：《时尚的哲学》，费勇等译，文化艺术出版社2001年版，第183—184页。

益缺乏生机和活力，变得精异化和麻木不仁。斯威伍德认为，齐美尔在其有关城市化的文章中，"描绘了体现在物质上的宏大的现代性文化与个体知晓和理解这一过程的有限能力之间日益加大的鸿沟。人类行动者变成了一个微不足道的数字，无法以有意义的形式与客观文化联系起来"①。因此，现代文化悲剧的结果是现代个体精神生活的碎片化，这也正如康诺尔所分析的那样，客观文化与主观文化之间那种完满的交互性，在早先时期尚有可能出现，而今已渐渐丧失了。在这样的情势下，现代主体性的强化只是一种"困守一隅的敏锐"，表现出的是一种残缺无力，而不是无所拘束的自我认定。②

二 文化悲剧论的批判反思

齐美尔文化悲剧论的核心在于：在前现代社会，客观文化与主观文化处于一种和谐状态中，但到了现代社会，尤其是货币文化的发展导致文化日益客观化和理性化，主观文化与客观文化各自为政，出现了不可弥合的裂缝。外在的科学技术和物质生活的发展导致外在客观文化壮大，个人的内在精神文化没有取得相应的进步，反而停滞不前，甚至是退步了。

齐美尔发现，文化悲剧的根源在于主体精神或心灵的客体化，而这实际上缘于劳动分工所带来的主体心灵和客观化事物的距离。"由于我们的智慧的客体化，精神面对着作为客体的心灵。亦即随着由于数目日益增长的各种个人人格的分工合作而产生着对象物，显而易见，

---

① ［英］斯威伍德：《文化理论与现代性问题》，黄世权等译，中国人民大学出版社 2013 年版，第 36 页。
② ［英］特纳：《社会理论指南》，李康译，上海人民出版社 2003 年版，第 434 页。

在这样程度上,二者之间的距离也在增大。"① 在齐美尔看来,由于主体智慧的客体化,精神不得不面对由于数目众多的客观化之物,不可能完全带入由于劳动分工所带来的作品中去。因此,客观化的精神缺乏与个体人格的统一性相联系的主体心灵的沟通。在齐美尔看来,这导致了心灵对客观化产品的敌意。在这里,所谓的精神主要是指外在的客观物或客观文化,而心灵则是指内在的心灵或主观文化。齐美尔忧虑地写道:"现在,非常个人主义的和深沉的人往往十分敌意地对待'文化的进步',而且当由劳动分工所决定的客观文化的这种发展是普遍现象的一个方面或者后果之时,敌意就会进一步加深……其后果是:越多的人的心灵参与这个产品的制造,在它的身上,个人就越少感到它具有心灵。"② 其实,在齐美尔的分析中,对象物的专门化增强了作为客体的物的自主性,并导致了主体与对象物的距离的出现。齐美尔发现,劳动手段如果日益分化,劳动过程就愈是分化为多种多样的专门化过程,劳动者的个性和人格就愈加不能在劳动产品中体现出来,产品中的劳动者工作或"字迹"也会日益消失。而且,齐美尔指出,"分化"推动着主观文化和客观文化分道扬镳,两者之间愈离愈远,后者具有一定的流动性与变化性,而前者则具有一定的稳定性,两者在发展过程中并不同步,冲突由此而生。

从劳动分工层面出发,齐美尔认为文化的客观化源于文化内容的专业化,而个人以及外在物的意义上的劳动分工和专门化支撑着现代文化的客观过程。"各种文化内容的客观化过程是由文化内容的专门化支撑的,文化内容的客观化过程促使在主体与其创造物之间形成一种

---

① [德]齐美尔:《社会是如何可能的》,林荣远译,广西师范大学出版社2002年版,第133页。
② 同上书,第134页。

第二章　现代文化的诊断批判

日益增长的陌生性，于是，这个过程最终沉淀到日常生活的舒适里。"① 在文化的客观化进程中，文化产品越来越具有自我独立性，而日益远离主观心灵和个体的生命愿望，文化悲剧也就产生了。因为在文化的客观化和专业化过程中，文化内容日益成为被感知的客观精神，这种精神产生与接受这种文化内容的主体心灵相对峙。"随着这种客观化的不断前进，我们赖以为基础的令人惊讶的现象变得越来越易于理解：各种个人在文化上的提高可能十分显然地落后于物——近在咫尺的功能和精神的物——的文化的提高。"② 在这里，齐美尔敏锐地发现，专业化导致了生产的碎片化，产品不再像传统社会中那样由个体独立完成，而是成了机械化流水线上的各个零部件的综合。由于产品缺乏类似于心灵性的特性，它的性格在齐美尔看来是残缺不全的，产品既不反映主观性，也不折射创造性心灵，而是在远离主体心灵的过程中强化自身的客观成就，而这，实际上带来的是生活世界的日益客观化和标准化，这正如德兰蒂所言："在现代性条件下，主体性的悲剧命运乃在于它在获得了自身独立存在的外部文化形式中的客体化。齐美尔所说的文化悲剧是指随着一种悲剧先验的出现，内容与形式、主体性与客体性、生命与文化、个人生活与文化生活之间产生分离或异化。"③

在齐美尔那里，文化客观化与货币文化有着密不可分的关联。货币文化的发展使所有的一切，包括个体最内在性的存在都放在数量化的天平上加以衡量，导致了生活世界以及人与人之间关系的理性化和

---

① ［德］齐美尔：《社会是如何可能的》，林荣远译，广西师范大学出版社2002年版，第123页。
② 同上书，第128页。
③ ［英］德兰蒂：《现代性与后现代性：知识、权力和自我》，李瑞华译，商务印书馆2012年版，第43页。

· 57 ·

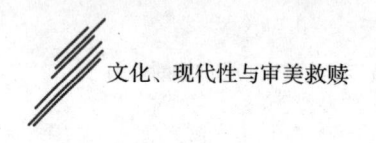

客观化。货币用无差别的客观性衡量一切事物,"这样确定的价值尺度决定了事物之间的联结,产生了涉及一个由客观的和个人的生活内容编织在一起的网,连续不断地结合在一起,具有严格的因果性,在这些方面,它与符合自然规律的宇宙很类似"①。在齐美尔的观念中,现代人热衷于使用那些自己根本就不太了解其内涵的观念、概念和原理,但却越来越不想去接触这些东西背后的存在。这些被包裹得严严实实的观念、概念和原量,实际上导致了客观化的知识材料的日益扩张,它们就如同被上了锁的容器一样。现代人只是接触到这些容器的外表,而不会去想办法去打开容器了解其中的思想内容和内涵意义,而事实上,现代人也根本打不开这些容器。现代人粗糙地将容器从一个人手里传到另一个人手里,而现代人的日常生活也被越来越多的形式化和客观化的物体所包围。现代人精神的内在生活和外在的社会交往,完全变得没有个体性,而是充满了具有象征意义的形态,个人的心灵和思想常常只能使用客观化的日常生活中极少的一部分。刘小枫写道:"当金钱经济和都市机理把个体存在从传统的宗情关系中抽离出来,个体生命仅靠工具性的理性心理,不足以维持自身。于是,飘浮性的感受和心性(傲慢、冷漠、矜持、孤僻)就产生出来,其心性品质趋向是返回内心性世界,生活冷感与对实在的全然感觉化的理解连接在一起。"② 在货币文化的扩张中,生活态度和日常交往都受货币文化的计算理性支配,最终,这种客观化和理性化的生活模式成了现代人生活的公式,"从日常生活实践的琐碎小事直到精神境界的顶峰:在所有的活动中我们都有一个规范、一个准则,一个在观念上预先形成的高于

---

① [德]齐美尔:《金钱、性别、现代生活风格》,顾仁明译,学林出版社2000年版,第21页。
② 刘小枫:《现代性社会理论绪论》,上海三联书店1998年版,第340—341页。

我们的总体"①。

在人类文明的发展中,科学技术是文明发展的重要维度,也是启蒙精神的两个重要目标(科技发展与人性完善)之一。但齐美尔却发现,随着技术的进步,这一建构人类文明生活的主要手段却使启蒙走向了它的反面,衍生了霍克海姆和阿多诺所言的"启蒙辩证法":人类生活在技术进步的引导下并没有走向一个光明和完美的世界,相反,"技术,亦即构筑文明生活的各种手段,疯长为一切努力和价值的根本内容,直至人们在一切方面都被无数行动和机构——它们都缺乏具有终极确定价值的目标——所形成的纵横交错的网络包围起来"②。基于此,齐美尔对现代文化悲剧所引发的审美缺失展开了剖析,在他看来,将主体的内在精神剥离出客观物,对于审美的日常生活而言并不是好事。"这种把主观的心灵责任驱逐出一切外在物的做法,对于美学的生活理想是富有敌意的,犹如这种驱逐对纯粹内心世界的生活理想可能是有利的一样;这是一种组合,它既说明一些怀着纯粹美学情绪的人物对于当代的绝望,也说明在这类心灵和那些仅仅针对内心救赎的心灵之间的轻微的紧张关系。"③

齐美尔的文化悲剧论又与当前消费文化的发展密不可分。货币文化的发展不可避免也带来了消费主义的盛行。从消费的角度来看,一种物品越缺乏个性,越具有客观性,就越适合更多的群体。因此,文化客观化的增长从某个层面来说,实际上为消费主义的扩张提供了支

---

① [德]齐美尔:《金钱、性别、现代生活风格》,顾仁明译,学林出版社2000年版,第48页。
② [德]齐美尔:《叔本华和尼采:一组演讲》,莫光华译,上海译文出版社2006年版,第2页。
③ [德]齐美尔:《社会是如何可能的》编译者前言,林荣远译,广西师范大学出版社2002年版,第138页。

撑。齐美尔写道:"为了使个人的消费能够找到如此广泛的材料,材料必须能够让许多个体都可以进入,对他们都具有吸引力,不能从主观愿望的差别出发来安排。另一方面只有针对产品进行最严格的分化,才能够生产出消费活动要求的既便宜、又多的东西。"① 齐美尔认为,通过客观化,最大限度地湮灭产品的个性,这么一来,消费活动就如同一条纽带,将文化的客观性、劳动分工以及产品的专门化连接了起来。

笔者以为,齐美尔把握了文化对于社会学的真正重要性,他在《货币哲学》中并不否认经济在现代日常生活中的作用,但与对经济的重视不一样,齐美尔显然更强调文化的重要性。斯威伍德认为,在社会学的任务中,文化是最为主要和积极性的存在。"当文化被视为一个特殊的领域,这个领域从属于一个更广大的社会——历史运动且具有特殊的自主性原则时,文化的社会学研究才开始。"② 文化原本是集教育、智慧、审美等诸多元素于一体的个体心灵方面的存在状态,但齐美尔发现,随着资本主义文化的日益发展,文化的精神存在日益成为外在于个体的客观性存在。主体文化已完全跟不上外在的客体文化的发展,它的存在对整体文化而言其作用显得微乎其微。从文化社会学的维度出发,齐美尔提出了文化悲剧论,而这一论题在后来的法兰克福学派那里,特别是霍克海姆和阿多诺对现代大众文化的批判中得到了延续。在法兰克福学派的文化研究理论中,文化被理解为一个大容器,而个体只是以偶然的、不固定的方式分享着这个容器中的某一部分。

---

① [德]齐美尔:《金钱、性别、现代生活风格》,顾仁明译,学林出版社2000年版,第54页。
② [英]斯威伍德:《文化理论与现代性问题》,黄世权等译,中国人民大学出版社2013年版,第26页。

第二节 物化文化批判

卢卡奇、本雅明、霍克海姆和阿多诺等法兰克福学派学者将齐美尔的文化—社会美学"发挥到了极致",可以说是齐美尔物化批判的学术继承人。法兰克福学派虽然把矛头对准了资本主义社会的种种文化现象抑或意识形态,但是他们并没有彻底改变现实的勇气和诉求,他们对资本主义异化的批判只是一种书斋中的批判,最终也没有提出有效的解决方案。可以说,从齐美尔到法兰克福学派的异化思想,呈现出浪漫主义的审美乌托邦情结。

一 卢卡奇对齐美尔的批判与超越

"物化"是马克思批判资本主义的核心武器。伯格和卢克曼认为,"物化是关于人的产物的观念,仿佛它们不是人的产物,而是其他什么东西:自然决定性、宇宙法则的结果或神圣意志的启示。物化暗示着人会忘记他自己才是人类世界的起源,而人对他作为生产者与产品之间的辩证法也失去了意识"[1]。因此,物化其实是将现代人的日常生活世界转化为一个"非人化"世界。在这个世界里,个体的体验成为冷漠的陌生化事实,日常生活世界也成了个体体验中无法驾驭的异在之物。

在《1844年经济学哲学手稿》中,马克思写道:

---

[1] [德]哈贝马斯:《现代性的哲学话语》,曹卫东译,译林出版社2004年版,第90页。

劳动的外化表现在什么地方呢？首先劳动对工人说来是外在的东西，也就是说，不属于它的本质的东西；因此，他在自己的劳动中不是肯定自己，而是否定自己；不是感到幸福，而是感到不幸；不是自由地发挥自己的体力和智力，而是使自己的肉体受折磨、精神遭摧残。因此，工人只有在劳动之外才感到自在，而在劳动中感到不自在。因此他的劳动不是自愿的劳动，而是被迫的强制劳动。……外在的劳动、人在其中使自己异化的劳动，是一种自我牺牲、自我折磨的劳动。最后，对工人来说，劳动的外在性质，就表现在这种劳动不是他自己的，而是别人的；劳动不属于他，他在劳动中也不属于他自己，而是属于别人。①

在齐美尔的文化悲剧理论中，"物化"也是一个核心概念。齐美尔在《货币哲学》中则表达了与马克思相似的异化思想：

迄今为止劳动分工均被阐释为个人活动的一种专门化。但对象自身的专门化同样也对劳动分工起了作用，它们和主体的人保持距离，体现了对象的独立性，以及主体没有能力吸收对象，使其屈从于自己的节奏。……机器渐渐变成了统一体，完成的劳动比例越来越多，因而机器仿佛作为某种自主的力量与工人对峙，似乎他不再是个体化的人，只是实际规定好的劳动的执行者而已。②

齐美尔关于现代文化的物化思想，很有可能源于马克思的异化概念。马克思的异化概念是与劳动维系在一起的，而对齐美尔来说，异

---

① 《马克思恩格斯全集》（42卷），人民出版社1979年版，第93—94页。
② ［德］齐美尔：《货币哲学》，陈戎女等译，华夏出版社2002年版，第372页。

第二章 现代文化的诊断批判

化是现代文化的一种范畴,齐美尔实际上是将马克思的政治经济学批判转化为一种文化社会学分析。因此,文化异化和劳动异化是齐美尔与马克思异化理论的重要区分。此外,齐美尔现代文化的物化思想又是基于货币经济所带来的外在生活世界的日益理性化。现代生活越来越受到诸如严格的守时、计算的精确和量的平均化等无色彩的、非人性的风格支配,这种非人性的风格也与货币经济对现代文化的侵入和侵蚀密切相关。

对齐美尔的文化悲剧理论,卢卡奇有过分析和概括。在卢卡奇看来,马克思所讨论的商品经济物品的"拜物教性质",只不过是文化内容的普遍命运的一种特殊变形事例而已。这样,历史唯物主义本身的"深化"以及它的全部后果就都被归结到生命哲学的图式中去了,而在这个情况下,生命哲学的图式俨然就是主观与文化产物之间、灵魂与精神之间不可消解的对立性。在齐美尔看来,这种对立性就是文化的真正悲剧。[①] 通过这样的哲学概括,卢卡奇认为,文化的悲剧就成为生命自身绝对矛盾性的一种表现。

在齐美尔的《货币哲学》中,齐美尔探讨了货币文化所带来的计算性格及其理性化过程。虽然讨论的重点不同,但齐美尔所论及的主题在卢卡奇的诸多著作中均有涉及。齐美尔和卢卡奇对资本主义文化的态度不同,对产品客观化和物化的分析不同,但在对文化悲剧所导致的后果的分析上,两人有着惊人的相似:齐美尔看到了主体文化面对客体文化时的悲剧性存在,卢卡奇也谈到了生命现象的对象化,认为个体在自己所创造出来的对象化的创造物面前的软弱无力。卢卡奇在《现代戏剧的社会学》中论及了生命的物化现象,并引用了齐美尔

[①] [匈]卢卡奇:《理性的毁灭》,王玖兴等译,山东人民出版社1997年版,第402页。

文化、现代性与审美救赎

的观点。"生命物化使得人的现实和行动中越来越缺乏个体性,越来越缺乏个体施展的空间。另一方面人的现实和行为也完全脱离了个体灵魂的内在生命,正是由于生命的对象化,个体才完全转向内心世界,转向内心世界甚至是靠生命的对象化才得以实现的。关于这一点,齐美尔曾指出:内在生命必然转向内心,完全因为它与所有审美的生命理想相冲突。"[1] 在卢卡奇看来,面对日益物化的客观世界,面对客观世界被分裂为无数独立并存的支离破碎状态时,齐美尔实际上是把生命当作最后的统一体,或者说视生命为最终的救赎策略。

基于上述前提,卢卡奇认为齐美尔文化悲剧论很有问题。卢卡奇发现,齐美尔将文化的具体经济和社会问题处理为"一般的文化悲剧"的表现方式。文化悲剧的根本原因在于"灵魂"与"精神"的互相对立,在于灵魂同它自己客观化出来的东西互相对立。也就是说,齐美尔将现代性矛盾的根源归结于文化的危机,而没有深入社会制度和现代性批判的核心,现代性的矛盾仅仅只是一种"文化命运"。对此,卢卡奇批评齐美尔文化悲剧论的基本倾向在于"要把帝国主义时代有关个人处境的种种环节(特别是有关与这种文化密切联系着的知识分子的处境的那些环节)夸张为一般文化的'永恒的'悲剧。这种'深刻化'具有非常不同的样式,但其后果则殊途同归。它的主要意图就是要远离具体的经济情况,远离具体的社会历史原因"[2]。

卢卡奇认为,文化悲剧的深层历史原因和社会根源就被齐美尔这样轻描淡写地"深刻化"了,现代文化悲剧仅仅成了脱离具体社会现状的"普遍性"悲剧形式。"'文化的悲剧'暴露了本来面目,它显然

---

[1] [德]齐美尔:《金钱、性别、现代生活风格》,顾仁明译,学林出版社2000年版,第219页。
[2] [匈]卢卡奇:《理性的毁灭》,王玖兴等译,山东人民出版社1997年版,第402页。

是一种帝国主义时代依靠利息吃饭的寄生虫的哲学。"① 对此，勒贝也有同感，在他看来，齐美尔其实也看到了他自己所处的社会现实语境中的种种矛盾与对立，但是，"他并不想——或者至少不怎么想——对此进行具体历史的社会分析，也无意要从现实社会中去寻找克服这种现实的趋势……他把具体的历史和社会浓缩成一个单纯具有指示作用的范例，以阐明主体与客体、个体与社会之间普遍的根本紧张，并将这种紧张解释成根本的悲剧性紧张"②。这就是为什么卢卡奇认为，齐美尔赋予社会和客观文化的仅仅是一种自然性格，这样的文化剖析不可能为社会现实批判打下基础。齐美尔的文化社会学只不过是一种经验和过渡，它反映了不能超越现实和到达一种社会整体观的强化认识。在这里，卢卡奇道出了齐美尔文化悲剧论的实质，那就是，即便齐美尔敏锐地把握到资本主义社会的某些后果。虽然如此，但在齐美尔那里，文化悲剧的诊断并没有带来对资本主义社会的尖锐批判，它所带来的只是一种形而上学的悲情主义，这与马克思基于资本主义批判的文化分析有着本质上的区别。

在齐美尔那里，物化只是其对货币文化所导致的日常生活世界的症候诊断，但在卢卡奇那里，他从其革命立场出发，将物化批判视为对资本主义文化批判的矛头。在卢卡奇看来，物化使原本亲密的人际关系转变成冷冰冰的冷漠关系。"这种对象性以其严格的、仿佛十全十美和合理的自律性掩盖着它的基本本质，即人与人之间关系的所有痕迹。"③ 在卢卡奇看来，齐美尔忽视了货币文化扩张的资本主义语境，

---

① [匈]卢卡奇：《理性的毁灭》，王玖兴等译，山东人民出版社1997年版，第403页。
② [德]齐美尔：《金钱、性别、现代生活风格》，顾仁明译，学林出版社2000年版，第239页。
③ [匈]卢卡奇：《历史与阶级意识》，杜章智等译，商务印书馆1992年版，第143—144页。

也缺乏对文化悲剧的本质剖析,在齐美尔那里,文化悲剧实际上消弭了文化存在的社会语境,而仅仅只是生命自身的绝对矛盾性的一种抽象表现。笔者以为,卢卡奇对齐美尔的批评也反映了当时欧洲思想界的主要弊病:缺乏对资本主义物化现象和社会制度的理性反思。这正如里希特海姆所言,对于当时的大陆欧洲人来说,普遍存在着一种以空虚感为中心的庸人文化,它"缺少任何值得称作哲学的东西,就是说,它缺少任何一种从总体上去理解生活、及至去理解那深深打上了文化印迹的社会制度的理性思考"①。

卢卡奇认为,齐美尔实际上是在间接地为资本主义辩护,这在某种意义上是维护了叔本华和尼采为资本主义制度间接辩护的理论。这种理论一方面看到了资本主义的内在矛盾,但另一方面却不愿意承认这是资本主义内部的原因,而是将这一矛盾视为宇宙性的矛盾,因而缺乏对资本主义的批判意识。在哈灵顿的分析中,卢卡奇发现"资本主义制度下的个人不可能从客观文化形式中重新获得他们的内在本质。在客观文化形式中,他们已经把内在的本质外化了。在资本主义体制下,个人失去了对时代个性化的反思性意义,在短暂互动形式的支配下过着肤浅的生活"②。因此,卢卡奇毫不客气地批判齐美尔,认为齐美尔"有着足够的锐利眼光,使他能看出矛盾的不可消除性,但是他太适合于充当一名帝国主义寄生阶层的理论家了,因此他并没有因为遭遇这种矛盾的不可消除而陷于悲剧性的结局。相反,他的生命哲学的秘教式的道德乃是他对他哲学的必然后果所作的有意识的逃避"③。

---

① [英]里希特海姆:《卢卡奇》,王少军等译,中国社会科学出版社1989年版,第26页。
② [英]哈灵顿:《艺术与社会理论:美学中的社会学论争》,周计武等译,南京大学出版社2010年版,第121—122页。
③ [匈]卢卡奇:《理性的毁灭》,王玖兴等译,山东人民出版社1997年版,第406页。

第二章 现代文化的诊断批判

卢卡奇认为,批判资本主义就必须批判资本主义文化的核心——"物化"。在卢卡奇眼中,物化一方面体现为社会生产中人的关系转化为物的关系,另一方面也体现物对人的压制。"人自身的活动,他自己的劳动变成了客观的、不以自己的意志转移的某种东西,变成了依靠背离人的自律力而控制了人的某种东西。"①

学界一般认为,卢卡奇的异化思想在《历史与阶级意识》中首次得到阐释,这一思想的源头是马克思,而卢卡奇也宣称自己对异化的分析在很大程度上源自马克思。但是从卢卡奇早期著述《现代戏剧发展史》《心灵与形式》等中可以发现,异化已经是他经常使用的概念。因此,异化不仅是卢卡奇早期文本的基础性概念,也是他受新康德主义和齐美尔影响的产物。事实上,齐美尔对青年卢卡奇的异化思想形成有着关键作用,在齐美尔的影响下,青年卢卡奇将现代文化危机视为异化的表征,将劳动分工视为异化的动因,将生命与形式的冲突视为异化的本质。

弗瑞斯比认为,齐美尔与卢卡奇分享了诸多共同的论题。"《货币哲学》讨论过这一理性化过程,尽管着重点不同,卢卡奇的论著都涉及了。……他的处理方式与齐美尔论及对象化和物化时并不完全一致,但仍有相似之处。……与齐美尔一样,卢卡奇还讨论到现代经济活动对人际关系产生的影响。人与人之间的联系'日趋松弛',相互之间触及的只是人的个性中琐碎、片面的方面。"② 而且,在弗瑞斯比看来,齐美尔与卢卡奇都讨论了现代生活的危机和文化的悲剧,只不过,卢卡奇将这一危机视为现代资本主义国家中危机的体现,从而赋予了

---

① [匈]卢卡奇:《历史与阶级意识》,张西平译,重庆出版社1989年版,第96页。
② [英]弗里斯比:《论齐美尔的〈货币哲学〉》,齐美尔《金钱、性别、现代生活风格》,顾仁明译,学林出版社2000年版,第218—219页。

这一危机特定的历史维度，并将其作为对资本主义文化批判的一个武器。不同于齐美尔，卢卡奇更为关注资本主义的社会阶级结构。"卢卡奇对个人主义以及对象化的讨论是在意识形态批判的语境中展开的，而齐美尔并没有这种意识形态批判的框架。"① 在卢卡奇的理解中，齐美尔最终把自我作为核心置入生命概念中，认为生命连接了内在的自我与外在的世界。通过生命，齐美尔一方面连接灵魂和自我，另一方面连接观念、宇宙和绝对。在齐美尔那里，以生命为中心，现代人站立在自我与观念、主体与客体、个体与宇宙的中心点上。卢卡奇显然并不是很认同齐美尔以生命为最终诉求的救赎路径，在他看来，"生命在齐美尔哲学中占有的如上所述的中心地位，使齐美尔的文化中的二律背反性质又重新'加深'了。现在已经不仅是各种生命之流与各种精神有限领域之间的普遍对立问题了，而是这两方面原则要被放到活的'自我'中去"②。

卢卡奇认为，将文化悲剧的最终救赎诉诸生命，这是齐美尔文化分析中需要重新反思的地方，这也成了后来卢卡奇走向他老师的对立面的一个主要原因。虽然卢卡奇对现代文化的批判沿着齐美尔的文化悲剧论主题，但卢卡奇并不认同他老师的观点，他将目光转向韦伯、马克思和黑格尔，试图将齐美尔与他们的思想融会整合在一起。哈灵顿发现，"在包括《精神与形式》以及一篇对黑格尔美学详细研究的早期著作中，卢卡奇把齐美尔对现代文化中的形式化、审美化分析与马克思物化、异化概念的黑格尔式阐释综合起来"③。而在《物化与无

---

① ［英］弗里斯比：《论齐美尔的〈货币哲学〉》，齐美尔《金钱、性别、现代生活风格》，顾仁明译，学林出版社 2000 年版，第 220 页。
② ［匈］卢卡奇：《理性的毁灭》，王玖兴等译，山东人民出版社 1997 年版，第 405 页。
③ ［英］哈灵顿：《艺术与社会理论：美学中的社会学论争》，周计武等译，南京大学出版社 2010 年版，第 121—122 页。

产阶级意识》中，卢卡奇把马克思的商品拜物教批判与韦伯的合理化原则以及齐美尔的劳动分工等理论放置在一起。卢卡奇从物化概念及其理论框架出发，揭示了现代人的数字化、理性化、客体化和原子化的现代生存境遇，这正如格雷所言："商品拜物教的概念对马克思而言意味着资本主义社会神秘化的一个方面……后人的分析——即齐美尔、卢卡奇以及本雅明的分析——趋向于把商品拜物教看作为一种基本的现代意识。"①

二 法兰克福学派的物化文化批判

如前所述，相对于马克思而言，齐美尔对现代劳动分工中的异化分析不像马克思那么直接和明显，他将现代文化异化的分析融入他关于文化的悲剧分析中。卢卡奇和克拉考尔关于异化的分析，虽然与马克思有着密切的关联，但也受到了齐美尔的影响。不仅仅是卢卡奇和克拉考尔延续了齐美尔的异化主题，在法兰克福学派那里，克拉考尔、霍克海姆、阿多诺、本雅明和哈贝马斯等人也对这一论题展开了讨论。在法兰克福学派那里，文化批判一直以来就是主要论题，对大众文化的批判也被置于批判理论的视域之下，如霍克海姆和阿多诺早在20世纪40年代就对资本主义文化工业展开了批判，在霍克海姆的批判理论中，他对于物化的阐释也是非常多的。霍克海姆和阿多诺沿用了卢卡奇的"物化"概念，但他们对物化的阐释也有着齐美尔的影子。

齐美尔关于现代文化的悲剧诊断也影响了克拉考尔，后者在对现代文化的分析上，得出了与齐美尔相似的悲剧性诊断。

---

① ［美］格雷：《滑动的商品——商品拜物教与瓦尔特·本雅明的物质文化异化》，李晓译，《马克思主义美学研究》2001年版，第146页。

在过去的十年中，德国赶上了一个巨大的物质进步时期。但是，内部要素没能赶上这次外部繁荣的步伐，实际上倒是以五花八门的方式被消灭在萌芽状态。……大多数人的生活，淹没在陈规陋俗和职业感召之中。作为仅存的超个人形式，它们设定了固定的目标并限定了发展的各种可能性。一旦人从其活动领域撤身而出，他们就步入一种虚空状态。①

克拉考尔将现代人的文化悲剧归因于现代科学技术的发展。在克拉考尔眼中，我们进入了一个巨大的物质进步时期，然而个体的内在生命却跟不上外部世界的繁荣，反而被外部世界扼杀和消灭于萌芽状态。这种状态，用齐美尔的话说，就是客观文化对主观文化的压制，个体的内在生命跟不上外在物质文化的成长与进步。这种物质世界的增长所带来的个体与外在世界的分离感，克拉考尔将之归因于科学技术的过度发展。他对科学与资本主义怀有一种敌对情绪，认为它们只对僵化的数量关系及理性计算感兴趣，却忽略了事物的内在价值。一旦对事物内在价值的关怀在科学与技术的追逐中遭到放逐，它们所带来的任何进步都只会妨碍个体内在心灵的发展，而不会对个体产生很大的积极性意义。如布朗所言："克拉考尔指出了西方精神文明的退化和衰败……而且，他争辩说：西方精神文明衰败的主要原因是科技发展的结果。"② 克拉考尔认为，现代科学技术的发展，导致了资本主义机器大生产的盛行。"每个人在传送带前各司其职。他们履行着部分职能，却无从掌握生产过程的全貌。"③ 在资本主义机器大生产的流水线

---

① [英] 弗里斯比：《现代性的碎片》，卢晖临等译，商务印书馆2003年版，第146页。
② [美] 布朗：《电影理论史评》，徐建生译，中国电影出版社1994年版，第64页。
③ S. Kracauer, *The Mass Ornament: Weimar Essays*, Boston: Harvard University Press, 1995, p. 78.

上，工人已被泯灭个性，成为流水线上的机械操作者，沦为了工业机器中的小小零部件，这正如本雅明所言："在手工生产条件下，存在着把手艺人的一举一动联系起来的确定的秩序，而在现代工厂条件下，这种联系已经烟消云散了，以至工人的活动已经沦落到了仅仅是机器的附庸的地步。"①

指出科技的物化现象后，克拉考尔忧虑地看到，这种机械化的工作模式已经从生产领域扩展至工作领域。在办公室和写字间，工作人员被平均分配到不同的岗位和冷冰冰的办公机器前。工作人员的工作是按流程设计好的，他们的工作被固定化和千篇一律化。克拉考尔略带嘲讽地指出："多么缜密的计划——甚至连中途的休息时间也精确到每分每秒。"② 工作人员就如同机器中的零件，工作的每一个部分都按固定的流程和步骤进行，现代人的工作成了一种机械化和程式化的劳动过程。正是在这样机械和刻板的工作环境中，个人的内在品质和优雅风度已不再重要，个人的符号象征资本成为衡量工作人员水平和能力的标准。克拉考尔发现，在现代社会中，公司管理部门不再注重个体的内在才华，而是将文凭等外在符号指标视为是否适合某一职位的标准。正是在这种评价标准的引导下，现代人对文凭等象征资本产生了盲目膜拜与竞相追逐，其狂热远远超过对于内在才华和知识的追求。而这，在克拉考尔看来，无一不体现着现代文化的物化趋势。甚至更可笑的是，现代人由于缺乏内在的真正知识，转而注重对外在形象的打扮和追求。克拉考尔认为，现代人为了在工作中更好地装饰和展示自我，陷入了对身体打扮和健美的追逐中，而这种追逐，仅仅只是为

---

① ［美］沃林:《瓦尔特·本雅明：救赎美学》，吴勇立等译，江苏人民出版社2008年版，第236页。

② S. Kracauer, *The Salaried Masses: Duty and Distraction in Weimar Germany*, London: Verso, 1998, p. 41.

了拥有一种美好的肤色。"一种美好的肤色,这一解释顿时使日常世界通亮起来。正是因为有了橱窗装饰、白领雇员和插图报纸,这个世界才显得如此美好……他们把生活中不美好的一面装饰一新,想以此来掩盖真实。"①

可以说,克拉考尔的科技物化批判与齐美尔和卢卡奇等学者的理论是一脉相承的。在克拉考尔对资本主义物化文化的批判中,我们很容易发现齐美尔的影子。在克拉考尔对于物化的批判中,他延续了齐美尔的分析路径,即侧重于对现代文化的诊断。虽然克拉考尔是从第一次世界大战的切身体验中得出文化的悲剧性论断,但他的论断显然源于齐美尔关于现代文化的悲剧分析。不过,在齐美尔那里,现代文化虽然出现了悲剧,但个体还是可能通过一些方式来使其本性得到保存和拯救。但是在克拉考尔那里,齐美尔的救赎路径基本上被拒绝和否定了。弗里斯比写道,在现代社会中,"惟一能被追赶的价值就是那些失去了的人性。但是它们在这个客观化了的世界中只能作为私人的剩余物。……克拉考尔似乎把齐美尔的文化异化理论激进化了。个体的感受和价值再也不能与现有的社会功能融为一体。现代的个体,至少在他或她的内核中,是孤立无援的"②。在克拉考尔眼中,个体对存在的体认已丧失殆尽,个体再也不能与生活于其中的外部世界沟通,外在的物化世界成为一个完全异己的他者。因此,与齐美尔的对现代文化的诊断相比,克拉考尔显然过于偏激,走入了一条死胡同。

与克拉考尔对科技物化的文化批判类似,霍克海姆对文化的剖析则体现在对资本主义文化工业的批判中。在霍克海姆看来,在现代生

---

① S. Kracauer, *The Salaried Masses: Duty and Distraction in Weimar Germany*, London: Verso, 1998, p. 38.

② [英]弗里斯比:《现代性的碎片》,卢晖临等译,商务印书馆2003年版,第150页。

产方式里，抽象的结果比整体的理论重建更重要，"计算与理性思想本身的混淆巩固了由现存经济形式造成的个人之间单子般的隔离状态"①。在霍克海姆的理论中，资本主义社会文明的制度化与大众文化的工业化必然导致现代人的物化趋势，但他不像齐美尔那样将异化救赎诉诸与社会保持距离的路径，也不像卢卡奇一样将反抗异化的任务交给"总体性原则"，而将救赎的重任诉诸批判理论，或者说批判哲学。在他看来，批判理论应当揭示和批判为文化工业和文明制度化进行辩护的意识形态，必须要告诉大众，"口香糖并不消灭形而上学，他本身就是形而上学"②。

在霍克海姆和阿多诺的大众文化理论中，文化工业成了批判对象和靶子。霍克海姆和阿多诺在《启蒙辩证法》中提出以文化工业来代替大众文化，本身就隐藏着不折不扣的批判立场。除了霍克海姆和阿多诺，洛文塔尔更是将大众文化批判融入其文学社会学方法论的建构中。霍克海姆和阿多诺认为，大众文化从一开始就不是文化或艺术品，而只是一种商品。这也是齐美尔所说的货币对所有事物的独特性的取消与差异性的抹平。阿多诺还从卢卡奇那里借用了"物化"一词，如前所述，卢卡奇使用物化在很大程度上受到了齐美尔的影响。因此，阿多诺提出的"原子化"概念，所运用的拜物教与物化概念，事实上都有着齐美尔思想的影子。阿多诺写道："如果商品通常都是由交换价值和使用价值合成的，那么纯粹的使用价值，即在完全资本主义化的社会中必须保持其幻觉的纯粹的使用价值必然被纯粹的交换价值所取代，而这种交换价值也正好以交换价值的身份欺骗性地接掌了使用价

---

① [德]霍克海姆：《批判理论》，李小兵译，重庆出版社1989年版，第174页。
② [美]杰伊：《法兰克福学派史》，单世联译，广东人民出版社1996年版，第199页。

值的功能。"① 在这里，交换价值取代了使用价值，也就是齐美尔意义上的货币取消了所有事物的独特性。事物的质的区别被量化，成了货币经济潮流中不再具有个性和差异性的事物，事物在商品逻辑的指导下，丧失了所指，而成为空洞的能指。

在阿多诺的文化批判中，他的批判矛头直指大众文化。在他看来，大众文化的工业化使现代人的生存出现异化，因此阿多诺提倡文化艺术的自主性，呼吁艺术与现实保持距离来保持文化的审美批判性，并以此来抵制大众文化现代个体的异化。阿多诺意识到，文化工业时代的个体受控制程度已远远地超过了以往时代，这种文化控制结合了工具理性和消费主义原则。在他看来，这种控制是通过合理化的大众文化产品所遮蔽的资本主义意识形态而实现的，并非通过意识形态国家机器或暴力机关来实现。这种无形的控制，"一方面具有现代文化虚假解放的特性和反民主的性质，与独裁主义潜在地联系在一起，是滋生它的温床；另一方面构成对个人的欺骗与对快乐的否定"②。在阿多诺对大众文化的批判中，他发现，大众文化不仅不会动摇资本主义现行制度，反而会强化其意识形态主导性。由于大众文化的流行性和普遍性，现代人的生活基本都被笼罩到其中，因此几乎所有社会个体都摆脱不了它的控制和操纵。个体似乎在自由地享受着大众文化所带来的幸福感，但这种自由却是受束缚的，这种幸福感也是一种被动的虚假幸福。阿多诺写道："每一个自发地收听公共广播节目的公众，都会受到麦克风，以及各式各样的电台设备中传播出来的有才干的人、竞赛

---

① T. W. Adorno, "On the Fetish – Character in Music and the Regression of Listening", *The Essential Frankfurt School Reader*, New York: Urizen Books, 1978, p. 279.
② 欧力同、张伟：《法兰克福学派研究》，重庆出版社1990年版，第286页。

第二章 现代文化的诊断批判

者和选拔出来的专业人员的控制和受他们的影响。"① 显然，阿多诺发现，大众文化外衣下所遮蔽的是资本主义的意识形态，在隐藏的意识形态的引导下，现代人在享受大众文化的同时也会被其中的意识形态所内化，会自动放弃抵抗性思想和丧失批判意识，最终成为大众文化中所隐藏意识形态的被操纵者和被奴役者。阿多诺敏锐地发现，大众文化不是现代社会的福祉，它不再具有批判性，它只是维持现存制度的一种意识形态，是现存制度的拥护者和帮凶。

在霍克海姆和阿多诺的文本中，文化活动已不能给现代人带来纯粹的精神娱乐享受，相反，它的目的在于消弭个体对物化现实的反抗和批判力量，使现代人能更好地应付程式化和机械化的工作。可以说文化工业通过华丽的外表，在无形中引导和控制着消费者的需要，使人们陶醉于一种虚假的闲暇幸福之中。"文化工业使精神生产的所有部门，都以同样的方式影响人们傍晚从工厂出来，直到第二天早晨为了维持生存必须上班为止的思想。"② 由于文化工业的无所不在，几乎所有人都在有意无意地受到文化工业产品的影响。在这种潜移默化的影响中，文化工业按照社会意识形态的需求规范和同化着现代人的行为，并将现代个体塑造成现行社会意识形态所需要的类型。可以说，文化工业的机械化和同一化标准剥夺了大众对艺术的个体性和独特性的追求。而且，文化产品也丧失了传统文化艺术所具有的主体性，它所保留的只是机械的条件反射机能。大众对没有否定性和超越性的文化产品的接受，也会使他们慢慢丧失对现实的反思性和批判性。对此，霍克海姆和阿多诺写道："文化工业通过不断地向消费者许愿来欺骗消费

---

① [德]霍克海默、阿多诺：《启蒙辩证法》，洪佩郁等译，重庆出版社1990年版，第114页。

② 同上书，第123页。

者，它不断地改变享乐的活动和装潢，但种种许诺并没有得到实际的兑现，仅仅是让顾客画饼充饥而已。"① 文化工业试图用表面的愉悦来遮蔽其背后的意识形态阴谋，用消费来代替现实的痛苦，现代人最终会被其所同化和异化，成为马尔库塞笔下的单向度的人。在文化工业的影响下，现代人"正在把自己变成无所不能的机器，甚至在感情上也与文化工业所提供的模式别无二致，人类最内在的反应也已经被彻底僵化，任何特殊个性都完全成了抽象的概念：个性只不过是表现为闪亮的皓齿，清爽的身味和情绪，这就是文化工业的彻底胜利"②。

除了霍克海姆和阿多诺，马尔库塞和洛文塔尔等人对现代社会异化文明的分析，也延续了齐美尔的思考路径，将其融入对文化的分析与批判中。法兰克福学派不仅看到齐美尔所言的技术合理性对现代文化的侵蚀，看到了文化的商品拜物教性质，同时也将批判的矛头指向资本主义意识形态，认为正是统治阶级通过文化工业将其隐藏的意识形态同化社会大众，从而造成现代人的异化。与马克思主义极力去把握社会整体运动的自然历史过程，并力图揭示社会整体变革的必然性不同，法兰克福学派强调从个人的角度去认识社会存在整体对身处其中的个体的压抑。在他们看来，现代社会的文化同样是培育现代人悲情心性体验的温床。与齐美尔一样，他们对这种文化现状也表现出深深地忧虑和绝望，但与齐美尔不同的是，他们的思想更为激进。他们有着更为鲜明的反抗意识和批判精神。他们是现代社会不屈的批判者和抗争者，见证着文化的堕落与意义的丧失，他们也从来不放弃拯救的希望。

---

① ［德］霍克海默、阿多诺：《启蒙辩证法》，洪佩郁等译，重庆出版社1990年版，第131页。
② 同上书，第125页。

第二章　现代文化的诊断批判

马尔库塞在《文化的肯定性质》中指出了资本主义社会的物化现象："一个人若将其最高目标和幸福都倾注到这些产品中，必定会使自己成为人和物的奴隶，出卖了他自己的自由。"① 在马尔库塞看来，物质的实践活动由于其不可取消的物质特性，它为自己游离真善美而开脱责任。这一观点在其后来的著作《单向度的人》中得到了进一步的阐释。可见，面对商品消费日益扩展的社会异化现象以及现代人生活体验的日益萎缩，齐美尔、卢卡奇、霍克海姆和马尔库塞显然有着思想上的延续性。此外，马尔库塞在写作《单向度的人》时对大众文化持一种批判的态度，他对"单向度人"的种种描述，可以说也是齐美尔思想中现代人形象的再次呈现。马尔库塞对单向度社会的剖析以及他在20世纪60年代所展开的对大众文化的批判，我们也可以在齐美尔对文化的诊断与分析中找到理论支撑。只不过在齐美尔的笔下，文化的悲剧诊断源于货币经济对个体日常生活的全面侵入，而在马尔库塞那里，文化之所以出现悲剧困境，是由于现代社会成了一个受到工具理性全面掌控的"单向度"社会，技术合理性取代了价值合理性。阿比奈特认为，在马尔库塞的文本中，由于受到资本主义体制以及科学技术的控制，现代人对真理的审美—伦理欲望的表达被扼杀，"数学原则——自然正是通过它才被转换为一种随时可遭受任何剥削的资源的——也导致了一个物质和意识形态关系的体系，这个体系不断地扩展社会机器的功能性"②。马尔库塞对技术物化的分析，暗示了现代人的生理欲望已受到现代资本主义意识形态的控制，已逐渐丧失了主体性和鲜活性。

---

① ［美］马尔库塞：《现代文明与人的困境》，李小兵译，上海三联书店1989年版，第112页。
② ［英］阿比奈特：《现代性之后的马克思主义：政治、技术与社会变革》，王维先等译，江苏人民出版社2011年版，第102页。

在齐美尔对货币文化的考察中,他分析了定制生产和批量生产的区别。前者体现了商品与消费者的一种亲密关系,而后者则让商品成为一种外在于消费者的东西。在齐美尔看来,劳动分工造成了批量生产,而批量生产则使商品的主观性和个体性消失了,因为批量生产出来的商品是独立于消费者而生产出来。齐美尔对批量生产导致的消费的客观化以及产品灵韵的消失的分析,也是后来本雅明在《机械复制时代的艺术作品》中反复提及的主题。

至于哈贝马斯,虽然不少学者认为他的思想与其说是延续了齐美尔的观点,还不如说是延续了韦伯的合理化理论,因为在哈贝马斯的理论中,社会合理化是作为意识的物化而被考虑的。哈贝马斯对物化的理解是与他所阐释的"生活世界的殖民化"命题分不开的。在哈贝马斯看来,"一旦独立化的下属体系的命令揭去了它的意识形态的面纱,独立化的下属体系的命令,就会从外部涌入生活世界——正如开拓的主人渗入一个部落社会——并且迫使它们同化"①。李佃来认为,哈贝马斯"通过架构体系—生活世界的市民社会分析框架,他又认识到晚期资本主义的症候主要在于由体系入侵生活世界所造成的'生活世界的殖民化',它具体表现为系统整合代替社会整合,工具理性凌驾于交往理性之上,致使人们日常的交往生活受到扭曲,人的价值世界和意义世界开始沉落,一句话,人们生活于其中的日常文化领域受到严重侵损"②。面对合法性危机,哈贝马斯立足于非政治化公共领域的重建;而面对生活世界的殖民化,他则立足于对生活世界和交往理性的重建。哈贝马斯立足于现代性的理论视野来建构其整个批判理论,

---

① [德]哈贝马斯:《交往行动理论》第一卷,洪佩郁等译,重庆出版社1994年版,第456页。
② 李佃来:《公共领域与生活世界:哈贝马斯市民社会理论研究》,人民出版社2006年版,第276页。

第二章　现代文化的诊断批判

基于此,他对晚期资本主义危机的文化诊断和批判也因而定位于对现代性困境的考察、反思和救赎。齐美尔认为资本主义的文化危机源于主观文化与客观文化的矛盾与分裂,而在哈贝马斯那里,资本主义的发展导致了货币和媒介权力对文化以及日常生活世界的强大渗透,使日常生活世界丧失了其原本的幸福意义,因而导致了日常生活世界的非理性化和物化。

哈贝马斯对生活世界殖民化的分析和批判,事实上延续的是现代性的内在矛盾和冲突主题,或者说工具理性与价值理性的张力题域,而这事实上也延续了齐美尔的文化冲突理论。在哈贝马斯对现代文化的分析中,文化随着宗教世界的祛魅而出现了分化,传统的理性世界分崩离析,科学、道德、艺术由此获得独立自主性,它们有着各自的领域、地位和发展轨迹,而且每个领域都逐渐被体制化和专业化,形成了专家文化。哈贝马斯认为,"不是文化价值领域的区分和特殊意义的发展导致交往实践的文化贫困化,而是精华的专门文化,从交往日常行动的联系中,分裂出来导致日常实践的文化贫困化"[①]。在哈贝马斯的文本中,现代性的危机和文化所遭遇的困境,在归因于价值领域的分化的同时也归因于专家化队伍的形成和他们日益脱离公众与日常生活实践。在这个意义上,哈贝马斯对工具理性的批判和交往理性的强调,无疑也是对现代性的一种批判与救赎。正是如此,哈贝马斯强调现代性是一项没有完成的工程。

笔者以为,齐美尔的文化悲剧论对法兰克福学派的文化批判思想有着不容忽视的影响。霍克海姆曾说:"在整个经济危机中,科学是社会资源中没有充分发挥作用的因素之一。在今天,这种资源比以往任

[①] [德]哈贝马斯:《交往行动理论》第一卷,洪佩郁等译,重庆出版社1994年版,第427页。

何时候都拥有更多的原材料、机器、熟练工人,以及更好的生产方法,但是它们并没有为人类带来它们本该带来的种种好处。……在这一方面,科学知识同其他生产力和生产工具面临着相同的命运:其应用同其高度发达的水平极不适应,同人类的真正需要极不适应。"① 在这里,霍克海姆的话可以看作对齐美尔文化危机中生命与形式冲突的一种回应。与霍克海姆一样,马尔库塞和本雅明虽然也对现代社会与文化的不合性展开了批判,但总体来说,他们的思想有一种特有风格。罗维视这种风格为绝望的希望或悲观的革命主义。"马尔库塞和本雅明都决绝承认历史的自然进程、生产力的发展或社会的必然进步会产生一个理性和解放的社会。……马尔库塞与本雅明所共持另一个大观点是,他们两人都不仅批判资本主义,而是批判一切工业化社会、物化的技术和异化的生产力、对大自然的毁坏和进步的神话。"②

基于对文化的诊断与批判,我们可以合理地建构齐美尔与法兰克福学派在文化诊断与批判上的思想关联。斯威伍德认为:"作为法兰克福学派对大众社会和文化的批判的先驱,齐美尔注意到新的生产技术是如何催生了消费主义和一个'现代人'被大堆大堆文化产品包围的社会的。"③ 法兰克福学派展开了对文化工业的猛烈批判,但齐美尔与法兰克福学派的文化批判态度还是有着很大区别。齐美尔是带着忧郁的情绪去剖析文化,最后得出了文化悲剧的结论,而法兰克福学派更多是基于一种精英立场去批判文化,从而构建了基于文化救赎的审美

---

① [德]霍克海姆:《科学及其危机札记》,沃林《文化批评的观念》,张国清译,商务印书馆2000年版,第74页。
② 罗维:《马尔库塞与本雅明——浪漫的维度》,郭军、曹雷雨《论瓦尔特·本雅明:现代性、寓言和语言的种子》,吉林人民出版社2003年版,第396—397页。
③ [英]斯威伍德:《文化理论与现代性问题》,黄世权等译,中国人民大学出版社2013年版,第35页。

乌托邦理想。巴托莫尔说:"在阅读法兰克福学派论及个人自主性的丧失之作品（尤其是阿多诺与霍克海姆的著作）时，我们难免有个印象，认为他们所表达的正如韦伯一般，是关于社会某一特殊阶层的没落，是受过教育的上层中产阶级，尤其是'王公贵族'的没落，以及一种对德国文化的怀旧病。"① 正是因为如此，从文化贵族、精英主义和审美乌托邦的角度去批判法兰克福学派，这也是当前学界的主要批评倾向。

三 现代文化的技术崇拜批判

随着工业技术的发展，尤其是在几次工业革命的影响下，传统精英艺术被消解，迎来了艺术的转型与新生，在艺术的转型中，技术崇拜成了一个突出问题。齐美尔从文化悲剧的层面对艺术中的技术崇拜现象展开了反思，法兰克福学派则延续了对技术的反思和批判，克拉考尔、马尔库塞、本雅明、阿多诺和哈贝马斯等学者都从不同的层面对艺术的技术崇拜现象展开了反思与批判。

传统艺术追求审美享受，有着独特的艺术诉求，但随着传统向现代的艺术转型，艺术的生产传播对艺术诉求的强调已经大大减弱，现代艺术作品在失去传统独特魅力的同时更多地显示出的是艺术对技术的倚仗。技术的进步已造成艺术实践和艺术观念的天翻地覆的变化，以前的人们听觉体验是在剧院、音乐厅，现在的人们则是通过唱片、网络下载；传统的绘画到今天也发展到了3D建模，从二维空间走向了三维空间。精英艺术消解，艺术在走向日常生活，艺术的发展转型展现了对技术的崇拜，走入了技术崇拜的误区。技术带来了艺术乃至社

---

① [英]巴托莫尔:《法兰克福学派》，廖仁义译，台北桂冠图书股份有限公司1993年版，第46—47页。

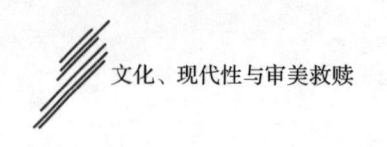

会的颠覆性的发展变化,学者对技术重要性的思考成为焦点,技术决定论也因此出现。然而,事物具有两面性,艺术沐浴着技术的光辉,也承受着技术带来的晦暗。技术满足大众接近艺术的愿望,从精英立场逐渐走向大众化,艺术精神被现代技术摧毁。

  海德格尔曾强调,重视技术不能只看到技术所带来的成果,更为重要的是要明白在技术的作用下,人与物、自然与世界是处在什么样的联系之中,因为技术本身参与了对现实的建设。海德格尔认为,个体受制于技术视野,思想和行为都会受到技术控制。在这个意义上,海德格尔视艺术的本质为"座架","座架意味着对那种摆置的聚集,这种摆置摆置着人,也即促逼着人,使人以订造方式把现实当作持存物来解蔽。座架意味着那种解蔽方式,此种解蔽方式在现代技术之本质中起着支配作用,而其本身不是什么技术因素"[①]。在艺术领域中解析技术的根本性和决定性,艺术成了"技术—审美的",艺术被技术解蔽成失去了独特个性的东西,进行批量生产,沦为商品,艺术被俗化了。而面对现代技术危机,海德格尔在《技术的追问》中表达了对技术控制的社会的深切忧虑,认为技术的本质并非任何技术因素,因此对技术的救赎要在艺术领域进行,回归本真艺术。对此,阿比奈特认为,"技术的本质在于一种特殊形式的解蔽——这是西方形而上学的特点;在这种论调中,自然不是作为一种崇高的、神圣抑或是一种神秘来呈现自己,而是作为一种资源,一种随时能够投入使用的东西来呈现自己的。对于海德格尔来说,问题是这种对待世界的功利主义方法被带入了社会管理中去;人与人之间的关系越来越被下面的这种需求所左右:即,每个人都应该在自然生产力的体系—技术酝酿中扮演

---

① [德]海德格尔:《海德格尔选集》(下),孙周兴编译,上海三联书店1996年版,第938页。

一个有用的角色"①。

相对于海德格尔对艺术与技术的关联思考,齐美尔和法兰克福学派的学者显然更关注艺术技术崇拜背后的文化问题。齐美尔将文化分为主观文化与客观文化,主观文化是存在于个体身上的一种创造力、想象力、智慧或美或幸福的一种状态,实质上就是我们所说的一个人的灵魂,客观文化则表现为一些存在物,包括物质产品和精神产品,法律条文、文学作品、艺术、科学等都囊括其中。在《货币哲学》中,齐美尔详细考察了现代社会生活过程中劳动分工对主观文化与客观文化分裂的影响。虽然齐美尔所关注的是客观文化和主观文化的矛盾,但若深入思考的话,技术对艺术的影响,换一种说法就是客观文化对主观文化的压制。齐美尔之后,法兰克福学派延续了对技术的反思和批判,如克拉考尔、霍克海姆、阿多诺、马尔库塞、本雅明、哈贝马斯等。

在克拉考尔看来,科技知识的激增切断了与传统的联系,导致知识与信仰的脱节。克拉考尔忧虑地意识到,在科学技术日益普及和发展的前提下,现代人所掌握的知识范围无疑相对于过去有着很大的提高,但具有普遍约束力的内在信仰却日益瓦解。这正如沃林所言:"我们知道的是更多了,但认识的质量却更为贫乏了:它已不再直接涉及生活意义这种所谓终极问题了。数量上的剧增永不能弥补质量的下降。"② 在技术时代,知识日益脱离于社会和现实,生活世界以实现科技化为最终目标。科技的发展导致了传统信仰的失落,因为科技只是以自身为发展目的,它没有为现代人确立新的价值立场和人生

---

① [英] 阿比奈特:《现代性之后的马克思主义:政治、技术与社会变革》,王维先等译,江苏人民出版社2011年版,第93页。
② [美] 沃林:《瓦尔特·本雅明:救赎美学》,吴勇立等译,江苏人民出版社2008年版,第227页。

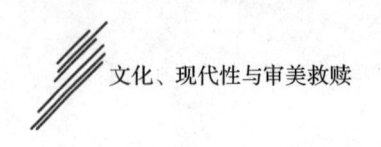

坐标。可见，克拉考尔将现代性的信仰危机归结于科学技术的过度发展，认为科学技术发展带来了生活世界的抽象化，但却使文明信仰出现断裂和中空。现代人的传统信仰崩塌了，但现代人却没有找到新的信念来代替崩塌的传统信仰，完整的意义世界在现代人身上滑落，现代人感觉不到精神生活的丰满性，伴随的是精神生活和价值诉求的日趋匮乏。

克拉考尔认为，现代人的思维之所以会出现概念化和抽象化的趋势，其主要的症结在于技术思维的发展。科技的发展培养了现代人抽象化思考的习惯，这种习惯使现代人根据计算性格来生存，从而导致他们对现实世界和日常生活的无动于衷。科学技术的日新月异所带来的发明改变了传统的生活方式，也改变了我们的思维习惯和行为方式，并使我们以一种不同的目光去审视生存于其中的生活世界。"无论我们意识到与否，我们的思想方法和对待现实的整个态度是受制于科学方面的一系列原则的。"① 在克拉考尔看来，技术培养了一种抽象化和刻板化的思维模式，他以人们对于传播机器的使用阐释了这一点：现代人对传播内容的认同远远超越了对传播媒介的认同，如听唱片音乐时，唱片各式各样的用法对现代人的吸引力远远大于唱片所发出的声音的吸引力。克拉考尔发现，在现代社会中，抽象性取代了具体性，对形式的关注远远超过了对内容的关注，事物的千差万别性也逐渐被机械的单一性所取代。"我们不是形成一些必要的、有用的抽象概念，而是把一切，包括我们自己，都抽象化了；抽象的概念以及体现着不同量而不是不同质的幽灵代替了人和物的具体现实，即我们可以与之联系

---

① [德]克拉考尔：《电影的本性》，邵牧君译，江苏教育出版社2006年版，第395页。

第二章 现代文化的诊断批判

的具体现实。"① 可以说，技术在现代社会的发展使其成了现代人生活的核心，它使现代人丧失了对日常生活世界的鲜活体验，也带来了现代人思维的物化和异化。

相比于克拉考尔，阿多诺认为文化是属于精神层面上的，它是一种幻象，应该是远离我们的现实物质生活的，而当文化被打上了技术的烙印之后，也无所谓文化，只能称其为文化工业。在阿多诺看来，技术的进步推动了大众文化的发展，而这种大众文化的兴盛也让我们感受到了文化与实际生活的零距离的接触。

> 正是这种文化产业，在现代大众媒介和日益精巧的技术效应的协同下，借用源于自由竞争资本主义的意识形态中的"伪个体主义"，张扬戴有虚假光环的总体化整合观念，一方面极力掩盖处于严重物化和异化社会中的主体—客体关系之间与特殊—一般关系之间的矛盾性质，另一方面则大量生产和复制千篇一律的东西来不断扩展和促进"波普文化"向度上的形式和情感体验的标准化。其结果是有效地助长了一种精于包装的意识形态，使人们更加适应于习惯性的统治，最终把个性无条件地沉淀在共性之中，从而导致了生活方式的平面化，消费行为的时尚化和审美趣味的肤浅化。②

在阿多诺眼中，文化的神圣性和严肃性已经被它的商品性和技术性所代替，文化已经成了一种只能引起人们快感的消费品而已。文化工业不断在向消费者许诺，又不断在欺骗消费者。"文化工业没有得到

---

① ［美］卡林内斯库：《现代性的五副面孔》，顾爱彬等译，商务印书馆2003年版，第90页。
② ［德］阿多诺：《美学理论》，王珂平译，四川人民出版社1998年版，第4页。

升华；相反，它所带来的是压抑。它通过不断揭示欲望的肉体、淌着汗的胸脯或运动健将们裸露着的躯干，刺激了那些从未得到升华的早期性快感，长期以来，习惯性的剥夺已经把这种早期性快感还原成为受虐的假象。"① 阿多诺认为，技术合理性已经变成了支配合理性，它使文化产品以模式化和标准化的方式生产，进而使艺术失去独特性，变得庸俗化，受众盲目、被动地接受文化工业所提供的标准化的技术产品，陷入了虚假需求的满足心理之中。对艺术的欣赏向往变成了对技术的震惊和消遣，人们寻求的是在高度紧张的现代社会里暂时性的消遣愉悦。

  阿多诺认为，艺术需要主体创作者的凝神专注，而不是走马观花式的随意扫描，也不是靠机器的大量复制所能实现的。在他看来，"艺术家对其在作品中予以对象化的东西来说只是一个空壳。同样，也务必承认，目前没有一件艺术作品可以在主体不将其存在注入作品之中的情况下完成"②。当机械复制能实现大规模的复制时，这意味着艺术作品几乎是无生命的，它没有融入创作者自己的思考和情感，就连艺术作品本身也只是机器的一个技术附属品而已，冷冰冰地从机器中复制出来，没有灵魂，也没有主体。基于此，阿多诺质疑说：文化工业是否像它极力鼓吹的那样，能够真正让人身心愉悦？能够在现实生活中真正实践审美救赎功能？阿多诺认为，文化工业的使用价值对于大众来说并非积极肯定的价值，而是对人的本质的一种消极的否定。至此，可以看出，技术理性的出现极大地促进了人类文明的发展，但当它发展成为一种工具理性时，却给艺术带了极大的负面影响。

---

① ［德］霍克海默、阿多诺：《启蒙辩证法》，渠敬东等译，上海人民出版社2006年版，第126页。
② ［德］阿多诺：《美学理论》，王珂平译，四川大学出版社1998年版，第74页。

第二章　现代文化的诊断批判

马尔库塞也感受到了与克拉考尔和阿多诺同样的焦虑：科学技术压抑了人类的"爱欲"本能。科学技术通过机械化的文化工业生产线，创造了大量标准化、客观化和普及化的文化产品，进而限制了现代人真正的文化需求。因此，批量化的文化工业以牺牲个人的自主性为代价，满足了大众的"虚假需要"。马尔库塞对大众的这种虚假需求展开了分析和批判，"'假的需要'是这样一些需要，它们是通过社会对个人的压抑的特殊影响附加到他头上去的：这种需要使得劳苦、侵略性、困境及非正义永恒存在。……大多数对松弛、玩乐、按照广告来表现与消费、爱憎他人所爱憎的需要都属于这个假需要范围"[1]。文化的基本功能本来是为了提升人的气质，培养人的情感，而在这里文化却成了滋长病菌的温床，文化的自主性完全丧失，也失去了它应该发挥的作用。随着物质生活水平的不断提高，文化和艺术的精神不断媚俗化，当文化和艺术精神转换为技术产品，成了人们消费商品，那么，文化和艺术就会不断走向毁灭。

基于此，马尔库塞对技术展开了不遗余力的批判。在马尔库塞看来，技术使文化的合法性根基被摧毁，"今天的新颖特征，乃是文化与社会现实间的敌对通过清除高等文化——它构成了现实的另一面——中的对应、异己且超越的因素而被缓和"[2]。资产阶级的文化通过进行着艺术与现实的融合，把艺术纳入自己的文化体系之中以消灭艺术原本的双向度。艺术品被大量地复制，艺术、政治、宗教、哲学等同商业天衣无缝地融合在一起，作为消费品不断地被复制与兜售，丧失了批判性，丧失了否定性，丧失了超越性。在发达工业社会，人们生活的社会不合理被合理所掩盖，高层文化与现实的"间距"逐渐消弭，

---

[1] ［美］马尔库塞：《单面人》，左晓斯译，湖南人民出版社1988年版，第4页。
[2] 同上书，第48页。

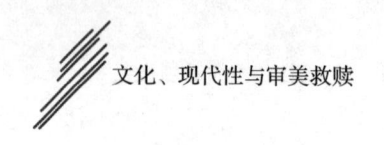

艺术不再具有另一个向度，社会被笼罩上一层"幸福"的面纱。

相对于上述学者，本雅明对技术的发展则较为包容，他看到机械复制技术使艺术失去光韵的同时，也将艺术从传统领域中解放了出来。本雅明认为即使是最完美的艺术复制品也缺少艺术品的原真性，对艺术品的机械复制，凋零了艺术品的光韵。但是通过复制，大众有了更多的机会接近、欣赏艺术品，艺术品的神秘性和距离感消失，对艺术品膜拜价值的推崇转向了展示价值。这样的转变使艺术接受方式也从侧重于膜拜价值的凝神观照式转为注重展示价值的消遣性接受。本雅明对现代艺术和传统艺术所作的区别表明，静观的、富有韵味的艺术已经不复存在，取而代之的是具有震惊效果的艺术。就像本雅明所说的那样，20世纪艺术作品的生产和接受领域最重要的变化当属技术手段对这些过程日益强烈的干涉，结果就是灵韵的丧失，"机械复制艺术用大堆的复制品取代唯一的原件，破坏了灵韵艺术作品生产非常重要的基础——作品的权威性与真实性所倚重的时空唯一性"[①]。

本雅明认为，随着机械复制技术的发展，艺术的神圣性已经不复存在，艺术的根基不再是礼仪，而成了一种展示。他写道："奢侈本来是由精神性因素撑起来的，它完全超脱了物的使用属性，就像对贫和富没有感觉的贵族式麻木一样。如今，它被机器无休止地成批生产出来，这样，本来寓于其中的精神性因素也就荡然无存了。"[②] 本雅明认为，正是由于机械复制时代人们的生存状况的普遍反应"震惊"的存在，才使得传统艺术中"灵韵"衍生的距离得以消解。在《讲故事的人》中，本雅明写道："讲故事艺术的衰落和新闻报道的兴盛反映出

---

① [德]本雅明：《启迪：本雅明文选》，张旭东等译，生活·读书·新知三联书店2008年版，第239页。

② [德]本雅明：《单行道》，王才勇译，江苏人民出版社2006年版，第37页。

第二章 现代文化的诊断批判

人的经验已经变得贫乏,他们丧失了想象的能力和丰富故事的能力,从而丧失了判别真伪的能力,并逐渐放弃了鉴别真伪的能力。"① 就像只有走进巴黎圣母院你才可能聚精会神地想象和思考一样,大街上随处可见的复制品绝对不会引发你无限的遐想和思考。人的经验因为复制技术的出现而变得越来越贫乏,人因此而成了机器的附庸,长此下去,对于周边发生的人和事,人的反应也会变得越来越迟钝、越来越麻木。可以说,复制技术时代的到来导致了灵韵的消失,现代艺术给人们带来的是震惊体验,它以一种膜拜价值代表了传统艺术的审美价值,而复制技术对灵韵的毁灭就是使艺术从礼仪膜拜转向了技术展示。

哈贝马斯重新考察了马尔库塞的技术批判,指出了其论述中的摇摆性,并对法兰克福学派的技术批判理论展开了反思。哈贝马斯发展了马尔库塞的技术本身成了意识形态的观点,同时也尝试对马克思的历史唯物主义进行新的解释,他指出,"马尔库塞用技术理性的政治内涵的表述掩盖问题的困难,可以从范畴上精确地加以确定。这就是说:科学和技术的合理形式,即体现在目的理性活动系统中的合理性,正在扩大成为生活方式,成为生活世界的'历史的总体性'"②。哈贝马斯试图重新阐释韦伯的合理化概念,并以此作为意识形态剖析的新切入口,他认为随着科技的进步,生产力出现了制度化的增长,制度框架从中获得它的合法性机遇,而制度框架层面上的合理化,只有通过以语言为交往媒介,并消除对交往行动的限制才有可能实现。哈贝马斯认为在劳动合理化的进程中,交往的合理性也遭到了损害,要通过批判技术这样的意识形态来实现自由交往,借助民众的非政治化,通

---

① [德]本雅明:《启迪:本雅明文选》,张旭东等译,生活·读书·新知三联书店 2008 年版,第 224 页。
② [德]哈贝马斯:《作为"意识形态"的科学与技术》,李黎等译,学林出版社 1999 年版,第 47 页。

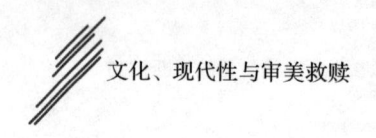

过大众媒介管理公众生活来实现人性的真正解放。然而，我们必须看到，在社会现实中，真正自由的交往方式是没有的，可见，哈贝马斯的技术批判理论也有其必需的乌托邦色彩。

法兰克福学派对技术带来的大众艺术品更是展开了完全否定的不遗余力的批判。虽然艺术在走向大众化之后，更多是起到放松人的心情、娱乐人的生活的作用，走向了娱乐化，甚至是完全以消费为目的。以技术为要素的现代艺术夹杂着意识形态的控制，使现代人失去了思考判断能力。但我们也必须正视一个事实，那就是技术造成了传统艺术灵韵消逝的同时，也给现代艺术带来了更加广阔的发展天地。因此，"技术决定论"所改变的只是艺术的言说方式，而不是指作为实体的艺术的死亡。

第三章　现代性碎片的审美解剖

在德国思想界，对现代都市碎片化生活风格的关注有着悠久的传统，在齐美尔的审美思想中，印象主义式的现代性审美体验源于对碎片的关注，而齐美尔对现代性都市风格的探讨也源于他对现代性碎片的敏锐感觉。北川东子认为，齐美尔对现代性碎片的关注也是法兰克福学派学者关注的主题。"本雅明在《巴黎拱廊街》中讲述了关于流行、卖淫和冒险。布洛赫在'乌托邦的精神'中讲述了'古瓶'……没有提一切的参照关系。但是，在那里我们可以确认、可以追溯到齐美尔的似乎相识的形象。"[①] 在齐美尔与法兰克福学派那里，关注碎片、断片和废墟似乎已成为他们文本中的标签和印记，而齐美尔文本中的现代性审美碎片主题在克拉考尔、布洛赫和本雅明等法兰克福学派学者的文本中得到了延续与拓展。

[①] ［日］北川东子：《齐美尔：生存形式》，赵玉婷译，河北教育出版社2002年版，第173页。

文化、现代性与审美救赎

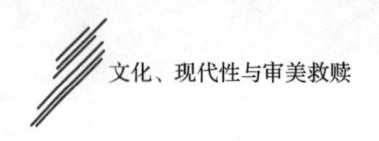

第一节 现代性碎片的审美体验

马克思从资本的剩余价值理论出发，构筑了一个政治经济学视域下的现代资本主义批判体系，而韦伯则以宗教伦理和资本主义精神的发展构建现代资本主义发展史。与马克思和韦伯不同，现代景观在齐美尔眼中呈现出碎片化表征。齐美尔认为，要体验和把握都市现代性，必须借助对现代生活碎片的感知和体悟，努力去捕捉那些片断性的、稍纵即逝的瞬间碎片，并从中体悟日常景观的审美内蕴。

一 碎片化审美印象

弗里斯比认为，齐美尔描述日常生活景观时，"关注于碎片化的东西，在文章中不喜欢赤露自我，以审美化的眼光审视现实，并与现实保持着距离，并注重把艺术品当作自己随笔的范式"[1]。齐美尔一生著述颇多，且兴趣杂泛，桥、门和首饰等日常生活场景在他眼里都化成审美观照对象，而"羞耻"和"感谢"等情绪也都成了审美心理主题。

面对碎片化的日常生活景观，齐美尔往往随手拈来，看似漫不经心，但分析中往往迸发着精辟的思想火花，并且往往能展示生活碎片化景观背后的本质。在描述社会日常生活景观时，齐美尔往往先从一个似乎与主题毫不相关的事物谈起，然后再与要讨论的主题进行关联。

---

[1] D. Frisby, *Sociogyical Impressionism: A Reassessment of Georg Simmel's Social Theory*, London: Heinemann Educational Books Ltd, 1981, p. 78.

第三章 现代性碎片的审美解剖

如在分析时尚时,齐美尔首先从"模仿"这一大众的行为方式切入,然后再从模仿行为所导致的从众现象去探讨时尚的内在本质和外在表征;又如在分析首饰时,齐美尔从"取悦"这个概念入手,进而阐释个体为何打扮自己,外在的装饰如何发挥其功用,人们如何把地位也当作一种装饰品,首饰又具有什么样的审美心理效果等;再如在分析柏林贸易展览时,齐美尔从中世纪骑士保持聚会的习惯来看商品展览会的意义,进而剖析中世纪骑士失去地位之后的心理态度,然后从这种心理态度深入探究现代展览会带给人们心理及感官层面上的影响。

阿克斯罗德认为,我们在从学术上接触齐美尔的著作时,已经受到了一些抱怨的约束,而这种抱怨,其真正目的在于将齐美尔的著作评价为支离破碎的、无章可循的和不科学的。[①] 因为这种碎片化的文风和审美体验方式,齐美尔往往被描述成一个"社会学—文化哲学"的审美印象主义者。海默尔认为,齐美尔"孜孜不倦地关注的是残缺不全的日常世界的经验以及这样一个世界中包含的微不足道的对象,这种关注方式和印象派画家在他们的绘画作品中关注那些同样的方面的方式有相似之处"[②]。事实上,在齐美尔那里,印象主义不仅仅被理解为艺术的表现,而更被理解为通达现代性状况的诊断性方法。或者说,印象主义成了一个对时代进行整体反思的范畴,它是一种整体性的社会生活风格,而艺术风格只是更具基础性的生活风格的一种附带现象或某种表征而已。哈曼在《生活和艺术中的印象主义》中,将印象主义视为某种艺术技巧,认为是某种既存在于现代日常生活碎片的经验之中又存在于不同文化表现形式中的东西。穆勒对印象主义风格

[①] C. Axelrod, "Toward an Appreciation of Simmel's Fragmentary Style", *The Sociology Quarterly* 18, 2, 1977.

[②] [英]海默尔:《日常生活与文化理论导论》,王志宏译,商务印书馆 2008 年版,第 59 页。

进行了具体描述，认为在对印象主义的诊断中，这种风格可以说已经是稍纵即逝、形式消解、反体系等词的同义语，它在日常生活中几乎无处不在。"在哲学的审美沉思中，印象主义有明显的体现；在伦理学中，它体现为拒绝任何道德命令的倾向；在戏剧中，它是某种非戏剧性因素的发展；在音乐中，它极端地追求声音洪亮和气氛热烈的风格。"[1]

在齐美尔笔下，印象主义式的审美风格相当适合用来表征现代日常生活的非连续性和碎片性，对日常生活碎片的印象式挖掘也更能展示现代性的日常经验。笔者以为，通过碎片来展示现代性经验，这恰恰也是齐美尔文化社会学的价值与成功之处。在齐美尔那里，对现代都市日常生活的印象主义解读构成了齐美尔都市社会学的基本格调。海默尔认为，齐美尔文化哲学思想的价值正在于他使用了日常生活的断片来表达现代经验。"齐美尔拒绝一个秩序严整的统一体系，拒绝在哲学上的宏观观点，这并非他无能为力于把这些断片联结在一起而导致的结果；恰恰相反，它源自这样一种尝试，尝试发现某种形式的关注，这种关注能够胜任（或者更加胜任）对它的对象（现代世界的日常生活）的处理。"[2] 在海默尔看来，齐美尔关注细节，同时也关注细节背后的意蕴，这意味着是对细节的独特性以及细节之间的关联的关注。"齐美尔的规划的这种特征对于理解作为某种形式的社会学的微观视野的齐美尔的规划是大有裨益的，这种微观视野在一个哲学的方法之中使用了关于日常生活的印象主义描述，在这种描述中，日常生活

---

[1] L. Müller, "The Beauty of the 'Metropolis: Toward an Aesthetic Urbanism in Turn-oftheCenturyBerlin'", *Berlin: Culture and Metropolis*, Minneapolis: University of Minneapolis Press, 1991, p.44.

[2] ［英］海默尔：《日常生活与文化理论导论》，王志宏译，商务印书馆2008年版，第61页。

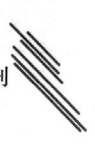

的特殊性被迫显示了更为一般的社会力量。"① 在海默尔看来,印象主义风格展示了现代性生活的加速度和转瞬即逝性,它使得现代人行动狂热和激动,以及对所有因袭而来的规范和价值观的挑战和颠覆。

虽然齐美尔对现代性都市的印象主义解读更多是对于现代都市日常生活的描述性展示,但他的目的显然不在于此。齐美尔的目的并非描述现代生活的表象,而是希望通过描述,将日常生活碎片视为社会生活和文化总体性的反馈。齐美尔强调文化的审美心理主义立场,这一立场也被他的学生卢卡奇所继承,在卢卡奇的早期著作中,他也表现了与齐美尔共同的心理主义倾向。他说:"心灵的每个行动都是富有深意的,在这二元性中也都是完满的:对感觉中的意义和对各种感觉而言,它都是完满的;完满是因为心灵行动之时是蛰居不出的;完满是因为心灵的行动在脱离心灵之后,自成一家,并以自己的中心为圆心为自己画了一个封闭的圈。"②

齐美尔就是这样一个印象主义者,而"印象主义者"这一标签也暗示了齐美尔挖掘现代生活的审美文化视域。基于对现代性剖析的感悟维度,齐美尔获得了"现代性的审美印象主义者"称号。这里的印象主义是指对现代日常生活景观碎片的审美体验和感悟。印象主义这个词在齐美尔的文本中与世纪之交的德国柏林的现代性审美体验息息相关,是齐美尔对生活的故乡柏林的特殊生活体验。19世纪的柏林不同于巴黎,它体现出技术化城市和文明化城市相融合的现代性表征,同时也是齐美尔文本中现代性文化症候分析的路径。对于齐美尔而言,印象主义不仅仅指某种艺术风格,同时它也是对现代性生活风格的表

---

① [英]海默尔:《日常生活与文化理论导论》,王志宏译,商务印书馆2008年版,第64—65页。

② [匈]卢卡奇:《卢卡奇早期文选》,张亮等译,南京大学出版社2004年版,第4页。

征,它更注重以主观的内在心理去感知和体验日常生活的碎片化景观。刘小枫认为,齐美尔文化哲学的印象主义风格的本质是生命哲学的诉求。齐美尔赞赏"纯粹的灵魂",强调要依靠自己最本真的内在性来生存,而不是让感觉超越灵魂的界限。在这个意义上,现代性理论在刘小枫看来就像是一种贵族主义式的现代生活感觉学。①

在齐美尔的理论中,日常生活的物化和碎片化是现代性的突出表征,而碎片化的审美解剖路径基于以下事实:生产和消费中的劳动分工导致客观文化不断扩张,也使得客观文化与主观文化之间的鸿沟日趋扩大,进而导致个体生活内容的碎片化。因此,从劳动分工的根源角度来理解和剖析现代性,是理解齐美尔现代性体验的关键,而从日常生活的碎片化景观展开现代性的审美印象主义剖析,也是齐美尔审美现代性思想最突出的表征和特点。作为一个现代生活的审美主义者,在齐美尔那里,"审美性的特质就在于:人的心性乃至生活样式在感性自在中找到足够的生存理由和自我满足。这种个体的感性自在的处身位置当然是此岸的,其自在性框围拒斥彼岸的关系。……审美性标识一种自成体统的此岸世界态度,这种生存态度的取向是回返内心"②。齐美尔受到了欧洲生命哲学思想的影响,他从生命的角度出发,将审美与心理主义直接联系起来,并视审美性为一种心理主义,视为个体审美的心理质态。在齐美尔的文化社会学思想中,现代社会日常生活已经成为审美体验的对象。

齐美尔对现代性的阐释是沿着波德莱尔的界定进行的。波德莱尔认为,现代性是艺术的一半,它是艺术所体现出来的短暂和偶然的当

---

① 刘小枫:《金钱、性别、现代生活风格》序言,学林出版社2000年版,第17页。
② 刘小枫:《现代性社会理论绪论》,上海三联书店1998年版,第302页。

第三章 现代性碎片的审美解剖

下性。① 对波德莱尔而言，现代性就是一种当下的审美现时体验，这种审美体验源于对时空高速发展中的偶然性生活碎片的把握。在波德莱尔那里，现代生活的画家居伊不只是一个游手好闲者，现代生活的画家的任务是发现、描述和言说现代性的美，或者说对现代性的挖掘。为了达到这一目的，现代生活的画家必须抓住现代日常生活中短暂易变的因素，在其蜕变的迅速变化中捕捉它。"选择居伊作为现代生活的主人公，人们为之惊讶。不过，居伊出色地证明了波德莱尔的现代性和任何真正的现代性的双重性，从那时起，任何真正的现代性也都是对现代性的抵抗，总之是对现代化的抵抗。"②

波德莱尔指出了现代性永无止境的革新和变化特征，对此，耀斯认为，"过渡、瞬间和偶然，这些特征只能是艺术的一半，艺术需要不变、永恒和普遍的另外一半，同样，现代性的历史意识必然以永恒作为对立面……永恒的美只不过是处在过去经验状态中的美的观念，一个由人自己创造并不断抛弃的观念"③。斯威伍德认为，虽然当代艺术也追求永恒的现代性审美体验，但却只能局限于当下的相对性之中。而波德莱尔把现代性描绘为现代城市生活的碎片性的异化体验，描述了现代性"当下的新"以及"稍纵即逝性"，并且从中捕捉到了"永恒"。斯威伍德写道："现代性起源于现代城市生活，波德莱尔把它与其他许多概念诸如'幻觉效应''稍纵即逝的时刻''快照'和'契合'等联系起来讨论。这些概念都表现了时尚、艺术和建筑的新形式与新体验、新情感和新思想的关系。他感兴趣的是'f laneur'这种人，也就是花花公子。这种人是各种新文化如'焦虑的''党派的'

---

① [法]波德莱尔:《1846 年的沙龙：波德莱尔美学论文选》，郭宏安译，人民文学出版社 1987 年版，第 425 页。
② [法]贡巴尼翁:《现代性的五个悖论》，许钧译，商务印书馆 2005 年版，第 22 页。
③ [英]弗里斯比:《现代性的碎片》，卢晖临等译，商务印书馆 2003 年版，第 23 页。

和进取的文化的体现,是历史转型时期的局外人的体现。"① 可以说,波德莱尔之所以选择居伊刻画现代性,在于他通过居依发现了都市社会中妇人、姑娘、纨绔子弟和帝国社会等生活碎片所呈现出来的现代性特征:零碎性、缺乏整体性、意义的缺失、批判之锋芒,等等。

汪民安认为,波德莱尔思想中的现代性既指艺术和美所体现出来的短暂性和偶然性,同时也是指现代生活的短暂性和偶然性。因此,在波德莱尔的现代性规划中,现代个体、现代艺术和现代生活是三位一体的存在,缺一不可。② 斯威伍德认为,对福柯来说,波德莱尔笔下的现代性并非静止的特征,而是在不断地重新定义和更新自己。"它不是作为流逝或过往的时刻的一部分,而是通过个体的方式关涉当下(现今时刻)的一切'新'——就像波德莱尔的花花公子通过感受和激情来表述自己的苦行主义,这种现代人努力'创造自己',创造一个与众不同的新的自我。"③ 波德莱尔视居依为"现代生活的英雄",阐发了现代性的当下性、瞬间性和创新性等诸多特点。在波德莱尔的基础上,福柯重新考察了波德莱尔的现代性观念,认为波德莱尔将现代性定义为一种具有当下英雄气概的意志表现,强化了这种英雄气概的崇高价值。弗里斯比发现,波德莱尔的现代性观念是现代性研究史上的重要阶段,也是后来现代性理论的主要发源之一,这尤其体现在齐美尔和法兰克福学派的理论表述中。齐美尔与波德莱尔在现代性的剖析上有颇多相同之处,如都关注日常生活的碎片景观,强调经验的微观分析方法,而法兰克福学派的克拉考尔和本雅明,在对现代性经

---

① [英]斯威伍德:《文化理论与现代性问题》,黄世权等译,中国人民大学出版社2013年版,第146页。
② 汪民安:《大都市与现代生活》,《西北师范大学学报》2006年第3期。
③ [英]斯威伍德:《文化理论与现代性问题》,黄世权等译,中国人民大学出版社2013年版,第148页。

第三章 现代性碎片的审美解剖

验的阐释上,也采用了一种微观视角而不是总体性视角。"这种现代性社会理论集中探讨由高速发展的资本主义经济引起的社会和文化的反叛,以及相应的新的感知模式和时空体验。新的时空体验是转瞬即逝的、一闪而过的、偶然的和任意的。"[1]

齐美尔又赋予日常生活碎片以相当重要的地位,现代性体验是一种碎片化的生活景观体验。与波德莱尔不同,齐美尔构建现代性理论的出发点是文化社会学的路径。齐美尔视文化悲剧为现代文化不可避免的症状,这主要源于劳动分工所衍生出来的文化的分化与冲突:内蕴的和权威的表述的文化和作为外部的、非人性的、物化形式的文化的矛盾与冲突。因此,虽然齐美尔延续了波德莱尔现代性经验中的碎片化主题,与波德莱尔一样强调碎片化经验和微观学视角,但由于齐美尔对现代性碎片的挖掘是在文化悲剧的叙事逻辑中展开的,现代性的悲剧也源于文化悲剧这一宏大叙事。正是因为如此,自启蒙以来的现代性规则在齐美尔那里由于资本主义商品拜物教和物化最终分裂而无法统一,这也导致了齐美尔和波德莱尔在关注同一主题的过程中走向了不同的终点。

齐美尔以一种审美主义式的眼光来剖析现代性,他写道:"现代性的本质是心理主义,是根据我们内在生活的反应(甚至当作一个内心世界)来体验和解释世界,是固定内容在易变的心灵成分中的消解,一切实质性的东西都被心灵过滤掉,而心灵形式只不过是变动的形式而已。"[2] 弗里斯比在比较齐美尔、克拉考尔和本雅明三人的现代性思想时,认为他们都关注现代资本主义发展变化中社会生活与历史存在

---

[1] [英]斯威伍德:《文化理论与现代性问题》,黄世权等译,中国人民大学出版社2013年版,第149页。
[2] [英]弗里斯比:《现代性的碎片》,卢晖临等译,商务印书馆2003年版,第62页。

文化、现代性与审美救赎

的新体验,"他们的中心关怀是表现为过渡、飞逝和任意的时间、空间和因果性这三者的不连续的体验——这种体验存在于社会关系的直接性中,包括我们与都市的社会和物质环境之间的关系,以及我们与过去的关系"[1]。可以说,齐美尔并不关注现代性的宏大叙事,但关注现代性的碎片化叙事,强调从审美心理或印象主义的角度去捕捉现代性的碎片化景观。斯卡夫认为,"从内在感觉出发来体验世界,这是齐美尔心理主义的最终命意所在,而齐美尔也正是力图透过感觉层面去接触灵魂的内在波动"[2]。因此,现代性是一种日常生活体验方式,它是个体对日常生活碎片化景观的心灵体验和内在反应,同时是个体主体精神对日常生活世界的体悟。

齐美尔以此方式来体验日常生活,日常生活世界在他眼中化为一根根细小纽带,"每一天、每一秒,这些纽带被编结,被舍弃,又被重新拾起,旧的纽带被新的所取代,或是与新的相互交织。在其间起作用的是社会原子间的互动,这种只有通过心理的显微镜才能观测得到的互动,支撑着这个真实却又令人迷惑的社会全部的韧性与弹性,多样性与一致性"[3]。在心理主义的感知与体认中,外在世界成为我们内心世界的组成部分,碎片化和飞逝的日常生活,全部都融入我们的内在体验之中。弗里斯比认为,齐美尔试图通过"心理主义的显微镜"——而不是通过对社会的主要机制的分析——来接近这一内在世

---

[1] [英]弗里斯比:《现代性的碎片》,卢晖临等译,商务印书馆2003年版,第7—8页。
[2] A. Scaff, "Weber, Simmel and the Sociology of Culture", *Sociological Review*, 36.1, 1988, p.16.
[3] [德]齐美尔:《时尚的哲学》,费勇等译,文化艺术出版社2001年版,第2页。

界。① 这种分析路径是一种从主体内心到外在世界的维度,在这种现代性的剖析中,"世界的复多性成为精神的统一性,这正反映出哲学是种种心灵对存在整体的反应:因为心灵自知是个统一性,在它之中——而且首先也只有在它之中——此在的众多光束如同相交于一点"②。约莫斯蒂迪特在分析齐美尔的艺术思想时指出,在齐美尔那里,"艺术品不可能通过智性的方式所完全把握,相反,它只能被感性的方式所体验到"③。显然,这种分析同样源于齐美尔的现代性碎片化剖析思路。

康诺尔认为,齐美尔从心理主义的角度界定现代性,"这种纯概念性的视角正脱胎于对现代范畴之实质的背叛。如果社会学不仅要说明现代性,而且要表现现代性,那么它就必须要更密切地关注现代经验中强烈的情感和相对的性质"④。在这个意义上,齐美尔的现代性理论是一种对现代性社会的文化生活的体验式解说,它的关注重点在于现代日常生活碎片化景观的感性与审美层面。

二 碎片化审美路径

齐美尔从审美心理主义维度去考察现代性,他对现代性的审美阐释并非局限于现代社会的宏观维度,而是关注现代性微观的碎片性景观,这也形成了齐美尔独特的现代性审美路径——经由现代性碎片审

---

① D. Frisby, "The Ambiguity of Modernity: Georg Simmel and Max Weber, W. J. Mommsen and J. Osterhammel", *Max Weber and his Contemporaries*, London: Routledge, 2010, p. 431.
② [德]齐美尔:《哲学的主要问题》,钱敏汝译,上海译文出版社2006年版,第35页。
③ O. Rammstedt, "On Simmel's Aesthetics: Argumentation in Journal Jugend, 1897 - 1906", *Theory, Culture & Society* 8.3, 1991, p. 131.
④ [英]特纳:《社会理论指南》,李康译,上海人民出版社2003年版,第432页。

美社会总体。在他眼中，现代性的突出表征在于碎片化景观的展示。弗里斯比认为，现代性在齐美尔那里呈现出一种动态的表述：支离破碎、四分五裂地存在的总体性和个体要素的偶然性得到了相当明确的显露；而与此相反，集中的原则、永恒的因素则消失殆尽，荡然无存。[①] 北川东子认为，齐美尔的文化哲学是由"被瞬间所束缚"和"对整体作出反应"这两个相互矛盾的方向所规定的。[②] 齐美尔对日常生活的体验停留于现代生活景观的各个细微角落，宏观性的整体社会生活在齐美尔眼中被分解为各个微小的碎片化景观。在这种经由碎片到总体的审美路径中，也体现了齐美尔审美社会学研究的微观视角。在这一视角下，日常生活景观中每一个细微和偶然的碎片都能观照或表征出一般的社会总体性意义。

在《社会学美学》一文中，齐美尔阐释了他关于碎片的社会学美学思想。在这篇文章中，齐美尔将美与辩证法整合在一起，美成了对社会日常生活事物进行分析的方法。日常生活的碎片展示或暗示了现代社会的各种根本性力量，而日常生活的碎片化审美观照联系了社会的总体性。日常生活对审美敞开，社会总体性也在这种审美关注和深思中得到彰显。"在这里，鉴赏家被社会分析家（'受过完整的训练的眼睛'）取而代之，社会分析家沉浸在日常生活的无意义当中，他在其中发现了社会总体性的基础性力量。这样一种美学没有消除日常的日常性，相反，它蓄意要它的核心之中揭示日常性。"[③] 可以说，在这

[①] D. Frisby, "The Foundation of Sociology", D. Frisby, *Georg Simmel: Critical Assessments*, Vol. I, London: Rouotledge, p. 330.

[②] [日]北川东子：《齐美尔：生存形式》，赵玉婷译，河北教育出版社2002年版，第19页。

[③] [英]海默尔：《日常生活与文化理论导论》，王志宏译，商务印书馆2008年版，第69页。

第三章 现代性碎片的审美解剖

篇论文中,齐美尔提出了"由碎片到达整体"的现代性碎片景观审美路径,并根据他的社会学互动理论,阐释了现代性碎片彼此间的互动和联系,以及碎片如何建构总体性的宏观社会过程。在齐美尔看来,每一块碎片都不是简单意义上的独立存在,现代性的碎片总是通过某种方式与社会的总体性连接起来。

齐美尔对生活碎片的钟爱,以及从审美的维度挖掘其背后的文化意义与社会意义,这在他的不少文章中都曾得到表述。在《大都会与精神生活》中,齐美尔也有着相似的表述:"从存在表面的每一点看——无论它们多么紧密地独自依附于这表面——人们可以从表面的探测进入心理的深处,以至于生活的所有最平凡的外在性最后都与关于生活意义与方式的终极决断有关联。"[①] 齐美尔在分析货币的文化特性时也明确指出,通过对货币的研究,可以发现货币所表征的社会意义。齐美尔认为,在对日常生活碎片的审美分析和沉思中,"独特的东西强调了典型的东西,偶然的仿佛是常态的,表面的和流逝的代表了根本的和基础的。似乎在任何现象中都蕴含着富有意义和永恒的东西"[②]。在齐美尔那里,每一块碎片都连接着社会的总体性。鲍曼认为,齐美尔从文化社会学维度关注现代日常生活的碎片,他从不同的角度去关注社会现实,但每次都只是关注那些其他人不是很关注的社会现象和过程,"齐美尔作品中的实在,以如此众多的生活断片和信息碎片的形式出现……实在消散于齐美尔之手;它散落成碎片,拒绝被教会、国家或民族精神的统一力量再度拼凑起来"[③]。鲍曼的话表明,对齐美尔来说,日常生活景观的现代性碎片是与生活背后的实在和总

[①] [德] 齐美尔:《时尚的哲学》,费勇等译,文化艺术出版社2001年版,第189页。
[②] D. Frisby, "The Aesthetics of Modern Life: Simmel's Interpretation", D. Frisby, *Georg Simmel: Critical Assessments*, Vol. Ⅲ, London: Rouotledge, 1994, p. 55.
[③] [英] 鲍曼:《现代性与矛盾性》,邵迎生译,商务印书馆2003年版,第284页。

文化、现代性与审美救赎

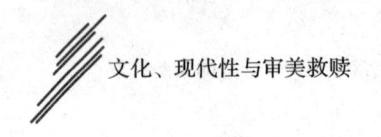

体性密切相关的。

齐美尔赋予现代性碎片审美意义,通过对碎片的审美关注,进而理解和把握碎片所表征的社会美学意义,日常生活由此向审美意义转变。经过这样一种转变,日常生活的社会化演变为日常生活的审美化,审美感性主义的社会学美学也由此而生,而这也是齐美尔所提出的以审美救赎日常生活的社会学研究意义之所在。可以说,在每一个现代性碎片上,齐美尔都赋予了审美与文化意义。齐美尔通过日常生活领域以及微小差异领域的显微镜式的解剖,构建了这些微观领域作为人类存在的一个片断因而具有的哲学意义和文化内涵。在对货币的文化社会学剖析上,齐美尔就赋予货币以文化哲学意义,并强调对货币的文化社会学分析为现代性的世界观建构提供了出发点。齐美尔认同马克思的观点,但他并没有沿着马克思的政治经济学批判路径,而是走上了符号经济学的批判路径。在他看来,货币背后的最主要的文化内涵在于异化,通过货币,商品的使用价值被交换价值所取代,正是在商品的交换价值的引导下,出现了现代文化的异化现象。齐美尔认为,在现代日常生活中,货币是一种相当表面的现象,但齐美尔通过这种表面的、碎片似的现象,其真正的指向是碎片背后的生活真实,货币也由此成了现代性世界的基本表征。可以说,就齐美尔的社会学美学而言,对日常生活碎片的挖掘并没有消解现代生活的宏观视域,而是以一种特殊的方式在日常生活中提示社会总体性。

通过对社会形式的美学化考察,齐美尔希望通过审美的方式来救赎现代人的生存困境。齐美尔认为,现代性的碎片化景观并非只体现于社会形式层面,同样也体现于现代人所遭遇的个体生存的诸多方面。不仅如此,"每一次在我们面前的都不是一位我们能够了解和预计的、统一的人,而是只能是一个心灵的若干偶然的和毫不相关的残碎片断。

第三章 现代性碎片的审美解剖

因此，我们必须通过各种结论、解释和内推法对现存的残缺不全进行补充，直至出现一个像我们的内心和对于我们的生活实践所需要的、完整的人为止"①。可以说，日常生活的社会细微处以及现代人的生存图景都被齐美尔分解为现代性解剖的瞬间景观，或者说是"快照"。应当说，由现代性碎片出发来剖析和解读现代性社会，这是齐美尔独特的现代性审美路径。正是因为如此，有学者认为，齐美尔是他那个时代深刻地领悟了碎片化的时代精神的哲学家。②

在齐美尔的视域中，他建构的是审美文化学的现代性剖析维度，其目的不在于构建系统性社会理论，而在于对现代性碎片景观的展示。③齐美尔关注那些看似最表面的、最不起眼的和毫无连续性的细微之物，他的最终目的却是通过对这些细节的考究进而挖掘其背后隐含的社会审美意义。齐美尔对现代性碎片和世界细微图景的解读，虽然是从日常生活形而下的细微感受出发，但走向的却是审美哲学和审美文化学的形而上之路。有学者分析说："如果说大都会的精神在于官能的碎片式舞蹈，一切都在形色声中稍纵即逝，那么，齐美尔恰恰以沉思的姿态凝视这些流动的场景，把喧闹背后的寂静从容不迫地揭示出来。……他对当前的日常现象或生活景象的把握，从感觉出发走上的是思想之路。"④ 在齐美尔的审美文化社会学中，他所关注的现代日常生活碎片化景观，如桥、门、金钱、冒险、旅游、现代招魂术、饮食、面容等，它们都不完全只是简单意义上的生活碎片，而是通向社

---

① [德]齐美尔：《社会学》，林荣远译，华夏出版社2002年版，第467页。
② D. Frisby, "The Foundation of Sociology", D. Frisby, *Georg Simmel：Critical Assessments*, Vol. I, London：Rouotledge, 1994, p. 331.
③ D. Frisby, "The Ambiguity of Modernity：Georg Simmel and Max Weber. W. J. Mommsen and J. Osterhammel", *Max Weber and his Contemporaries*, London：Routledge, 2010, p. 430.
④ [德]齐美尔：《时尚的哲学》译者前言，费勇译，文化艺术出版社2001年版，第4—5页。

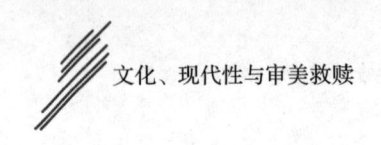

会总体性的途径。齐美尔希望通过对现代性碎片的收集，进而在社会日常生活瓦砾中找到一条通过实在总体性的道路。

因此，在对日常生活碎片化景观的审美印象主义描述背后，实际隐含着齐美尔审美文化哲学的诉求。在齐美尔看来，在流动的现代性碎片的展示中实际上隐含着厚重有力的文化症候。无论是货币、时尚、展览和性等富有现代表征意义的主题，还是桥、门、面容、进餐和首饰等相当普通的细节，都能从生活的瞬间走上哲学的永恒追问。戴维斯发现，在齐美尔那里，社会的普遍性并非存于那些宏大叙事中，而是存在于日常生活中那显然小的、不重要的和细微的特征中，如艺术中最不起眼的细节却构成了作为整体的艺术的根本形式。因此，单纯的社会交流看起来似乎无关紧要，却能揭示社会文化意义，可以展示生活本身的本质过程。[①]

从碎片到达总体构成了齐美尔现代性分析的路径，这也与齐美尔碎片化的审美体验息息相关。齐美尔认为，从审美体验的角度来解剖现代性碎片，就不能完全诉诸现代科学知识和整体性的宏观维度。在众多的思维方式中，齐美尔最钟情的是社会学美学的维度，在他看来，每一块碎片都具有现代性的史学意义，虽然它们表面看上去只是微不足道的碎片，但却与现代人生命感觉意义的总体性相关。对此，齐美尔写道：

> 审美观察和解释的本质在于以下事实：典型是在独特的事物中发现的，法则是在偶然性的事物中发现的，事物的本质和意义是在表面化和过渡性现象中发现的。……任何一点都潜藏着释放

[①] M. S. Davis, "Georg Simmel and the Aesthetics of Social Reality", *Social Force* 51, 3, 1973, p. 327.

出绝对美学价值的可能。在受过适当训练的眼睛看来,这个世界的总体的美,全部的意义,从任何一点都辐射出来。①

在齐美尔的论述中,这种审美维度或者说"审美观察和解释",能够从"独特的事物中"发现"典型",从"偶然性的事物中"发现"法则",从"表面化和过渡性现象中"发现"事物的本质和意义"。"艺术本质上的意义在于它能够从一个现实的偶在碎片(它依赖于同现实的千丝万缕的联系)出发构筑出一个独立自主的统一体,一个无须其他的自足的微观世界。个体存在与超个体存在之间典型的抵牾,可以被阐释为这两种因素要达到美学上令人满意的表现形象而无法妥协的抗争。"② 在齐美尔眼中,艺术的本质就在于从现实碎片中建构出生活的总体性意义。日常生活的每一块碎片都可以说是美,或者说隐含着成为美的可能性。

齐美尔以审美的方式解剖现代性碎片,他希望以一种审美的方式来建构日常生活之间的内在联系,从而更深入地传达现代人的生活质感和内在意义。齐美尔的社会学美学的路径是审美心理主义的,即从日常生活的审美感觉维度来解剖社会形态及其内在本质。通过对日常生活碎片的审美解剖,齐美尔从心理学维度对社会碎片进行了审美转换。在齐美尔眼中,碎片表征了现代生活的本质,从碎片可以通达生活的意义本质深处。在齐美尔看来,碎片本身也具有审美内涵,日常生活中最平凡无奇的碎片,最终与生活意义和生活方式的内在终极本质建构了审美关联。

齐美尔强调从碎片到整体的审美解剖方式来实现对现代性的理解,

---

① [英]弗里斯比:《现代性的碎片》,卢晖临等译,商务印书馆2003年版,第76—77页。
② [德]齐美尔:《货币哲学》,陈戎女等译,华夏出版社2002年版,第404页。

但进一步的分析表明，通过这种审美解剖方式，齐美尔试图超越生活碎片的表面性，实现总体与碎片的最终整合。在齐美尔看来，碎片虽然是日常生活的表面存在，但实际上每一块碎片上又都体现着生活的总体，能映射出社会的整体意义，而且，通过对现代性碎片的审美解剖，可以实现超越日常生活，最终实现对个体生存碎片化体验的救赎。齐美尔发现，现代文化中的个体游荡于日常生活的碎片化感性体验中，他们的游荡"表现了一种审美的特征。他们似乎想从事物的艺术观里，获得对现实生活的碎片和痛苦的超越性的解脱"[1]。因此，齐美尔强调现代生活碎片的审美化，最终目的是实现了碎片与所表征的总体的对应，进而实现对个体生存碎片化的弥合。对齐美尔来说，所有的这些不同的碎片的内容和外在显示都是与生活的总体性联系在一起的。齐美尔的研究目标并不是阐释这些联系的原因和解释，而是关注现实生活中的符号、例子和类比。对齐美尔而言，这些碎片的意义并不在于彼此之间的关联，而在于它们的现实性，也就是说，"所有最平庸生活的外部性都与关于生命意义和风格的最终决定联系起来"[2]。

从碎片到整体的现代性审美解剖中，齐美尔在波德莱尔现代性理论的基础上挖掘了现代性的独特性：碎片化。应当说，现代日常生活的特点就在于各种生活碎片的显现与消解，齐美尔准确把握到了现代生活，特别是都市生存的脉搏，这也表征了齐美尔"审美印象主义者"的标签和身份。其次，碎片化的审美解剖方式也与马克思和韦伯等其他理论家宏观的理论视域不同，它的特点在于关注日常生活现象的细节以及局部的微小之处。需要注意的是，虽然说齐美尔的审美解

---

[1] G. Simmel, "Tendencies in German Life and Thought since 1870", D. Frisby, *Georg Simmel: Critical Assessments*, Vol. I, London: Rouotledge, 1994, p. 23.

[2] I. Borde, "Space beyond: spatiality and the city in the writings of Georg Simmel", *The Journal of Architecture*, Vol. 2, 1997, pp. 313 – 335.

剖方式相当独特，但就齐美尔本人而言，他就如同一个漫游者在现代都市中随意穿行，这种漫游方式也就注定了现代性的解剖者最终只会是旁观者的身份，而不能为现代性个体提供内在心灵的栖息之所，相反却使个体在漫游中迷失方向和自我。

由于齐美尔个人的学术兴趣，他并不主张对资本主义进行清算，其批判也持相对温和的态度。他对现实碎片的体验因而缺乏历史学的批判维度，从而使对流动、偶然和稍纵即逝的现代性碎片的审美解剖化约成纯粹审美化体验。对此，克洛斯批评齐美尔，认为"他在将个人独特性的量化研究确定为他的形式社会学的任务时，实际上已经意识到他的社会学的不足：它过于具有片断特征"[1]。而且，齐美尔对碎片的审美解剖方式类似于一种审美性的泛神论，每一个碎片都具有审美内蕴，都通向社会的总体性。这么一来，所有的碎片几乎都失去了质的存在，只具有量的差别，这正如他在《货币哲学》中所阐释的货币主题一样。

第二节 现代性碎片的历史复原

齐美尔对克拉考尔的影响，我们在克拉考尔本人的声音中可以听到。作为齐美尔的学生，克拉考尔在齐美尔身上找到了诸多令他感兴趣的东西，诸如齐美尔在文化社会学方面细致入微的观察，对社会日常生活审美印象主义的显微式透视，等等。齐美尔在自己的文化社

---

[1] K. Lichtblau, *Georg Simmel*, Ffm, 1997, p. 39.

学分析上，很早就证明了自己是一个解剖日常生活审美碎片意象的大师。而克拉考尔早期的不少著作，也表达了与齐美尔相似的主题，即表现总体性生活世界的破碎性。克拉考尔对碎片的钟爱有着他的老师齐美尔的影子。齐美尔对现代性碎片的审美解剖在于揭示现实生活碎片之间相互缠绕的线索，而他的现代性解剖的任务在于通过这些碎片形成现代性的总体性，以及如何体验和掌握这一总体性和表现其实质。弗里斯比认为，与齐美尔的解剖视角不同，"克拉考尔转向了碎片的凝固物，采用了一种'自下而上'而不是自上而下的视角。这构成了克拉考尔对现代性的'边角余料'进行分析的标志性特征：'对偶然和琐碎事物的敏感性。'"① 作为齐美尔的学生，克拉考尔围绕着碎片、世俗与复原等概念，展开了关于现代人生存救赎的思考。从碎片与世俗出发，克拉考尔的最终目的是"复原物质世界"这一审美救赎旨归。

一　在碎片中重建历史

在西方思想史上，较早对碎片进行系统深入阐释的是齐美尔。正是深受齐美尔的启发，克拉考尔选择从碎片着手展开对于现代人的审美救赎思考。克拉考尔宣称："通往现实世界的大门是齐美尔最先为我们打开的……当齐美尔观察个体形式时，他总是突显它们在宏大世界中的独特性，并且把它们从与现象的纠缠不清中剥离出来；将之视为独立的实体。"② 对于克拉考尔来说，从碎片出发，可以把握现实世界并发现生活的真意，从而为现代人的生存救赎提供有效的途径。

弗里斯比认为，城市体验在克拉考尔的文本中是由碎片式符号组

---

① ［英］弗里斯比：《现代性的碎片》，卢晖临等译，商务印书馆2003年版，第247页。
② 同上书，第155页。

成的迷宫,"一个时代在历史中占据的位置,更多的是通过分析它的琐碎的表面现象而确定的,而不是取决于该时代对自身的判断。……一个时代的基本内容和那一时期的隐秘冲动,是互为表里的"①。在克拉考尔对齐美尔碎片式风格的继承中,他对齐美尔从碎片展开现代性研究的路径高度认同。克拉考尔毫不掩饰他对齐美尔的赞美,认为齐美尔是诠释现代性碎片意象的大师。受齐美尔影响,克拉考尔也醉心于柏林的现代性都市生活碎片。在克拉考尔的早期文本中,主题就是现代性世界被化约为碎片。克拉考尔以碎片化的意识试图拾取这些逝去的历史碎片,并对现代性历史中的碎片进行物质还原。在他看来,都市中的每一块碎片虽然是陈旧的,但却是逝去的现代性历史的沉淀,通过对这些碎片进行收集和整理,可以复原现代性的原来面貌。在认同齐美尔的同时,克拉考尔也对齐美尔的碎片研究方法进行了批判性反思。克拉考尔的目的是通过碎片还原物质世界,他不满意齐美尔随心所欲的碎片式研究方法。在他看来,齐美尔漫游于各种碎片之间,他毫无规律地呈现碎片和展示日常生活景观,因而缺乏碎片研究的核心理念。在他看来,"齐美尔对世界充满了兴趣,只是他与所有他解释过的现象都保持一定距离,这段距离,已经通过兴趣这个词——在其最宽泛的含义上——表达出来;亦即,他从未投入过自己的灵魂,并且忽略了最终的决断。他的著作中,再也没有比它们能激发人浓厚的兴趣更为鲜明的特色了"②。克拉考尔认为,齐美尔碎片化生活景观研究的随意性无法激发读者的深层次认同,而仅仅只是外在的视觉兴趣罢了,因而无法引导人们找到现代性研究的主线和核心。

---

① [英]弗里斯比:《现代性的碎片》,卢晖临等译,商务印书馆2003年版,第197页。
② 同上书,第156页。

克拉考尔认为,只有追寻日常生活的直接具体现实,才能揭示现实领域的内在结构。本雅明富有诗意地写道:克拉考尔是"一个破晓时刻的拾荒者,他用棍子串起只言片语,将其扔进手推车。他忧郁、执拗,带有几分醉意,但从不会轻易让这些被遗弃的碎片——人性,灵动,深远……其中的任何一种,被晨风拂去"①。可以说,碎片在克拉考尔眼里,可以串起历史的脉络,展现被掩盖的社会生活的原貌。克拉考尔写道:"对于事物的了解有赖于其关于表层的阐释。每个时代的表象与其内在本质往往是相辅相成的。"② 因此,"必须经过观察,现实才能显现出来。但现实根本不可能在报告文学这些多少带有主观随意性的系列观察中得到体现。只有对个体观察进行汇总,拼接成一幅马赛克,现实本身才会得以体现"③。在克拉考尔认看来,对现代性历史的挖掘和还原,应当着眼于日常生活中不起眼的碎片和片段。对他来说,通过碎片来还原物质世界,进而捕捉其中隐藏的审美内蕴和揭示生活世界的真相,是一个知识分子的责任与良知所在。

克拉考尔提倡以一种艺术的方式来实现审美救赎,而他眼中的电影正是这样一门艺术,可以用审美的方式来帮助现代人实现经验的具体化。克拉考尔的这种思路与齐美尔的审美距离救赎思想有着近似之处。在齐美尔看来,艺术一方面能拉近个体与现实,另一方面也能疏远个体与现实。艺术既能以独特的观察视角和表现形式,来帮助人们体认潜藏于纷繁世相背后的深层意蕴;同时艺术也能通过与现实保持

---

① S. Kracauer, *The Salaried Masses: Duty and Distraction in Weimar Germany*, London: Verso, 1998, p. 14.
② S. Kracauer, *The Mass Ornament: Weimar Essays*, Boston: Harvard University Press, 1995, p. 75.
③ S. Kracauer, *The Salaried Masses: Duty and Distraction in Weimar Germany*, London: Verso, 1998, p. 32.

第三章 现代性碎片的审美解剖

一定的距离,来彰显自身的审美特性。克拉考尔认为电影以一种陌生的方式使人们重新认识习见的事物,他实际上是强调电影以一种与日常遮蔽拉开距离的方式,使人们恢复对世界本真的认知。克拉考尔也强调电影对日常生活历史的建构,认为电影不仅是用手指尖来触摸现实,而应当引导人们深入物质生活,潜到现实的最下层,去挖掘世界的内在奥秘和历史的真实。在克拉考尔看来,电影可以带领人们认识物质世界,探索历史的真实和实现现代人诗意的栖居。

齐美尔热衷于展示现代日常生活的碎片,认为碎片散发着审美光晕,最终实现现代性的审美救赎;而克拉考尔则心仪现代性都市中的丢弃物和历史碎片。虽然这些丢弃物和历史碎片不再具有新鲜感和迷人的光环,但对克拉考尔来说,却是解读现代性历史的关键,因而有着不同寻常的象征意义和重要性。弗里斯比认为,在克拉考尔那里,这些被丢弃的日常生活碎片"是现代性已经逝去的历史的部分,是全新事物的部分,就像新事物的更为鲜亮的碎片一样,虽然打着新的招牌,其意义同样有待解释。但这也不是说,碎片的意义蕴含在别处,或者在丧失了的总体性之中,而是说碎片的面相本身,还保留着自身的意义,只不过被掩盖了,因而遮蔽了我们的视线,克拉考尔的每一分析,都是'针对日常世界的一个片断,实实在在的这里和现在'"[1]。而且,克拉考尔对碎片的关注也表明,"即便在一个丧失了较高意义的世界里,这个'较高领域'被从原来的位置移开后,现如今就寄居在那些表面上看来非常琐碎的事物当中。换言之,它隐身于日常世界的表面现象之中"[2]。在克拉考尔的文字中,碎片虽然是历史的散落之物,看似毫不起眼,但却是重建现代性历史的起点。这些碎片内蕴着

---

[1] [英]弗里斯比:《现代性的碎片》,卢晖临等译,商务印书馆2003年版,第250页。
[2] 同上书,第248页。

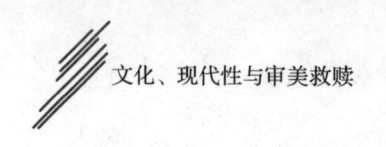

的生活真理，同时也是重建和串联历史的纽带。

二 在碎片中复原本真

关注现代生活的碎片，他围绕直接经验到的现代性世俗碎片，力图从世俗碎片中去还原生活本真。尽管克拉考尔认为，现代世界经过祛魅之后，徒留理智，但在克拉考尔的文字中，我们却可以发现他对世俗碎片中所蕴含意义的关注。他以直接经验到的活生生的现实为出发点，围绕着高雅文化的边缘区域，去挖掘常常被忽视的世俗碎片：白领职员、大众装饰、公司职员、酒店大党、电影等。在克拉考尔看来，世俗碎片的表面背后内蕴着神圣，通向历史本真的道路寄寓在世俗的日常生活碎片中。

克拉考尔专注碎片，注重从碎片的现实表面和具体层面展开剖析。对此，我们可以从他对白领职员的分析展开说明。克拉考尔认为，白领职员是现代性生活的范例，它触及了德国的现代性生活本真，可以充分地揭示真正的日常生活现实。克拉考尔认为，对白领职员的研究"比电影中的非洲之旅更具冒险性的历险。因为，我们在研究白领职员的同时，也将触及都市生活的内核。尤其在当代的柏林，一个明显拥有白领文化的城市……只有在柏林，这样一个并不强调籍贯和故乡的地方……白领职员的现实才能得以理解"[1]。在克拉考尔眼中，每天，成千上万的白领职员挤满柏林街道和大都市的办公场所，他们成为柏林这类大都市的日常生活景观。很多学者视其为普遍性的日常生活，并没有将太多的视角投射到他们身上，对他们的生活境况和心理感受也缺乏足够的兴趣和关注。而在克拉考尔看来，现代都市中的白领职

---

[1] S. Kracauer, *The Salaried Masses: Duty and Distraction in Weimar Germany*, London: Verso, 1998, p. 32.

员是现代人研究的主题，通过对白领职员生存境况的剖析，可以窥见现代性都市的内核，因此，白领职员现代性文化的载体，同时也是现代性都市意象研究的切入点。克拉考尔希望通过对白领职员这一普遍的世俗生活碎片的研究，从而还原现代性本真，进而唤醒他们对自我生活境遇的反思意识，达到文化批判的目的。

齐美尔曾对游行这一生活景观展开研究，克拉考尔顺着齐美尔思考，也对旅行进行了分析。克拉考尔认为，旅行并不指向一个特定的地方，而仅指去一个新的地方。所谓的异乡情调已经相对化，自然景观与杂志上的照片并无二致，旅馆的风格也摆脱不了雷同的窠臼。旅行日趋模式化，真正的异域风情也越来越少。克拉考尔发现，旅行的意义却在于，它使人们抽身到一个新的地方安静地享受下午茶，而不被日常公务所打扰。克拉考尔指出，旅行具有一种现代的时空激情感和神学意义。"他们希望体尝无限，却只是空间中的区区节点；他们渴求拥抱永恒，却又被时间的旋涡团团围住。通往梦想之乡的大门紧紧关闭。于是，人们将旅行和舞蹈视为梦想之乡的替代品，它们也因此被赋予无限和永恒。"① 在克拉考尔看来，生活的本真隐藏于旅行等世俗的碎片领域中。通过转换生活的空间，人们得以与烦冗的程式生活拉开距离，在纯粹的时空体验中触碰梦想的家园。

侦探小说在克拉考尔的文本中，同样是还原生活本真的现代性碎片。克拉考尔通过研究侦探小说，发现了空洞理性笼罩下的世界本相。克拉考尔认为，侦探小说"手执一面折射镜，从那里折射出的一幅其正面本质的漫画，正在背后凝视着它。它们所给出的图景是相当可怕

---

① S. Kracauer, *The Mass Ornament*: *Weimar Essays*, Boston: Harvard University Press, 1995, p.70.

的：它反映的是无以羁縻的理智所取得最终胜利后的社会状况"①。克拉考尔肯定了侦探小说对于生活世界本真意义的挖掘意义，认为侦探小说的世界其实就是对生活世界的影射和曲折反映。克拉考尔发现，侦探小说并非只是对隐藏在表层背后的真实环境的朴素再现，有时候它本身还以一种扭曲的方式反映着社会环境的情貌。那些看似荒谬的奇幻电影，却是社会生活的白日梦。在梦中，本真的现实浮出水面，而那些曾被抑制的愿望也得以展现。克拉考尔高度评价奥芬巴赫的歌剧，认为歌剧将对生活的讽刺隐藏在轻浮的表面现象中，"当资产阶级在政治上无所作为、左派一味软弱退让的时候，奥芬巴赫的轻歌剧是最能确保带来笑声的艺术形式，它粉碎了强加的沉默，并且诱发观众的反抗情绪，虽然表面上只是在逗他们发笑"②。基于此，克拉考尔强调用世俗化的语言来还原真实生活，认为对物化现实的批判力量就隐藏在世俗化的语言中，在他看来，"避免使用世俗化的语言，也就压制了世俗性；抽离于普通公众领域，也就丢弃了收获本真的紧迫需要"③。因此，以侦探小说和歌剧为代表的所谓庸俗艺术虽然表面轻浮夸张，但轻浮夸张的背后却充满了斗争性与批判性，它是实现现代人本真回归的重要手段。

克拉考尔从碎片出发，关注日常世俗生活，最终旨在复原现代人的本真生存状态。在他看来，只有与事物直接沟通，亲近现实世界，才能走出抽象化的危险，帮助人们实现审美救赎。克拉考尔以电影为例进行了分析。克拉考尔《电影的本性》的核心主题是"物质现实的复原"。克拉考尔认为，"电影按其本质来说是照相的一次外延，因而

---

① [英]弗里斯比：《现代性的碎片》，卢晖临等译，商务印书馆2003年版，第169页。
② 同上书，第244页。
③ S. Kracauer, *The Mass Ornament: Weimar Essays*, Boston: Harvard University Press, 1995, p. 198.

第三章 现代性碎片的审美解剖

也跟照相手段一样,跟我们的周围世界有一种显而易见的近亲性"①。在克拉考尔看来,摄影机能够帮助人们真正"看见"现实世界。电影偏爱捕捉稍纵即逝的生活片段,描绘倏忽如朝露的生活场景。"正如一张照片,它的边框只是一个临时性的界限;它的内容使人联想起边框之外的其他内容;而它的结构则代表着某种未能包括在内的东西——客观存在。"② 因此,电影并不止于对碎片与细节的发现与展示,它还能带来画面之外的思考。此外,克拉考尔认为,电影时常带给我们一种奇妙的感觉,即它通过分解为人们所熟知的生活情景,使我们留意到曾经被忽视的元素或景象。

可以说,克拉考尔意在通过电影让现代人重新认识熟悉的世界,恢复现代人丰富细腻的感受力,疗救现代人的感性缺失。在他对电影本性的探讨中,他把电影置于诸如对待世界的观念、人类生存方式等更为深广的背景中。克拉考尔强调电影长镜头理论,目的在于扭转科学技术所导致的抽象性思维,使人们亲近曾经视而不见的世界。在他看来,只有还原事物的盎然生机,现代人才能从抽象化倾向中解脱出来,而只有对具体事物进行感知与体认,才能治愈现代人的心灵萎缩。克拉考尔认为,"为求认识'具体的事实',就必须既置身其外而又深入其内;为求表现出它的具体性,就必须通过类似欣赏和制作艺术品时所使用的方法去认识事实"③。

克拉考尔推崇的是一种诗意化的审美救赎方式,他借助电影与世界的近亲性,呼唤一种根植于自然的共同信仰,进而使人们摆脱物化思维,回归对真实的体认。在克拉考尔这里,电影"把主要旨趣从理

---

① [德]克拉考尔:《电影的本性》,邵牧君译,中国电影出版社2006年版,第3页。
② 同上书,第27页。
③ 同上书,第401页。

论上的自我转移到完整的人类自我,并且从原子化了的、非真实的世界——由无形的力量和被剥离意义的事物组成——返回到现实世界和涵盖现实世界的领域"①。可以说,作为一名富有社会责任感的理论家,克拉考尔的电影理论旨在倡导一种审美立场,他希望通过一种复原物质现实的艺术方式,来帮助现代人走出生存困境和回归精神家园。

克拉考尔围绕着白领职员、旅行、侦探小说和电影等世俗生活领域展开剖析,在他看来,现代人"必须在世俗中直面神学,两者间的裂隙和鸿沟,正表明那里是真理沉没的地方"②。克拉考尔的这种诉求引起了本雅明的浓厚兴趣,本雅明提出"世俗的启迪"命题,希望借由世俗显现真理,实现对现代人性的救赎。克拉考尔倾向于对世俗生活表层现象的凝视与剖析,继而还原生活的本真;而本雅明的"世俗启迪"则强调对现实生活秩序的摧毁与重建,通过对世俗生活进行有意识的建构,进而唤醒人们日趋麻木的意识,获得革命性的力量。可以说,这些世俗生活世界的表象在克拉考尔眼中,实际上却是现代人还原和通往生活本真的入口。克拉考尔对世俗生活的关注,希望从这种关注中还原本真,进而最终实现现代人在资本主义物化文明的审美救赎希望。

第三节 现代性碎片的哲学挖掘

阿隆森曾写道:"布洛赫的《希望原理》从来不是先提出论点,然后运用逻辑化的论据和历史实例来展开论证,而是通过旁征博引,

---

① [英]弗里斯比:《现代性的碎片》,卢晖临等译,商务印书馆2003年版,第153页。
② 同上书,第65页。

通过堆积日常生活琐事、艺术作品和哲学史的材料来支吾搪塞。"① 可以说，在法兰克福学派学者布洛赫那里，对碎片的关注体现在两个方面：一是碎片化的隐喻式语言风格；二是阐释零碎的日常生活琐事。

一　碎片化的语言风格

布洛赫学术兴趣广泛，除了所涉及的内容五花八门外，其文本内容也是由各种各样的自造词语以及大量的修饰组成，这种碎片式的语言风格也使其作品充满了隐喻和含混。正如迪金森所言，"在布洛赫的文本中，简单的格言警句中有时穿插着巴洛克风格式的复杂；华丽的严谨的散文字词之中往往紧接着难以卒读的冗赘；这种风格往往可以使得读者不敢对其作品展开武断的评论"②。夏凡也认为，布洛赫的著作如《希望原理》就是用碎片化方式写作出来的哲学著作，在这部著作中，"文本的碎片化形式和文本的内容构成了不可分割的有机整体，构成了对理性主义、实证主义世界观的强烈一击"③。而《痕迹》则关注离奇的体验、短小的神话传说和零碎日常生活琐事。"《痕迹》的主题思想是，'世界的秘密'有其'痕迹'可寻，而世界的秘密在于这个世界是'尚未'完成的，日常生活中的白日梦与幻想包含着'尚未意识'，这些意识形式透露了世界的秘密。"④

在齐美尔的著作中，碎片化的语言导致主题非常分散。齐美尔诉诸日常生活的碎片，以此呼唤生活的总体性。卢卡奇在《历史与阶级

---

① R. Aronson, "Review of The Principle of Hope", *History and Theory*, Vol. 30, No. 2, 1991, pp. 223 – 224.

② J. K. Dickinson, "Ernst Bloth's The Principle of Hope: a review of and comment on the English translation", *Babel*, Vol. 36, No. 1, 1990, p. 8.

③ 夏凡：《乌托邦困境中的希望：布洛赫早中期文本学解读》，中央编译出版社 2008 年版，第 81 页。

④ 同上书，第 30 页。

意识》中延续了齐美尔的现代性研究主题，并转换视角，从齐美尔的文化诊断视角转到马克思所强调的商品拜物教批判方面。在齐美尔那里，现代性剖析就是把玩现代生活的"个体性"和日常生活的"碎片性"，而在卢卡奇那里，革命的意识始终贯彻在他对资本主义的批评中，对卢卡奇而言，通过扬弃物化意识和批判物化现象，可以到达现代生活的"总体性"，进而萌生无产阶级的阶级和革命意识。布洛赫显然认可齐美尔，虽然他也强调社会的"总体性"，渴望挖掘社会存在的总体性意义，但他的热情和兴趣更在于生活碎片所焕发的隐喻和含混意义。对此，金寿铁也认为，在布洛赫的艺术哲学思想中，碎片是非常重要的核心范畴，布洛赫的大量作品，如随笔、论文和散文都是围绕日常生活的碎片这一主题展开的。在布洛赫那里，"对于一种过程化的、未完结的、自身残缺不全的现实，美学积极性不是暗示某种十全十美的现实形象，而是暗示某种未完成现实的形象，美学—乌托邦意识显现为断面"①。

在齐美尔的思想中，社会活动是最重要且相当纯粹的社会形式。山崎正和认为，在齐美尔对社会活动的论述中，"对话本应以传达说话者的意愿为目标，可到了社交席上，这个本意却被遗忘。席间，口灿莲花、妙语连珠的谈笑风生极受重视，举止的优雅或声音的婉转取代了说话的内容而成了社交中的关键"②。齐美尔将社会化作用的形式从内容独立出来，让社会活动以纯粹形式化的方式单独出现在现实之中。在社交活动中，生命活动偶尔会脱离原本的目的，而活动的形式本身成为目的并发挥主导性作用。虽然布洛赫对齐美尔的社会形式论颇有

---

① 金寿铁：《真理与现实：恩斯特·布洛赫的哲学研究》，同济大学出版社2007年版，第298页。
② ［日］山崎正和：《社交的人》，周保雄译，上海译文出版社2008年版，第30页。

第三章 现代性碎片的审美解剖

微词,认为齐美尔的形式社会学缺乏系统性,但他对齐美尔的碎片思想却情有独钟,如夏凡所言:"齐美尔对不可见的直接性('当下瞬间')的强调、关于灵魂的普通阐释学计划、关于'不再意识'的概念,多少还是对他产生了影响。布洛赫开始学习去关注那些微不足道的实在性,并以一种不断增长的强烈责任感密切注视着尚未解决的现实之间的联系。"[①] 虽然如此,布洛赫所言的碎片与齐美尔等人的碎片还是有所区别的,对此,夏凡认为,"布洛赫的'碎片性'概念与席勒、尼采、齐美尔批评的'碎片性'截然相反,后者是'坏的'碎片性,而布洛赫的'碎片性'是'好的碎片性'"[②]。在齐美尔的碎片思想中,碎片有着或多或少的缺乏,它们是资本主义物化文化的载体,齐美尔是希望通过这些碎片揭示其中所体现的"物化"总体性,而在布洛赫的碎片思想中,不管碎片是什么样的,它所呈现出来的世界总体性是"好的"总体性,同时也是一个充满希望的未来总体性。在布洛赫那里,"希望的原理"即基于此。这样的总体性并不完全由碎片构成,碎片只是通往总体性的一条通道,而不可能构成全部的总体性。

阿多诺认为,布洛赫是表现主义哲学的代表,他的哲学的突出特点在于那些突破了生活僵硬外壳的观念。在布洛赫的文本中,他的哲学目标有着明确的客观性。他的哲学思想是直接性的语言表现,但布洛赫的言说方式却是表现主义的。[③] 在布洛赫的文本中,他在分析艺术碎片时提出了一个"前表象"(前假象)概念。在他看来,艺术都有一个前表面,"前表象"是根据日常生活世界中的碎片所呈现出来

[①] 夏凡:《乌托邦困境中的希望:布洛赫早中期文本学解读》,中央编译出版社2008年版,第23页。
[②] 同上书,第86页。
[③] T. W. Adorno, "Ernst Bloth's *Spuren*", *Notes to Literature*, Vol. 1, 1991, pp. 210 - 211.

的层级和材料而构成的。在所有的对象中，只有哲学没有前表象，布洛赫认为哲学只有一个对象，那就是"存在"，所以在布洛赫那里，哲学本就是一个总体性存在。这正如金寿铁所言，"哲学不是一堆瓦砾场，它决不提供碎砖片瓦，相反，哲学是统一体，它所提供的是一者、本原和总体。布洛赫的美学思想恰恰反映了自身哲学的统一性这一核心问题，而且他的'前假象美学'也全面接受和体现了哲学的一者理念"①。

二 日常碎片的哲学隐喻

布洛赫同齐美尔一样，他以敏锐的目光去关注和捕捉日常生活中微不足道的琐碎意识和碎片现象，并对日常生活世界中的细枝末节和司空见惯的"愿望"展开精辟分析。日常意识、生活世界、幻想形态以及各种空中楼阁般的愿望形态都是他的分析对象。布洛赫尤其偏好对社会生活具有潜移默化影响的各种幻想形态，在他看来，这些幻想形态所具有的日常生活意识能在具体的社会生活中对个体、社会和阶级产生深远的影响。这正如他自己所言："对实在的客观断面而言，这个断片在自身空位上特别透明，但其碎片和跳跃不是跳入虚无的黑暗，而是面向尚在期待的充实。于是，它在每一个断面上形成自身的痕迹，而作为残片本身，这种痕迹是绝对擦不掉的。相反，这种痕迹提示自身生产的过程，向客观过程实在展示这一特殊的美学方式。"②

布洛赫与齐美尔一样关注碎片，但他显然更倾心于艺术碎片背后的隐喻与含混意义。在布洛赫看来，每一种伟大的艺术，最终都会化

---

① 金寿铁：《真理与现实：恩斯特·布洛赫的哲学研究》，同济大学出版社2007年版，第285页。
② 同上书，第299页。

第三章 现代性碎片的审美解剖

为本质的碎片，就如完全封闭起来不与其他民族艺术交流的埃及艺术一样。伟大的艺术将艺术作品一一登记，由此成为合法的碎片性，即物质碎片性。布洛赫认为，对艺术碎片的关注，进而奠定了审美乌托邦的基础。物质的碎片性"存在于所有终极类型的作品（例如歌德的《浮士德》、贝多芬最后的四重奏）之中，凡是在'未完成的可能性'能够让已完成的作品变得更伟大的地方，都有这种碎片性的身影。……没有这种成为碎片的潜在力量，美学想象当然照样能在世界上被充分感知，比人类的其他任何统觉都充分，但它终究会毫不相干"[1]。在布洛赫看来，世界本身是由碎片构成的混乱，它是一种未完成状态的碎片状态。艺术作品的存在即从碎片现象中挖掘现实的真实存在，"艺术作品的现实性不是表现在对过程因素的物化反映或抽象的直接性，不是表现在图像与反映的类似性上，而是表现在从尘埃和瓦解中预先推定地照明某种尚未存在的现实性"[2]。

布洛赫发现，在日常生活的实践中，有许多碎片被丢弃，但这些被丢弃碎片的形状，却是有着丰富内涵的寓言文本，是现代生活总体性的象征。这些丢弃物本身虽然是碎片，但是，"通过这些碎片，过程之流打开了，并辩证地推动着更深远的碎片形式。碎片有益于象征，尽管象征并不指涉过程，而是指涉内在于过程中的唯一必需物；但正由于这一指涉，正由于它仅仅是指涉而不是抵达，象征也就包含了碎片。真正的象征本身只有一个，它不是原本就很清楚但只向观察者隐藏的东西，而是尚未显明的东西。这构成了从艺术角度看到的碎片的意义，但这意义又不仅仅是艺术角度的；碎片居于主体—物质之中，

---

[1] 夏凡：《乌托邦困境中的希望：布洛赫早中期文本学解读》，中央编译出版社2008年版，第87页。

[2] 金寿铁：《真理与现实：恩斯特·布洛赫的哲学研究》，同济大学出版社2007年版，第300页。

居中事物的不完美性和流动状态中，它属于世界的主体—物质"①。在评述黑格尔时，布洛赫以一种哲性思维写道："无疑，当自我与事物靠拢时，两者都会终止。但是，到那里还有一段长长的路，人穷困潦倒，世界坎坷不平。人和世界被想象得四平八稳，方法论上整理得纯而又纯，然而，这只能来自一本好书，其中谎话连篇，或充其量是仓促判断。"② 在布洛赫看来，每一个碎片都对应着一个实在性的客观生活，它是日常生活的一个客观断面。这个断片在体现客观断面上有着透明性，但这并非意味着虚无，而是对未来的期待，是未来的希望的充实。因此，虽然碎片是透明的，但它所存在的每一个断面都会留下自身的印迹，这是存在于碎片自身而永远擦不掉的印迹。布洛赫坚持认为，这种印迹一方面展现出自身生产的过程；另一方面，印迹以审美乌托邦的救赎方式向客观化的日常生活透露出一种特殊的审美意义。

第四节 现代性碎片的都市拾荒

齐美尔和本雅明都认真考察和分析过19世纪中后期欧洲各大都市中涌现出来的新的现代性体验，他们强调对个体在现代性进程中的经验进行描述和捕捉，并努力刻画经验背后的真理。在齐美尔看来，日常生活是现代性内在总体性的回响和隐性显现，在他的著作中，大量的日常生活碎片内隐着更为一般的社会本质。在讨论"用餐社会学"

---

① 夏凡：《乌托邦困境中的希望：布洛赫早中期文本学解读》，中央编译出版社2008年版，第87—88页。
② 金寿铁：《真理与现实：恩斯特·布洛赫的哲学研究》，同济大学出版社2007年版，第298页。

"桥和门""时尚哲学""冒险"和"旅游"的论文中,齐美尔在对日常生活事件进行印象主义式描述的同时展开哲学化思考。在齐美尔的哲学化思辨中,他并非把日常生活简单化为个体生活的偶然性和普遍性,而是将其视为一种动态、互动和强有力的文化症候来阐释。海默尔认为,齐美尔这种"把印象主义诉诸具体规定性与哲学的关注形式——哲学的关注形式从这种具体规定性中抽取出一个动态的总体性——合而为一的过程是从以他青年时代的许多论文为题目而收集在一起的论文集——《快照,从永恒的观点看》——中总结出来的"[1]。在本雅明笔下,现代性碎片如同齐美尔笔下的碎片一样,也是现代日常生活的体验之物,只不过,对本雅明而言,这种碎片更多是日常生活中的新奇之物,而现代性经验则主要源于这些物品的"新"的特性。在本雅明笔下,商场、交通、车间、街道和人群,都是现代性展厅中的"新经验",它们如梦幻一般呈现,同时构建了现代性的"新奇"。海默尔认为,本雅明"用一种并置的方式把日常的素材堆积在一起,这看起来似乎更像是一个偶然的机缘,而不是方法论的程序,更像赌博时孤注一掷,而不是'胸有成竹'。这些差异在这两位作家之间产生了鲜明的对照,尽管同时也指出了在日常生活的感知和条件之间存在着的各种历史的变迁"[2]。

一 现代性的碎片拾荒

作为齐美尔的学生,本雅明的文风也明显带有他老师的碎片化风格。石计生认为,本雅明采取的是"一种原创的、实时的报纸'专栏

---

[1] [英]海默尔:《日常生活与文化理论导论》,王志宏译,商务印书馆2008年版,第67页。
[2] 同上书,第102—103页。

作家式'写作风格,这风格和技术进步所造成的,现代都市的工作与休闲零碎化的影响相互呼应,用以捕捉一系列都市生活的流动的、灵光乍现的印象"①。在莫斯科停留的时间里,本雅明写有《莫斯科日记》。在这本著作中,本雅明以快照的方式将莫斯科的都市生活以印象主义碎片化的方式呈现出来。显然,本雅明和齐美尔一样,也注重在微小而琐碎的现代生活中捕捉现代性城市中的流动时光与生活细节。但本雅明采用的是一种"文学蒙太奇"的处理方式,本雅明拒绝马克思主义或韦伯式的理论结构,他以一种视角印象去感觉城市生活中的碎片,进而书写现代人弥赛亚式的审美救赎,这也是他的宏伟计划"拱廊街计划"的主要方法论原则。

伊格尔顿曾对本雅明的文风有着详细的描述。"本雅明的文风因其连词稀少而独树一帜,因此,他写的句子不是相互修饰或进一步解释,而是彼此紧挨着,但丝毫不觉彼此的亲密存在,于是构成了一幅别具匠心的镶嵌画,而读者似乎在阅读的任一时刻都能长驱直入。"② 本雅明的文风有点类似于齐美尔,他的文字中很少有连词,句子之间也很少有相互的修饰性关联,各个句子在文本中就如同镶嵌在一幅画中但彼此没有关联的单独存在,从中依稀可以看到齐美尔的影子。珀蒂德芒热认为,本雅明思想的深刻"不仅因为他的文笔优美,更因为他的思想在一篇又一篇作品中被展现、锤炼和追寻,却没有完全到达终点。他的直觉是转瞬即逝的,这其中有一种暗藏目标的幽灵穿越所有作品,却没有对作品进行理论抽象。人们多次强调了这项工作的支离破碎性"③。

---

① 石计生:《阅读魅影:寻找后本雅明精神》,南京大学出版社2008年版,第4页。
② [英]伊格尔顿:《沃尔特·本雅明或走向革命批评》,郭国良等译,译林出版社2005年版,第98页。
③ [法]珀蒂德芒热:《20世纪的哲学与哲学家》,刘成富译,江苏教育出版社2007年版,第45页。

第三章 现代性碎片的审美解剖

本雅明对日常生活的碎片化景观描述使他的文本展现出片断式的、"不断换气"的文风，而这种描述最终导向碎片背后所铺设的真理之路。三岛宪一认为，在本雅明那里，日常生活旋律的中断在某种意义上就暗示了碎片的重要性，这与本雅明在早期关于浪漫派的论述中提及的"只有破坏和中断才是通往真理之路"的想法是联系在一起的。本雅明的论文"既然在怎样叙述这一根本问题面前补充新的气息，那么论文并非整体的流程，而是一个一个'思考片断'的集合，这与哲学的体系性论述、19世纪成型的'模糊记得普遍主义'完全不同，恐怕和马赛克相同"①。本雅明自己也承认，"马赛克的每个石头与全体没有直接关系，但如果哪个石头质量不好，全体都不会放光。同样，无法从全体构想来推测思考片断的价值。但如果任何一个价值不高，全体都不会发光"②。为了说明这一点，三岛宪一援引了本雅明关于孩子的碎屑收藏所展开的论述：

> 对于孩子，找到的石头、摘的花、捉的蝶，只是所有这些就是收藏的开始。对于孩子来说，自己所有的东西是极重要的收藏。看一下孩子，那尖锐的印第安式视线就可以捕捉到那种收藏的热情、真实的表情。这种视线在闪着光，现在成为古道具店主人、研究者、书的狂热者中稍显模糊的狂热性的东西。……孩子们为了收藏物品，只要是能去的地方，什么地方都喜欢去看。他们被建筑现场、庭院工作、家事、洋服店，或木匠师傅，总之被那些地方出现的垃圾所吸引，并且无法抗拒。在那些废物之中，他们注意到物的世界有面对他们，应该说只面对他们的面孔。他们在

---

① [日]三岛宪一：《本雅明：破坏·收集·记忆》，贾倞译，河北教育出版社2001年版，第191—192页。
② 同上。

那些废物中，与其说沿着大人工作的痕迹，不如说边玩那些东西边组合，在各种各样的素材之中创造新的、突发性的关系。①

三岛宪一认为，在本雅明的笔下，他所追求的并非没有丝毫勉强和障碍，并非如行云流水般那样和谐，而是强调中断、断点、停止和非连续性。这是一种对打破日常生活常规的不和谐音符的强调和执着，这种思想遍布本雅明的著作中。甚至本雅明有时刻意去打断连续性的叙事，在他看来，对已经熟悉的流程和逻辑性的存在的打破和中止，以及对无法持续下去的瞬间的强调，才会超越一般的时间轴，通达事物的本质和真理所在。本雅明喜欢收集散落在被破坏和充满死亡气息的被造物世界中的碎片，并从中挖掘如同孩子的梦想一般的新意义。他重新对碎片进行整理和排序，以此来救赎碎片并让其焕发出新的魔力。虽然在本雅明的文本中，有时文字似乎一下子中断了，或者说文字在文本中呈现出支离破碎或者说极不通顺的状态，但这样的文字背后所传达出来的却是哲学的至高无上的展示。以此来看，本雅明似乎是以一种讽刺性或自我摧毁性的方式来催生日常生活碎片中终极意义的产生。这正如莱斯利所言，在本雅明文字平面上的潦草笔迹中，可以发现和揭示生活的更深层的隐蔽意义。"任何点滴的写作，哪怕几个手写的字词，都可能是他所说的进入'世界这个大剧场'的门票，因为那是'整个自然和人类生存'的微观宇宙。随便乱画的毫无意义的一片纸都是进入无意识的门口，里面的世界比个人的世界大得多。"②

本雅明将自己视为现代性的拾荒者，认为这是通往文化的方法论

---

① ［日］三岛宪一：《本雅明：破坏·收集·记忆》，贾倞译，河北教育出版社2001年版，第251页。
② ［英］莱斯利：《本雅明》，陈永国译，北京大学出版社2013年版，第95页。

路径。这个标签最早是他用来描述他的朋友克拉考尔的工作的,最后却成了他自己现代性体验的真实写照。在"拱廊街计划"的现代性史展示中,本雅明希望通过拾荒的方式,通过收集到的现代性丢弃物或"垃圾"通达现代性的历史深处。海默尔写道:"捡破烂的人由于现代化而变得过时了,他们为了勉强活下去而斗争,在那些已经被贬值、已经被时代废黜了的东西中间寻找价值。现代性的瓦砾因为它的使用价值而被洗刷一净。对于把日常生活理论化来说,正是在这里,捡破烂的人和文化历史学家之间进行的类比具有重要性。"① 在本雅明的思想中,日常生活世界中"不同的时间性肩并肩地存在着:最近的版本紧挨着去年的典范。日常生活把现代化的过程显示为各种残骸瓦砾的不断聚集:现代性生产的废弃物是它对新异的永不停息的要求中的一部分(最近的版本以与日俱增的频率变成了去年的典范)"②。本雅明希望通过在日常生活中堆积如山的废弃物挖掘现代生活的本质,和齐美尔一样,他也试图通过日常生活中零碎的贫乏素材来理解现实和阐释现代性。在这个意义上,本雅明与齐美尔分享了共同的现代性主题,他们都看到了日常生活中的贫乏素材,即碎片的现代性史学价值。虽然如此,但在方法论和目的诉求上,两人又有着本质上的差异。齐美尔和本雅明虽然都将现代性展厅中转瞬即逝的日常生活碎片视为某种生活哲理或更为强大的力量的表征,但他们围绕日常生活碎片所展开的分析方法有着很大的区别:齐美尔通过对碎片的印象主义考察走上了哲学的洞见之路;本雅明则通过对碎片的"蒙太奇"考察走上了现代性的批判历史建构。

---

① [英]海默尔:《日常生活与文化理论导论》,王志宏译,商务印书馆2008年版,第106—108页。
② 同上书,第103页。

在对现代性碎片的审美挖掘中，本雅明将自己视为现代性展厅的拾荒者。"拾荒者"是本雅明形象的最主要特征，更是他在现代性考察中对自我身份的表征。"拾荒者本雅明是'历史学家的良师益友'，他不仅知道如何选择和收藏，还懂得如何继承。"① 本雅明认为自己对现代性历史的考察任务是展示碎片，即凝视日常生活碎片存在最隐秘之处，从碎片的存在残骸中捕捉和挖掘历史的真实面貌，这正如贡巴尼翁所言："本雅明所呼唤的历史残余史于是不再是需要重新评价的碎片史，而是最伟大的现代派的现代性本身之历史，其本身是不可超越的，因此也是现代历史未察觉的。"② 本雅明认为，在现代性的语境下，不论当时的欧洲大陆人对共产主义和法西斯主义等意识形态问题的政治态度如何，但在他们眼中，日常生活世界已日益成为一个无中心的整体。不同于宏观层面对历史的宏大叙事的记载，本雅明尽最大可能地让现代性历史建构中宏大叙事的微观层面，或者说历史的配角——登场亮相。本雅明在空间中将拾荒而来的碎片按已有等级制度之外的顺序重新排列，并尽其可能地打破碎片出现的时序，强调碎片展示在时间上的非连续性。

本雅明文本中的总体性概念源于齐美尔，但更多是对卢卡奇总体性概念内涵的化用。卢卡奇认为："总体性意味着封存在它自身内部的某些东西是完整的；它之所以是完整的，是因为一切都发生在它的内部，没有东西被它排斥在外，也没有任何东西能指向比它更高的外部；它之所以是完整的，是因为它内部的一切向着完美成熟，通过达到它

---

① ［法］珀蒂德芒热：《20 世纪的哲学与哲学家》，刘成富译，江苏教育出版社2007年版，第65页。
② ［法］贡巴尼翁：《现代性的五个悖论》，许钧译，商务印书馆2005年版，第5页。

第三章　现代性碎片的审美解剖

自身的方式服从于责任。"① 此外，与齐美尔经由碎片到达总体的研究路径不同，本雅明用了一个天文学术语"星丛"来隐喻碎片与整体的关系。本雅明对"星丛"理论展开了剖析："星丛"对应理念，而星星则对应着具体的客体，理念作为具体因素的结构，对于客体就像星丛与星星的关系一样。② 星丛理论运用于现代性的碎片分析上，则意味着众多碎片的互文与互释。本雅明的现代性碎片分析路径与齐美尔的碎片化分析方法非常相似，在他看来，经由对现代性碎片的拾荒，可以实践由碎片到达总体的路径，在他们的笔下，从人们的交往之间随意挑出人们的日常生活碎片例子，如彼此的交流、通信来往或者聚餐，甚至包括人际互助、欣赏和评价。本雅明曾经称自己为一个"破坏型性格的人"，认为他的任务就在于将世界化约成碎片，将存在的世界肢解成废墟。在本雅明看来，现代性就倚居在这些被拼贴的现代性碎片中，这些新奇碎片不过是"资产阶级理想世界的最后余烬"③，它们并未成为资产阶级的丰碑，而是形成了一连串的历史废墟。本雅明的目标就是要像历史学家一样将这些历史废墟上的碎片缝合并展示出来。

---

① ［匈］卢卡奇：《卢卡奇早期文选》，张亮等译，南京大学出版社2004年版，第9页。在《历史与阶级意识》中，卢卡奇从三个维度对总体性概念的内涵进行了解释：第一指社会历史的本体建构过程；第二指一种乌托邦理想。在一个尼采宣布上帝死了，齐美尔认为现代个体因为金钱而成了一个无限的世界公民的世界中，这种理想一方面缅怀已经失去了的传统价值和意义，另一方面则猛烈批判资本主义的异化和物化；第三则是人们所熟悉的总体性辩证法。张亮认为，早期的卢卡奇在写作《小说理论》时，所使用的"总体性"概念主要是在第二种意义上使用的，指一种乌托邦理想，同时也隐约有着社会历史的本体建构的过程的内涵。这实际上是卢卡奇透过齐美尔这个棱镜观测马克思得到的一个结果。［参见张亮《卢卡奇早期文选》（译者注），张亮等译，南京大学出版社2004年版，第9页。］
② ［德］本雅明：《德国悲剧的起源》，陈永国译，文化艺术出版社2001年版，第7页。
③ ［德］本雅明：《发达资本主义时代的抒情诗人》，张旭东等译，生活·读书·新知三联书店1992年版，第195页。

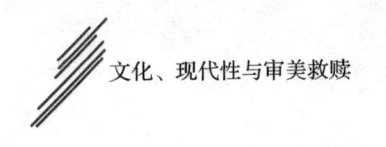

二 拱廊街的碎片景观

在齐美尔的社会学美学中,有着唯物主义论的基础性支撑,齐美尔将日常生活碎片作为最为重要的分析材料,进而为社会的基础性和总体性力量把脉。齐美尔对现代性的都市相当感兴趣,而本雅明追随着齐美尔的足迹,时刻关注着现代性都市中的街道碎片景观。海默尔认为,在现代性城市的体验中,"本雅明追随齐美尔铺设好的道路,但是他又坚持把蒙太奇的实践当作他的基本方法论,这一点具有重大意义"[①]。在对波德莱尔笔下的19世纪巴黎日常生活展开分析时,本雅明通过拱廊街上游荡的游手好闲者、拾垃圾者和妓女等形象的关注,缔造了资本主义商业大都市中流动、奇幻和充满活力的"蒙太奇"碎片景观。

在本雅明笔下,巴黎的拱廊街充斥着商业文明和现代人虚假需求的"蒙太奇"碎片景观世界。本雅明正是通过这些在都市人看来微不足道的碎片视角来表征他对当下资本主义社会的观照。本雅明对拱廊街街道的凝视目光中有着淡淡的失落和忧伤,但却内隐和包含着希望。在他看来,拱廊街上的碎片景观蕴含着弥赛亚式的审美意味和审美救赎功能。正是因为这种弥赛亚式的乌托邦审美理想,本雅明因而遭到了阿多诺的批判,阿多诺批判本雅明"蒙太奇"的显微观察视角偏离了黑格尔和马克思的总体性视角,因而消解了对资本主义的反思和批判。弗瑞斯比在分析本雅明的"拱廊街计划"时也写道:"他没有以任何抽象的方法去进行这项分析,或将它提升为历史哲学中的指导原

---

① [英]海默尔:《日常生活与文化理论导论》,王志宏译,商务印书馆2008年版,第76页。

则,这方面本雅明没有秉承卢卡奇、阿多诺对资本主义晚期的批判取向。"[1] 在弗瑞斯看来,在本雅明的文本中,不是总体投射于碎片,而是碎片为总体保留通道,碎片成了总体性得以彰显的载体。

在论及波德莱尔的著作和规划其庞大的"拱廊街计划"时,本雅明谈到了他的"现代性的史前史"计划。本雅明认为支撑着这个宏大计划的,事实上是现代性经验或者说现代日常生活体验。如前所述,在马克思、波德莱尔、齐美尔和克拉考尔等人那里,现代性碎片的主题以及日常生活的微观经验显然占据着十分重要的位置。因此这些思想家对现代社会的解读更多把自己的目光定位于现代性的碎片体验上。在不少思想家那里,他们希望通过对主体性的挖掘,通过用经验的碎片重构出一种新的总体性原则。这正如德兰蒂所言:"现代性所创作的经验是一种高度中介化的经验,因为社会不是在其总体性中被经验的;它也不是直接被经验的。我们通过各种各样的形式来经验社会,从艺术、商品、惯例、时尚、技术、印刷媒体到公共传播——今天还有电视和因特网。这种瞬间感在齐美尔那里更强烈,对他来说现代性在各种'瞬间形象'或'快照'中得到了最好的表达。"[2] 从德兰蒂的话中可以看出,现代主义风格的特点在于自主性世界与碎片性世界的并列同置,因此,对现代风格的把握既源于现代人的自主性,也源于对现代生活风格及其经验的碎片化感知。

在本雅明的"拱廊街计划"中,他关于现代性都市碎片的研究方法是他一直钟爱的"文学蒙太奇"手法。本雅明写道:"我什么也不说。只是展示。我不想带走任何有价值的东西,也不允许自己杜撰什

---

[1] [英]弗里斯比:《现代性的碎片》,卢晖临等译,商务印书馆2003年版,第256页。
[2] [英]德兰蒂:《现代性与后现代性:知识、权力和自我》,李瑞华译,商务印书馆2012年版,第27页。

么聪明的词句。只有废品和废料:我不想去清点,只是通过唯一可靠的方法让它们各得其所:我要利用它们。"① 凯吉尔认为,即使在本雅明早期对德国悲剧的研究中,他也是将德国悲苦剧设定为一堆废墟,视为现代性的废弃物,而本雅明对德国悲苦剧的寓言式分析使得现代性的秘密毫无保留地暴露出来。"现代经验的碎片性质——作为一种震惊被非连续性的经验到的方式——'在根源上'已经通过巴洛克的废墟寓言和稍纵即逝的寓言被体现出来了。"② 而在沃林对本雅明《单向街》的分析中,本雅明的这本书没有一个集中讨论的主题,完全就是由各种各样的意象、思想、画面拼贴而成的大杂烩。但恰恰是这种碎片化意象的描绘,通过直达社会的本质。"它们开始于日常生活中某一看似琐碎的视角,结束于对当代社会生活轨道更为全面的评论。正是在《单向街》这样的作品里,他有口皆碑的'细节思考'能力——他浓缩特殊事物直至普遍性从中彰显出来的方法——得到了展示。"③ 布洛赫在比较本雅明和卢卡奇的方法论时认为,卢卡奇偏爱对资本主义的宏观批判,而本雅明具有卢卡奇所不具备的能力,那就是对细节的挖掘。本雅明侧重从近在咫尺的断片事物中挖掘新鲜要素,从大家所不关注的微观细节中获得隐藏于日常生活世界的独特感知。对此,布洛赫毫不吝啬对本雅明的赞美。"本雅明对于这类细节、人迹罕至的重要标记具有出类拔萃的见微知著的哲学感知能力。"④

波德莱尔、齐美尔、克拉考尔和本雅明对现代都市体验怀有极大

---

① 转引自沃林《瓦尔特·本雅明:救赎美学》导言,吴勇立等译,江苏人民出版社 2008 年版,第 25 页。
② [英]凯吉尔:《视读本雅明》,吴勇立等译,安徽文艺出版社 2009 年版,第 111 页。
③ [美]沃林:《瓦尔特·本雅明:救赎美学》,吴勇立等译,江苏人民出版社 2008 年版,第 122 页。
④ 同上书,第 123 页。

第三章　现代性碎片的审美解剖

的热忱，他们都想展示出在现代性进程中现代人内心深处的独特精神体验与文化经验。尤其是本雅明，他在《机械复制时代的艺术作品》中以现代艺术的发展为核心，讨论了现代人面对传统艺术和现代复制艺术时的"韵味"和"震惊"体验，从而展示现代人在机械复制时代的艺术经验及其审美反应。在关于波德莱尔的研究中，本雅明对现代性大都市的生存体验进行了精辟的描述，这也正是他宏大的"拱廊街计划"的主题所在。在齐美尔的文本中，他放弃了对事件的宏大历史叙述，转而关注事件在社会互动中的形式"本质"。从在本雅明围绕"拱廊街计划"所写的几篇论文的主题来看，他的这份研究中所关注的就是现代性的日常生活的碎片化存在，即对现代日常生活细节的观察和捕捉。王才勇认为，"本雅明题为'巴黎拱廊街'的写作计划，并不是要去研究一个单纯的新建筑现象，而是要以此为契机去研究发生在里面的作为现代人典型特征的心理体验以及由此建成的现代心理机制"①。布洛赫在一篇论文中谈到了他与本雅明交往时本雅明给予他的印象，认为本雅明身上有着对富有哲学意味的微观细节的敏锐目光，这是黑格尔和卢卡奇等人身上所缺乏的东西。"那是一些不太引人注目，无法用既存框架去套的东西。他们给思想带来了新鲜要素。"② 弗里斯比认为，齐美尔对现代社会的认知使他将现代性视为永恒，而与其相反，"我们会发现，即使在早期的《单向街》中。本雅明的信念也是，'现代性不堪重负的总体性已经处在衰落中'。"③

在"拱廊街计划"中，本雅明实际上是想绘制 19 世纪现代性都市的地图，本雅明计划将巴黎日常生活所有被遮蔽的现代性碎片一一展

---

① 王才勇：《本雅明"巴黎拱廊街研究"的批判性题旨》，《南京社会科学》2007 年第 10 期。
② 同上。
③ ［英］弗里斯比：《现代性的碎片》，卢晖临等译，商务印书馆 2003 年版，第 94 页。

现出来。赵勇认为,本雅明在19世纪的巴黎的拱廊街上挖掘了大量的现代性碎片景观:游手好闲者、收藏家、妓女、人群、拱廊街、时装商店、广告、居室、展览馆、卖淫、赌博、股票交易所,等等。这些景观既是本雅明"拱廊街计划"的内容或元素,也是他所痴迷的对象。[1] 汪民安认为,"本雅明的目标就是要像史学家那样唤醒19世纪的梦境,把那些废墟上的碎片缝合起来"[2]。本雅明笔下19世纪的巴黎是现代性被展示得淋漓尽致的都市,也是现代人实现弥赛亚审美救赎的关键。巴黎是闲逛者的视觉、收藏家的触觉、妓女的步伐、拾垃圾者的目光汇集的现代性场所。这些人在巴黎的都市中游荡,他们来回穿越于都市的大街小巷,他们有意无意地将目光投向散落在都市不显眼之处的现代性碎片景观。"19世纪的巴黎断片——这些现代要素——织成了令人眼花缭乱的辩证意象,这些意象类似蒙太奇的星丛,它们并不被纳入一个整体中而彼此关联,它们的内核是历史学家所不屑的'历史垃圾'或者说'历史废物'。"[3] 本雅明希望通过这些碎片去挖掘现代性本质,在他看来,这些碎片虽然是单一的存在,它们打断了历史的连续性,但这些碎片上隐藏着日常生活世界中的秘密,而现代性的本质就寄居于这些新奇的碎片化景观中。

这种对现代性废弃物和碎片的关注,一方面缘于本雅明独特的"蒙太奇"式的日常生活研究方法论,另一方面也与本雅明对现代社会文化和艺术发展的深刻洞察相关。在本雅明看来,前现代社会是一个共同体的社会,文化经验可以从宏观的社会文化层面去把握。随着现代性的展开,共同体开始消解,文化经验就不能再依靠对社会的宏

---

[1] 赵勇:《整合与颠覆:大众文化的辩证法——法兰克福学派的大众文化理论》,北京大学出版社2005年版,第125页。
[2] 汪民安:《身体、空间和后现代性》,江苏人民出版社2006年版,第122页。
[3] 同上书,第121—122页。

观体验，而必须去捕捉现代性的碎片经验。这种共同体的消解，也是本雅明在《讲故事的人》中反复表达的主题。对此，沃林有着相当精到的阐释。"今天，经验已经如此彻底地被意识简化和过滤掉了，以至于最后保留下来的经验只是那种最必需的、只是为了满足生存需要的经验。……留存在回忆中的经验能代代相传；生活的智慧因此得以保存。但是，在现代生活中，回忆已被记忆所取代：对回忆痕迹恰如其分的保存已让位于它们在意识中的瓦解——为使它们能被意识吸收并贮存。"①

三 废墟中的审美救赎

波德莱尔重视偶然性，在齐美尔和本雅明对现代日常生活意外性和随意性的关注中，也可以回到波德莱尔的关注主题。在现代性审美维度的阐释上，本雅明与齐美尔分享了共同的现代性经验和主题。弗里斯比认为，"社会理论家需要处理的独特问题，是寻找那飞逝和过渡物之所在，并捕获它。这不仅是齐美尔面临的方法论问题，而且也是克拉考尔和本雅明面临的问题"②。本雅明在涉及波德莱尔著作中的现代性体验时指出，这些体验"不是来源于生产过程——最不可能来源于它的最先进的形式：工业过程——但是它们又无一不以广泛而曲折的方式起源于生产过程……它们当中，最重要的是神经衰弱的体验、大城市居民以及顾客的体验"③。而本雅明所谈及的这些体验，也是齐美尔对现代都市生活的描述重心，或者说，这些体验正是齐美尔现代性分析的核心主题。

---

① ［美］沃林：《瓦尔特·本雅明：救赎美学》，吴勇立等译，江苏人民出版社2008年版，第233页。
② ［英］弗里斯比：《现代性的碎片》，卢晖临等译，商务印书馆2003年版，第61页。
③ 同上书，第91页。

在本雅明的"拱廊街计划"中,他的初步规则是要安装和拆卸现代性的都市意象。从留存下来的完稿《波德莱尔笔下的第二帝国的巴黎》和《论波德莱尔的几个主题》以及散篇《巴黎,19世纪的都城》来看,该项研究中令人瞩目的是本雅明对现代性日常生活的敏感和捕捉。为了揭示现代人的特有心理感受,本雅明强调现代人在拱廊街上漫步时的内心体验。这正如史密斯在《莫斯科日记》的《后记》中所说的那样,"这个人仍是局外者,但又是潜在的同路人"[①]。费瑟斯通也认为,本雅明将恩格斯那不受人欢迎的对人群的感觉,与波德莱尔的"游荡子"进行了对比。在本雅明那,新巴黎的过街商业场点是《单向街》的主题。[②] 在本雅明看来,拱廊街是在19世纪发达资本主义时期的新兴城市里首次出现的步行街。现代性都市中的这一司空见惯的日常景观被本雅明敏锐地把握住,也成了描述现代都市体验和现代人心理机制的解剖面。

本雅明想要通过对都市意象的解构彰显碎片意象背后的隐蔽之物,他想找到都市中的制动性因素,让不连续或随之而来的可能性显现出来。而布洛赫在谈到本雅明对他的印象时也写道:"本雅明身上有着一种卢卡奇所缺乏的东西,即对富有意味之细节的敏锐目光。那是一些不太引人注目,无法用既存框架去套的东西。"[③] 对本雅明的文本,珀蒂德芒热有着极为精辟的分析。"本雅明极为留心地在许多作者,尤其是波德莱尔,当然还有诸如恩格斯等人作品的踪迹中揭示出现今时代

---

① 史密斯:《后记》,本雅明《莫斯科日记·柏林纪事》,潘小松译,东方出版社,第185页。
② [英]费瑟斯通:《消费文化与后现代主义》,刘精明译,译林出版社2000年版,第106页。
③ 王才勇:《本雅明"巴黎拱廊街研究"的批判性题旨》,《南京社会科学》2007年第10期。

第三章　现代性碎片的审美解剖

的残渣和废墟：老人、乞丐、妓女、穷困的工人、孤寂、知觉的萎缩、时间意识的丧失、遭受重创之后的神志模糊。……对于本雅明来说，历史学家的任务就是要走遍并辨识这片废墟，'采集'废料，做一个拾荒者。"①"本雅明把显而易见性和深不可测性掺杂在一起。他的言辞倾向于简明、犀利、果断、凝练，但在周围却广铺着大片尚未能有人涉足的记忆的荒地，时而夹杂半睡眼状态或处于等待的思维。……本雅明被波德莱尔式的闲逛行为所吸引，他按照自己的方式做一个闲逛的人，但他是个没有属于自己的城市的闲逛者，一个在废墟上或者说在即将到来的、令人心忧和狼狈的王国中的浪子。"②

本雅明是阐释现代性碎片审美意象及其内蕴的天才。珀蒂德芒热认为，在本雅明对现代性碎片的审美解剖中，虽然各种碎片元素是统一在一起的，但这种平衡是相对的，同时也是脆弱和转瞬即逝的。在文本意象的展现中，虽然意象让人感觉到盲目和不可思议。"它不代表任何意义，或者说仅仅代表摧毁，它是各种片段令人费解的组合，它显示出作为整体性内在表现的象征的不真实性。意象被切割成几块，恰到好处。它把各种元素放在一起，却不让它们互相联结。"③在珀蒂德芒热看来，本雅明对碎片意象的挖掘与剖析是与他的另一个概念"灵韵"联系在一起的。在本雅明的理论中，虽然"灵韵"这个概念主要源于文化学或艺术学的考察维度，但本雅明却赋予了这个概念世俗化的人类学普遍意义。通过对现代性碎片的挖掘，本雅明认为可以通过"启迪"感受"灵韵"或抵达碎片的意义深处。"有了灵韵，艺术作品便为一种对其起保护作用并使之熠熠生辉的光环所笼罩，它使

---

① ［法］珀蒂德芒热：《20世纪的哲学与哲学家》，刘成富译，江苏教育出版社2007年版，第72页。
② 同上。
③ 同上书，第54页。

得人们难以获得该作品的真谛，把握其意义之所在。它象征着唯一或者是一，使人产生距离感，但并不感到陌生或是敌对。"①

齐美尔不仅描述了现代都市生存的碎片化体验，同时他自身也无时无刻不在经历和实践着这些体验，并视其为审美救赎之途。而且，在对现代性表征及其意义的关系阐释中，本雅明也钟情于从碎片或废墟中实践审美救赎。伊格尔顿在研究中发现，本雅明特别欣赏克鲁尼美术馆收藏的两颗麦粒，其上刻有一段完整的犹太文本。"微缩模型体积细小，却有政治上的含义，预示着革命者应该和那些'不起眼的、镇静的、却又不可穷尽的'事物为伍；能够穿过意识形态之网的必然是异质的碎片；这其中甚至有着关于'单子'或是本雅明的弥赛亚思想中压缩力场的暗示。"② 本雅明和齐美尔一样，从现代性的碎片中发掘世界的意义，在他看来，这种微缩的模型非常贴切地展现了从碎片到达总体的现代性审美解剖路径。在本雅明的审美现代性理论中，"与世界的觉醒相伴而生的是再施魅：神话力量在现代外观下的苏醒。世界的再施魅与遍及现代资本主义的现象显现、文化上层建筑的准乌托邦期盼想象内在地联系在一起"③。因此，本雅明的文字弥漫着一种弥赛亚式的救赎情怀，他的任务在于从现代性中拯救被打碎的传统。

虽然齐美尔与本雅明都关注现代性碎片，但碎片在齐美尔和本雅明两人眼中具有不同的审美内涵。在齐美尔那里，碎片既是总体的构成要素，又是总体的一个缩影；而在本雅明那里，碎片仅仅只是碎片，

---

① ［法］珀蒂德芒热：《20世纪的哲学与哲学家》，刘成富译，江苏教育出版社2007年版，第54页。
② ［英］伊格尔顿：《沃尔特·本雅明或走向革命批评》，郭国良等译，译林出版社2005年版，第73页。
③ ［美］沃林：《瓦尔特·本雅明：救赎美学》，吴勇立等译，江苏人民出版社2008年版，第15页。

第三章 现代性碎片的审美解剖

而且，是碎片为总体保留着通道，而不是总体投射于碎片。碎片不能代表总体，它仅仅为我们通往生活的总体保留一条通道。19世纪的巴黎断片交织成令人眼花缭乱的辩证意象，这些意象类似于蒙太奇式的星丛，然而它们却并不因被纳入一个总体中而彼此关联。在"拱廊桥计划"中，本雅明宣称：蒙太奇原则的目标是在最小的、精确构造而成的建筑街区里，建立起各种主要的建筑。也就是说，要在对最小的个体因素的分析中发现总体性结晶的存在。① 可见，单个碎片的唯一性在本雅明的美学中具有核心地位。对此，徐小青在分析本雅明眼中的雪景玻璃球时写道："这些如遗物盒般的玻璃球所要从外部纷繁世界中保护的，可能正是作为隐喻家的本雅明对未来而不是对过去的描述。这些玻璃球，酷似1900前后柏林童年的经历以及蕴含其中的袖珍画像。"② 可以说，从时尚、女性、居室到街头闲逛者，"拱廊桥计划"几乎无所不包，俨然就是一盘现实生活碎片的杂烩。

此外，齐美尔与本雅明关注碎片的目的不同。对齐美尔而言，对那些最表面化、最不引人注目的生活碎片的关注，是为了挖掘生活的内在实质；虽然本雅明也承认碎片为通往生活的总体性保留着通道，但是他的目的不在于分析碎片，仅仅只是为了展示碎片。正如他自己所言："我无法去说，只是去展示。我不会采纳任何智者的精当阐释，不猎取任何视作珍宝的东西。但是碎片、垃圾：我不会描述，而是展示它们。"③ 罗森认为，在本雅明的理论中，"批评的任务不是使死者复活，也不是用残余的碎片重塑作品原形，而是将作品视做废墟，并

---

① ［英］弗里斯比：《现代性的碎片》，卢晖临等译，商务印书馆2003年版，第256页。
② ［德］本雅明：《驼背小人：1900年前后柏林的童年》（译者前言），徐小青译，上海文艺出版社2003年版。
③ 转引自弗里斯比《现代性的碎片》，卢晖临等译，商务印书馆2003年版，第254页。

唤起它作为废墟时现时的美"①。可以说，齐美尔建构出一种以生活碎片为对象的现代感觉的日常生活审美主义理论；而本雅明最终转向了马克思主义，他把对生活碎片的审美转变为对资本主义的文化的隐性批判，并成为新左派的资本主义文化批判的理论标志。

在本雅明对现代日常生活的碎片分析中，他与法兰克福学派的其他学者也有着共同的主题。沃林写道："克拉格斯和其他生命哲学的代表人物把当时的文化危机看作'理性'与'生命'之间永恒的宇宙论斗争的表现，而阿多诺和本雅明则试图通过将这种危机揭示为资本主义的危机，确定它的历史定义和范围。"②虽然如此，但就本雅明与法兰克福学派其他学者的学术关怀而言，法兰克福学派倾向于一种文化的意识形态批判，而本雅明更倾向于文化的审美救赎批判。对阿多诺、霍克海姆和马尔库塞而言，他们文化批判的目的是揭示资产阶级意识形态的虚假性。这种虚假性笼罩在日常生活的方方面面，在文化层面体现为对现实的虚假认同和盲目信仰。而在本雅明笔下，街头漫步和都市闲逛成为现代日常生活中的一种常见的美学姿态，这种美学姿态的核心是碎片体验，而在这种美学姿态支配下的"拾垃圾"活动也必然是一种现代性审美精神的体现。

赵勇认为，在本雅明那里，"垃圾作为一种隐喻，应该指的是与现代都市文明不相吻合、与商品拜物教逻辑难以契合的精神碎片，它们被当作垃圾无情地抛弃了，并且被掩埋在真正的垃圾之中。而诗人（文人）的使命则是以一种悲悯的情怀和审美的眼光把它们从肮脏与污秽中拯救出来，带它们回家……让它们成为这个人欲横流的世界中

---

① [法]珀蒂德芒热：《20世纪的哲学与哲学家》，刘成富译，江苏教育出版社2007年版，第63页
② [美]沃林：《瓦尔特·本雅明：救赎美学》，吴勇立等译，江苏人民出版社2008年版，第14—15页。

第三章 现代性碎片的审美解剖

的一缕清新和一抹亮色"①。而克劳斯哈尔认为,在本雅明那里,历史的断片并非不可弥合,而只是某一个点上的折断,完全可以通过某种方式再次黏合和恢复。"在他的经验概念里,人们能读出他的理性批判,其极端的程度是他人难以企及的。因为这批判无法脱离其事实内涵而是植根于其中,所以它不能与某种非理性主义混为一谈。他的思想所及,不能以概念统摄。也许多少能表达出他的思想只能是:无理性的理性。"② 本雅明关注碎片化的现代性日常生活,他的目的是挖掘和清理现代性碎片,对被掩埋的碎片进行挖掘,并基于现代性的废墟对现代个体展开审美救赎,或者说对现代性中支离破碎的总体性从审美的维度进行整合和复原。特别是在其史诗性的"拱廊街计划"中,通过把日常生活的碎片景观以寓言的方式展示出来,以此来实现现代性废墟上的审美恢复和救赎。

---

① 赵勇:《整合与颠覆:大众文化的辩证法——法兰克福学派的大众文化理论》,北京大学出版社2005年版,第129页。
② [德] 克劳斯哈尔:《经验的破碎:瓦尔特·本雅明——作品、生活、时代和历史的交叠》,李双志等译,《现代哲学》2005年第1期。

第四章 现代人形象的审美解读

在现代西方美学史上，法兰克福学派从马克思主义那里继承了对资本主义的批判精髓，而齐美尔的现代性视野和文化分析也对他们的理论研究产生了深远的影响。齐美尔关心这个世界的琐屑碎片，关注现代生活世界对现代人的影响以及现代人在现代性语境中的生活态度和心理感受。他以碎片的景观化方式描绘了现代都市人的形象，而这些都极大地影响和启发了法兰克福学派。

第一节 陌生人与都市栖居者

在齐美尔的视域中，现代性的进程使现代都市成为一个开放性和流动性的空间。在流动的现代性空间中，现代人又有着什么样的品性和特殊性？作为生命哲学家，齐美尔怀着形而上学的"悲情主义"色彩，对现代人的生存质态进行了剖析。

一 现代人形象谱系

在现代性研究的谱系中，现代人是资本主义大都市的滋生物，这一形象的最初原型可以追溯到桑巴特的现代人形象。在其《现代资本

第四章 现代人形象的审美解读

主义》一书中，桑巴特区分了两类不同的个体形象："前资本主义人"和"资本主义人"。"前资本主义人"属于自然人，而"资本主义人"是随着资本主义货币经济的发展，现代大都市的出现而出现的，这类人已脱离了传统的"自然"，隶属于现代大都市。桑巴特所言的"资本主义人"即现代市民或称现代人。① "资本主义人"这一形象后来在舍勒那里被明确表述为现代人，它是随着发达资本主义世界的出现而出现的。"这里所谓的现代欧洲人，我们视之为一个群体类型，这一类型自十三世纪末以来逐渐形成，慢慢地进入发达资本主义……对这一类型及其生命情感来说，世界不再是温暖的、有机的家园，而是变成了计算的和工作进取的冰冷对象，不再是爱与冥思的对象，而是计算和加工的对象。"② 在舍勒看来，现代人在感情上是随意的，他们不再将感情视为有意义的符号语，而是将其视为盲目的事件在我们身上的自然演变。根据桑巴特和舍勒的论述，可以看出，现代人是随着资本主义社会而出现的，它是资本主义与新教伦理相结合的产物。

按照舍勒的观点，现代性问题中最主要也是最根本的事件是：传统的人的类型发生了转变，传统的人的理念被动摇了。在历史上，没有一个时刻像现在这样，人对于自己是如此的困惑与不安。舍勒的这个问题也就是现代人形象的生存问题，在现代性进程中，已演变成一种独特的现代人的理念、品性和生存模式。"对这种类型及其生活感来说，世界不再是真实的、有机的'家园'，而是冷静计算的对象和工

---

① 参见［德］桑巴特在《现代资本主义》中的相关论述。李季译，商务印书馆1958年版。与韦伯的论述相呼应，在桑巴特看来，现代人的出现与资本主义精神的产生密不可分。现代人的伦理主要是忠实契约、勤俭和禁欲，而这恰恰是韦伯《新教伦理与资本主义精神》中所论述的资本主义精神的核心。

② ［德］舍勒：《舍勒选集》，孙周兴等译，上海三联书店1999年版，第988页。

作进取的对象，世界不再是爱和冥思的对象，而是计算和工作的对象。"①刘小枫认为，舍勒的这个观点与齐美尔的现代人论题基本相同，在他看来，现代人形象的形成意味着传统人的实质性内容的解体。"当人被设想为上帝的造物，人有其本质和确定的自性，有不可分割的身位性。然而，现代人的观念使这一切裂散了。对人的哲学理解，以人的实在性本质为前提，现代社会使人的实在的整体性不复存在。其结果是，人的哲学被人的社会学取代了：人的科学成为人的社会科学。"②

在文学文本中，不少作家也描述了现代性历程中的现代人形象。在《小说理论》中，卢卡奇评论福楼拜《情感教育》中的主人公的内心生活与外在世界一样支离破碎，"他的内心没有抒情诗般的嘲讽或感伤的力量，来抵制琐碎的现实。因此，面对失去幻想的社会形式，现代小说表达了现代生活体验的短暂性和不确定性。这就是卢卡奇所说的现代人'先验的无家可归感'"③。而本雅明在比较雨果和波德莱尔时，也提及了雨果笔下的现代人情境。本雅明认为，在雨果的笔下，现代人在大都市中是一个另类的存在，"大城市乌合之众的状态不会使他惊慌失措。他从它们之中辨认出人群，希望能够成为他们的骨肉至亲。他在他们的头顶上挥舞着旗帜，上面写着'世俗、进步、民主'的字样。这面旗帜美化了大众的存在。它遮蔽了把个人与人群分开的门槛"④。本雅明认为，波德莱尔与雨果一样，针对大都市中的人群树

---

① [德]舍勒:《伦理学和认识论》，见刘小枫《现代性社会理论绪论》，上海三联书店1998年版，第20页。
② 刘小枫:《现代性社会理论绪论》，上海三联书店1998年版，第20—21页。
③ [英]哈灵顿:《艺术与社会理论:美学中的社会学论争》，周计武等译，南京大学出版社2010年版，第122页。
④ [德]本雅明:《巴黎,19世纪的首都》，刘北成译，商务印书馆2013年版，第135页。

第四章 现代人形象的审美解读

立了一个"英雄"典范,强调现代人在人群中有着耀眼的社会光环。但在本雅明看来,雨果遮蔽了现代人与大都市人群区分的门槛,而波德莱尔则坚守着被雨果所忽略的门槛,从而使他与雨果走上不同的道路。"如果说雨果把人群颂扬为一部现代史诗中的英雄,那么波德莱尔则是为大城市乌合之众中的英雄寻找一个避难所。雨果把自己当作公民置身于人群之中;波德莱尔则把自己当作一个英雄而从人群中离析出来。"[①] 哈维发现,虽然现代人形象在帝国时期或者更早的时候就已经存在,但在文学作品中,巴尔扎克有时也被认为是现代性大都市中漫游者(现代人)形象的缔造者。"巴尔扎克的漫游者不只是审美家、到处游荡的观察者,他同时怀有目的,企图挖掘出巴黎社会关系的秘密并且穿透拜物教。……巴尔扎克笔下的漫游者胸怀目的而且主动,并非毫无动机随处晃晃而已。"[②] 笔者以为,福楼拜、雨果和巴尔扎克笔下的主人公,也就是本文所要讨论的现代人形象的另一面相。

在波德莱尔的审美现代性规划中,都市人形象被表述为浪荡子,即大都市中的游手好闲者。波德莱尔眼中的浪荡子又是一种什么样的形象呢?对此,我们可以从他对画家居伊形象的描述来延续现代人主题的分析。波德莱尔对画家居伊推崇备至。一方面,居伊与社会中各种人群打交道,"他投入人群,去寻找一个陌生人,那陌生人的模样一瞥之下便迷住了他。好奇心变成了一种命中注定的、不可抗拒的激情。……人群是他的领域,他的激情和他的事业,就是和群众结为一

[①] [德]本雅明:《巴黎,19世纪的首都》,刘北成译,商务印书馆2013年版,第135—136页。
[②] [美]哈维:《巴黎城记:现代性之都的诞生》,黄煜文译,广西师范大学出版社2010年版,第66页。

体"①。在波德莱尔眼中,居伊是一个画家兼社交家。他生活在人群之中,而又游离于人群之外,他在反复无常和变动不居的生活场景中获得巨大快乐。他站在人群之外静观大都市的风光,欣赏都市生活的永恒的美,在他看来,这种美被神奇地融入人群的喧嚣之中;另一方面,居伊又是一个游离于人群之外的漫游者,他"离家外出,却总感到是在自己家里;看看世界,身居世界的中心,却又为世界所不知,这是这些独立、热情、不偏不倚的人的几桩小小的快乐,语言只能笨拙地确定其特点"②。本雅明在研究中发现,波德莱尔笔下的游手好闲者对人群保存着矛盾的心理:他不能融入其中,但又必须跟他们保持必要的关系,"他如此之深地卷入他们中间,却只为了在轻蔑的一瞥里把他们湮没在忘却中"③。

波德莱尔解释现代性为:现代生活的现代性与现代艺术的现代性。居伊在都市和人群中寻找"现代性",现代性在居伊那里实现了充满激情的联结。居伊白天漫步于城市,并在其中观察人群,体验人群,他是都市的观察者和漫游者;在夜晚,居伊静坐书桌旁,用他白天盯着各种城市事物的凝视目光和充满激情的生命感觉,通过艺术家的语言写下或绘下白天的观察和体验。因此,"现代生活的画家"白天是现代生活的现代性挖掘者,而晚上则是艺术现代性的总结者。"他匆忙,狂暴,活跃,好像害怕形象会溜走。尽管是一个人,他却吵嚷不休,自己推搡自己。"④ 当然,在波德莱尔看来,居伊也是一个大都会

---

① [法]波德莱尔:《1846年的沙龙:波德莱尔美学论文选》,郭宏安译,广西师范大学出版社2002年版,第420—421页。
② 同上书,第422页。
③ [德]本雅明:《发达资本主义时代的抒情诗人》,张旭东等译,生活·读书·新知三联书店1989年版,第143页。
④ [法]波德莱尔:《1846年的沙龙:波德莱尔美学论文选》,郭宏安译,广西师范大学出版社2002年版,第423页。

第四章　现代人形象的审美解读

生活中的浪荡子，他拥有财富，但并不看重财富；他身边不缺乏漂亮的女人，但并不把爱情当作特别的目标来追求；他喜欢追求时尚，但只把这些追求当成他自己精神生活的一种象征。

除了类似于居伊这样的现代性记录者之外，波德莱尔的笔下还出现了"闲逛者"和"拾垃圾者"这两类现代人形象，后者在本雅明那里得到了进一步的阐释。本雅明在解读波德莱尔的现代性规划时，认为波德莱尔是一位有着寓言家天赋的天才。当波德莱尔将视角投向巴黎这座城市里，他流露出来的是一种疏离者和闲逛者的目光。本雅明充满诗意而又略带伤感地写道："闲逛者站在大都市的门槛，就好像他站在资产阶级的门槛。它们两者都还不能倾吞他。他在这些资产阶级和大都市里没有找到家园，他在人群中寻找他的避难所……人群是一层面纱，其背面，熟悉的城市在变幻莫测的起伏中向闲逛者致意。"[①] 在本雅明看来，闲逛者的"生活方式用一种抚慰人心的光晕掩盖了大城市居民日益迫近的窘境。闲逛者依然站在门槛——大都会的门槛，中产阶级的门槛。二者都还没有压倒他。而且他在这二者之中也不自在。他在人群中寻找自己的避难所"[②]。面对资本主义的商品化浪潮，闲逛者如何才能使自己在人群中凸显自我？对此，哈维写道："波德莱尔着迷于群众中的某个男子，本雅明对此做了极为出色的分析——漫游者和纨绔子弟，在群众中随波逐流，神情显得相当陶醉——并且提供了相当有趣的男性参考点。上升中的商品与金钱流通浪潮不可能消退。群众与金钱流通的匿名可以隐藏所有个人的秘密。"[③] 在本雅明看

[①] [英] 弗里斯比：《现代性的碎片》，卢晖临等译，商务印书馆2003年版，第306页。
[②] [德] 本雅明：《巴黎，19世纪的首都》，刘北成译，商务印书馆2013年版，第20页。
[③] [美] 哈维：《巴黎城记：现代性之都的诞生》，黄煜文译，广西师范大学出版社2010年版，第234页。

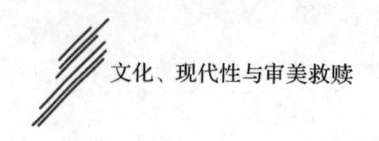

来，波德莱尔笔下的百货商店利用闲逛的方式来销售商品，百货商店是闲逛者的"最后"逗留之所。

显然，"浪荡子"在波德莱尔眼中是一个褒义词，是一个现代性的英雄。居伊作为一个浪荡子，他在现代都市中寻找现代性。居伊所寻找的实际上是现代生活之美，在这个意义上，居伊成了波德莱尔眼中的现代生活的审美英雄，他努力去挖掘现代生活之美，从而对抗那日益单面化的现代生活。而这一形象在本雅明的笔下也频频出现，成为他"拱廊街计划"中的现代人的主要形象。

二 游离的陌生人

在"现代人"研究史上，齐美尔深入探讨了都市陌生人这一现象。齐美尔著有《陌生人》一文，在其中，他对陌生人进行了如下定义：

> 这里所说的陌生人并非过去所论及的那种意义，即，陌生人就是今天来明天走的流浪者，我们所说的陌生人指的是今天来并且要停留到明天的那种人。可以说，陌生人是潜在的流浪者：尽管他没有继续前进，还没有克服来去的自由。他被固定在一个特定空间群体内，或者在一个它的界限与空间界限大致相近的群体内。但他在群体内的地位是被这样一个事实所决定的：他从一开始就不属于这个群体，他将一些不可能从群体本身滋生的素质引进了这个群体。①

在齐美尔看来，陌生人在现代社会中有着特殊的文化学意义。他

---

① ［德］齐美尔：《时尚的哲学》，费勇等译，文化艺术出版社2001年版，第110页。

不同于传统意义上的不熟悉的他者，而是现代性社会中比较特殊和异类的存在。陌生人不是熟悉群体中的异在流浪者，他们不再是传统意义"今天来明天走"的存在者，他们"今天来并且要停留在明天"。也就是说，这些人也可能会成为群体中的一员，也可能会继续流浪，他们是"潜在的流浪者"。这样一来，陌生人具有跨界的此在性。他依然处于特定的空间中，他并不属于这个空间，但却拥有融入这个空间的潜在可能性。在齐美尔看来，陌生人生活在一个群体的空间中，他不属于这一空间，也不属于这一群体，而仅仅只是空间中的群体的一个要素。"陌生人是群体内部的一个元素。作为成熟的成员，他的位置既在群体之外，又在群体之中。"① 在这个意义上，齐美尔认为，陌生人总是意味着与群体中的个体保持着一种特殊的关系，或者保持着一种距离。一方面，陌生人在我们面前，他离我们很近；另一方面，这个在我们面前的人是从远方来的，他并不属于我们这个群体。因此，"陌生性"意味着这个从远处来的人就在我们生活的周围。齐美尔的分析很有意思，所谓陌生人并非如传统的理解那样是与我们毫无关系的人，而是虽然在我们面前，但却来自远方，是我们不熟悉的人。在齐美尔看来，陌生人是一类特殊的存在：太熟悉的人不是陌生人，而与群体毫不相干的人也不是陌生人，因为他们处于远与近之外。

在齐美尔对陌生人的论述中，他实际上涉及了两种不同类型的外来陌生人：一是今天来明天走的流浪者；一是离开一个旧的居住点，通过一定时期的流浪，在一个新的地点定居的游牧民族和部落。可以说，齐美尔是立足于空间社会学的层面来剖析他对陌生人质态的理解的。显然，齐美尔的兴趣并不是那些游牧民族和部落，他所感兴趣的

---

① ［德］齐美尔：《时尚的哲学》，费勇等译，文化艺术出版社2001年版，第110—111页。

是那些"今天来明天走的游泳者"。萨洛蒙认为,"齐美尔理所当然地视陌生人为思想上的冒险者:陌生人离开家,居住在宽阔的大路上或宽广的海边,他们的目的是为了在精神上寻找一个新的家园"①。在齐美尔那里,时代性的时空距离对陌生人有着相当重要的文化社会学意义。"'距离'对陌生人来说体现着如下功能:亲密意味着陌生,而陌生性意味着这种特性是一种'接近'的陌生。……齐美尔的陌生人概念体现出一种矛盾的悖论:内在的外在性和外在的亲和性。……陌生人是熟悉的而又是陌生的,是招人喜欢的而又是招人厌恶的,是受欢迎的而又是受质疑的。"② 可以说,齐美尔对陌生人的界定是一种社会学意义上的界定。陌生人生活在世界上但却没有融入其中,陌生人是特定人群中的异在者。

在齐美尔的笔下,"陌生人"是一种特殊类型的存在,对特定群体而言并没有积极的意义,"与他的关系是一种无关系,他与这里没有关系,他不是群体本身的一个成员。作为一个群体的成员,他同时是近的又是远的,显示着只是建立于普遍人性之上的关系所具有的特征"③。罗杰斯认为,在齐美尔对陌生人的描述中,"陌生人作为一个个体,他属于一个群体中的一员,但却与这个群体的关联并不十分密切。这种相对自由使陌生人享受着属于他的独特性:他(她)可以从一个不同的视角(或者说更客观的视角)来审视和观察与他(她)有着关联的群体"④。维德勒也认为,齐美尔考察了现代性都市空间中的

---

① A. Salomon, "Georg Simmel Reconsidered", *International Journal of Politics, Culture, and Society*, Vol. 8, No. 3, Spring1995, p. 371.
② Ibid., p. 372.
③ [德] 齐美尔:《时尚的哲学》,费勇等译,文化艺术出版社2001年版,第114页。
④ E. M. Rogers, "Georg Simmel's Concept of the Stranger and Intercultural Communication Research", *Communication Theory* 9: 1, February 1999, p. 71.

诸多类型的人群，如穷人、冒险者和陌生人，等等。但在这些类型中，陌生人无疑被齐美尔视为最为典型的个例。"如果流浪意味着从一个空间上给定的点的解放的话（这是一个与固定相对的观念），那么，陌生人的社会形式则结合了两个特征于一体：陌生人并不是今天来明天走的流浪者，而是今天来并且明天也会停留的人。"①

在提出了陌生人这个概念之后，齐美尔进而对陌生人的"陌生性"进行了分析："陌生性不是由于相异的、不可理解的事物而产生的。相反，当在一种特定关系里，人们感觉到其中的相似性、和谐、邻近性并非真正是这特定关系的独特特质：它们是一些更具普遍性的东西，是潜在地遍及同伴与不确定的其他人之间的东西，因此并没有给予这种只是意识到的关系内在的唯一的必然性；此时，就会出现陌生性。"② 在齐美尔看来，陌生人之所以具有"陌生性"，是因为他们是与特定群体中的个体有着某种关联的人，他们出现在特定群体面前，但却并非与这个群体中的人员朝夕相处，他们与群体中的个体相识，但却并不熟悉。也就是说，陌生人的"陌生性"在于他们与特定群体中的个体在情感上保持着某种距离。基于此，齐美尔进而认为，陌生人与特定群体中的个体保持着一种亦远亦近的距离，或者说保持着一种若即若离的关系。"就我们从他与我们之间感觉到的种族的、社会的、职业的或一般人性的共同特征而言，陌生人与我们很近；就这些共同特征扩展到他或我们之外，并且只是因为它们联结了许多人因而也把我们联结而言，陌生人离我们很远。"③ 齐美尔的分析很特殊，也

---

① A. Vidler, "Agoraphobia: Spatial Estrangement in Georg Simmel and Siegfried Kracauer", *New German Critique*, No. 54, Special Issue on Siegfried Kracauer, Autumn 1991, p. 40.
② ［德］齐美尔：《时尚的哲学》，费勇等译，文化艺术出版社 2001 年版，第 113—114 页。
③ 同上书，第 113 页。

很有意思。笔者以为,对齐美尔而言,陌生人的"陌生性"其实并不是他们与我们的相异性,也不是源于我们对他们的"不可理解"或者说"不可熟悉"。相反,"陌生性"体现在一种"相似性"或"邻近性"之中。顺着齐美尔的思想继续下去,我们可以认为,齐美尔所言的陌生性其实也是一种熟悉,只是这些熟悉的和"普遍性的东西"是潜在地存在于特定群体与陌生人之间,而这些群体中的个体并没有意识到这种"熟悉"的"必然性"而已。

在某种意义上,陌生的外来者的生存境遇,是现代性进程中那些无家可归、注定四处漂泊的现代人的生存模式。从这个角度来审视齐美尔眼中的"陌生人",可以看出,这些外来的陌生人并不渴望被当地社会所同化,他是一个潜在的漫游者,同时也有着地域和空间上的来去自由。"在齐美尔的心目中,整个现代社会日益成为一个外来人的世界。这里的外来性,主要是指关系双方不熟悉的程度。当个体缺乏有关对方个人的和生平的信息时,相互之间也就成了外来人。在齐美尔有关货币经济和都市生活的分析中,这种趋势可谓是一目了然。"[①]在外来人的心目中,舍不掉的是对家园的深深怀恋。特别是在现代性的碎片化语境中,在多元文化的对立冲突中,无家可归几乎成为现代人生活的主题。

如前所述,"陌生性"衍生了陌生人与特定群体的特殊关系,即一种远与近的关系。从现代性的发展角度来分析,这种远与近的关系也是传统社会向现代性社会转变的体现。在传统社会里,人与人之间的交往局限于相对固定的时空范围中,依靠彼此间亲疏关系的远与近,而现代性的发展在时空维度上打破了这种远与近的界限。对现代人来

[①] 成伯清:《现代性的诊断》,浙江大学出版社1999年版,第142页。

说,"成百上千英里之外的客体、人与事件获得了极度的重要性,那么这距离对于他们而言要比对于原始人而言更贴近,对于原始人而言这距离只不过是不存在的,因为在近与远之间的明确区分还没有产生出来"①。

对这种远与近的关系,鲍曼有着精辟的论述:

> 附近,即就在手边,通常是平淡无奇、再熟悉不过的;有些人每天都会看见,有些事情每天都要处置,它们已经跟我们的习惯紧密相连,成了我们日常生活的一部分;"附近"是一个使人感到宾至如归的地方,在这里人们很少会感到迷失,很少会感到不知该说什么或怎么做。相反,"远处"却是人们很少涉足或从不涉足的空间,这里会发生什么事人们无法预料或理解;一旦发生了什么事,人们会觉得不知所措:这个空间包含有人们不了解的东西,人们不存希望,也觉得没有去关心的义务。发现自己置身于"遥远的"空间是一种令人紧张不安的经历;冒险去"远方"意味着到某人视野之外,意味着感到别扭及不得其所,意味着招惹麻烦和害怕受伤。②

在鲍曼那里,"在近处"和"在远方"意味着确定性与不确定性的对立。远方的生存有着不确定性,需要通过各种各样的学习去适应所不熟悉的外部环境和生存规则;"在近处"却意味着处于自我熟悉的生存空间内,近处的生存是个体所熟悉的,个体凭借平时的习惯就可以轻松应付。这种生存是一种自动化的惯常的生活模式,它不会导致个体的焦虑和担忧。其实,在某种程度上,"远"与"近"也就是

---

① [德]齐美尔:《货币哲学》,陈戎女等译,华夏出版社2002年版,第18页。
② [英]鲍曼:《全球化》,郭国良等译,商务印书馆2001年版,第12—13页。

距离的疏远与拉近。"在近处"即距离的拉近使个体的关系变得亲昵,"在远方"即距离的疏远却使固定的时空被打破,它意味着对个体固定生存习惯和模式的超越。

在现代性的进程中,传统社会向现代社会的转变导致了个体生存方式的改变。在传统社会中,个体生存是与他们赖以生存的周遭环境联系在一起的。人们对自己生活范围之外不熟悉的远方存在着一种本能的排斥和抗拒。陌生人恰恰来自远方,因此,陌生人的出现也就意味着"远"向"近"的侵入,意味着传统的熟悉空间的中断。基于此,鲍曼对异乡人充满着敌意:"异乡人损害着世界的空间秩序,即通过斗争而来的、道德和地形的接近性(对朋友的亲近以及对敌人的疏远)之间的协调。异乡人扰乱了物理和心理距离间的共振。因为,他具有物理上的邻近性,同时又保持了精神上的疏远性……异乡人代表了一种不一致的、因而令人憎恶的'相邻性与疏远性的综合'。"[①]

在传统社会中,个体的生存比较固定化在一定的时空中,他们对超越个体习惯之外的远方有一种本能的抗拒和敌意。因此,时空距离在传统的社会中显得格外真实和重要。以此来审视齐美尔的陌生人形象,笔者以为这很好地揭示了从传统社会到现代性社会的这一重要表征。滕尼斯将前现代社会和现代性社会称为"共同体"和"社会"。在他看来,共同体是指乡村社会,是一个群体间个体之间有着紧密联系的社会;社会则指都市化的世界,是高度分化了的现代社会。共同体使人有强烈的归属感和邻近感;社会则意味着分裂和距离。滕尼斯认为社会的出现导致了共同体的衰亡,因而使个体之间的距离被凸显了。[②] 滕尼斯意在表明:现代性的社会摧毁了"共同体"的单一性,

---

[①] [英]鲍曼:《现代性与矛盾性》,邵迎生译,商务印书馆2003年版,第90页。
[②] [德]滕尼斯:《共同体与社会》,林荣远译,商务印书馆1999年版,第52—54页。

第四章　现代人形象的审美解读

导致个体与周遭世界的分离。① 在滕尼斯的理论中，在传统的前现代社会，个体被局限在相对狭小的时空范围内。个体虽然受时空距离的限制不能自由地长时间到远方去，但这并不影响共同体中个体之间的交往，相反，正是由于受时空的限制，他们更能在彼此的交流中做到将心比心，他们彼此的信任和信赖程度都是现代人所不能相比的。

在齐美尔对"陌生人"的论述中，齐美尔引入了"距离"这个概念。笔者以为，齐美尔对陌生人所引发的现代性质态的阐释，对我们理解今天全球化时代的"时空脱域"现象也有着重要启示。今天，随着现代性社会的扩展和全球化的扩张，距离对人们的影响变得越来越大。全球化的迅速发展使传统的自成一体的"共同体"日益成为一个相互关联的地球村。在这个日益缩小的世界里，交通工具的迅速发展可以轻易使现代人突破传统的时空限制，陌生人之间的交往变得越来越直接和频繁。也就是说，现代性的展开和全球化的扩张导致了时空的压缩，用吉登斯的话来说，随着现代社会的出现与现代性的展开，通过对"缺场"的各种其他要素的孕育，日益把空间从地点分离了出来，从而导致"脱域"现象的产生。②"脱域"即意味着传统时空关系的解体，取而代之的是摆脱了时空束缚的现代性"脱域"时空关系。对吉登斯所言的"时空脱域"现象，齐美尔早有预见。齐美尔发现，在资本主义现代社会，货币在人与人之间"培育出一种距离，由此它将昔日的人与局部因素之间的亲密联系变得如此相异，以至于今天我

---

① 社会一方面使个性得以自立生存，并给予其无可比拟的肉体与精神的活动自由；另一方面，社会又赋予生活的实际内容至高无上的客观性。从历史的发展维度来看，现代生活的断裂就可以被理解为现代都市社会与前现代乡村民俗社会断裂。而从现代个体的生存维度来看，现代生活的断裂就可以被理解为现代都市社会的碎片化景观与前现代乡村民俗社会的总体化图景的断裂。这两种生活的差异，也就是是腾尼斯所说的共同体和社会的差异。

② [英]吉登斯：《现代性的后果》，田禾译，译林出版社2000年版，第16页。

可以待在柏林，接受来自美国铁路、挪威抵押款和非洲金矿的收入"①。齐美尔的话表明，货币带来了人与人之间的距离，使彼此可以在最大的程度上遵照自身的规则各行其是。这也正如鲍曼所言："在我们生活的这个世界上，距离好像并没有太大的意义。有时候，它的存在似乎只是为了被人们消除。空间仿佛是在不断地诱使人们去轻视、驳倒或否定它。空间已不再是一个障碍物——人们只需短暂的一瞬就能征服它。"② 可以说，全球化所带来的时空变化使世界变得越来越"小"，时间与空间也不再像前现代时期那样处于相互支撑中，远与近的区分在现代社会中变得越来越无足轻重。

齐美尔认为，由于时空距离的变化，也因此带来了现代人生存的诸多问题。全球化的发展使现代世界成为一个缩小版的地球村，这使得传统社会关系中的物理距离变得日益淡化或不复存在。但随之而来的问题是，在物理距离消解的同时，个体之间的心理距离却相反在现代性的语境中日益凸显出来，成为现代人生存的新困境。虽然个体在内在心灵上获得了空前解放，但个体之间的心理距离增加了，人与人之间变得更加冷漠、矜持与无情。个体"以前无意识地、本能地做出的事情后来出现时都带上了清清楚楚的可计算性，以及支离破碎的意识；而另一方面，起初需要小心翼翼和自觉地努力才能获得的东西在现代变成了机械式的例行公事、本能的理所当然的东西。故而相应的，在这里最遥远的东西离人近了，付出的代价是原初和人亲近的东西越来越遥不可及"③。

进一步深入分析的话，齐美尔所讨论的陌生人形象其实也是对现

---

① ［德］齐美尔：《时尚的哲学》，费勇等译，文化艺术出版社2001年版，第95页。
② ［英］鲍曼：《全球化》，郭国良等译，商务印书馆2001年版，第4页。
③ ［德］齐美尔：《货币哲学》，陈戎女等译，华夏出版社2002年版，第387页。

代性进程中处于社会边缘的人物形象的描述。对此,芝加哥学派延续了齐美尔这一论题。马尔图切利认为,芝加哥学派学者帕克很好地延续了齐美尔的陌生人形象主题,帕克笔下的社会边缘人"生活在两个社会之间和两种文化之间。他的内心世界经常陷入社会力量的对抗所产生的痛苦之中。有时,他并非经常,其性格带有这种混合的痕迹。本质上说,处在社会边缘的人对自己人和其他人的态度是两重性的。他非常依恋的传统世界的崩溃使他彻底地获得了解放。他的力量不再受过去习惯的支配,他因而能自由地进行新的冒险,尽管出于同样的理由,他一般缺乏方向"[1]。在齐美尔那里,陌生来自远方,他今天来明天去,并且继续以陌生人的身份前行。而对帕克而言,社会边缘人处于特定的文化困境中,与齐美尔笔下的陌生人不同,"处在社会边缘的人同时希望保留和摆脱这种身份,他知道他尽管想摆脱这种身份,但仍然继续是处在社会边缘的人"[2]。

三 忧郁的都市栖居者

齐美尔所分析的"远"与"近"的关系也就是陌生人与我们之间暧昧关系的展示。在现代大都市里,我们每天与数不清的人打交道,这些人每天与我们擦肩而过,他们近在眼前,但却仿佛远在天边,因此,他们对我们来说是陌生人。但换一个角度来考察,我们与他们萍水相逢,我们之于他们也是陌生人,不同之处在于,他们是无根的潜在流浪者,而我们是有根的现实都市人。从这个意义上来看现代个体与都市生存的话,都市也就成了陌生人之间的相互交往的展厅。因此,

---

[1] [法]马尔图切利:《现代性社会学:二十世纪的历程》,姜志辉译,译林出版社2007年版,第331页。
[2] 同上书,第332页。

文化、现代性与审美救赎

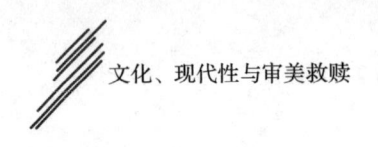

如果说陌生人是齐美尔现代人形象谱系中的一个特殊群体，表征着现代性社会中时空引发的距离因素，那么都市人则体现了现代人形象的生存表征：都市中"忧郁的栖居者"。

在波德莱尔的笔下，19世纪的法国首都巴黎是其现代性的展厅。而在半个世纪后的德国首都柏林，齐美尔延续了波德莱尔的主题。与波德莱尔对画家居伊充满了激情一样，齐美尔对柏林都市人的现代性体验同样情有独钟。在《柏林贸易展》一文中，齐美尔描述了都市人在观看柏林贸易展时的体验。在他看来，现代大都市完全成了一个现代性物品的展厅，没有任何重要的物品遗漏在现代都市人的审美冲动之外。都市如同一个大展厅，其中不断浮现的新奇物品令人目不暇接，每一个观看者脸上都浮现出惊喜与好奇的神色。"把重点放在娱乐之上的展览会试图在外部刺激物的原则与物品的实用功能上做新的合成，并将这种审美的超级附加物发挥到极致。"[①] 这些现代性的碎片性印象丰富多彩，它们在观看者的面前转瞬即逝，非常适合使早已被刺激过度了的现代人的疲惫神经再度兴奋起来。

波德莱尔将画家居依视为现代性的"英雄"，在他那里，居伊白天是现代性生活的激情体验者，晚上则是现代性生活的审美解剖者。虽然齐美尔与波德莱尔一样描述了在现代性都市中的现代人形象，但齐美尔笔下的都市人显然有别于波德莱尔笔下的现代英雄形象。齐美尔认为，由于货币文化的发展，"在现代大都市中，有许多这样的职业，既无客观形式，亦乏行动的果断性：如某些种类的代理人、经纪人，他们都是大都市中不确定的人，依靠千差万别，充满机遇色彩的赚钱机会生存。对他们而言，经济生活，他们的目的系列编织起来的

---

① ［德］齐美尔：《时尚的哲学》，费勇等译，文化艺术出版社2001年版，第141页。

网,除了赚钱,根本没有可以确切说明的内容"①。由于货币经济的发展,齐美尔笔下的现代人的人性和人格等已被货币文化所量化,人的本质已无从勘定,现代人的形象在现代社会中已变得相当模糊,因此,分析现代经济生活和社会分化下的现代人的人性及其特殊的生命质态和内在感受,是现代人社会学研究的首要课题。可以说,在齐美尔那里,现代人已消解了其形而上学的本质,在现代性都市中已成为流动性的存在。现代人在生存中想寻求确定的和牢固的本质,然而这些东西早已消解而不复存在。

北川东子认为,齐美尔在概括现代都市人形象的特征时使用了大都市内心生存的"理性主义性格"这一表述,这种性格通常源于对感觉性数据的综合。在齐美尔关于现代都市人的旅行体验的分析中,就很好地描述了现代人的这种感觉性生存体验。在齐美尔看来,观光旅行是一种凭借感觉的解放体验,人们从自己的习惯性的日常生存中解放出来,他用自我的眼睛凝视周围的一切,他把自己从自我经历和存在历史中解放出来,并将周围的一切视为演出。北川东子发现,在齐美尔的笔下,"这种沉溺的得意的文章讲述了观光城市中感觉的解放及源于感觉的解放。在这些解放体验中,街道没有了名字,人们没有了面孔,一切都变成了景观,一切都只不过是主观体验的一个契机"②。此外,北川东子还对齐美尔的"他者"概念展开了分析。在她看来,齐美尔是从距离的角度阐释"他者"这个概念的。"'他者'就在你身旁。能够看,能够闻,能够听的'他者'。因此,与其说他是被认知

---

① [德]齐美尔:《金钱、性别、现代生活风格》,顾仁明译,学林出版社 2000 年版,第 23 页。
② [日]北川东子:《齐美尔:生存形式》,赵玉婷译,河北教育出版社 2002 年版,第 61 页。

的，不如说是硬挤入你的感觉网络中的'他者'。"① 可以说，齐美尔所描述的这种个体与"他者"的关系很好地表征了现代人的生存样态：一种令人窒息的生存样态，即一种"被硬塞在狭小的空间，相互之间迫不得已结成了某种关系的状态。在这种情况下，'他者'的问题就不单单是停留在认知啦、承认这样的理性问题上，不是承认'他者'的存在，尊重这种相异性这种能够合理地理性地处理的问题"②。

在齐美尔那里，货币是导致上述紧张生活的罪魁祸首。货币"给现代人的生活提供了持续不断的刺激……给现代生活装上一个无法停转的轮子，它使生活这架机器成为一部'永动机'，由此就产生了现代生活常见的骚动不安与狂热不休"③。现代人生活幸福的满足感与金钱的占有密切相关，他们把金钱当成一生的目标来追逐；但在达到这一目标后，留下的只有空洞的无聊与失望。这种无聊积累到一定程度就转化成厌世感。厌世态度使现代人对任何事都没有兴趣和激情，进而导致生命的萎缩。现代人只有通过刺激来唤起自身的差异性感觉。④然而，外部刺激的增加反而使现代人内心的激动减少。刺激和激动的差异之处就在于，刺激并不能唤醒真正的个体生命感觉。齐美尔敏锐地指出："这种对刺激的追逐或许可以解片刻之愁，但原来的情景很快就又会出现，只不过现在变得更糟而已。"⑤

在齐美尔看来，现代人把金钱、幸福和人生的终极目标直接等同起来。货币由手段向目的的转变使现代人形成了一种理智之上的性格

---

① ［日］北川东子：《齐美尔：生存形式》，赵玉婷译，河北教育出版社2002年版，第132页。
② 同上。
③ ［德］齐美尔：《金钱、性别、现代生活风格》，顾仁明译，学林出版社2000年版，第12页。
④ ［德］齐美尔：《货币哲学》，陈戎女等译，华夏出版社2002年版，第186页。
⑤ 同上。

特征。"货币经济与理性操控一切被内在地联系在一起。在对人对事的态度上,它们都显得务实,而且,这种务实态度把一切形式上的公正与冷漠无情地相结合。"① 在现代都市生活中,理智战胜情感已成为人们交往和行动的依据。理智在社会交往中扮演着重要角色,人们戴着面具生活,开始习惯用头脑代替心灵来做出反应。齐美尔不无忧虑地感叹道:"现代精神变得越来越精于计算。货币经济引起的现实生活中的精确计算和自然科学的理想相一致:将整个世界变成一个数学问题,以数学公式来安置世界的每一个部分。"② "我们的时代已经完全陷入这样一种精神状态,而与此相关的现象是:一种纯粹数量的价值,对纯粹计算多少的兴趣正在压倒品质的价值,尽管最终只有后者才能满足我们的需要。"③

基于此,现代都市人的生存体验被大都市的日常生活分裂为两个极端:白天忙碌于高度紧张的工作状态中,晚上则沉迷于刺激的娱乐姿态中。在齐美尔看来,由于白天高强度的劳动,使得现代都市人在劳动之余的夜晚渴求精神的放纵和压力的释放。因此,现代都市人在晚上会沉醉于感官的刺激当中,他们排斥所有稍稍深刻的内容,也拒绝深度的沉思。"永久的印象、彼此间只有细微差异的印象,来自规则与习惯并显现有规则的与习惯性的对照的印象——所有这些与快速转换的影像、瞬间一瞥的中断或突如其来的意外感相比,可以说较难使人意识到。"④ 在齐美尔看来,现代人白天被机械化的工作所奴役,

---

① [德]齐美尔:《时尚的哲学》,费勇等译,文化艺术出版社 2001 年版,第 187—188 页。
② 同上书,第 188 页。
③ [德]齐美尔:《金钱、性别、现代生活风格》,顾仁明译,学林出版社 2000 年版,第 8 页。
④ [德]齐美尔:《时尚的哲学》,费勇等译,文化艺术出版社 2001 年版,第 187 页。

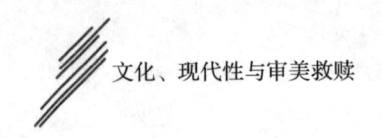

晚上由沉迷于大都市持续、反复的感觉印象刺激中。正是因为对白天高强度工作的无力与被动接受，现代人只能借助夜晚身体的享乐、感官的愉悦和神经的麻醉来释放由于工作所带来的紧张和压抑。在这个意义上，现代都市人夜晚生活的享乐和放纵也可以说是现代性背景中深刻严肃的社会生存的外在表征和自我救赎。

在描述这种现代人的分裂精神状态时，齐美尔认为，现代人的心理感受正从感性逐渐走向理性，对现代人而言，愉悦和神经的麻痹比其他刺激更值得拥有和享受。"当白天的活动、精神的紧张和精力的集中已经耗尽了一切之后，还有什么情感力量能够剩留下来呢？……被日间的繁忙与焦虑折磨得筋疲力尽的神经已不再能对任何刺激物产生反应，除了那些直接的生物性的刺激以外，也即那些当所有较精细的感官都变得迟钝了之后，仍能令器官有所反应的刺激：诸如光亮与闪耀的色彩、轻音乐，最后——也是主要的——是性的感觉。"[1] 正是因为现代文化的物化，现代人出现了生存的无力感和空虚感，物化的现代生存使现代个体不能再激起感官的兴奋，只能通过夜晚的享乐来保持感官的愉悦与神经的麻醉状态。因此，现代都市人不得不在疯狂地消费与娱乐中来满足内心的空虚，在他们看来，消费和享乐似乎能够弥补他们在工具理性奴役下片面而单调的生存丰满性的缺失。

齐美尔给都市现代人贴上"忧郁的栖居者"标签，并以一种悲情主义的情绪来解读他们。虽然他并没有对其进行道德层面的批判，也不像波德莱尔一样称他们为现代性的"英雄"。齐美尔立足于文化悲剧的立场，以一种严肃而客观的立场去剖析这一现代人形象。沃斯拉维斯基认为，齐美尔并没有在论述中指控和批判现代人形象，"齐美尔

---

[1] ［德］齐美尔：《时尚的哲学》，费勇等译，文化艺术出版社2001年版，第118页。

并不打算引导出现代人批判。在他的著述中，没有困境、危机之类的呼喊，而是一种冷静的描述性分析"①。在齐美尔笔下，都市现代人形象是社会现代性的缩影，是社会现实的外在表征。现代都市人的灵魂承载着资本主义物化生存的矛盾与压力，因此只能通过内在心灵在外在刺激的感官享受来获得灵魂的拯救。最终，现代人沉溺于外在刺激物的感官引诱中，并通过纷繁多样的消费享乐获得暂时的清醒与神经振奋。在都市紧张生存的持续刺激电流的冲击下，现代人最终只能根据保存能量的原则自娱自乐。

在现代性都市生存中，"忧郁的栖居者"表现出截然相反的两种心态：放纵热情和谨慎冷漠。而这在齐美尔看来，也是现代人面临现代性生存时所必然出现的日常生活体验。

齐美尔认为，在前现代社会，由于个体被局限在较为固定的时空范围内，与外界的交往相对较少，个体之间的熟悉度较高，大家处于一个相对熟悉的时空中，在这样的环境下，个体之间一般都会以一种较为谨慎的状态来彼此交往。什么话能说，什么时候说什么话，相对来说大家都心知肚明。因此，为了在彼此面对时保持得体的形象，人们往往都会带上种种面具，不可能做到完全的肆无忌惮。但在人群流动性较大的现代都市中，个体周遭的环境瞬息万变，人与人之间是一种陌生的萍水相逢的关系，彼此之间的交往也缺乏固定性和稳定性。齐美尔在描述旅途中的相识时写道："旅途相识的诱人之处，往往是感觉到它不会使人承担任何义务，面对一个几小时后人们就要永远与他分离的人，人们原来就是无名氏，也出现一种引人注目的推心置腹。"② 笔者以为，旅途中的诱人之处也可以用来形容都市陌生人之间

---

① 转引自刘小枫《现代性社会理论绪论》，上海三联书店1998年版，第22页。
② ［德］齐美尔：《社会学》，林荣远译，华夏出版社2002年版，第505页。

的偶遇。都市中个体所遇到的往往是一个完全陌生的人，彼此在相遇之后便会分开，有时甚至只是打一个照面，相互之间在短暂的相逢之后便各奔东西。都市中的这种相逢也使得相互之间往往是匿名的，人们不需要彼此设防，个体交往也更容易敞开心扉。双方都不需要向对方承诺什么，不需要承担什么后果，因此，都市人更容易将自我的内心倾诉给对方，更容易引发彼此的热情和放纵。

由于彼此交流的匿名性，现代都市人在彼此的相遇中也衍生了另一种截然相反的心态：冷漠无情。马克思写道，人们"彼此从身旁匆匆地走过，好像他们之间没有任何共同的地方，好像他们彼此毫不相干……所有这些人愈是聚集在一个小小的空间里，每一个人在追逐私人利益时的这种可怕的冷淡、这种不近人情的孤僻就愈是使人难堪，愈是可恨"[1]。可见，个体在都市生存中所表现出来的心理距离，其实质是一种在现代都市生存的腻烦态度中所表现出来的冷漠态度。正如齐美尔所言，在现代性大都市中，"智慧尽管提供一种普遍理解的基础，但是也因此在人之间设置一种距离：因为它使相距最遥远的人之间能够相互接近和协调，所以它也在最贴近的人之间促成一种冷静的，而且往往令人疏远的客观求实性"[2]。

由于现代时空的快速转换，大都市也变得更具有流动性。在都市生活中，现代个体每天都得与无数的人打交道，就不可能像传统社会那样，在一个相对固定的时空范围内的所有人际交往中都持一种热忱的态度。人们在个体的相互交往中就不可能彼此交心，而是相互有所保留。这也正如厄里所言："由于大都市中有着丰富而多样的刺激，人们不得不养成一种冷淡和迟钝的态度。如果不养成这样一种态度，人

---

[1] [英]威廉斯：《现代主义的政治》，阎嘉译，商务印书馆2002年版，第60页。
[2] [德]齐美尔：《社会学》，林荣远译，华夏出版社2002年版，第482页。

们将无法应对人口的高密度所导致的这类体验。城市人格就是冷淡、超然、腻烦。其次，与此同时，城市还确保个体具有一种独特的个体自由。与小规模的共同体相比，现代城市为个体、为个体内在发展与外在发展的独特表现都留出了余地。"① 因此，大都市中的人际交往就充溢着冷漠无情的色调，甚至在某种程度上还相互疏远和排斥。由于彼此间的陌生性，现代个体间存在着不可逾越的距离。

第二节　独特虚空的边缘人

都市现代人的主题在克拉考尔的现代性研究中得到了再现，克拉考尔赋予这类现代人"边缘人"的称号。在克拉考尔看来，在科技发展的今天，现代人虽然生活方式远较过去要丰富，但他们的内心体验却逐渐走向独特和虚空。他们有着日常生活的审美需求，但他们的思想也与社会现实格格不入。现代人游离于现代性日常生存之外，他们承受着内心的孤独和生存意义的缺失感，成为齐美尔笔下的现代性都市忧郁栖居者。克拉考尔立足于审美文化层面，在对流行文化、都市生活和电影本性等现代日常生活景观的剖析中，从现代人的生存语境、生存状态和生存意义等方面挖掘出他们在流动的现代性进程中所衍生的心态和体验。

一　都市幻影的生存语境

克拉考尔认为，科学技术使物质文明得到飞速发展，却使精神文明日益萎缩，现代人身处齐美尔所言的文化悲剧中。以柏林为代表的

---

① [英]特纳：《社会理论指南》，李康译，上海人民出版社2003年版，第511页。

文化、现代性与审美救赎

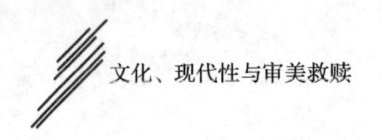

现代性都市在意识形态的笼罩下潜藏着不为人知的秘密，现代大都市如同迷宫一般在瞬息万变中带给现代人前所未有的眩晕与骚动，现代人的生存语境呈现出与传统社会截然不同的新文化。

如果说文化悲剧是克拉考尔对于现代人生存语境较为宏观的思考，那么都市空间则是现代人生活背景中更为微观的探析。克拉考尔曾说："空间意象是社会的梦。无论哪里，只要一切空间意象的象形文字得到破解，那里社会现实的基础就会呈现出来。"① 克拉考尔的目的在于通过分析空间意象，来揭示现代人身处其间却不自知的现实。对克拉考尔来说，空间意象的范本就是现代都市。在他眼里，现代都市是一座有着无穷奥秘的迷宫。都市中有被遗忘和掩盖的现代性痕迹，这些痕迹以碎片的形式存在着，只有通过搜寻与整合，才能重现原貌。曾从事建筑学研究的克拉考尔，凭借对建筑的敏感，孜孜不倦地搜寻着城市生活中偶然生成的都市碎片，以期揭示出它们隐藏的意义。

在克拉考尔的随笔中，关于城市意象的描述主要论及巴黎和柏林。前者代表着历史、美梦与人性；后者则是新奇、梦魇与空虚的代名词。克拉考尔认为，巴黎是具有历史感的城市，它的"额头铭刻着岁月的痕迹。记忆从它房屋的气孔里面疯长出来，雨水常年洗刷着玛德莱娜纪念碑，使它洁白如雪。岁月的苍白是这所城市的主色调。然而，在白色面纱之下，一切受到人们的呵护，并且像第一天那样清新"②。相比之下，柏林则是一个没有过去的城市，因而成为克拉考尔解读现代性碎片的焦点。克拉考尔认为，柏林就是一座将现代性展现得淋漓尽致的都市迷宫。它的转瞬即逝令人应接不暇，带给人狂热兴奋的同时，也抽离了历史与记忆。在他看来，柏林的街道是空洞的时间流的体现。

---

① [英]弗里斯比：《现代性的碎片》，卢晖临等译，商务印书馆2003年版，第142页。
② 同上书，第183页。

在那里，即兴创作式的印象掩盖了稳固持久的感觉，没有任何事物可以长久存留。记忆正在被磨灭，持续的变动性使街边建筑处于一种无根状态。在克拉考尔看来，很少有其他城市像柏林那样迅速地摆脱刚刚发生的事物，在狂猛的变迁中冲刷着历史记忆。作为一个健忘之都，柏林的发展轨迹就像一系列的点，每一刻都是新的。都市生活给人们带来一种即时变迁的兴奋感，似乎当下永远处于消逝的一个点上，"现在"片刻也不停留。如果说波德莱尔对现代性的转瞬即逝满怀惊奇之感，那么克拉考尔在柏林的飞速变迁中看到的则是历史与记忆的剥离。

关于柏林对新异的狂热追求，克拉考尔进一步挖掘出背后的经济主题。他以风靡一时的淘金热为喻，认为新事物的盛行潜藏着经济利益的算计。这也是齐美尔所关注的问题，即货币是导致都市紧张生活体验的罪魁祸首。本雅明也对都市生活展开了批判性反思，"在这种来往的车辆行人中穿行，把个体卷入了一系列惊恐与碰撞中。在危险的穿越中，神经紧张的刺激急速地接二连三地通过体内，就像电池里的能量"[1]。本雅明认为，现代生活就像一场击剑比赛，人们永远处于出击与防范的紧张之中。与齐美尔和本雅明不同，克拉考尔则更关注柏林街头的碎片式意象，并从中感受弥漫其间的恐惧感。在地下通道，"封闭的建筑空间和不断流逝的混乱人群形成了鲜明的对比，唤起一种莫名的恐惧"；在空寂的广场，"四面袭来的无名力量将行人推入其间，使人们深陷于赤裸裸的恐惧"。[2] 在克拉考尔笔下，柏林的街道弥漫着一种无可名状的不安情绪：飞速驶过的汽车、冷漠的乘客面孔、一闪而过的人行道、琳琅满目的商店和涌动的人群等，让现代人在都

---

[1] ［美］沃林：《瓦尔特·本雅明：救赎美学》，吴勇立等译，江苏人民出版社2008年版，第232页。

[2] S. Kracauer. *The Mass Ornament*：*Weimar Essays*. Boston：Harvard University Press，1995，p. 39.

市的街道印象景观中迷失了自己。现代都市就像一座迷宫，在飞速转换中掀起眩晕和骚动，眼前永远是陌生的面孔和景观，现代人惴惴不安而不知何去何从。克拉考尔极力挖掘19世纪末的柏林印象，他发现柏林给现代人带来的并不是享受，而是紧张和孤独的感受，"好像有一个爆炸物已经安置在所有可能的隐蔽场所，就在下一刻，它就会爆炸"①。

如果说柏林的街道展示了都市景观的光怪陆离印象，导致了现代人生存的不安与恐慌，那么在克拉考尔眼中，公共内室则是都市迷宫中的现代性幻象，它为生活于其中的人们编织和建构着现代性的梦想。克拉考尔认为，公共内室隐藏着现代性的痕迹，但这些痕迹被资本主义意识形态的虚假外衣所遮蔽，现代人浑然不觉，甚至还沉浸于资本主义意识形态建构的幻影之中。本雅明曾在《单行道》中对现代中产阶级的居室布置进行了描绘，"室内布景往往在四周墙上安置了刻满浮雕的巨大装饰板，不见阳光的角落里还摆放着盆栽的棕榈树，凸出的阳台严阵以待地装上了防护围栏，长长的走廊里响彻着煤气火焰的歌声。这样的内室布景简直只适于尸首居住"②。与本雅明不同，克拉考尔把目光更多地投向了中下层人民的生活空间，如职业介绍所和百货商店。在克拉考尔看来，各种关于失业统计的评论都没有从真正意义上重视失业者以及人们的职业生活，因此，职业介绍所充斥着意识形态的建构。职业介绍所内空荡荡的，但墙上却贴着"失业者！爱惜和维护公共财物"之类的话语。克拉考尔讽刺地问道："总共有多少值钱的东西值得动用如此夸张的辞藻呢？……在完全没必要加以防护的

---

① [英] 弗里斯比：《现代性的碎片》，卢晖临等译，商务印书馆2003年版，第190页。
② [德] 本雅明：《单行道》，王才勇译，江苏人民出版社2006年版，第10页。

地方，都设置了语言的战壕和壁垒。"① 在大型百货商店，克拉考尔也注意到意识形态在空间场景的置入。商店职员和顾客共享着美妙的购物环境，似乎人人都是上层人士，灯火通明的环境极大地激发了顾客的购物欲望。克拉考尔指出，职员们在这里工作，往往会忘掉生活在阴暗狭小的公寓内的苦闷，陷入一种梦幻的陶醉之中。在克拉考尔看来，大型百货商店所提供的奢华环境，使工薪大众感觉自己融入了上流社会，但这种幻象只不过让他们安心停留于既定位置罢了。

现代性的都市生活瞬息万变，它使人们狂热兴奋而又紧张不安，都市空间就如同一座迷宫，隐藏和遮蔽着现代性的秘密。现代性的都市景观无疑对克拉考尔有着强烈的吸引力。在克拉考尔看来，现代性的都市迷宫是现代人生活的社会语境，是现代人生存体验的社会基础。克拉考尔旨在通过对现代性都市迷宫的解剖，进而探求迷宫背后现代人的生存困境。克拉考尔穿梭于都市迷宫，以敏锐的眼光和独到的批判意识，从表层现象中挖掘出深意，在都市迷宫中寻找着现代性的印象与真相。

二 感性缺失的生存体验

现代性的文化危机以及都市空间的发展所带来的紧张与恐慌，猛烈地冲击着现代人原本安静祥和的生存状态，给现代人生存带来了与过去不一样的感性体验。在克拉考尔看来，在现代性都市生存中，理智取代情感逐渐成为现代人的行为准则，现代人成为都市社会中的孤独个体。

克拉考尔发现，在现代都市生活中，人们渐渐习惯用头脑代替心

---

① ［英］弗里斯比：《现代性的碎片》，卢晖临等译，商务印书馆2003年版，第195页。

灵来做出反应。克拉考尔认为,在工业发达的资本主义社会,现代人的逻辑思维被强化,"一种参照货币价值和用途来同化和拉平最相异事物的能力,也即习惯——快速计算大量数目的理性计算——而且似乎世上只有需要处理的数量"①。在克拉考尔看来,理智驱逐成为现代人生存的作为依据,他以大众装饰和侦探小说为例展开了分析。克拉考尔首先从大众装饰的分析入手,认为大众装饰对应着资本主义的生产原则,很好地展示了现代性社会的理性特征。"大众装饰的结构折射着当代的全景……理性计算摧毁了共同体……单一化的系统扼杀了人性,打造出大批在全世界都以相同方式受雇的工人。大众装饰和资本主义生产一样,都仅以自身为目的。"②

为了说明这一点,克拉考尔还分析了集体女性歌舞节目的动作表演与流水线上生产过程的相似性。"她们排成起伏的蛇阵,她们正热情地演示着传送带的美德;当她们随着快速的节拍跺脚起舞,那声音听起来像是做事、做事;当她们以数学般的精确,高高地踢起双腿,她们正欢快地颂扬理性化的进程;并且,当她们从不中断其程式,一直重复同样动作的时候,人们可以想见一个摩托车长龙连续不断地开出工厂的场面,而且相信对繁荣的祝愿永无完结。"③ 在克拉考尔看来,大众装饰流露出一种程式化、理性化的激情,而它们对应的正是资本主义的生产链条。人性在理性至上的现代社会被忽视,已不再扮演重要角色,而且,这种理性原则被人们带到了办公室和工厂,因为工作并不需要个性的参与,而只需适应生产和分配的需要,最终实现利润的最大化。

---

① [英] 弗里斯比:《现代性的碎片》,卢晖临等译,商务印书馆2003年版,第148页。
② S. Kracauer. *The Mass Ornament: Weimar Essays.* Boston: Harvard University Press, 1995, p. 78.
③ [英] 弗里斯比:《现代性的碎片》,卢晖临等译,商务印书馆2003年版,第199页。

第四章 现代人形象的审美解读

　　如果说大众装饰折射着资本主义生产的理性化原则，那么侦探小说则是克拉考尔眼中形式理性的最佳体现。克拉考尔认为，侦探小说中的主人公——侦探、警察、罪犯，充当着形式理性的最佳代言人。他们作为失真社会的代表，不再生活于有约束力的共同体中，而是如木偶般在理性系统的操控下行动。警察的任务就是确保社会的和平与安定，而这种安定却是空无意义的抽象秩序，是与道德秩序毫无关联的虚假的稳定。罪犯是这种和平社会的扰乱者，所谓的犯罪动机不过是事后的辩解罢了。而侦探作为侦探小说的核心人物，是客观过程的代理者，更是理性原则的实践者。克拉考尔指出，"侦探有着天才的光晕，是孤独的、隐蔽的，会考虑、推断、推论引发犯罪行为动机的规律，从而推出罪犯的身份；但他的推理完全是抽象的，不带情感的敏感性"[①]。在侦探小说这里，我们看到的是极端理性化的个体世界，主体的行动沦为公式化的程序，理性成为行为的最高准则。

　　不仅是大众装饰和侦探小说，克拉考尔还从现代人的日常生活实践中看到了理性社会的缩影。办公机器的引进带来无休止的理性化操纵，人们的工作日益专业化、机械化和常规化，通过工作获得的满足感和幸福感越来越低。克拉考尔谈道，"对于大多数雇员来说，行动的自由已然被理性所禁锢……专业化进程普遍发生于各个部门。由于市场日趋理性化，商人不得不放弃他们的自主性；管理人员则使用专门的管理方式，在生产过程中发挥着固定的功能……个性还有什么用呢？如果工作正日益成为碎片？"[②] 除了工作间，娱乐宫和酒吧等娱乐场所也被理性化了，这些场所"过分地采用了新的风格，因为只有最现代

---

① ［英］哈灵顿：《艺术与社会理论：美学中的社会学论争》，周计武等译，南京大学出版社2010年版，第158页。

② S. Kracauer. *The Salaried Masses: Duty and Distraction in Weimar Germany*. London: Verso, 1998, p.44.

的，才能使人们满意……它营造了一种氛围，让人沉醉于华美的伤感情调中。事实上，它虚有其表，背后并无任何深刻的内涵"①。克拉考尔认为，乏味的工作和娱乐共同打造了人们单一的生活，现代人丧失了个性，成了理性社会中的"小小植物标本"。白天，数以万计的人按照既定的程序和方法在办公室和工厂工作；晚上，人潮退回家里，又过着日复一日的重复性生活。在统一的生活步调中，人们的感性正日趋消失，对于事物的微妙差别不再有细腻的反应，现代人对外在世界的感受日趋机械与麻木。

在理性原则的影响下，现代人的感性日益萎缩。冷冰冰的逻辑计算切断了人与人之间亲切的感受，紧张的生活导致了都市人之间的疏离淡漠，现代人逐渐成为情感疏离的孤独个体。在克拉考尔看来，现代人的孤独最突出地表现在中产阶级这一群体中。随着资本主义经济的发展，中产阶层的地位已经发生了改变。单就薪金水平来说，中产阶级已经与无产阶级一样窘迫，但他们在思想上仍然保持着特有的生活观，在思想上极力与无产阶级保持区分。克拉考尔意识到，诸如白领职员一类的中产阶级和工人之间的界限已经越来越模糊，他们之间的区别如今只存在于劳动法的条条框框中。他们在现实中相互依存却又希望彼此区分，"这些底层中产者在精神上是无家可归的。他们再也无望获得资产阶级的安全感，却仍然蔑视一切更加符合其处境的原则及目标，维持着已无任何现实基础的姿态。结果是导致精神上的孤绝境地。他们固执地生活在虚空之中，这更加重了他们的心理痼疾"②。对这些人来说，资产阶级的精神之所已经倒塌，他们丧失了人生信条，

---

① S. Kracauer. *The Salaried Masses*: *Duty and Distraction in Weimar Germany*. London: Verso, 1998, p.92.
② ［德］克拉考尔：《从卡里加利到希特勒：德国电影心理史》，黎静译，上海人民出版社2008年版，第9页。

也没有共同的人生目标。从这个意义上说,中产阶级就是一群与其他阶层保持着若即若离关系的陌生人,是一群孤独的边缘人。可以说,克拉考尔笔下的中产阶级正是齐美尔意义上的陌生人特征的体现。

如果说中产阶级是孤独的陌生人群体,那么旅馆大厅则是克拉考尔眼中陌生世界的缩影。在侦探小说的研究中,克拉考尔视教堂为理想的人类共同体,而酒店大厅则是情感疏离的空洞世界。"酒店大厅便是将人们从日常生活忙乱的虚无中带到直面空虚的地方。懒散地闲坐在大厅里的人们,满足而又冷漠地凝视着世界。"① 酒店大厅里的人们戴着近乎相同的社会"面具",谈论着人人都能参与的话题,在虚无的统一中掩盖着差异。他们习惯以"我们"相称,但彼此只是疏离的孤立个体。他们将面庞隐藏在报纸后面,大厅灯光照亮的仿佛只是一个个毫无感情的人体模型。"如果他们拥有心灵,那也是没有窗户的心灵……为了证实疏远,他们尽管神奇地来到同一家酒店,却不肯相互接近,而是彼此拉开距离……承认彼此间快速的目光交会使他们能够交流,只是为了证实目光短暂的交流是假象,彼此间的疏远是现实。"② 透过侦探小说,克拉考尔看到的是现代都市人的孤独体验,"即使当他们被迫拥挤在大都市中,摩肩接踵,也依然相互隔膜。只有习以为常的征战之路,漠然地四处蔓延"③。在现代性语境下,现代人就是这样一群彼此疏离的陌生人,彼此的感受和价值再难与社会融为一体。现代人渴望融入日常生活的世界,却又处于游离的边缘。他们在彼此疏离的同时也品尝着深深的孤独感。

克拉考尔对现代人的理性原则与孤独体验无疑持批判态度。在他

---

① 汪民安、陈永国、马海良:《城市文化读本》,北京大学出版社2008年版,第188页。
② 同上书,第192页。
③ [英]弗里斯比:《现代性的碎片》,卢晖临等译,商务印书馆2003年版,第170页。

看来,"资本主义经济系统的理性并非理性本身,而是一种昏暗不明的理性……这是一种不包含人类自身的理性……资本主义的核心缺陷在于,它不是理性化过了头,而是理性化得太不够"①。在克拉考尔眼中,资本主义的理性并不是真正的理性。真正的理性应该建基于人性,能够丰富和发展人的本质。克拉考尔与韦伯、马尔库塞一样,对资本主义理性心怀忧虑。但克拉考尔更多的是围绕人们的现实生活,在对它们的观察中展开对资本主义理性的批判。可以说,克拉考尔回到了齐美尔的思考主题上,在他看来,资本主义所倡导的理智并不是理性本身,而是一种枯燥的理性,一种不包含人类自身的理性。在资本主义理性社会,现代人的感性缺失,人与人之间的情感淡漠,并承受着深深的寂寞与孤独感。

三 意义虚无的生存困境

在现代性都市中,理智的膨胀与使现代人陷入唯利是图的奔忙,化约为感性迟钝情感淡漠的原子。身居现代化大都市的克拉考尔,在流动的现代性中捕捉到的是人生意义的虚空。在他看来,没有目标的永恒追逐,使现代生活与真实存在相抽离,现代人转而投向娱乐寻找刺激,最终换来的只是生存意义的虚空。

在克拉考尔看来,世界已不再作为一个整体存在,它的流动取代了意义的整体性,这一观点贯穿于他对于现代人的观察与研究中。在《社会学作为一门科学》中,克拉考尔悲观地说道,"当简洁的信仰愈来愈被当作束缚所用的教条,被当作令人懊恼的理性的桎梏而被加以保存的时候,被意义黏合在一起的宇宙解体了,世界自身分裂为存在

---

① S. Kracauer. *The Mass Ornament*: *Weimar Essays*. Boston: Harvard University Press, 1995, p. 81.

着的事物的多样性和面对着这种多样性的主体……主体被弹射到空洞时空展现的冷漠的无限性之中，发现自己面对着已被剥去了一切意义的物质"[1]。在《那些等待的人》中，克拉考尔又写道："时下有很多这样的人：他们对彼此的存在毫无意识，也并未被共同的命运所维系……他们与一种时间的紧迫感相伴相生。"[2] 在克拉考尔看来，不管是商人、学者、医生、律师抑或知识分子，都只是在孤寂中消磨时光。他们每天为工作奔走，却在喧嚣之中忘记了内心深处的呼唤。现代人"只是强大的、没有灵魂的、依靠无数相互啮合的小轮子运转的机器上的一个齿轮。奋斗的目标从内心关注的视域中消失了。"[3] 现代人没有目标与方向，找不到意义与目的，现代人面临着空洞与虚无。

现代性都市生活的空洞无聊使现代人转向对娱乐的崇拜。现代人在白天是谦谦君子，到了晚上却是浪荡之徒。对现代人来说，娱乐消遣只不过是用来刺激已经麻木钝化的心灵，将每天的生活塞满，却并不能使现代人的内在精神感到充实。人们热衷于表象和瞬间，然而外界唤起的刺激越多，现代人内心的激动却越少。娱乐带来当下的兴奋，却无法留下长久的生命痕迹。"所有形式的娱乐，其目的都仅仅是娱乐。唯一的目的是打发时间，而不是赋予它以意义。"[4] 在克拉考尔看来，娱乐生活只是对现代性生活真空的回应，它以快乐和兴奋来填满空虚的闲暇时间，而并不会弥合现代人的精神空虚。此外，克拉考尔指出，娱乐不仅仅是现代人应对无聊的途径，更是统治阶级加强意识

---

[1] ［德］魏格豪斯：《法兰克福学派：历史、理论及政治影响》（上册），孟登迎等译，上海人民出版社2010年版，第87页。
[2] S. Kracauer. *The Mass Ornament：Weimar Essays*. Boston：Harvard University Press, 1995，p. 129.
[3] ［英］弗里斯比：《现代性的碎片》，卢晖临等译，商务印书馆2003年版，第148页。
[4] 同上书，第240页。

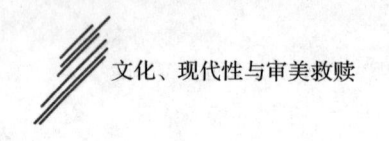

形态控制的工具。

克拉考尔以白领职员这一现代人群体为例，阐释了娱乐对于分散注意力、腐蚀大众意志的意识形态内涵。"工作越是单调无趣，人们就越要求娱乐与之拉开距离。五光十色的娱乐世界把人们的目光从工作领域挪开……人们所沉迷的并不是原本的真实世界，而是流行元素所呈现的世界。一个仿佛每个角落都被吸尘器清扫得干干净净的世界。"① 报纸、电影和歌剧成为克拉考尔的重点考察对象。克拉考尔发现，新闻报纸用大幅的版面将图像刊登出来，并赋予它们一定的意义和现实性。但克拉考尔同时也发现，"插图文章中，人们看到了这个世界，但他们对于真实世界的认识，显然受到插图杂志的干扰。图片并未加强人们对现实的了解，相反却成为统治者打击知识的有力手段"②。如果说在本雅明那里，关于照相技术的忧虑是因为它失去了传统绘画作品所特有的灵韵，那么在克拉考尔的文本中，我们看到的则是他对于图像成为资产阶级意识形态工具的批判。此外，电影也是克拉考尔批判意识形态的对象。克拉考尔认为，这一时期的电影往往按照统治阶级的意愿局限于单一的主题，对于社会的真实情状却避而不谈。电影"以平和的观察征服观众，使人们对于重要事务的感知变得迟钝。长此以往，观众将完全看不到社会的真相"③。在克拉考尔看来，电影作为一种商品引发了现代人疯狂的娱乐崇拜，使现代人产生本雅明意义上的震惊体验和兴奋感，也因此而丧失了对现存世界的反思与批判性。

---

① S. Kracauer. *The Salaried Masses: Duty and Distraction in Weimar Germany*. London: Verso, 1998, p. 92.

② S. Kracauer. *The Mass Ornament: Weimar Essays*. Boston: Harvard University Press, 1995, p. 58.

③ Ibid., p. 311.

第四章　现代人形象的审美解读

克拉考尔认为，娱乐虽然使人愉快，但"它们成为主旋律又完全不做真诚的劝谕，善良的本意便被扭曲。它们舒解压抑的情绪，其真实面目于是被越发浓密的烟雾掩盖"[①]。娱乐使人们感觉轻松愉快，同时也让现代人虚幻地逃避生活现状，在无形中受到现行社会意识形态的控制。统治阶级并不会遏制大众纵情享乐、沉湎虚幻，反而尽其所能地推波助澜。社会意识形态对现代人思想的控制越来越依赖于娱乐消遣，娱乐能轻而易举地让人们忘记先前的担忧，逐渐丧失反思现实的批判勇气。在娱乐消遣的引导下，现代人日益变得无聊和麻木，最终所唤起的只是对麻木神经的刺激。而且，休闲娱乐在意识形态的奴役下，使人们越来越难以接近世界的真相，并将人们推入没有意义的虚空之中。这正如弗里斯比所言，克拉考尔"以一种类似于齐美尔战争期间作品的基调，通过强调客观物质文化与未被实现的个体主观文化的悲剧性分离，勾画了这一削弱人性的分离的性质。……大多数人的生活，淹没在陈规陋俗和职业感召之中。……一旦人从其活动领域撤身而出，他就步入一种虚空状态。"[②]

克拉考尔继承了齐美尔和卢卡奇等人对资本主义物化的批判，他关注现代人身处的文化语境，深入现代性都市空间的各个角落，毫不留情地撕去现代性都市表面上虚伪的意识形态面纱。他延续了齐美尔的碎片式研究，从世俗文化中看到了救赎的希望，并提出了"复原物质现实"这一命题，希冀借助艺术的力量实现人性救赎。需要指出的是，克拉考尔过于强调科技的消极影响，无疑带有偏颇之处，而他以"复原物质现实"作为现代人的救赎之途也有着审美的乌托邦理想主

---

① ［德］克拉考尔：《从卡里加利到希特勒：德国电影心理史》，黎静译，上海人民出版社2008年版，第472页。
② ［英］弗里斯比：《现代性的碎片》，卢晖临等译，商务印书馆2003年版，第146页。

文化、现代性与审美救赎

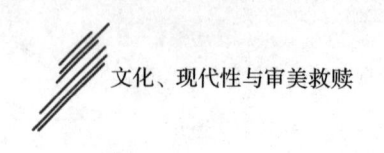

义色彩。虽然如此,但克拉考尔所提出的现代人救赎路径,代表了法兰克福学派一以贯之的基本美学立场,而且,他对现代人生存境遇所展开的思考,无疑也为现代性的研究提供了可资借鉴的思考路径。

第三节 批判缺失的单向度人

齐美尔认为,在客观文化的压抑下,现代大众终究会变得千人一面,被客观文化所异化,成为异化之人。循着齐美尔的思想轨迹,马尔库塞从文化的角度对现代人的生活背景展开了分析,在他看来,物化文化造就了异化的现代人,现代人不再是传统社会里自由自主、充盈着丰沛活力的个体,而成为资本主义虚伪幸福下的傀儡:丧失批判向度的单向度人。

一 单向度文化中的认同异化

"单向度人"即丧失否定、批判和超越能力的人。马尔库塞认为,技术进步创造了发达工业社会的兴盛与繁荣,但却使大众沉溺于现实的安逸与舒适中,从而使人们丧失批判和创造的动力,失去了自由独立的完整人的意义,这也就是马尔库塞笔下的单向度人。对此,马尔库塞以一种批判的眼光揭示了技术理性下现代人生活的单调统一性。在他看来,科学技术在带来高度发达的社会生产力,创造了巨大社会财富的同时,也催生了现代工业社会的主要文化形式——大众文化。马尔库塞把这种文化称为单向度文化,并对其展开了批判。

马尔库塞视单向度文化为与现存秩序同流合污的"操纵意识",

第四章 现代人形象的审美解读

在他看来，单向度文化造成了人们的"虚假需求"，形成对人的新的压抑。人们满足于虚假的物质需求，而忽视了内心深处的真正需求。人们的消费不是个性化的消费，也不能满足现代人的真实需求。马尔库塞指出，发达工业社会的技术控制所达到的深度已经使得"潜化"一词失去解释的效力，它"不再能够说明个人是以什么方式自动重复社会所施加的外部控制并使之永恒化这一现实"[①]。技术操纵了现代人的内在精神生活，沦为阿尔都塞笔下的"主体"存在。"大量生产和大量分配占据个人的全部身心，工业心理学已不再局限于工厂的范围。在几乎机械式的反应中，潜化的各种不同过程都好像僵化了。结果，不是调整而是模仿：即个人同他的社会、进而同整个社会所达到的直接的一致化。"[②] 可以说，在资本主义大众舆论的引导下，大众失去了批判的眼光，甚至连个人需要都产生了同化。

阿多诺把批判的矛头直指文化工业，他认为文化工业使大众丧失了自由人性，成为机器的奴隶。阿多诺以否定辩证法的逻辑来批判技术时代的现代人异化现象。阿多诺的艺术与美学理论具有一种鲜明的批判意识和强烈的当下意识，这体现于他的著名命题"艺术否定生活世界"中。与阿多诺类似，资本主义的物化文明也是马尔库塞极力批判的对象。马尔库塞指出，在高度技术化的当下单向度社会，现代人的生存环境已被物化，而要实现现代人的审美解放，必须唤醒个体沉睡的无意识和培养现代人的新感性。在马尔库塞看来，新感性"表现着生命本能对攻击性和罪恶性的超升，它将在社会的范围内，孕育出充满生命的需求，以消除不公正和苦难；它将构织'生活标准'向更

---

① ［美］马尔库塞：《单向度的人：发达工业社会意识形态研究》，刘继译，上海译文出版社1987年版，第10页。
② 同上书，第11页。

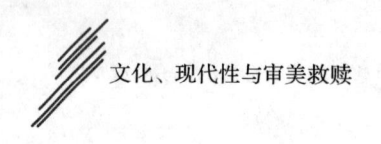

高水平的进化"①。

马尔库塞忧虑地认识到,异化观念在资本主义社会已深入人心,成了现代人生存的自觉要求。在资本主义发达工业社会,科学技术带来现代人的异化,即人与物关系的颠倒。但这种异化是建立在现代共同普遍认同的基础上,或者是一种合理化的形式融入了个体的无意识接受中,在现代发达工业社会,人们"似乎是为商品而生活。小轿车、高清晰度的传真装置、错层式家庭住宅以及厨房设备成为人们生活的灵魂"②。马尔库塞指出,当强加于他们身上的存在使现代人感受到幸福感时,他们就会认同这种强制性的存在,而并不会有所质疑和抵抗。当现代人在这种强加的存在中获得自我满足和自我张扬时,异化问题就以一种潜在的方式披着合理性外衣出现了。

就马克思而言,异化是以一种赤裸裸的方式出现的,对异化的分析本身就有着对异化本质的揭露以及对资本主义文化的反抗、否定和批判。在马克思那里,被异化的工人并没有认同异化现实本身,而在马尔库塞的语境中,现代人被外在的异化存在所吞没,但他们却以一种心甘情愿的方式在享受异化现象。现代人成为肯定性的单向度存在,人们认同现存的制度,这是对异化现实的顺从和肯定。现代人被物化社会所吞没,被所处的异化环境所吞没,但现代人在幸福的虚假满足的前提下,他们受文化工业的操纵意识影响,却并没有感觉到这种异化有什么问题。甚至即使感觉到了,也丧失了抵抗和批判意识,反而陶醉于其中,甘愿成为现存意识形态和物化欲望世界的俘虏。

---

① [美]马尔库塞:《审美之维》,李小兵译,广西师范大学出版社2001年版,第98页。
② [美]马尔库塞:《单向度的人:发达工业社会意识形态研究》,刘继译,上海译文出版社1987年版,第10页。

二 单向度思维下的虚假自由

对于资本主义的自由，马尔库塞也有着深入独到的见解。在他看来，自由成了资本主义社会意识形态统治的工具和手段。资本主义的发展表面上带来了社会进步，使现代人有了更多的自由空间和更多的闲暇时光，以及更多的自由发展机会和虚假的幸福生活条件，但实质上，表面的幸福和闲暇中的自由是一种被控制的虚假幸福和自由。

马尔库塞悲哀地写道：在当下技术社会，现代人的私人空间也已被技术的光晕所笼罩，现代人在麻木的机械化反应中模仿着他人，以求与整个社会群体达成一致。在这个意义上，表面的自由事实上并不能使现代人的情感得到合理的宣泄，现代人始终处于受控制和奴役的压抑状态。技术理性在合理化的外衣下正是利用这种虚假自由潜移默化地麻痹和现代化着现代人的思想和行动能力。在这种潜移默化的影响下，现代人丧失了对技术背后的意识形态操纵的警惕，心甘情愿享受技术和文化工业所带来的好处。当现代人认同现行社会，并且为了使自己更好地融入社会中，他们就会不自觉地产生自由感和幸福意识，然而，他们却看不到这种自由感和幸福意识是被技术所控制的，是一种虚假的自由和幸福意识。这种在技术理性操纵和调控下的自由和幸福感，使现代人心满意足，并在这种自以为是更美好和更优越的生存方式中理所当然地享受着这种虚假自由和幸福。"一种舒舒服服、平平稳稳、合理而又民主的不自由在发达的工业文明中流行，这是技术进步的标志。说实在的，下述情况是再合理不过了：个性在社会必需的但却令人厌烦的机械化劳动过程中受到压制。"[1]

---

[1] ［美］马尔库塞：《单向度的人：发达工业社会意识形态研究》，刘继译，上海译文出版社1987年版，第3页。

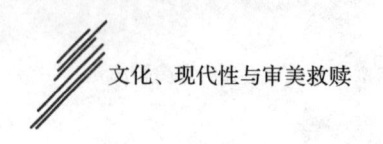

笔者以为，齐美尔笔下的时尚所体现出来的从众心理，在马尔库赛的分析中则演化成一种同质化的"虚假的需求"。在资本主义大众舆论的引导下，大众失去了批判的眼光，甚至连个人需要都产生了同化。马尔库塞认为，人有两类不同的需要：一类是真实的需要；另一类是虚假的需要。真实的需要是无条件地要求满足的需要，而虚假的需要则是从外部强加在个人身上的那些需要，满足这种需要会使个人丧失自我意识和个体行为。马尔库塞指出，"抑制性需要的流行"是现代资本主义社会的既成事实。"一再唤起的需要使人们去购买最新的商品，并使他们相信他们在实际上需要这些商品，相信这些商品将满足他们的需要。结果是把人完全交给了商品世界的拜物教，并在这方面再生产着资本主义制度甚至它的需要。"① 人们的自我需要演化成一种大众的需要，人们不再听从内心深处的声音，转而屈服于社会的眼光。

在大众舆论的倡导下，社会流行的事物成为现代人所谓的需求。这样一种需求的满足也在一定程度上掩盖了阶级的差异，使下层人民获得一种外在的身份认同。这种生活水平的相似使得人们沉醉在需要的满足之中，从而失去了对社会的清醒认识和批判精神。作为富有社会责任感和对现代性投入严肃思考的理论家，马尔库塞对现代人形象的剖析旨在倡导一种审美立场，来帮助现代人走出生存困境，最终实现审美救赎。

---

① ［美］马尔库塞：《单向度的人：发达工业社会意识形态研究》，刘继译，上海译文出版社1987年版，第6页。

第四章　现代人形象的审美解读

第四节　拱廊街的闲逛者与浪荡子

在齐美尔的分析中，都市现代人形象在其展开现代性的诊断中有着非常重要的地位。齐美尔主要通过现代人的都市体验来验证他对现代性碎片以及现代都市文化的分析。而在本雅明的文本中，现代都市中的现代人形象无疑是其设计"拱廊街"研究计划的不可或缺的组成部分。本雅明怀着一种弥赛亚式的救世情怀，凝视和关注着现代性都市中大众的生存诸相。

一　拱廊街中的闲逛者

在本雅明的笔下，现代人的这种独特的生活样态是与现代性的进程不可剥离的。在前现代社会，由于社会生活的慢节奏，现代人所生活的周遭环境相对比较固定和稳定，但现代性的发展却将现代人抛入一个需个体时刻快速应对的时空高速运转的环境中。在这样的环境中，新的事物不断涌现而又转瞬即逝，个体在心理层面也被慢慢培养生成一种快速应对的能力。在现代性都市空间中，"人们每天遭际这么多人，但彼此只看而并不攀谈，彼此不了解对方，而又必须安然无恙地相处在一起。这就要求个体面对那么多不熟悉的人能够快速做出反应，以获得自己的生存空间。这种体验是前现代社会没有的，是社会进入现代化时期特有的心理体验。为了揭示这个作为现代人标志的特有心理机制，本雅明紧紧抓住了现代都市生活中漫步于街上，尤其是漫步

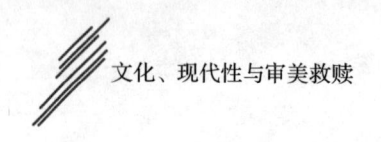

于拱廊街人群的体验"①。

对大众的关注情怀,贯穿于本雅明对波德莱尔的研究与分析中。身处19世纪巴黎的波德莱尔热情洋溢地歌颂了现代性所带来的新奇体验,而这种现代性体验在齐美尔笔下则化为一种深深的忧郁。他在参观了柏林的贸易展后写道:"迥然相异的工业产品十分亲近地聚集到一起,这种方式使感官都瘫痪了——在一种确切无疑的催眠状态中,只有一个信息得以进入人的意识:人只是到这里来取悦自身的。"② 本雅明在观看世界博览会后的感受与齐美尔对柏林贸易展的体验颇为相似。他认为世界博览会是商品拜物教的朝圣之地,"世界博览会为商品的交换价值增添了光彩,它们创造了使商品的使用价值退居后面这样一种局面,它们打开了一个幽幻的世界,人们到这里的目的是为了消遣。娱乐业通过它们提升到商品的水平而使人们更容易获得这种消遣。人在享受自身异化和他人异化时,也就听凭娱乐业的摆布"③。丰富多样的商品展览给观赏者带来了新奇体验,而人们也在这种娱乐消遣中失去了自主意识,成为商品文化中的木偶般存在,而"异化了人本来具有的主创性,将人的行为变成了一种单纯反射性的行为"④。

世界博览会只是现代生活的一个缩影,以此为前提,本雅明进而对现代人在都市生活中的体验做了深入分析,认为"都市人群"就是现代社会的特有现象。他认为在前现代时期,慢节奏的社会生活不需要个体做出快速反应来应对层出不穷的新事物;而现代性社会则将个

---

① 王才勇:《本雅明"巴黎拱廊街研究"的批判性题旨》,《南京社会科学》2007年第10期。
② [德]齐美尔:《时尚的哲学》,费勇等译,文化艺术出版社2001年版,第139页。
③ [德]本雅明:《发达资本主义时代的抒情诗人》,王才勇译,江苏人民出版社2005年版,第175页。
④ 同上书,第16页。

第四章 现代人形象的审美解读

体抛入了一个必须以快速反应去应对不断出现的新现象的境地。在这样的情形下，随着新事物的不断出现和被快速地消化，现代人逐渐养成了一种快速反应的心理机制和应对能力。本雅明认为，在现代性社会中，人们每天遭际这么多人，彼此只照面而并不攀谈，彼此不了解对方，而又必须安然无恙地相处在一起。这就要求个体面对不熟悉的人时能够快速做出反应，以获得安全的生存空间。本雅明写道：当都市的人群受到震惊的刺激时，只是做出机械的反应，他作为社会人存在的所有感情、意识似乎都已丧失，震惊的体验成为都市大众的条件反射。这种体验是前现代社会没有的，是社会进入现代化时期特有的心理体验。① 为了更鲜明地勾勒出现代性生存的精神特征，本雅明用击剑作为隐喻：现代生活就像一场击剑那样，永远处于一种紧张之中，这种紧张是为了防范他人的出击，同时也是为了在意料不到的各种出击中获得生存。"人与人之间的关系是债主与欠债人、顾客与售货员、雇主与雇员的关系——尤其明白的是：人与人之间是一种竞争关系，要让他们将自己的同类视为生性善良的伙伴，这种努力的成效不会维持很长时间。"②

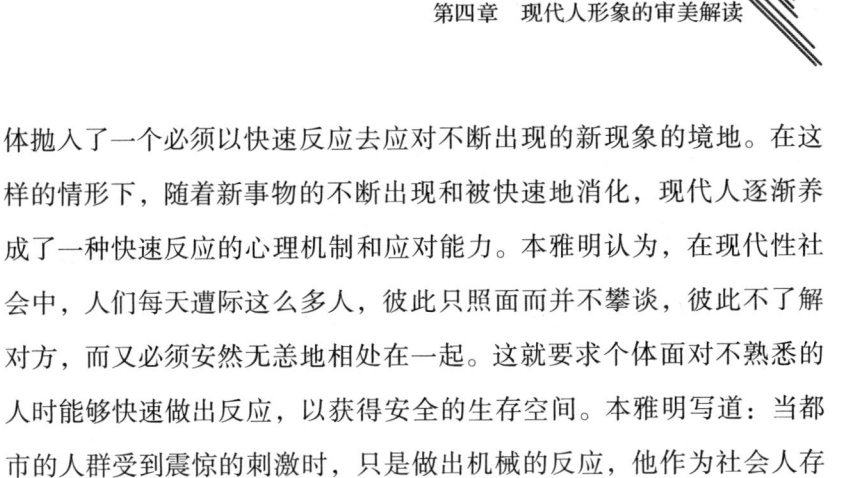

本雅明曾这样描述他眼中的现代人形象："我们这里有一个人，他不得不收集这个都市前一天的垃圾。凡是这个大城市抛弃的东西，凡是它丢失的东西，凡是它唾弃的东西，凡是它践踏的东西，他都加以编目和收集。他核对骄奢淫逸的流水账，整理废物的堆放处。他对所有的东西分门别类并做出明智的选择。就像一个吝啬鬼守护着一个宝库那样，他收集着各种垃圾。那些垃圾将会在工业女神大嘴的吞吐中

---

① ［德］本雅明：《发达资本主义时代的抒情诗人》，王才勇译，江苏人民出版社2005年版，第7页。
② 同上书，第35页。

成为有用的或令人满意的物品。"① 本雅明将现代人形象定位为现代性的垃圾拾取者。显然，这是波德莱尔和齐美尔意义上的都市现代人形象的再现。在波德莱尔的笔下，现代性的英雄是画家居伊。波德莱尔把居伊视为现代性的观察者和记录者，波德莱尔在《恶之花》里这样写道："拾垃圾者和诗人都与垃圾有关联；两者都是在城市居民酣沉睡乡的时候孤寂地操着自己的行当，甚至两者的姿势都是一样的。"② 与波德莱尔类似，本雅明也把诗人同城市中拾垃圾者的形象联系起来，他认为"从文学家到职业密谋家都可以在拾垃圾者的身上看到自己的影子。他们都或多或少处于一种反抗社会的低贱的地位上，并或多或少地过着一种朝不保夕的生活"③。虽然地位低贱、生活不稳定，他们都执着于在现代性的废墟里找寻有价值的东西，他们是现代知识分子的典型代表。

本雅明以文人形象为例描述了现代人在现代性都市中的英雄风格。在诸如文人的这些闲逛者眼中，"街道变成了居所；他在诸多商店的门面之间，就像公民在自己的住宅那样自在。对于他来说，闪亮的商家珐琅标志至少也是一种漂亮的墙上装饰，正如资产阶级市民看着自家客厅挂的一幅油画。墙壁就是他用来垫笔记本的书桌。报摊就是他的图书馆。咖啡馆的露台就是他工作之余从那里俯视他的庭院的阳台"④。在本雅明看来，文人们漫步于林荫大道上，并通过这种漫步融入他所生活的社会空间。当他们漫步时，他随时准备从周遭的人群中

---

① ［德］本雅明：《巴黎，19 世纪的首都》，刘北成译，商务印书馆 2013 年版，第 154 页。
② W. Benjamin. *Charles Baudelaire: A Lyric Poet in the Era of High Capitalism*. The Thetford Press Ltd. 1983, p. 80.
③ Ibid., p. 20.
④ ［德］本雅明：《巴黎，19 世纪的首都》，刘北成译，商务印书馆 2013 年版，第 100—101 页。

收听一个又一个的偶发事件,或者旁人有意无意说出的俏皮话或传言。文人们在林荫大道上漫步,借此消磨时间,但同时,他们向旁人展示,这种漫步也是他们工作的一部分。赵勇认为,"文人所从事的工作是庄严、神圣甚至愉快的,然而这只是他们生活中的一部分内容,更多的时候,他们则是以一个边缘人的面目出现的:边缘人的心态、边缘人的静观、边缘人的凝视,所有这些又构成了游手好闲者身份特征的重要内容"①。

本雅明所描述的这种情状,我们在波德莱尔笔下的画家居伊身上也可以找到影子,而且,现代人形象的这一新类型也渗透着齐美尔所关注的都市"忧郁栖居者"的特性。因此,文人们的这种行为很好地表征了现代人作为闲逛者在现代性都市中的情状。为了说明这一点,本雅明对诗人们的街头行为进行了剖析。"诗人们在街头发现了这种社会渣滓,从这种社会渣滓那里汲取了英雄题材。这意味着,一种普遍的类型实际上覆盖了他们光彩照人的类型。"② 而且,本雅明认为,"拾垃圾者和诗人——二者都与垃圾有关,二者都是在市民们酣然沉睡时孤独地忙活自己的行当,甚至连姿势都是一样的。纳达尔曾经提到波德莱尔的'时急时停的步态'。这是在城市里游荡、寻找韵律的诗人的步态;也是拾垃圾者的步态:他一路不时地停下来,捡起所碰到的垃圾"③。但与波德莱尔不同,本雅明认为现代英雄并不是真正意义上的英雄,而只是英雄的扮演者。因此,充满了英雄主义的现代性最终只是以悲剧落幕。

---

① 赵勇:《整合与颠覆:大众文化的辩证法——法兰克福学派的大众文化理论》,北京大学出版社2005年版,第129页。
② [德]瓦尔特·本雅明:《巴黎,19世纪的首都》,刘北成译,商务印书馆2013年版,第153—154页。
③ 同上书,第154页。

文化、现代性与审美救赎

在本雅明宏大的"拱廊街研究"计划中,他提及了现代人面对周遭世界的快节奏反应。在他看来,这种快速应对新事物的能力是传统社会所缺乏的,是现代人在现代性进程中衍生出来的新能力。为了形象地描述这种独特的现代性体验,本雅明刻画了都市"闲逛者"这样一类现代人形象。与齐美尔的都市现代人形象不同,本雅明笔下的都市闲逛者"漫步于人群并不是出于日常的实际需要,而仅仅是为了追求漫步于人群所带来的这种刺激:不断遭际新的东西,同时又不断对之作出快速反应。……休闲逛街者漫步于人群就是为了寻求这种刺激"[1]。本雅明延续了波德莱尔现代性研究的题旨,在他看来,闲逛者漫步于现代性大都市中,他们的目的也是在寻找、寻求和体验现代性新奇。本雅明认为,"新奇是一种独立于商品使用价值之外的品质。它是一种虚幻意象的根源——这种虚幻意象完全属于由集体无意识所产生的意象。它是那种以不断翻新的时尚为载体的虚假意识的精髓。就像一面镜子反映在另一面镜子里那样,这种新奇幻觉也反映在循环往复的幻觉中"[2]。在本雅明那里,闲逛者在现代性都市中的闲逛被形容为一次"死亡"旅行,而旅行的目的是寻求"新奇"。

立足于拱廊街这个特定的都市空间,本雅明对闲逛者的行动表征进行了分析。按本雅明的说法,闲逛者在城市中漫步,他游走于人群中,他不仅关注商品,而且自身又如同一件商品。闲逛者的漫步并没有什么具体的实际目的,或者说这些闲逛者如波德莱尔笔下的画家居伊一样,仅仅是为了寻找现代性都市中的刺激,他们不断面临各种现代性的新奇之物,在遭遇新奇事物的同时不断调整自己的心理并对之

---

[1] 王才勇:《本雅明"巴黎拱廊街研究"的批判性题旨》,《南京社会科学》2007年第10期。

[2] [德]本雅明:《巴黎,19世纪的首都》,刘北成译,商务印书馆2013年版,第22页。

做出反应。这是现代性特质在现代人身上所衍生的特有心理机制。王才勇认为，本雅明将视点落在"休闲逛街者"身上，他们在人群中漫步就是为了寻求刺激，但"他们虽然置身人群，但又与挤在一起的人流保持了一段距离，他们不想在人流中完全失落自己，他们要去观察和体验自己是怎样被人流簇拥（惊颤），同时又是怎样快速觅得自己空间的（对惊颤的消化）"①。在面对人流簇拥的惊颤以及克服惊颤的体验过程中，闲逛者对他们在现代性都市中的快速适应能力有着深刻体验。正是由于这种体验，大众在闲逛者那里成了体验现代性的场所。

显然，在本雅明的文本中，闲逛者有着多重的身份，他没有任何永恒信念，他总是让自己改头换面，如闲逛者、流氓、拾垃圾者等形象和角色。在本雅明看来，闲逛者是现代性都市的边缘者，就如同被遗弃在人群中的人，他与商品一样，只是他自己没有意识到这一点罢了。本雅明写道："这种处境使他沉浸在幸福之中，就像毒品能够补偿他的许多屈辱。闲逛者所陷入的那种陶醉一如商品陶醉于周围潮水般涌动的顾客中。"② 笔者以为，闲逛者其实类似于齐美尔笔下的都市陌生人，只是没有陌生人的陌生性特征。闲逛者在都市中闲逛是因为内心的空虚，他有着不可消解的无聊和空虚感，他用假想的陌生人的"孤僻"来填补内心深处的空虚，并借以排解在追逐个人利益时所产生的负面情绪。

本雅明同时认为，闲逛者又是都市现代生活的观察者。在他们身上，观看的快乐远比观看的结果重要。这种观看的愉悦体现在观察上，其结果就是克拉考尔笔下的业余侦探形象。在这个意义上，闲逛者就

---

① 王才勇：《本雅明"巴黎拱廊街研究"的批判性题旨》，《南京社会科学》2007年第10期。
② ［德］本雅明：《巴黎，19世纪的首都》，刘北成译，商务印书馆2013年版，第122页。

成了现代性都市中的侦探者，而这也是克拉考尔现代人研究的核心主旨。这里需要指出的是本雅明同时也指出，闲逛者在都市中"观看"，然而这种观看也可能会停留于张口呆看的人身上，这样一来，闲逛者就不再是都市的旁观者，也不再具有侦探的身份，而仅仅只是一个看热闹的人。对此，富尔内尔在研究本雅明时认为，不能将闲逛者和看热闹者混为一谈，"单纯的闲逛者总是保留着全部个性，而看热闹的人身上没有个性。他的个性被外部世界吸收掉了……外部世界令他如醉如痴，以致他忘却了自己。看热闹的人被呈现在他面前的景观所左右，变成了无个体的生物；他不再是一个个别人，而是组成了公众，组成了人群"[1]。

本雅明选择拱廊街中的闲逛者这一角色，有其特定的用意。拱廊是与传统不一样的现代性都市空间，而闲逛者也不再是传统意义上的看热闹的闲人，闲逛者与拱廊在视角上形成某种互补性，他们以各自不同的方式来阐释现代性的都市空间。如格雷所言，"闲荡者沉迷于其所处环境的联想中，因此他可以感受到街道上所隐含的过去。闲荡者体现了一种反应方式，这种方式与以历史相对论为特性的记忆不同"[2]。这么一来，闲逛者就不仅仅是人群中的独立的个体，在其身上附有某种意识形态性。闲逛者在现代性都市中漫步，他们以游荡的方式去捕捉都市现代性的空间意象，他们在一个个现代性都市碎片的能指中挖掘隐藏于其中的意识形态所指。赵勇认为，"游手好闲者漫步于街道、倘佯于五光十色的商品世界中当然是为了获取写作的灵感，但是这种漫步与游荡同时也是文人那种'纯粹精神'支撑之下的最后的

---

[1] [德]本雅明：《巴黎，19世纪的首都》，刘北成译，商务印书馆2013年版，第140页。
[2] [美]格雷：《滑动的商品——商品拜物教与瓦尔特·本雅明的物质文化异化》，李晓译，《马克思主义美学研究》2001年，第148页。

美学姿态"①。闲逛者在都市中漫步,他与人群保持着若即若离的距离,他沉迷于现代性的景观和都市的新奇之物中,同时对资本主义的文化幻象也保持着清醒的认识,并透过都市空间中各种各样的能指符号对城市日常生活进行审视和批判。

北川东子认为,在方法论、卖淫论、冒险论等现代性体验的批判中,可以将本雅明视为齐美尔的精神继承人,"如果没有齐美尔的这些遗产,就不可能理解本雅明所看到的现代的'辩证法的'印象"②。而笔者以为,在本雅明的表述中,不管是闲逛者不容于都市生活,还是都市生活不接纳闲逛者,闲逛者在都市中相对来说是一个自由的存在。正是这种自由者的身份,闲逛者充当着现代性都市空间中的观察者、拾垃圾者、审视者等多重身份。表面上看起来,闲逛者在都市中四处游走而无所事事,但他是以一种消解自我身份的方式来审视他所遭遇的一切。他虽慵懒且显得心不在焉,但事实上他却时刻保持着对周遭环境的警惕。他以局外人的身份敏锐地观察着周围的一切,捕捉着都市时空中各种各样的生活碎片。石计生认为,"闲逛者'享受观看的滋味就是喜悦',四处以美学的灵魂踏查,让平凡无奇的街角一花一世界浮现积淀已久的光芒,以新奇敏锐之眼"③。闲逛者以一种四处漫步的游荡方式,观望着现代性都市中的一切,他们脱离于日常生活,但又对大众有着独特的情感。他们以一种特殊的方式应对着来自都市生存中的各种刺激和震惊体验,他们保持着自己独立的思考方式和行为模式,将大众置于特定的文化和历史维度来展开观察。

---

① 赵勇:《整合与颠覆:大众文化的辩证法——法兰克福学派的大众文化理论》,北京大学出版社2005年版,第128页。
② [日]北川东子:《齐美尔:生存形式》,赵玉婷译,河北教育出版社2002年版,第217页。
③ 石计生:《阅读魅影:寻找后本雅明精神》,南京大学出版社2008年版,第10页。

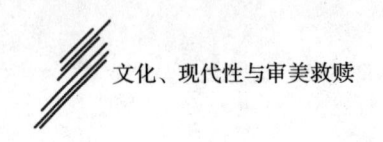

二　现代都市的浪荡子

闲逛者既是都市中的边缘人，同时也是都市生活的旁观者，但本雅明对这两类人并不感兴趣。在他看来，"对大城市的揭露性呈现并不是出自这两种人，而是出自那些穿行于城市中却心不在焉或沉思默想、忧心忡忡的人"[①]。本雅明将这些人赋予"浪荡子"称号，认为他们是现代性都市中的"英雄"形象。

本雅明认为，巴尔扎克和波德莱尔都强调现代性的英雄主义风格，他们两人在文本中都是通过现代主义的英雄风格来将现代性英雄展现在读者面前。在波德莱尔的笔下，英雄是现代性的主体，现代生活体现一种英雄般的品性。本雅明在评论波德莱尔时认为，现代性所带来的创造冲动是现代个体所无法抗拒的。在这个意义上，自杀也应当被视为现代性英雄主义的表现。"自杀这种行为是那种绝不向敌对精神让步的英雄意志的印证。自杀不是屈从，而是一种英雄的激情。这正是现代性在激情领域里的成就。自杀以现代生活的特殊激情这种形式出现在探讨现代性理论的经典段落中。"[②]

为了说明这一点，本雅明援引了波德莱尔的例子。在波德莱尔看来，在法国大革命之前，整个社会处于恐怖时期，因此第一个闲逛者同时又可能是一个侦探者，因为在街上闲逛给了他最好的机会。哈灵顿认为，波德莱尔在诗集《恶之花》中的"恶之花"意象表明，"艺术家不仅仅是一个游荡子，一个漫游者。他徘徊在城市的街头，寻找优雅之物。但是，他依然是世界的旁观者，通过视力、声音和感觉进

[①] [德]本雅明：《巴黎，19世纪的首都》，刘北成译，商务印书馆2013年版，第140页。
[②] 同上书，第147页。

第四章 现代人形象的审美解读

入这个世界。同时,他又是一个永不安宁的忧郁者和孤独者,无法融入人群之中。艺术家试图拯救被诅咒、被厌弃的东西,化腐朽为神奇"①。因此,都市中的闲逛者和旁观者是一个无所不在的微服私访的君主,也由此带有密谋者的味道。本雅明写道:"如果闲逛者因此不由自主地变成了一个侦探,这就使他在社会上获得许多好处,因此这就认可了他的游手好闲。他仅仅看上去十分懒散,但在这种懒散背后,是一个观察者的警觉。这个观察者不会放过任何一个歹徒。因此,这个侦探能够监视很大一片区域,从而使他的自尊得以满足。他形成了一些与大城市的节奏相一致的反应方式。他能捕捉转瞬即逝的事物;这使得他把自己幻想成一个艺术家。"② 可以说,本雅明笔下的闲逛者既是现代性的旁观者,同时也是一个现代性的审美艺术家。而后者,我们在齐美尔的文本中也能找到这一审美印象主义者的影子。

对本雅明而言,小资产阶级情调弥漫于波德莱尔的文本中,伊格尔顿认为,这种颓废的小资产阶级游移不定的遗风同样存在于本雅明的文本中,这也使本雅明笔下的浪荡子显露出寓言家的风范。"浪荡子沉着地漫步穿梭于城市,漫无目的地闲逛,一副懒洋洋的样子,却又暗暗地高度警觉,在活生生的运动中展示了商品的自我矛盾形式的某些特性。他孤立的性情反映了商品的作为碎片的存在(本雅明认为商品'被遗弃'在人群中)。"③ 在伊格尔顿看来,浪荡子在现代性都市中闲逛,他在集市中寻找自己感兴趣的东西,但却并不询问任何东西

---

① [英]哈灵顿:《艺术与社会理论:美学中的社会学论争》,周计武等译,南京大学出版社2010年版,第141页。
② [德]本雅明:《巴黎,19世纪的首都》,刘北成译,商务印书馆2013年版,第105页。
③ [英]伊格尔顿:《沃尔特·本雅明或走向革命批评》,郭国良等译,译林出版社2005年版,第33页。

文化、现代性与审美救赎

的价格。浪荡子与大众既同谋而又互相蔑视，他在商品的海洋中流连忘返，却从不问价和购买，因此他本身也成了集市中的一种商品。伊格尔顿写道："浪荡子确实颇像寓言家，因为两者都任意地插手许多物体，从中挑选出某些东西加以神圣化。他们都知道那些东西本身也是短暂的。"① 而且，在浪荡子身上，也体现了看与被看的辩证关系。"当游手好闲者在大街上闲逛时以侦探的观察方式，从蛛丝马迹中窥视大众的真实生存状态，大众成为他们看的对象。另一方面，他们又成为艺术作品中的英雄形象，成为被看的对象，从而使自己明确使命和任务，成为城市中的英雄。"② 可以说，在本雅明那里，闲逛者的"看"已不是一种客观和冷静地观察，而是对现代性都市中的震惊体验的感官刺激和视觉享受。

笔者以为，在伊格尔顿的评述中，他显然将本雅明笔下现代人——浪荡子形象——视为现代性的品性，而且浪荡子形象也展示了现代性的审美表征。虽然本雅明将浪荡子视为商品，两者都体现了现代性抽象的量化本质，这也是齐美尔的文本一直关注的主题。但浪荡子毕竟无法与商品完全等同，量化品性是商品存在的先决条件，虽然浪荡子身上有着商品的量化品性，"在某些方面，闲荡者与妓女、赌徒之类的人一样，都是商品领域转型过程中的一种现象。与资产阶级消费者不同的是，闲荡者与商品领域无关，而资产阶级消费者与商品领域的关系是密不可分的"③。然而事实上，就本雅明而言，浪荡子在闲

---

① [英]伊格尔顿：《沃尔特·本雅明或走向革命批评》，郭国良等译，译林出版社2005年版，第33页。
② 邢崇：《游手好闲者：大众话语权利的确立者——本雅明后现代诗学的主体建构》，《北方论丛》2008年第3期。
③ [美]格雷：《滑动的商品——商品拜物教与瓦尔特·本雅明的物质文化异化》，李晓译，《马克思主义美学研究》2001年，第148页。

第四章 现代人形象的审美解读

逛中"与人群的非个人性打了一场必败之仗,并拼命地在纷繁中保持沉着镇定,用灵韵的最后一点破碎的残余浸润大众,这样他就可以从中自我陶醉,获得补偿。正如他的生活方式代表了城市驯化绝望的最后一搏——将商品标牌变成墙上装饰物,将报摊改为私人图书馆——他那踌躇的凝视竭力使城市审美化,但这还只是前奏,此后还有对社会经验更极端的峻拒"①。

在本雅明的视域中,浪荡子虽然披着商品的外衣,但他也用凝视的目光在寻找现代性的审美灵韵。"凝视总是光明与模糊的交替,不如透明的想象世界为象征世界的侵入玷污一样;它有着波德莱尔的城市人群的模棱两可性……事实上,这正是浪荡子的乖张欢娱——在想象世界快要被象征世界吞没的边缘试图拯救它,从濒临沦落为差异与无名的脸孔中汲取最后一丝灵韵。"② 墨菲认为,flânerie 的概念在法语中是"散步"的意思,但对于本雅明来说,这个概念包括了康德意义上的"无目的的合目的性"的内涵。因此,漫步或游荡对于本雅明来说,就不再是一种简单意义上的散步,而是现代人的一种美学姿态。③ 石计生则认为,本雅明所发明的"浪荡子"(flâneur)一词,是一个有着歧义内涵的现代都市人定义,flâneur"既是成为剧院般都市街头的群众(crowd)一员、居无定所的波西米亚人(Bohéme),也是旅行作家般的自由轧马路者(stroller),或者像个业余的侦探(detective),更应像个诗人(poet)"④。在本雅明的眼中,波德莱尔是一个典型的浪荡

---

① [英]伊格尔顿:《沃尔特·本雅明或走向革命批评》,郭国良等译,译林出版社 2005 年版,第 35 页。
② 同上书,第 49 页。
③ [英]墨菲:《艺术与社会:法兰克福学派》,王鲁湘:《西方学者眼中的西方现代美学》,北京大学出版社 1985 年版,第 215 页。
④ 石计生:《阅读魅影:寻找后本雅明精神》,南京大学出版社 2008 年版,第 10 页。

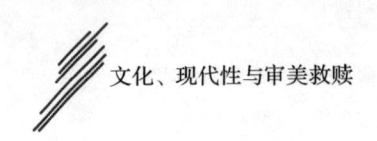

子形象，因为在他的身上，有着群众、波西米亚人、自由轧马路者、侦探和诗人等诸多形象的特征。

在本雅明的表述中，他的目的是通过对现代人形象的描绘，来表达他对现代都市文化的看法。在他看来，现代都市的最主要特点就是人群的流动性，人群的流动性在某种意义上就是鲍曼意义上的"流动的现代性"。但在本雅明的描述中，都市中的人群具有齐美尔意义上的现代性特性：彼此的冷漠、人与人之间的相互防设、彼此的无法沟通，等等。这正如马克思所言，现代人"彼此从身旁匆匆走过，好像他们之间没有任何共同的地方。……同时，谁也没有想到要看谁一眼。所有这些人愈是聚集在一个小小的空间里，每一个人在追逐私人利益时的这种可怜的冷淡，这种不近人情的孤僻就越使人难堪，越是可恨"①。与马克思的表述类似，本雅明在向霍克海姆谈论自己对现代都市中人群的看法时也写道："在巴黎的变调曲中，人群以决定性的姿态闯入。（首先）人群就像是闲逛者面前的一层纱幕：它们是那些孤独个人的最新毒剂。其次，人群抹去个人的一切痕迹：它们是被驱逐者的最新避难所。最后，人群是城市迷宫中最新、最少研究的迷宫。前所未闻的幽灵形象通过它们镌刻在城市画面上。"②

本雅明笔下的浪荡子也是以一种陌生人形象出现的。在"波德莱尔篇"中，他描述了现代性浪潮中离群索居、徘徊在商业性拱廊街中的浪荡子形象。在波德莱尔眼中，浪荡子以闲逛的方式体验现代社会的种种新奇，他们是都市诗人的外在表现形态，是都市景观的观察者和记录员。在浪荡子眼里，拱廊、大街如同他们的室内，离家外出，却总感到是在自己的家中，身居人群，却不为人群所知。浪荡子"如

---

① 《马克思恩格斯全集》第2卷，人民出版社1957年版，第304页。
② ［英］弗里斯比：《现代性的碎片》，卢晖临等译，商务印书馆2003年版，第273页。

第四章　现代人形象的审美解读

天空之于鸟,水之于鱼,人群是他的领域。他的激情和他的事业,就是和群众结为一体"①。本雅明并不认同波德莱尔对浪荡子的描述,在他看来,浪荡子融于城市和人群而又游离在城市之外。浪荡子把悠闲作为自我的个性加以展现,在熙熙攘攘的人群中,他保留着自我的个性,拒绝与人群合谋。

浪荡子将自我从周围环境中剥离出来,他以游荡的方式和旁观的思维方式,把自己的情感移到大众身上。浪荡子即使他自身的身份合法化,同时也能让他自身保持一种自由的姿态。他的这种生存方式能让他保持独立的思考和行为方式,同时也能让大众成为他观察和审视的对象。本雅明认为浪荡子虽身处于人群之中,但内心深处却是与人群格格不入的。人群之于浪荡子是陌生的,而浪荡子之于人群亦如此。因此,本雅明认为,浪荡子是无法融入人群的,他处处与人群保持距离,不屑于与大众交往,举手投足间流露出来的漠视乃至邪恶正是都市陌生人最生动的注解。在本雅明看来,应当把浪荡子与看热闹的人区分开来,浪荡子体现了充分的个性,而看热闹的人的个性则消弭于人群之中。在本雅明眼中,看热闹的已不再是有独特个性的人,而成了非人,成了公众或人群的一部分。正是在这个意义上,本雅明认为,"浪荡子所扮演的是侦探的角色,他将自己表现得无所事事和心不在焉,他需要将自己的行为合法化。在他慵懒行为的前后,实际上隐藏了观察者所保持的高度精力集中。作为观察者,浪荡子不会让潜在的未知罪犯逃出他的视线"②。

本雅明的闲逛者和浪荡子形象在某种意义上与齐美尔的审美救赎

---

① [法]波德莱尔:《波德莱尔美学论文选》,郭宏安译,人民文学出版社1987年版,第481页。
② W. Benjamin. *The Arcades Project*, Harvard University Press, 1999, p. 442.

文化、现代性与审美救赎

观念相呼应。本雅明笔下的现代人是他心目中带有英雄色彩的形象，他们与麻木的大众不同，通过与现实"空间"和"时间"保持距离，从而迈上了救赎之途。本雅明并非单纯地在描述现代都市人的行为，而是视其为一种社会文化意识的象征。现代人的行为是一种"文化史"的幻象，在这种幻境中，展现了资产阶级的虚假意识。本雅明认为，赌徒在赌博时把时间视为麻醉剂，而闲逛者则是人群中的观察者和探索者，并扮演着市场守望者的角色。"这个投身人群的人被人群所陶醉，同时产生一种非常特殊的幻觉：这个人自鸣得意的是，看着被人群裹挟着的过路人，他能准确地将其归类，看穿其灵魂的隐蔽之处——而这一切仅仅凭借其外表。"① 这一点，本雅明在阐释都市拾垃圾者形象时展开了精辟的解读。本雅明认为，在文人和职业密谋者等被冠以波希米亚身份的人，都可以在都市拾垃圾者的身上找到各自的特征。因为在拾垃圾者身上，"每个人都多多少少模糊地反抗着社会，面对着飘忽不定的未来。在适当的时候，他能够与那些正在撼动这个社会根基的人产生共鸣"②。

在本雅明那里，现代人只有从都市空间中剥离出来，能清醒地认识到资本主义的文化幻景并对其展开批判，最终引导现代人走出文化的困境，走向审美救赎之路。在本雅明看来，现代性都市空间，如他眼中的拱廊街，都是资本主义文化浸染下的异化环境，是异化文化的梦幻景观。因此，现代人游离于周遭的环境之外，他们游荡于城市的大街小巷之间，而拱廊街则恰好为闲逛者提供了审视与批判的空间。本雅明认为，当现代人被剥离出他所从属的空间，他就不得不成为一

---

① ［德］本雅明：《巴黎，19世纪的首都》，刘北成译，商务印书馆2013年版，第25页。
② 同上书，第74页。

个游手好闲的浪荡子。本雅明这样描述道：拱廊街使闲逛者受到大众的欢迎，不会让他们暴露于忽视行人的四轮马车的视野中。行人在拥挤的人群中相互推碰，闲逛者则诉求一个有余地的空间，并且希望保持一种有着闲情逸趣的绅士的风度。当大多数人忙碌于他们的日常生活事物时，闲逛者却以一个游手好闲者的姿态在都市中晃荡，而他的闲逛也与都市中的那种喧嚣与狂热显得格格不入。[①] 齐美尔和本雅明都提倡一种与物化世界疏离的审美救赎之途。但必须指出的是，他们的这种救赎并没有上升到对现实的否定和改变高度，而是消融在一种审美印象式的解读和阐释之中。

[①] W. Benjamin. *Charles Baudelaire: A Lyric Poet in the Era of High Capitalism*. The Thetford Press Ltd., 1983, p. 129.

第五章 现代性都市景观

现代大都市通常被认为是现代性体验的重要场所。随着货币经济的快速发展，都市的影响力日渐强大，自然成了被剖析与研究的对象。在现代性的各种碎片化体验中，齐美尔关注最多的还是现代都市中个体的生存体验。在大都市生活的体验中，齐美尔凭借其敏锐的洞察力和感知力，意识到在货币经济与文化工业的影响下，现代性都市发生了很大的变化，个体变得好于算计，对社会生活变得厌世冷漠，现代都市变得毫无特色等。在齐美尔那里，"个人的主体性与具体社会的客观性之间的和解，是通过个体应对大都市而产生的人格心理学而得以实现。大都市提供了这种和解的条件"[1]。此外，齐美尔也是一位将批判主题从政治经济领域转移到文化社会领域的批判学家，他的现代性都市批判，是从都市生活中选取一些简单的断片，如货币、时尚等，进而从事实或场景中升华价值或意义。他对日常生活的关注、断片式风格、理性思辨等，对后来的法兰克福学派都有很深的影响，如克拉考尔、阿多诺和本雅明就受齐美尔的影响颇大，尤其是本雅明关于波德莱尔与"拱廊街计划"的研究，更是直接延续了齐美尔现代性都市体验的主旨。巴黎都市生活是布洛赫和本雅明文本中的主要研究对象。齐美尔和克拉

---

[1] I. Borde, "Space beyond: spatiality and the city in the writings of GeorgSimmel", *The Journal of Architecture*, Vol. 2, 1997, p. 315.

第五章　现代性都市景观

考尔则对柏林情有独钟,而本雅明的童年生活回忆也是将视点聚焦于柏林。齐美尔论及了新兴工业城市柏林"拥挤的城市空间、街头闲逛者及消费者的体验方面。齐美尔的柏林,也是本雅明反映他童年生活的著作《一九〇〇年左右柏林人的童年》及《柏林编年史》的主题"[①]。

第一节　货币化都市

齐美尔的理论重心源于他的著作《货币哲学》,他对当代社会的分析也是置于一个比较成熟的货币经济环境中,如弗里斯比所言:"齐美尔对成熟货币经济后果的反思代表了他的现代性分析的内核。"[②] 齐美尔的现代性都市批判的武器是货币经济,在都市生活的描述中,货币被视为现代性的重要表征,齐美尔希望通过抓住货币这一现代性特征来捕捉都市生活。货币作为中介或媒介,其对现代个体及现代文化所产生的影响,同时也建构了齐美尔的货币批判理论,成为其现代性都市批判的一个重要部分。齐美尔对货币与货币经济的剖析,不仅是现象的描述,同时也是对货币的文化意义升华。齐美尔旨在通过碎片式的展示来批判货币对个体精神生活内容所造成的不良影响,这一批判模式后来也得到了法兰克福学派的效仿与延续,如本雅明、列斐伏尔、克拉考尔等。他们都深入研读过齐美尔的《货币哲学》,而在他们所撰写的著作中,无疑都有着齐美尔的踪迹和影子。

[①] [英]费瑟斯通:《消费文化与后现代主义》,刘精明译,译林出版社2000年版,第105页。

[②] D. Frisby, *Fragments of Modernity: Theories of Modernity in the Work of Simmel, Kracarer and Benjamin*, Cambridge: Polity Press, 1985, p. 87.

文化、现代性与审美救赎

一 货币与都市计量性格

齐美尔撰写于1900年的《货币哲学》问世之时，曾经在学界引起不小的轰动，人们不清楚应当将之归于哪一学科门类。《货币哲学》从书名来看讨论的似乎是经济学问题，但内容却充满了哲学的思辨色彩，而分析方法又来自社会学，而且文本中弥漫着浓厚的美学和文化学意味。雷克认为，《货币哲学》可以作为社会主义的文本进行解读，同时又可以解读为反社会主义的文本；既是反资产阶级的标志，同时又是对极端个人主义的辩护；既是哲学唯心主义的文献，同时又是历史唯物主义的文献；既是独一无二的美学文本，同时又是不折不扣的政治文本。[1] 齐美尔也自称，虽然在书中他讨论了与金钱相关的一系列问题，但此书并非经济学文本，他论述的更多的是金钱对现代都市、现代人文化生活和个体精神品格的影响。作为生命哲学的代表，齐美尔注重从个体生命意义的层面来考察货币的文化社会学本质，用哲学思辨的方式来探讨金钱的现代性品性。如科勒所言，齐美尔"并非满足于探讨一个特定的历史时期，而是寻求一个更为全面的意义框架，着眼于更大的普遍性问题，从根本上揭示货币经济的意义"[2]。

作为一位伟大的生命哲学家或文化哲学家，齐美尔缜密的行文、较强的逻辑推理和思辨意识都为人们所钦佩。齐美尔对货币的思辨分析十足地体现了"哲学家"的称号，在他看来，在货币经济条件下，"现代文化的潮流涌入两个似乎是背道而驰的方向：一方面向着拉平化、平衡化，在相同的条件下，通过把最偏远的东西结合在一起，建

---

[1] R. M. Leck, *Georg Simmel and Avant-Garde Sociology: The Birth of Modernity*, 1880—1920, New York: Humanity Books, 2000, p. 108.
[2] [德]齐美尔：《金钱、性别、现代生活风格》，顾仁明译，学林出版社2000年版，第213页。

第五章 现代性都市景观

立各种愈来愈广泛的社会的圈子；另一方面，旨在强调最为个人的东西，旨在个人独立，旨在培养个人的自主。"① 这里，齐美尔看到的是货币及货币经济对社会都市风格和个体的精神所造成的影响。一方面，货币作为中介，通过货币我们能够换取更多想要的东西，我们也因此而获得自由；另一方面，货币作为一种功能性的中介，任何事物与货币进行交换，就只是价格的多少，事物变得量化和客观化，或者说理性化。对此，弗里斯比认为，"齐美尔详细讨论了目的行动中的工具理性，力图揭示倾向恰恰是手段变成目的的最显著的例子。齐美尔为理性化无所不在的作用以及对人类关系的影响描绘了一幅极为悲观的图景"②。

货币在现代资本主义社会的发展及其对现代生活风格的影响，是齐美尔《货币哲学》的中心论题。特纳认为，在齐美尔那里，货币是人类社会现实中的经验之中介的现象学存在，而《货币哲学》则是对现代性和现代意识根源的经典研究。③ 货币是现代文化的突出表征，在对货币的文化社会学剖析中，齐美尔关注的是货币对现代个体和都市生活风格的影响。齐美尔的目的在于通过对货币的文化社会学阐释，展现货币作为一个日常生活现象与生存文化意义之间的关系，以及展现货币如何表征个体生命与社会文化历史的潮流之间的关系。弗里斯比认为，齐美尔论及货币文化的一系列文献"不仅仅从社会学角度关注货币经济对社会及文化生活产生的作用，而且显示出建立一套文化

---

① ［德］齐美尔：《社会是如何可能的》，林荣远译，广西师范大学出版社 2002 年版，第 72 页。
② ［英］弗里斯比：《论齐美尔的〈货币哲学〉》，齐美尔《金钱、性别、现代生活风格》，顾仁明译，学林出版社 2000 年版，第 215 页。
③ B. Turner, "Simmel, Rationalisation and the Sociology of Money", D. Frisby, *Georg Simmel: Critical Assessments*, Vol. II. London: Rouotledge, 1994, p. 288.

哲学乃至生命形而上学的努力"①。在齐美尔看来，货币在现代性社会中日益扩张，而其中又以资本主义大都市为中心。基于这一前提，齐美尔发现，货币对现代个体生活方式和现代都市生活风格的影响体现在两个方面：一方面，货币经济是资本主义社会发展不可或缺的元素，它无疑会引发资本主义社会日常生活风格的改变，并对现代个体产生冲击；另一方面，面对货币无孔不入的冲击，个体又力图摆脱货币经济的影响和控制来实现自我救赎。

通过货币，齐美尔想要剖析的是表征现代性精神的现代个体和现代日常生活。在齐美尔关于货币文化论题的诸多文本中，金钱不再是单纯意义上的经济现象，更是文化现代性现象，是现代性品性和都市风格的体现。齐美尔写道："只要生活的风格取决于客观的文化和主观的文化的关系，生活的风格也就与货币交往联系起来了。也就是说，在这里，货币交往既支撑着客观的精神对主观的精神占优势，也支撑着后者的保留、独立的提高和固有的发展，这种情况彻底提示着货币交往的本质。"② 马尔图切利也认为，对齐美尔而言，"货币是人与世界的相对性关系的最好象征，因为真正地说，货币是联结和拆散社会生活和主观生活的原因的有效支撑和象征性反映。通过货币，齐美尔试图在生活中最分散和最表面的因素和社会中最深刻和最主要的倾向之间建立一种关系"③。笔者以为，货币经济及其引发的一系列文化后果，是齐美尔文化社会学理论的核心，而齐美尔也是从货币的文化后

---

① [英]弗里斯比：《论齐美尔的〈货币哲学〉》，齐美尔《金钱、性别、现代生活风格》，顾仁明译，学林出版社 2000 年版，第 200 页。
② [德]齐美尔：《社会是如何可能的》，林荣远译，广西师范大学出版社 2002 年版，第 136 页。
③ [法]马尔图切利：《现代性社会学：二十世纪的历程》，姜志辉译，译林出版社 2007 年版，第 304 页。

果来分析马克思政治经济学批判中的经济符号,并在马克思的基础上将原本是经济符号的货币转化成了一种文化审美符号。

齐美尔的《货币哲学》延续了马克思的批评主题,但在语言风格和批判目的上有着明显不同,并且与马克思的《资本论》形成了非常有趣的对比。马克思对商品的分析沿用了政治经济学的批判路径,他的研究基本上不涉及文化和心理学层面。而在齐美尔的文本中,《货币哲学》很明显是对马克思政治经济学文本的符号经济学转换,而且,《货币哲学》的某些分析读起来也似乎是对马克思经济学文本的心理学阐释。戈尔德塞德认为,"齐美尔对马克思最重要的著作的补充,是迄今的社会科学及其相近科学中绝无仅有的,无论如何也值得重视。毕竟,《货币哲学》是哲学沉思精神写出来的"[1]。而且,在《货币哲学》中,除了哲学和心理学的视角外,明显还有着审美文化学的立场。就齐美尔而言,对货币分析的出发点并非伦理学立场,而是审美心理主义的立场。这种审美观念源于齐美尔生命哲学立场的深化,而且这一观念也一直贯穿于齐美尔的学术生涯。在审美观念的引导下,齐美尔在对货币的文化社会学分析中,基于距离观念,从类似叔本华生命哲学的悲观情怀中衍生了一种客观性,这种客观性与个体内在精神层面的审美观念相对立,由此源生了现代文化的悲剧。但戈尔德塞德认为,齐美尔"以审美来规定现实的本质,以至于他对现实的描述难免过分像蜘蛛网一样雕琢而脆弱"[2]。

货币导致了现代生活和日常文化的量化和平均化,事物背后的深刻意义随着货币文化的渗透而变得日益式微。"事物都以相同的比重在

---

[1] [德]齐美尔:《金钱、性别、现代生活风格》,顾仁明译,学林出版社2000年版,第210—211页。

[2] 同上书,第211页。

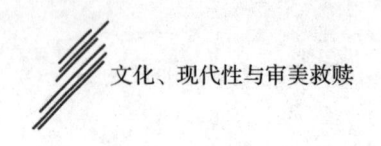

滚滚向前的货币洪流中漂流，全都处于同一个水平，仅仅是一个个的大小不同。"① 齐美尔发现，在资本主义社会，随着对金钱的追逐，生活的终极追求和生命的终极目的也被量化的金钱所掩盖，整个日常生活都可以在货币的衡量下共存。"所有稍稍深刻的内容都必须加以排除，这样，思维自身就无须为了到达核心而冲破外壳或者另辟蹊径。"② 在齐美尔看来，货币平均化了所有性质迥异的事物，并赋予事物前所未有的客观性，使其成为无风格、无特色、无色彩的存在。

由于货币对事物独特性和内涵的夷平，不同的事物只存在量上的差异，所有的事物都可以通过金钱来获得或实现。货币成了世间所有事物间最可怕的平等化中介，这对现代人及其都市生存产生了重要影响。"人们只不过是一种按客观的准则进行的奉献和报偿的平衡的载体，一切不属于这种纯粹的客观性的东西，也从这种平衡中消失了。这种'除此之外'把个人人格及其特殊色彩、非理性、内在生活完全吸纳了，采取纯粹的让与，仅仅让对个人人格来说特殊的能量听任社会的活动去摆布。"③ 受货币支配的现代个体的情感生活，也不再像传统社会那样富有激情，而是变得毫无差别。在这种环境中，现代都市个体发现自身处于生活的无奈的困境之中，现代人"在一种形成于初级阶段和手段的机制驱迫下四处奔忙，永远也不可能把握构成生活报偿的终极与绝对"④。个体在现代都市的频繁刺激下，已丧失了感知体验的丰富性和敏锐性，感觉不出事物的独特细微性。齐美尔感叹道："生活的核心和意义总是一再从我们手边滑落，我们越来越少获得确定

---

① [德] 齐美尔：《桥与门》，涯鸿等译，上海三联书店1991年版，第266页。
② [德] 齐美尔：《时尚的哲学》，费勇等译，文化艺术出版社2001年版，第116页。
③ [德] 齐美尔：《社会学》，林荣远译，华夏出版社2002年版，第25页。
④ [英] 弗里斯比：《现代性的碎片》，卢晖临等译，商务印书馆2003年版，第58页。

无疑的满足，所有的操劳最终毫无价值可言。"①

齐美尔发现，与传统社会相比，现代人越来越工于计算。不仅物质交往通过计量和盘算的方式来计算，就连个体内心中最微妙的情感也同样通过计量来确立其价值和合法性。齐美尔悲哀地发现，货币经济"将整个世界变成一个算术问题，以数学公式来安置世界的每一个部分。货币经济把衡量轻重、计算和数字上的决定，把质量的价值转变为量的价值充斥在许许多多的人的每一天中。藉金钱的算计性质，一种新的精确性、一种界定同一与差异中的确切性、一种在契约和谈判中的毫不含糊性已经渗透到生活里的各种关系中"②。在齐美尔眼中，整个世界成了一个大的可计算性的数学公式，物质交换需要等价计算，人与人的交往也是按斤斤计较的量化标准来衡量，甚至最具有内要性的现代精神也不可避免计算性。

在货币经济下，整个都市都处在一个数字化、算计的状况。那些数字每天在个体身边萦绕，那些枯燥的数字以不同形式组合成的还是一个个的枯燥、毫无特色、单一的数字。"货币经济迫使我们在日常事务处理中必须不断地进行数学计算。许多人的生活充斥着这种对质的价值进行评估、盘算、算计，并把它们简化为量的价值的行为。"③ 同时，个体也在每天的社会关系中不断地计算着生活，其内容不会有所变化，这一切都是齐美尔眼中毫无特色的单调货币都市的表征。齐美尔认为，现代都市的生活方式在货币经济的影响下，使个体产生理性至上的意识。个体必须每天面对众多的数字，他们会无形中用数字去

---

① [德] 齐美尔：《金钱、性别、现代生活风格》，顾仁明译，学林出版社 2000 年版，第 8 页。
② [德] 齐美尔：《时尚的哲学》，费勇等译，文化艺术出版社 2001 年版，第 188—189 页。
③ [德] 齐美尔：《货币哲学》，陈戎女等译，华夏出版社 2003 年版，第 359 页。

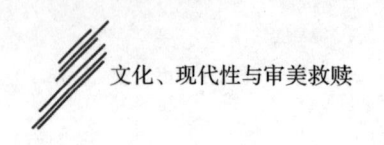

看待整个社会。在货币经济条件下,货币本身的数字性影响着个体,个体的理性功能加强,个体在其社会关系的处理中也往往带上计算特征。

货币的客观性使世间万物在人们眼中沦为一种无风格、无特色、无色彩的单一存在。人们失去了足够的甄别力、独立的思考精神和鲜活的创造力,转而被迫麻木地接受这一切,现代人的生命质地越来越稀薄,这正如韦德勒所言:"城市中所出现的神经官能症在齐美尔的诊断中是空间性和精神性的……齐美尔认为,这种神经官能症是城市生活中两种情绪特征快速振荡的产物:与事物之间有着过于密切的关系,但同时也与它们保持着过远的距离。"[1] 通过对货币及其文化后果的分析,齐美尔看到了都市文化中更为根本的现代性异化——生命体验的异化。个体原则因终极意义的丧失而日益脆弱和孤独,更不要说信仰了。在这种生命感觉的萎缩中,现代人不再忠心耿耿地信仰某种现成的宗教,并陷入极度的不安之中,如舍勒所言:"现代现象的根本事件是,传统的人的理念被根本动摇,以至于在历史上没有任何一个时代像当前这样,人对于自身如此困惑不解。"[2]

在齐美尔的影响下,法兰克福学派的诸多学者也都对货币影响下的现代文化风格展开了论述。在卢卡奇、克拉考尔和阿多诺等学者的文本中,他们的目标之一就是希望通过外在的经济事件,探究日常生活货币经济下所隐含的人性的终极价值和意义。在《审美理论》中,阿多诺从文化社会学的角度对商品影响下的现代生活风格展开了分析,这显示了阿多诺意图通过货币和商品的文化影响建构大众文化哲学的

---

[1] A. Vidler, "Agoraphobia: Spatial Estrangement in Georg Simmel and Siegfried Kracauer", *New German Critique*, No. 54, Special Issue on Siegfried Kracauer, Autumn, 1991, p. 37.

[2] [德] 舍勒:《人在宇宙中的地位》,李伯杰译,贵州人民出版社1989年版,第2页。

努力。在这个意义上,货币作为现代人存在的最外在的和最现实的现象,它与现代人的生存风格和个体生命有着紧密的关联。齐美尔分析货币,是想抽绎出整个时代精神,并对货币经济影响下的文化精神展开剖析和批判。"齐美尔从成熟的货币经济时代中的个人及社会生活中抽取一个个代表性的样品。然而,他的观察并不是某种经济观点或历史观点的结果,而是某种纯粹哲学意图的结果,要揭示世界的复杂现象中所包含的互相交织在一起的各个部分。"[1] 而阿多诺在《美学理论》中,所关注的也不是作为现实生活中的货币和商品,而是其象征意义和符号意义。

法兰克福学派对货币影响下的现代生活风格的论述还体现在对理性化生活风格的叙述和物化现象的探讨中。在发达工业的影响下,"合理化虽使人摆脱了贬低人的尊严的宗教枷锁,推动了科技发展,可又使人一味追求功利,漠视人的情感和精神价值,成为机器和金钱的奴隶,重陷入用物和钱制成的羁绊之中"[2]。

现代都市生活变成了一个量化、追求物质、追求效率的社会,可以说,"物化"是发达资本主义工业中都市生活风格的基本表征,在其中,精神的内在标准不再起作用,只有金钱和效率成了个体的衡量标准。这里的"物化"概念有着齐美尔的影子,在法兰克福学派那里,科学技术就是社会理性化,科学技术本身受严格的程序、工业的恰当运用、可计算效率等诸多因素的影响。资本主义社会给个体带来了丰富的物质生活,但是在这种意识形态影响下,个体在创造物的同时,也被物所奴役了,沦为商品拜物教。现代人盲目地追求物质的发

---

[1] [德]齐美尔:《金钱、性别、现代生活风格》,顾仁明译,学林出版社2000年版,第205—206页。

[2] 欧力同、张伟:《法兰克福学派研究》,重庆出版社1990年版,第269页。

展,并没有看到精神的丧失和人的物化。对于数字化的现代性都市日常生活,列斐伏尔也有着大量的描述,"这里的任何东西都被计算着,因为任何东西都被数字化:货币、分钟、米、公年、卡……不仅物而且活生生的和有思维的人也是如此,因为存在着动物的和人的统计学,就像对物进行统计一样。"① 从列斐伏尔的这些描述中可以看出,我们的日常生活已成为一个充满数字化的世界,任何事物都被置于数字化的计算模式中。可以说,齐美尔与列斐伏尔都对充满数字化的都市进行了描述,只是齐美尔是从个体生命体验出发,他强调的是数字化都市给个体精神所造成的伤害;列斐伏尔看到的是日常生活的数字化建构,在他眼里,整个社会已逐渐衍变成一个重复、量化的都市。列斐伏尔的数字问题是发生在都市生活中,一些单调的、重复的数值的组合,表现的是日常生活的平庸与乏味。笔者以为,齐美尔所讨论的"理性"概念所涉及的更加广泛,在他看来,货币的数值性和可计算性无形中将各种问题变成了数学问题,个体在交际的过程中,往往也是依赖货币的数值性进行交往。

齐美尔与法兰克福学派都强调都市生活的量化和非感性化,认为外界因素的影响使得个体的内心精神生活发生了异化。他们都看到,在货币经济的大潮中,金钱的偌大力量使其成为个体的上帝和最终目的。个体的价值判断被扭曲了,开始盲目地追求物质,个体在与他人的交际也变得冷漠、理性。消费社会中,资本家为了追求自己的经济利益,在对商品进行宣传的时候,往往打上阶级意识形态,制造虚假需求,使个体陷入盲目的购物旋涡,并且乐在其中。同时他们认为,个体在都市生活中的地位是被动的。在齐美尔眼中,个体本来是感性

---

① 吴宁:《日常生活批判:列斐伏尔哲学思想研究》,人民出版社2007年版,第163页。

的，只是随着货币经济的发展，个体受其影响变得理性化了；法兰克福学派发现，资本家为了巩固自己的地位，采取诸多手段使个体生活变得物化。虽然有着共同的批判主题，但他们批判的对象不同，齐美尔认为理性化是现代货币经济的产物；而法兰克福学派认为物化是发达资本主义工业的产物。齐美尔看到的是作为现代性表征的货币不断扩张，它使得个体的理性意识超越了感性意识；法兰克福学派则直接将批判的矛头指向了资本主义，认为是发达的资本主义工业生产导致了个体思维的单一化和个体在商品都市中的物化。

二 货币与都市自由品性

在剖析了货币对现代生活风格的影响之后，齐美尔对现代性货币所引发的个体自由后果展开了论述。齐美尔认为，虽然货币带来了个体的自由，但却只是一种消极自由。在齐美尔看来，货币经济的发展使现代个体摆脱了外在物的束缚，但货币影响下的都市生活无疑也是一种压迫的现实生活。

在《货币哲学》一书中，齐美尔写道：

> 最后当钱到手商人真的"自由"了后，他却常常体会到食利者那种典型的厌倦无聊、生活毫无目的、内心烦躁不安，这种感觉驱使商人以极端反常、自相矛盾的方式竭力使自己忙忙碌碌，目的是为"自由"填充一种实质性的内容。……变成赚钱机器的商人，领薪水的公务员，这些人似乎都把个体从种种限制——即与他们的财产或地位的具体状态紧密相关的限制——中解放了出来，但事实上，在这里所举到的这些人身上却发生了截然相反的情况。他们用钱交换了个体之自我中具有积极含义的内容，而钱

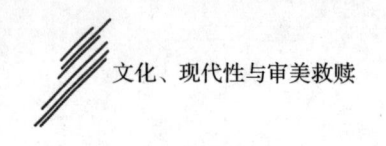

却无法提供积极的内容。①

齐美尔认为，货币带来的自由只是一种无任何内在意义的空洞自由，它让个体产生无根、无着落的漂浮感，并使个体在货币经济的强大逻辑下变得茫然不知所措。而且，现代人对货币的追逐也使货币从手段上升为目的，金钱成为现代生活的终极目的。齐美尔无奈而略带讽刺地写道：现代人"所面临的更大的危险是深陷在手段的迷宫之中而不得出，并因此忘记了终极目标为何物"②。货币是无任何特色的东西，一旦现代个体只关注作为纯粹手段的货币，就会使现代人对生活彻底失望，产生空虚与无聊。在齐美尔眼中，当下都市生存中所有的事物似乎在同一个层面被量化，人们以"值多少"来判断一个事物的价值，传统生活的意义在金钱的冲击下渐渐失去了往昔的光彩。在齐美尔看来，现代日常生活一旦将目光定位在金钱上，这一原本是手段的金钱就会无法令人满意，毕竟，金钱只是通向最终价值的桥梁，而人最终无法在桥上栖居。

对于货币与自由的关系，齐美尔从远古时代货币的兴起开始考察，用货币地租取代实物地租是人类发展的重大进步，人们通过付出货币可以获得人身自由与个性解放，而自由是与义务并存的，货币义务使承担义务的人从生产产品的过程中摆脱出来，个人只需要支付一定的货币就可以不用固定在一项事情上，这就使个人人身更加自由。齐美尔认为，货币作为一种去个性化的客观载体给自由提供了最大化的空间。首先，货币义务为"私人领域的分化"提供了更多的自由空间。"存在不依赖于拥有财产，以及财产拥有不依赖于存在——这是由货币

---

① ［德］齐美尔：《货币哲学》，陈戎女等译，华夏出版社2002年版，第320页。
② ［德］齐美尔：《时尚的哲学》，费勇等译，文化艺术出版社2001年版，第104页。

实现的——首先在对金钱的攫取中表现出来。由于货币抽象的本质，一切可能的投资与活动都通向它这里。"① 货币的灵活性与多用性为个人的发展提供更多的自由，同时货币自身也繁衍出很多相关的职业，如金融家、律师、艺术家等。个人可以通过出色的处理其他事物而获得金钱，同时又可以通过金钱从他人手里获得自己想要的东西。个体由此变得更加自由，可以有更多选择的机会。其次，货币解除了个人对某个人固定的依赖，增加了可依赖的人的数量，拓展了个人人际关系发展的范围。随着劳动分工的发展，社会分工越来越细，个人在生活中越来越少依赖一个人来完成，而需要依赖更多的人来完成一个产品。这种特殊的依附方式为个人最大限度的自由发展创造了一个更广泛的空间。齐美尔认为，人们的行动和生存越是依赖于复杂的技术创造的客观条件，他们就必须得依靠越来越多的人，然而这种依赖只是对被依靠人某种功能性载体的依赖，或者对"第三者的依赖"，也就是说这种依赖关系越来越朝向于对个人劳动成果的依赖，而不是对个人本身的依赖。因此，在齐美尔看来，金钱虽然能使现代人拥有做任何事情的自由，但实际上现代人没有任何方向和确定内容，现代人随波浮沉于每一个偶然的冲动。

当然，齐美尔眼中的个人自由还有更深层次的引申含义。首先，个体的自由并非一个人，而是与他人有相互制约的关系。其次，所谓个体的自由是人与人之间的关系尽量客观化，排除了主观的、人为的意志干预，或者说个体不服从于他人的意志之下、宁可服从客观化的规则，他才是"自由的"。个体的自由并不是与他人完全脱离关系，也不是一个"离群索居的主体纯粹内在的状态"，而是与他者一种互

---

① ［德］齐美尔：《货币哲学》，陈戎女等译，华夏出版社2003年版，第233页。

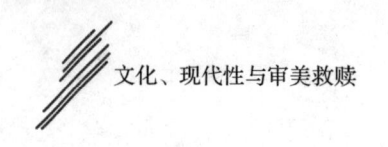

为关联的现象或完全确定的关系,但是在与他者的社会关系中,客观、冷漠的货币中介给个人带来的自由也是排除了主观关系的。货币作为中介拉开了个人与他者的距离,增加了依赖人的数量,个体的选择更加自由,这种却不是完全的"自由",在这一距离化的过程中,个人的自由走向客观化、不受外力意志的干涉。

怀着形而上的悲观情绪,齐美尔发现,货币所带来的自由是一种空洞、负面的形式和存在状态。"自由似乎只具有纯粹的负面性。只有相对于束缚自由才有意义,自由一向是指不做某件事的自由,充盈着自由的是无所阻碍而表达出的概念。"① 齐美尔在看到货币给个体带来自由的同时,更多地强调货币给个人自由带来的是一种消极的自由,在齐美尔看来,如果自由只有纯负面含义,自由就被视为残缺不全、有辱人格。这种金钱式的自由往往是种种可能的、消极的自由,切实需要以内容来填充,否则这种自由方式给个人生活带来的只是"无所适从、百无聊赖"感。因此,要想自由在社会生活内容中充分发展,就需要用其他价值补上它们空缺后的位置。

在货币给个人带来自由的过程中,齐美尔强调的是这种金钱式的自由给个体的精神生活及现代都市风格造成的一些不良影响。首先,个体对金钱占有所获得的自由,自我的发展显现在金钱上,也就是说,金钱是个体自我的延伸,并且金钱的"千依百顺性"给个体带来认识上的心理扭曲。一方面,通过占有货币,个体获得了极大的自由;另一方面,个人自由地延伸,其自我的发展也在货币身上打下烙印。这种自由的发展,以至于在现代生活中形成这样一种观念:最大可能的自由源于对货币的占有。但齐美尔同时也发现,货币使我们可从一个

---

① [德] 齐美尔:《货币哲学》,陈戎女等译,华夏出版社2003年版,第318页。

客体那里获得自我扩展，但付出的代价却是在其他方面的受限制。可见，货币给个体带来自由的同时也制约着自由的发展。个人在与占有物的相互关系中，个人的脾气和性格特征显现在占有物上，又由于货币作为物质载体，有自由的特性。通过货币，个体可以换取任何想要的东西，于是个体的自我感受和内核都集中到了货币身上，个人会占有货币尽其可能的获得自己想要的东西。齐美尔认为，这种占有不是确定性的完全占有，个人只是在享受事物在划过手中的那一瞬间的乐趣。此外，这种"占有物—货币—货币占有"的发展方式，使自我越来越朝着不确定的方向发展，事物对于个人的意义变得越来越短暂，甚至都抓不住生命的内涵，齐美尔忧郁地发现，我们这个时代虽然较之以往的时代更为自由，但现代人却无法真正享受自由。

法兰克福学派思想的一条主线也是人性的解放与自由。关于自由的概念，马尔库塞在《单向度的人》与《爱欲与文明》中，剖析了资本主义是如何实现对人的控制，以及该怎么样实现人性的解放与自由。马尔库塞认为，只有回归本我，解放人的爱欲，才能真正实现人的自由。在资本主义社会，科学技术的高速发展，物质泛滥在个体的周围，个体可以比以前有更多的选择，其自由程度也较高，但是这种自由在马尔库塞的眼里是虚伪的、被强加的，并不是真正意义上的自由。资产阶级为了维护自身的利益，在政治、经济、文化领域对个体进行控制。这种控制并不是通过暴力的方式，而是采用一种"灌输式地"同化政策，让个体无意识地受到控制，因此，这对个体来说是"不自由"的。"为了特定的社会利益而从外部强加给个人的那些需要，使艰辛、侵略、痛苦和非正义永恒化的需要，是'虚假的需要'。"[①] 这

---

① ［美］马尔库塞：《单向度的人》，刘继译，上海人民出版社2008年版，第6页。

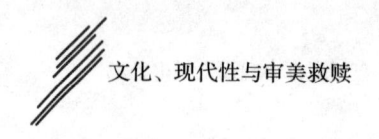

种"不自由"受到外力作用的干涉，是将自己内在的、本真的需求排除在个体的意识之外，并且这一过程主体是自愿的、无意识的。因此，马尔库塞笔下的自由并不是真正的自由，它是自由的一种异化，"自由"已经变为意识形态化了的强有力的统治工具。马尔库塞希望通过这种"不自由"的剖析来表现对资本主义社会的批判，同时他认为要想实现人性的解放，就必须通过爱欲解放，实行"新感性"革命。

在马尔库塞看来，自由在其定义上可理解为对美的、伦理的和理性的需要的满足。人的自由本身是先天的、超验的，只是在后来的阶级社会中被加以限制而使得个体变得不自由。在马尔库塞看来，真正的自由要实现，必须要依靠"新感性"。"新感性"能够唤起人内在的想象、幻想、激情、灵感等一切感性意识，它的实现也就意味着个体内心自由的回归。马尔库塞认为，爱欲的解放对于人的解放、回归自由是非常重要的，在资本主义社会，资本家通过对人的控制导致了人性受到压抑，爱欲受到摧残与奴役，人遭到异化。因此，只有通过心理本能的革命，才能实现人的解放。

齐美尔与马尔库塞都谈到了人的自由，可以说，在对自由的理解上，马尔库塞的观点与齐美尔的观点有着内涵的一致性。一方面，在对自由含义的解读上，他们都指出了"外部因素"对自由的影响，他们都强调了外部社会因素会束缚个体的自由；另一方面，在他们眼中的自由又都是"消极"的，齐美尔谈到货币经济给个体带来了极大的人身自由，但是这种自由是空洞的、负面的，个体在自由情况下，仍然觉得百无聊赖、无所适从。马尔库塞认为，资本主义技术的发展使个体在周围的物质生活中似乎有更多的选择自由，但这种自由是资本家强加给个体的自由，并不是个体内心真正想要的，是虚假的自由。而且，在现代文化中，这种金钱式的自由往往是不明就里、毫无定性的自由，给现代人的生活造成不可避免的影响。个体满心期待地希望占有自己想要的东西，但是一旦通过金钱占有某物以后，个体却对其失去了兴趣，看不到事物的本质，于是生命的意义总是从个体的身边流逝。个体在生命感受中，总抓不住生命的意义和内核，以至于个体在这种金钱式的自由下，还是觉得生命毫无意义。而且，货币所带来的自由促进了自由主义、个人主义的滋长。货币使个体与实物分离，个体获得了更多自由发展的机会。通过货币，个人的兴趣和活动范围获得了相对的独立性。因此，货币经济的发展，使个体获得了相对的自由，开始逐渐从整体中脱离出来，促使个人主义在都市生活的蔓延。

齐美尔将批判的矛头指向了货币经济，认为货币经济给个体带来了消极自由；马尔库塞将批判的矛头指向资本主义社会，他认为资本主义社会是一个异化、压抑的社会，个体在资本主义的控制下变得失去自由。齐美尔从心理层面来展开剖析，认为货币经济虽然解放了人身，给予了个体自由，可是个体仍然觉得无聊、生活没有意义，是一种内心的精神感受；马尔库塞则强调外部强加给个体的自由，这种自由使个体受到束缚与限制，导致了个体的异化。因此，要想人性获得解放，必须进行总体革新。虽然马尔库塞以"新感性"来力图救赎个体的虚假自由，但这仍然也只是一种"乌托邦"的幻想，并没能在实践层面真正实现现代人的审美救赎。

三　货币与都市理性风格

在齐美尔的货币文化理论中，大都市也衍生了一种个体独特的生存风格：一方面是理智至上主义，遮蔽和消弭个体性；另一方面则是高扬个性主义，凸显和强化自我。这两种截然不同的个性体现在都市现代人身上，构成了货币文化语境下的独特都市风格面貌。

理智与韦伯的工具理性内涵有点相似,理智至上主义是指在现代性社会中,工具理性对人的控制,成为现代人行动的指针。而这一点,也是后来法兰克福学派在分析现代资本主义文化时所极力想要揭露和批判的一点。齐美尔发现,随着货币向现代都市的扩张和渗透,在都市生存中,现代个体的工具理性已战胜情感欲望成为人们交往和行动的依据。"货币经济与理性操纵一切被内在地联结在一起。在对人对事的态度上,它们都显得务实,而且,这种务实态度把一种形式上的公正与冷酷无情相结合。"[①] 理智战胜情感成为现代人行为的主要依据,这也导致现代人情感的萎缩,而这主要体现在我们前面所分析的现代人的计算性格上。

齐美尔认为,理性是与货币经济密切联系的,并且它是货币经济中的一种独特现象。齐美尔把理性看成货币经济的独有特征。"理智力是货币经济这一特殊现象产生的心理力量,不同于一般被称为情感或情绪的那些心理力量,情感在货币经济尚未渗透进去的时期和兴趣范围中占据着主要地位。"[②] 理智力是货币作为外部世界的手段强加于个体意志的一种心理力量,它也是个体对外部世界的一种心理反应。货币作为手段可以将物质世界中的种种现象融合到我们的意志之中,变成客观图像,齐美尔认为,理智力本身是具有某种尽善尽美的手段,但是这些手段还不能变成现实,因为要使这些手段起作用,就必须要确定一个目的,而目的本身只能被意志创造出来。在齐美尔的眼里,理智功能与情感功能是此消彼长的,那么在货币经济这一特定的条件下,理智功能已经超越情感功能,在社会生活中占据支配地位。对于

[①] [德] 齐美尔:《时尚的哲学》,费勇等译,文化艺术出版社2001年版,第187—188页。
[②] [德] 齐美尔:《货币哲学》,陈戎女等译,华夏出版社2003年版,第345页。

货币与理性的关系，依齐美尔而言，货币其实是理性的前提与原因，我们可以从齐美尔对货币的论述中看出理性出现的特殊性与必然性。那么，货币经济是怎样造成这种都市理性的呢？

首先，从货币自身的组成来看，它是由从大到小的单位组成的，主要是数字的可计算性符合自然科学的规则。自然科学把社会生活变成了一道计算题，货币是通过价格多少的表示方式来衡量物质的价值，个体每天都在与数字、单位打交道，潜意识里已经为数字计算所影响，以至于都市生活中的人变得斤斤计较。并且在都市生活中，生活的复杂性与广泛性要求个体必须遵守时间，要精打细算和准备，他们拒绝主观臆断地、本能地、非理性地面对都市生活，与其说个体选择这种理性的生活方式，不如说是货币经济给个体生活所造成的压力。齐美尔在对货币的分析中谈到，个体在占有物的情况下，自我会在占有物上延伸，货币经济的数字性特征，会使个体及都市风格变得更加理性。

其次，为了适应都市生活的快节奏，智性成了个体抵御大城市对自我侵蚀的策略。在大都市的生活中，都市生活中的个体每天都与那么多的陌生人擦肩而过，却没有过多情感的交流。因此，在人际交往中，个体的思想被货币打上了烙印，在更多情况下，个体反而与货币更亲，对其他人自然会产生排外的情绪。从齐美尔的论述中可以看出，都市生活助长了理性的发展，但更确切地来说应该是滋生了货币经济的扩张。在齐美尔眼中，任何事物只要经过货币经济的洗礼，都会毫不留情地发生质变，其价值都会变得毫无意义。同时，事物之间都变得毫无区别，其内在价值都可以用金钱来衡量和获取，货币成了它们内在价值的标准，事物之间仅仅只有数值的不同。

对于生活方式的无特征和客观性，齐美尔认为，个体的理智力有不同的特征，但从根本上来说却只有程度的不同。理智力作为一个纯

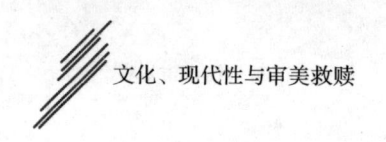

粹的概念，它缺乏自我言说的特色。齐美尔将理智力与货币挂钩，认为货币同样也缺乏特色。正如金钱本质上是事物相对价值的机械反应，对每个人都同样重要，所以在金钱交易里，人人等价，不是因为人人都有价值而是因为除了金钱外谁都没有价值。在齐美尔眼中，理性是无特性的，也就是指理性的客观性，理性并不是个体凭借主观的任意武断来看待周围的事物，而只是成了反映现实的客观化镜面存在。这与货币的准确性有着莫大的联系，在形式上，货币是有关数字与单位的聚合，货币作为中介，个体必须通过货币获得事物，自然就要每天和数字打交道，在此过程中，个体也开始变得斤斤计较。再者，货币以残酷无情的客观性来衡量一切对象，任何事物都必须通过货币价格的多少来体现。货币是没有主观感受的，只存在数字的概念，任何感性思想都已经销声匿迹，被理智取代了。此外，货币本身虽然只是作为一种手段，但在都市生活中，货币跻身于目的系列之中，将自己从手段变成了无止境的目的，货币变成了个体在都市生活中的一切价值评断。因此，货币经济滋长理性思维是都市生活发展的必然。

　　理性的都市风格是现代个体面对日益扩张的货币经济而形成的一种都市心理。货币作为人们日常交往的一个重要媒介，其量化、精确性以及算计性质已经不知不觉渗透到了个体的生活关系中。在现代交往中，理性已经占有主要的地位，在理性关系中，现代个体越来越被视为一个冷冰冰的数字符号，一种与自我完全无涉的客体性因素来考虑和对待。因此，理智至上是现代个体顺应货币经济的产物。同时，齐美尔认为理性的都市风格不仅与货币经济、理性性格有关，还与高速发展的资本主义有关。资本主义紧张、竞争激烈的生活方式，使个体在这个生存环境中，需要用脑来思考问题，而不是用心来做出反应。在齐美尔看来，理性的都市风格不仅是货币经济发展的产物，也符合

第五章 现代性都市景观

当代的都市生活方式,可以说,理性的生活方式已经渗透到了整个都市。对此,齐美尔写道:"人与人之间所有的亲密关系都是建立在个性之中,然而在理性的关系中的人被视作如同一个数字、一种与他自身无关的因素一样来考虑。只有客观上可以定量的成就才有利益价值。这样,都市人会和商人、顾客、家庭的仆人,甚至会和经常交往的朋友斤斤计较。"[1]

当现代生活变得越来越理性化,现代人的另一种生存性格也悄然而生,这便是现代都市生活体验的无聊、虚无以及腻烦感。在现代资本主义社会,金钱成为现代社会中现代人可以随意追求的目标,个体可以在任何时候以任何一种方式去追逐金钱,它"给现代人的生活提供了持续不断的刺激……给现代生活装上了一个无法停转的轮子,它使生活这架机器成为一部'永动机',由此就产生了现代生活常见的骚动不安与狂热不休"[2]。这种态度"首先产生于迅速变化以及反差强烈的神经刺激。大都会中理性的增加起初似乎也是源自于此。……无限地追求快乐使人变得厌世,因为它激起神经长时间地处于最强烈的反应中,以至于到最后对什么都没有了反应"[3]。在齐美尔看来,当货币使所有的事情都以量化的方式出现,现代个体除了冷冰冰的数字外,就再也感觉不到对象的意义和价值差别,这也使现代都市生存缺乏某种确定的意义,使现代人对生活充满了无聊、虚无和腻烦。

货币塑造了现代都市的现代风格:无聊和公式化的单一性,但同时也塑造了现代都市人生存的另一重风格:个性主义的高扬。这一点

---

[1] [德] 齐美尔:《时尚的哲学》,费勇等译,文化艺术出版社2001年版,第188页。
[2] [德] 齐美尔:《金钱、性别、现代生活风格》,顾仁明译,学林出版社2000年版,第12页。
[3] [德] 齐美尔:《时尚的哲学》,费勇等译,文化艺术出版社2001年版,第190页。

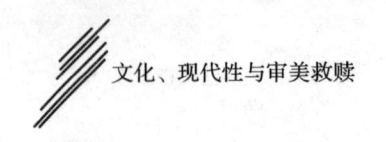

与齐美尔现代生活的审美理念是分不开的。齐美尔是一个生活的审美印象主义者,他极力想要在单一与平面化的生活风格中发现其美学意义。然而货币影响下的现代生活风格显然与齐美尔的审美理念格格不入。因此,要实现审美化的日常生活,就必须冲破货币对现代文化的束缚。齐美尔认为,个体要冲破单一化的现代生存,凸显其审美意义和审美感性,就必须采取一定的策略,即与生活拉开距离。正是在应对现代生活风格所采取的距离策略中,另一种生活风格也就逐渐形成:即凸显自我,高扬个体主义。

货币对现代都市风格的夷平和对生存本真的遮蔽,使现代生活越来越缺乏激情,现代人丧失了原本极富感性的终极意义和形而上的慰藉。一旦"个人活动的重要性与花费在量上的增加达到它们的限度,人们不管怎样为了利用对差异的敏感来吸引社会的注意,就会去捕捉质上的差异。最后,人们被引诱去采用最具有特定倾向的怪异,也就是都市中夸张的癖性、反复无常和矫揉造作,但这些夸张所具有的意义并不在于它们这种行为的内容,而在于它要'与别人不一样'的形式,在于它以惊人方式吸引注意力的那种醒目之中"[1]。在齐美尔看来,由于货币导致了生活方式的千篇一律,现代人的个性也被货币所平均化和量化,现代人性由此遭到忽视。基于此,现代都市人不得不通过采取一些极富个性的方式来凸显自我和表现自我,个性主义也因此在现代性大都市中达到了高峰。个性主义强调内在精神生活与外在物质文化的碰撞,这么一来,货币所引发的客观主义与随之而来的个性化主张最终把生活的美化与向内心世界的回撤实现了最佳结合。

---

[1] [德] 齐美尔:《时尚的哲学》,费勇等译,文化艺术出版社2001年版,第196页。

第五章 现代性都市景观

齐美尔认为,风格迥异的艺术品的并置给观赏者带来了丰富多彩的视觉印象,同时也给人们留下了无暇应付的心理感受。不同艺术品的强制的连续性造成了观赏者的心理负担,使人厌倦。欣赏者在现代性展厅中对琳琅满目的现代艺术品的感受与我们都市生活的体验颇为相似,世事瞬息万变,令人无从掌控。人们对于新生事物本应拥有一种新奇的体验,但是一旦这种体验被不断扩大,其自身感受特征的独特性渐渐瘫痪了,就会形成现代性都市中的"紧张"。齐美尔指出:"都会性格的心理基础包含在强烈刺激的紧张之中,这种紧张产生于内部和外部刺激快速而持续的变化。"① 在齐美尔看来,都市生活的迅捷导致了紧张感的产生,而都市的视觉泛滥带来了各种刺激,这些刺激造成神经反应的紧张,并成为都市个体的心理基础。城市的紧张节奏助长了现代人对不断增长的新经验的快速吸收与反应的能力。在齐美尔看来,大城市已经成为检验人的神经生活的试验场。对此,费勇认为,"如果说大都会的精神在于官能的碎片式舞蹈,一切都在形色声中稍纵即逝,那么,齐美尔恰恰以沉思的姿态凝视这些流动的场景,把喧闹背后的寂静从容不迫地揭示出来。……他对当前的日常现象或生活景象的把握,从感觉出发走上的是思想之路"②。

哈维认为,齐美尔讨论了个体如何利用虚假的个人主义来回应现代生活强加于我们的各种束缚:"我们在自己对空间和时间的感受方面也受到一种严格的控制,使我们自己屈从于精于算计的经济理性的霸权。此外,迅速的都市化产生了一种他所称的'厌世的态度'。因为

---

① [德] 齐美尔:《时尚的哲学》,费勇等译,文化艺术出版社 2001 年版,第 186—187 页。
② [德] 齐美尔:《时尚的哲学》译者前言,费勇等译,文化艺术出版社 2001 年版,第 4—5 页。

只有靠消除源于现代生活之紧张繁忙的复杂刺激物，我们才可能容忍它们的极端行为。他似乎想说，我们唯一的出路就是通过追求地位和时尚的符号或个人怪癖的标记来培养一种虚假的个人主义。"① 可见，货币文化的发展使个性成为量化的客观数据，现代都市人不得不通过另类的方式来凸显与众不同和吸引他人的注意。因此，现代人不断寻求新的刺激，一方面希望借此对抗受货币文化所引发的现代都市生活的平庸与无聊；另一方面，现代人又通过一些极富个性的行为方式，来实现自我在客观化都市生存中的救赎。

与齐美尔同时代的韦伯也将理性视为现代生活的主导性风格。不过，与韦伯对现代生活理性化精神的乐观态度不同，齐美尔更为注重理性对现代社会和现代文化的负面影响。虽然理性化的生存模式是现代货币经济影响下的必然产物，但齐美尔从生命哲学的视角出发，看到了现代都市社会中理性化的生活风格对个性精神世界的封杀。齐美尔认为，一旦将金钱视为现代社会的终极目标，金钱就会成为我们这个时代的上帝。毕竟，现代生活的很多方面，如爱情等，并不是在什么时候都可以用金钱衡量的，而金钱则是现代社会随时都可以追求和预期的目标。如果一切都以金钱为人生的最终目标，现代人则会在无止境的金钱追逐中失去原本的生活理想，最终迷失方向而无法到达理想的彼岸。显然，齐美尔看到了货币所导致的现代生活的理性化，认为现代都市个体成了金钱这一身外之物的追逐者，个人的内在精神和生命感觉也由此丧失。而这，也是后来的法兰克福学派所一直关注的主题。

法兰克福学派也同样对现代生活的理性风格有着浓厚兴趣。他们

---

① ［美］哈维：《后现代的状况》，阎佳译，商务印书馆2003年版，第39页。

认为，一旦理智至上风格与货币文化结盟，就会使得都市人形成畸形的生活风格：待人接物上不再讲究感情，凡事都按可计算的标准来衡量，所有的一切似乎都被理智化约为简单的数字和计算公式。社会关系和交往，甚至个体的内在精神和情感需要都成了可以计算和度量的东西。在现代都市中，理智力和货币经济的共同关系在不断对个体施加影响，由此滋生了个人主义和利己主义。在齐美尔的思想中，理性化的生活风格也是导致现代文化衰败的一个因素，这一点也成为后来法兰克福学派的资本主义批判主旨，如周宪所言，理性"这个观念也是后来法兰克福学派对启蒙运动反思批判的一个有力主题。在齐美尔看来，这样的理性化事实上是一种'物化'，精神的内在标准不再起作用，作为唯一判断尺度的只有金钱和效率。一切人类所创造的产品，一切文化的产物，一切主体的能力，最终都被转化为非人的'物'"[1]。

在马尔库塞看来，货币使得现代都市风格变得越来越平均主义，理性化的都市风格逐渐消解了现代个体的独特性，使现代人成为都市生存中的单向性存在。而阿多诺认为，心神涣散与漫不经心是流行音乐的标准化与程式化所引发的大众心理效果。而这事实上也是齐美尔描述的大都市与现代精神生活主题的再次呈现，或者说阿多诺是延续了齐美尔的阐释路径，即大众在经受了日常生活的压抑与紧张之后，将接受大众文化视为一种生活的解压或情绪的缓解。在这个意义上，享受流行音乐所带来的闲暇体验就成了对物化的日常生活的一种解放或拯救。现代人需要在日常生活的压抑中感受到刺激体验，而流行音乐恰好满足了现代人的这种刺激需要。当然，阿多诺对于流行音乐所带来的刺激也表达了自己的担忧，那就是："流行音乐的刺激所遇到的

---

[1] 周宪：《20世纪西方美学》，南京大学出版社1999年版，第38—39页。

问题是,人们无法将自己的精神花在千篇一律的歌曲上,这意味着他们又变得厌烦无聊起来。这是一个使逃避无法兑现的怪圈。而无法逃避又使得人们对流行音乐普遍采取了一种漫不经心的态度。人们认可流行音乐之日往往也是它不费吹灰之力就能引起轰动之时。人们对这一时刻的突然关注使得它立刻烟消云散。结果听众便被放逐到漫不经心与心神涣散的王国里去了。"①

这种理智至上性格的产生,一方面使得现代都市生存朝着更为理性的方向发展;另一方面也使得现代人越来越丧失情感的丰富性。现代人在都市理性化发展的影响下,日益压制着自身非理性的、本能的和主观情感性的内容,他们不再按个体内在的精神丰富性来安排自己的生活,而是依据外在公式化的模式过着程式化的日常生活。在这一点上,本雅明对大都市精神生活风格的描述也是齐美尔论题的延续和深入。本雅明描述了现代性都市中个体之间彼此的冷漠与陌生心态。本雅明的作品很少引用他人的观点,但他在对波德莱尔笔下的巴黎的研究中却援引齐美尔的观点描述了现代性的都市生存状态:"有视觉而无听觉的人比有听觉而无视觉的人要焦虑得多。……大城市的人际关系明显地偏重于眼睛的活动,而不是耳朵的活动。主要原因在于公共交通手段。在19世纪公交车、铁路和有轨电车发展起来之前,人们不可能面对面地看着、几十分钟乃至几个钟头都彼此不说一句话。"② 齐美尔认为,在现代性都市社会中,即使一个具有纯粹审美态度的个体也会对现代生活深感绝望,因为个体的内在精神生活跟不上外在物质文化的发展,总与现代生活格格不入。在本雅明看来,齐美尔对现代

---

① T. W. Adorno, "On Popular Music", *Cultural Theory and Popular Culture: A Reader*, 1998, p. 206.
② [德]齐美尔:《社会学》,本雅明《巴黎,19世纪的首都》,刘北成译,商务印书馆2013年版,第101页。

第五章　现代性都市景观

性的都市风格做了相当中肯的概括,他同齐美尔一样,也认为现代人缺乏内在精神的丰富性,总是神经质紧张兮兮地生活在大城市中,并期待个体灵魂的救赎。

可以说,本雅明间接认同了齐美尔的现代性都市观点,认为现代性都市所营造的新环境并不能令人愉快。在本雅明看来,在现代大城市中,个人的精神生活会因为现代日常生活表面和内心印象的接连不断地迅速变化而引起持续的紧张。因此,一方面,个体时刻在遭遇现代社会生活的各种压力;另一方面,个体又力求从日常生活的压力中解脱出来,这也正如齐美尔所言:"现代生活最深刻的问题的根源是个人要求保持其存在的独立性和个性,反对社会的、历史习惯的、生活的外部文化和技术的干预,反对完成改变原始人为了自身的生存所必须进行的那种自然斗争。"① 对此,刘小枫在分析齐美尔时展开了精辟分析。"现代人在追求种种伪造的理想:在这些名目繁多的理想中,生活的所有实质内容变得越来越形式化地空洞,越来越没有个体灵魂的痕印,生命质地越来越稀薄,人的自我却把根本不再是个体生命感觉的东西当作自己灵魂无可置疑的财富。"② 在刘小枫看来,现代人的日常生活慢慢变得机械和千篇一律,日常生活也日益丧失了个体的内在精神性。在现代都市生存中,技术取代了个体的生命感觉,把个体的灵魂气息也从日常生活中驱逐了。

---

① [德]齐美尔:《桥与门》,涯鸿等译,上海三联书店1991年版,第258页。
② [德]齐美尔:《金钱、性别、现代生活风格》,顾仁明译,学林出版社2000年版,第14页。

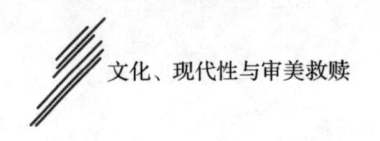

第二节　商品化都市

现代性大都市，既是货币经济的时代，也是货币经济下的商品时代，个体生活周围到处都充溢着商品。对于商品的描述，齐美尔并没有进行详细的剖析，而只是对商品特征、劳动分工给个体所带来的伤害以及展览会上的商品给个体带来的短暂休憩展开了批判。在齐美尔的眼中，商品与货币都是现代性都市生活中的重要表征，都具有现代性审美价值。而且，在齐美尔看来，劳动分工造成了个体精神的单向发展，个体在工作中遭到压抑，这使得个体生产出来的商品与生产主体分离，主观与客观世界呈现出不和谐的发展面貌。在消费盛行的都市生活中，货币使个体对事物的认识发生了变化，他们不是将货币看成一种手段或工具，而是把它看成了人生的终极目的。齐美尔通过柏林贸易展来观察商品，分析商品，目的是通过展示来进行批判。对于货币，齐美尔不仅对其进行经济、物质的分析，更重要的是从文化社会的意义进行分析，文化社会中的意义体现了齐美尔对货币经济给都市生活与个体精神造成伤害的批判。

一　都市与商品生产

货币经济的发展主要是资本的运作与商品的生产。在商品的生产与消费中，齐美尔认为劳动分工在这一过程中占有重要的地位。在生产方面，产品是以牺牲生产者的发展为代价完成，劳动分工迫使个体从事一些简单的、片面化的工作，这对于个体的身心发展毫无价值。

第五章 现代性都市景观

个体固定在一个职业上,每天重复相同的事,并不需要个体太多的创造性思维,这种发展切断了与个体精神核心的关系。齐美尔认为,劳动分工导致了主客观文化的分歧,他是从以下几个方面展开的。

首先,生产者与产品的分离,一个产品是由多个生产者生产的,这就割裂了商品生产者与商品的关系,更确切地来说,商品与生产者的关系越来越模糊、客观化了。在产品中,我们已经看不到生产者的创造性精神实质,它只是由多个人分散式地完成的,这样所生产出来的商品并不具有"完整性"与"自我性"。齐美尔感叹道:"由于专门化生产的产品的片断式的特点,它缺乏精神性的特征,而是在完全由单个人完成的劳动产品中却很容易看到这种精神性的特征。"[1] 专门化生产迫使生产者与产品的分离,这种分离并不是完全意义上的毫无关系,而是指产品没有一个固定的生产者,对于一个产品的众多生产者,他们每个人只需要负责一个专门的项目,他们不能够完全地发挥自己的创造性精神,因而专门化下的产品常常会出现精神性缺乏的问题。尤其是对于艺术而言,在商品的生产阶段,在资本主义经济的控制下,社会运行机制发生了重大的改变,劳动分工与专业化取代了定制生产方式,一个商品经过了很多人之手,商品的生产过程已经将商品与生产者分离开了,尤其是艺术品。在齐美尔眼中,艺术品经过劳动分工,已经看不出艺术作品原创者的灵韵了,这对艺术来说是一个很大的损失。

从商品的生产来源来看,齐美尔批判了生产领域的劳动分工与专业化,认为其使工人的存在形式与工人本身都得不到全面的发展,造成了商品与个体的分离,尤其是对艺术作品。在齐美尔的眼里,艺术

---

[1] [德]齐美尔:《货币哲学》,陈戎女等译,华夏出版社 2003 年版,第 368 页。

作品是"最完美自主的统一体,自足的整体"。由于劳动分工和专门化,艺术作品并不是由一个人来独立完成,致使艺术品与制作者的主观精神并不一致。因此,齐美尔认为,对劳动分工的彻底摒弃,既是作品的自主整体性和精神统一性相连的原因,又是其标志。劳动分工是造成主体与客体分离的根本原因。由于越来越多的专门化,致使工人的存在形式及其产品都不能充分发展,就完全导致了生产者和产品的分离。产品的意义不是来源于生产者的思维,而在于它与不同源的产品的关系。因为这种产品片段性的特征,产品缺乏精神确定性,在单个人劳动生产的产品中很容易就能发现这个。"劳动分工——在广义上也包括生产分工、劳动过程的分化和专门化——割裂了劳动者同其所生产的产品的联系,赋予了产品客观的独立性。"① 它使生产者与产品的关系并不是那么的密切,生产者因为生产的专业化促使其在工作中片面地发展,同时生产出来的产品其精神也在丧失。

其次,工人与生产资料的分离也是劳动分工的一种,现代工业的迅速发展,资本家的主要作用是组织、获得、分配生产资料,这些生产资料对于工人而言是客观的,因此,工人与生产资料在逐渐分化。工业生产的发展,已经打破了定制生产方式,越来越多的资本聚集在资本家的手中,他们运用自己的资本购买生产资料,并且雇用大量的劳动力为自己工作,这就促成了专门化生产方式。在这一过程中,生产资料与工人是分离的,于是,劳动力也成了一种商品。资本家利用生产资料、劳动力进行再生产,它们独自成为一个客体,形成了分化的过程,个体的劳动已经属于资本家,而个体得到的是金钱。因此,"劳动成为商品的过程只不过是影响深远的分化过程的一个方面,个性

---

① [德]齐美尔:《货币哲学》,陈戎女等译,华夏出版社2003年版,第370页。

的各种具体内容在分化过程中被分裂开,使它们成为具有独立规定性和动力的客体,和个性形成对比"①。劳动力成为商品,也意味着主客观文化的分离,个体的劳动已为资本家所服务,它更多的是获得货币的占有。

从消费领域来看,劳动分工也衍生了一种反向服务的现象。齐美尔认为,在早期的社会中,社会结构是较低层阶级服务于上层阶级,个体的生存形式不是由个人的劳动而是由金钱决定的。而如今的生存结构完全颠覆了,一些资本家为了获得更多的利益,就必须雇用一些较高层次的技术人员为他们服务;另一方面,资本家为了获得更多的经济效益,必须把自己的产品出售给大众,满足大众的需求。对于消费者而言,劳动分工迫使生产者与产品的分离,那么产品的主观色彩在逐渐消失,产品与特定的个体已经没有多大关系,它变成了客观的"给定物",消费者只能从外部接近商品。在此过程中,消费者与生产者的距离变得客观化了,二者都看不到对方,其关系更多地表现在金钱的冷漠性、匿名性和客观性上。

齐美尔极为关注劳动分工所造成的主客观文化的分化,或者更确切地说是客观文化对主观文化的压制。劳动分工将生产者与产品分化,劳动力商品化使得客观文化越来越普遍化。"精密复杂的劳动分工给单个产品灌注了众多生产者的能量,所以被视为统一体的产品和单独的个体一比较就注定在各个不同的方面都超出了个体。"② 客观产品集合了众多人的品质,其质量应该被认为是非常好的,但是恰恰因为产品本身的丰富性,却使产品看不到个人的影子,其产品中缺少单个的灵魂。多个生产者参与产品的制作,此时生产资料对于多个参与者来讲

---

① [德]齐美尔:《货币哲学》,陈戎女等译,华夏出版社2003年版,第370页。
② 同上书,第377页。

是客观的，他们并不能将生产资料视为主观精神化，在此过程中，也表现了客观文化对主观文化的超越。鲍德认为，在齐美尔那里，空间化必须置于主观文化与客观文化的冲突语境中才能被理解。空间既是资本主义的日益扩张所带来的生活便利的一种体现，同时也是主观文化的一部分，这主要体现于个体对客观文化的抵抗与参与中。① 可以说，对齐美尔而言，现代性的空间概念意味着一种独特的方法论意义上的空间形式，它并不是适应于现代社会研究的分析体系，而是对社会的一种回应和态度。

本雅明在《机械复制时代的艺术》中，批判了机械复制导致现代艺术品的灵韵丧失。批量生产代替定制生产，复制品与艺术家完全分离，以致生产出来的东西并没有更好地反映艺术家的思想灵韵，艺术品的主观灵韵在丧失，大量的机械复制取代了商品的独一无二性。"机械复制的艺术品所处的境况不会触及实际的艺术作品，然而它存在的特质总是被降低。这不仅对于艺术作品来说是这样，而且对观众面前银幕上闪过的风景来说也是如此。""就艺术客体来说是这样，一个很敏感的核心问题——艺术客体的原真性——要受到影响，尽管在这个核心问题上，没有自然物会如此容易受到损害。"② 机械复制时代的艺术作品，在进行大批量复制的时候，其原真性消失了，也即艺术家在创作艺术作品当时的那种时间性与空间性的消失。在这里，本雅明与齐美尔的观点是一致的，他们都批判了现代复制技术与劳动分工，认为这给商品的精神性实质带来的损害也造成了个体发展的异化。

现代科学技术的迅速发展使社会生活走上了机械复制的道路，而

---

① I. Borde, "Space beyond: spatiality and the city in the writings of GeorgSimmel", *The Journal of Architecture*, Vol. 2, 1997, p. 314.
② ［德］本雅明：《技术复制时代的艺术作品》，胡不适译，浙江文艺出版社2005年版，第5页。

商品作为现代性社会的一部分,也深受机械复制技术的影响。齐美尔对定制生产与批量生产两种方式进行了分析,批判了批量生产造成艺术品主观灵韵的消失。因为"劳动分工破坏了定制服务——如果只是因为消费者可以与一个生产者而不是一群不同的劳动者签订协议——与消费者有关的产品的主观性就会消失,因为现在商品的生产与他没有关系"。在齐美尔眼中,机械复制的发展使批量生产占主要的位置,商品的消费者与生产者分离,他们已经不能领会生产者的精神实质。这种主体与客体的分离造成了整个都市文化的不和谐发展和个体精神的全面异化。

齐美尔与本雅明对劳动分工的认识有着相似之处,齐美尔认为,劳动分工造成了生产者与产品的分离,众多生产者参与产品的制作,已经使商品完整的独立性消失,也就意味着产品已经失去了灵魂。齐美尔特别提到了艺术品,因为艺术创作与个人有着独特的联系,而劳动分工破坏了艺术的完整性,这种艺术品在齐美尔看来是缺乏灵魂的。本雅明也看到,从严格意义上来说,艺术作品中的劳动分工与批量生产所产出的产品或复制品并不能称为艺术作品,因为经过以上的过程,艺术作品的"本真性"丧失了。从这个方面来说,齐美尔与本雅明的观点是不谋而合的。而且,他们也都看到了劳动分工下的艺术作品与生产者的逐渐分化,在此背景下的艺术作品已经无法体现艺术创造者的身份和个性。虽然齐美尔与本雅明对劳动分工导致艺术品的灵魂和个性消失的观点相似,但是齐美尔比较侧重劳动分工所导致的人与人之间的关系变得冷漠,关注劳动分工给个体精神所带来的伤害,而本雅明则注重劳动分工及复制技术使艺术作品"本真性"的丧失。

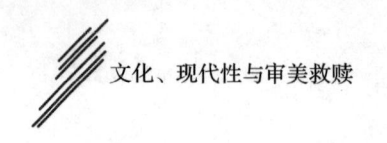

二 都市与商品博览会

齐美尔在1903年发表的《大都市与精神生活》里,认为现代性文化首先反映在都市经验中,在这种都市经验中,个体及其周遭的对象世界作为经过高度中介的关系出现。德兰蒂认为,齐美尔的文本体现了一种消费而不是生产的社会分析视角,"因为现代个体更可能是一个消费者而不是生产者——现代都市生活所产生的社会角色不可能全部被归入工作世界"[①]。而弗里斯比也发现,"克拉考尔的方法,并不能仅仅理解为对城市意象的表征,而是由施勒特尔所称的对社会现实的'总体性渴求'所激发出来的一种批判方法"[②]。

克拉考尔也将现代都市生活视为碎片,他凭借敏锐的感觉,如同齐美尔一样去寻找现代性都市生存中偶然生成的碎片,然后去挖掘碎片中所隐藏的意义,并以此来展示现代性的都市特征。在克拉考尔的视野中,现代都市生活均成了他眼中的碎片性存在,"克拉考尔所要寻求的,正是这些被遗忘的、失去的、遭受压制的人性痕迹。这些散失的经验的碎片,并不是唾手可得的。只有通过不断的搜寻,将那些破碎的拼合起来,它们才会重现原貌"[③]。克拉考尔受到过社会学和建筑学的严格训练,正是基于对都市碎片的挖掘,克拉考尔以建筑实践展示了现代性都市意象的表征。韦德勒认为,在克拉考尔那里,"空间意味着权力,同时也是一个表示社会疏远的象征。在1919年所写的论文中,克拉考尔比较了他自己与齐美尔关于空间的分析。在其随后的作品中,克拉考尔借助齐美尔的社会学,描述了现实生活中的诸种空间

---

① [英]德兰蒂:《现代性与后现代性:知识、权力和自我》,李瑞华译,商务印书馆2012年版,第44页。
② [英]弗里斯比:《现代性的碎片》,卢晖临等译,商务印书馆2003年版,第181页。
③ 同上书第179页。

形态。酒店大学成为他另一篇文章的重点,同时他还描述了咖啡馆和音乐厅,描述了白领与沮丧的同行在失业前后的变化,讨论了林荫大道,等等。①

克拉考尔曾这样描述柏林都市中的个体生存体验。

> 这个城市似乎掌握了抹杀所有记忆的魔法。它是现今(present-day),而且把"保持绝对的现今"放在名誉攸关的显要位置。无论谁停留在柏林,也无论他停留多久,最终都简直弄不清楚它到底是从哪里来的。它的存在不像一条直线,而是一系列的点;它每天都是新的,就像报纸,一旦过期了,就被丢在一边。我还没听说其他城市能这么迅速地摆脱刚刚发生的事物。在其他地方,广场、公司名号和企业的意象,毫无疑问,也在改变着自身;但只有在柏林,过去发生的转变是如此狂猛地被从记忆中剥离。很多人正是把这种从一个标题转向另一个标题的生活,体验为兴奋;这部分是因为,就在那些他们先前的存在消失的那一瞬间,他们获得了收益,还部分因为,当他们纯粹生活在当下时,他们相信自己多活了一次。②

克拉考尔谈到了城市生活的快节奏特征,在他看来,城市永远关注的是当下的一瞬间,永远也不会停留在现在,而是永远不断地更新与发生变化。或者说,永恒只是城市生活系列中的一个点。弗里斯比认为,"克拉考尔对现代性体验模式的转换的关注,相当明显地体现在他对大都市生活、电影和无线电等新媒体以及大众装饰的出现的研究

---

① A. Vidler, "Agoraphobia: Spatial Estrangement in Georg Simmel and Siegfried Kracauer", *New German Critique*, No. 54, Special Issue on Siegfried Kracauer, Autumn, 1991, p. 43.
② [德]克拉考尔:《重复》,弗里斯比:《现代性的碎片》,卢晖临等译,商务印书馆 2003 年版,第 188 页。

中，而所有这些研究，要以作者本身所持有的特定立场为前提。……通过对都市生活和文化的分析，克拉考尔表现出了对魏玛共和国的现代性的日益加深的批判性介入"①。可以说，克拉考尔所关注的是大都市生活中对新异的追求，以及大都市生活中时间意识的流逝和空间意识的更替。

如前所述，在货币经济日益成熟的现代都市，劳动分工迫使个体的个性在社会中不能更好地发挥，个体处于一个单调的角色，其发展受到了限制，这种境况下的个体，希望能够转移自身的注意力，将压力释放。齐美尔认为，"异质印象的压力逐渐增长，刺激的变化越来越快速多样，在此之中的消费与享乐看上去似乎能够弥补现代人在劳动分工中片面与单调的角色"②。劳动分工下的个体每天重复相同的事，同时它也不需要个体更多的创造性精神，在此过程中，个体的人生价值得不到体现，个体的精神呈现出来的更多是无聊与枯燥。因此，现代个体将视角投向了商品世界，希望在都市的商品化生存中寻求娱乐与刺激，以此来实现自己的价值。

齐美尔对商品世界的分析，主要集中在他的《柏林贸易展》一文中。柏林贸易展是一个商品的聚集之地，世界各地的商品在这里会合，各种商品对于消费者来说，都是一种新奇的事物。这些新奇的商品能够瞬间吸引他们的眼球，激起他们的好奇心，让他们暂时忘记自我单调的社会角色，以达到娱乐的效果。现代工业社会的高速发展使劳动分工越来越细化，人的发展也越来越片面化。在齐美尔的眼中，琳琅满目的商品以娱乐的形式出现在消费者的面前，娱乐是唯一富有多彩性的因素。柏林贸易展将世界各地的新奇商品聚集于此，商品的丰富

---

① ［英］弗里斯比：《现代性的碎片》，卢晖临等译，商务印书馆2003年版，第212页。
② ［德］齐美尔：《时尚的哲学》，费勇等译，文化艺术出版社2001年版，第139页。

第五章 现代性都市景观

性与多样性很好地吸引了消费者的注意力。"迥然相异的工业产品十分亲近地聚集到一起,这种方式使感官都瘫痪了——在一种确凿无疑的催眠状态中,只有一个信息得以进入人的意识:人只是来这里取悦自身的。"① 齐美尔认为,柏林贸易展上的商品聚集在一起,许多新奇的商品与我们擦肩而过,它们能够给我们一种贮藏了诸多惊喜与趣味性的印象。个体在观赏博览会上的新奇商品,能够产生全新的心理感受。他们通过付费的方式来获得娱乐,进而忘记自己在工作中所担负的单色调角色。

如果说,琳琅满目的商品对于消费者来说起到了娱乐的功效,那么,展览会利用每走几步就需要付费的展览方式,更能将一个人的好奇心不断激发出来。因为"作出小牺牲使一个人得以无拘束地获得满足的方式,比收取高额入场费使人们可以畅通无阻地前往各个展区,并因此使得这种持续不断的小型刺激无从发生的方式,更为有效地实现了向消遣主题的回归"②。齐美尔认为,这种每到一个展区就付费的方式能够持续地刺激个体的神经,使个体暂时处于一种兴奋状态,从而忘记自己生活和工作所产生的不满,让消费者回到娱乐和消遣的主题和感受上来。这种消遣的方式通过商品的新奇特性来刺激观赏者的眼球,从而使个体的精神产生震撼感,获得审美感受,这也是商品的新奇魅力之所在。

柏林贸易展的审美价值和另一种魅力在于可以让消费者在其中享受都市的审美过程。齐美尔认为,在物质丰裕的社会,同一商品的使用价值是恒定不变的,商家仅从商品的实用价值出发,并不能有效地吸引消费者。因此,商家开始利用视觉感官影像来冲击消费者的神经。

---

① [德]齐美尔:《时尚的哲学》,费勇等译,文化艺术出版社2001年版,第138页。
② 同上书,第139页。

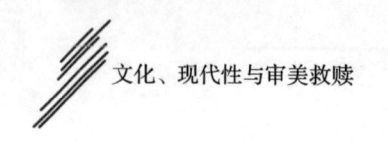

在齐美尔对柏林贸易展中商品审美价值的描述中,商品通过橱窗展示与外形包装两种方式来刺激消费者的感官神经。在齐美尔看来,柏林贸易展赋予了商品超出其使用价值的迷人视觉外表,商家通过商品的外在视觉吸引力及借助商品的布置形式来刺激和引导购买者的兴趣。展览会试图通过视觉的外在包装与物品实用功能的新的合成,来将商品的使用价值与审美价值最大限度地发挥到极致。这也在某种程度上说明齐美尔对柏林贸易展上商品的分析,是从商品娱乐与消遣的社会功能出发来吸引消费者的,这也从另一个维度批判了现代都市中劳动分工造成的现代性的片面发展。

对于展览会上的商品,齐美尔把其作用归结为娱乐与刺激,并没有强调商品的实用性,他认为,此时的商品给人更多的是一种展示性,其实用性已退为其次。在其《柏林贸易展》中,世界展览会是消遣的意义以一种普遍的衡量者的面目出现。劳动分工造成个体的片面发展,为了打破这种单调、平淡的社会生活,个体在社会生活中不断追求新鲜与刺激。世界展览会有来自世界各国的商品,对消费者来说,它是具有一定的新鲜感,能够给消费者的感官带来一定的刺激。消费者到这里来消遣的意识,就已经淡化了对商品实质的接触,他们忽视了商品的使用价值,而仅仅沉浸在已安排好的商品娱乐之中。

与齐美尔一样,阿多诺也对商品的功能展开了分析。在他看来,在发达资本主义工业社会,使用价值被交换价值所取代,而这种交换价值在某种意义上只具有交换价值的身份。可以看出,阿多诺看到了在资本主义社会中,商品的使用价值已经被无形地隐藏了,消费者看到的商品是以交换价值的形式出现的,他们走向了一个虚幻的世界。阿多诺提到,喜欢购物的妇女沉醉在自己的购买行为当中,喜欢那种消费的感觉,而对购买的商品并不感兴趣;在看音乐会时,消费者可能崇拜的并不是音乐,而是门票的价钱。这些商品的假象与错觉使个体忽视了商品的物质性意义,也导致了现代都市人独特的商品生存体验。

在本雅明那里,现代人的大城市生存体验也是其贯串其文本的主旨。对博览会上的商品的分析,齐美尔在他的文本中有不少论述,而这也是本雅明"拱廊街计划"所着力探讨的主题。本雅明对商品的研究也与19世纪都市文化中的消遣和娱乐有关。本雅明的"拱廊街计划"中出现频率最高的词是"闲逛"。"闲逛"是一种空泛而毫无目的的生活方式,闲逛者游走在拱廊街上,体验那些装潢富丽的商品给他们带来的精神享受,这同样也是一种娱乐与消遣的方式。这也正如弗里斯比所言,"世界展览颂扬商品的交换价值。它们创造了一种使商品的使用价值退居后台的局面。它们打开一个因娱乐消遣而步入的幽幻世界。这种娱乐业通过它们提高到商品的水平而使人们更容易满足"[①]。在商品领域里,闲荡者既不是创造者,也不是使用者,他们是资本主义现代文化的消费者,是资本主义商品的交换价值取代使用价值的早期形式。在这里,商品具有了移情价值,闲逛者来这里享受商品的娱乐与消遣价值,他们并不购买商品。本雅明在《波德莱尔》中也写到了19世纪后半叶的世界博览会,他把它看成"商品拜物教的圣所"。在世界博览会上,消费者远离了消费,而是要去理解商品的交往价值和符号价值。在本雅明看来,博览会颂扬商品的交换价值,并使商品的使用价值退居到台后。

在"拱廊街计划"中,拱廊街在本雅明的眼中是整个巴黎城市的缩影。本雅明发现,拱廊街上那些从上而下的灯光通道的两边非常有

---

① [英]弗里斯比:《现代性的碎片》,卢晖临等译,商务印书馆2003年版,第338—339页。

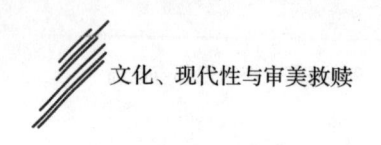

序地排列着雅致的商店。灯光和商店把拱廊街打造成了一座城市，或者说打造成了一个微型的梦幻世界。在这里，各种商品被放置于精心装饰的橱窗中，使消费者在这里感受的不只是商品这一物质，而是一种服务和精神享受。这像齐美尔在《柏林贸易展》中对商品的描述一样，人们到商品世界消费的不是商品，而是一种精神享受，他们来这里只是"取悦自身"。正是基于此，本雅明对商品的批判体现在商品拜物教的批判上，本雅明重新解释和发展了马克思《资本论》中的商品拜物教内涵，在生活中不断揭露商品生产和流通的奥秘，从而达到批判的目的。

本雅明与齐美尔都对现代性都市有独特的敏感性与洞察力，他们都喜欢攫取生活中的一个断片，商品博览会正是他们对都市生活观察的一个断片。可以说，本雅明对商品博览会的分析是对齐美尔的一种继承与发展。首先，齐美尔将商品博览会的发展归结于货币经济下的劳动分工，劳动分工迫使个体在都市生活中受到压抑，于是商品博览会更多地成了个体逃避自己在都市生活中单调角色的一种方式。本雅明与齐美尔相呼应，他在拱廊街上看到的那些流浪者和闲逛者把拱廊街作为他们的栖息之地，本雅明同样认为是都市生活的劳动分工导致了个体新的精神生活体验。其次，对于商品博览会为什么能够成为个体的一种精神释放方式，齐美尔与本雅明的观点有着一致性。他们都认为商品的新奇特征是能够吸引精神消极的个体。单调、无聊的都市生活使个体的主体精神性逐渐丧失，此时，需要娱乐、新奇的物质来刺激个体的神经，排解个体的抑郁。阿多诺对音乐会的分析可以佐证这一点。阿多诺的观点与齐美尔对博览会上商品的本质认识也有共通之处。齐美尔眼中，个体在观赏博览会时，往往忽视商品的实质性，而更多地重视商品的娱乐与刺激性；阿多诺分析音乐会，认为个体通过付费的方式获得一种服务的满足感，而不是对音乐会的真正的享受。可以说，在现代性都市的影响下，他们都看到了个体精神的异化，即个体开始不再着重关注物质本身，而是通过商品付费的方式，注重物质外在的娱乐性与刺激性。

虽然如此，齐美尔与法兰克福学派对博览会的分析也有不同之处。齐美尔对商品博览会的分析，主要是从个体的精神层面出发，着重分析博览会对个体心理产生的影响。他分析了使个体热衷于观赏博览会的原因，博览会是怎样吸引个体的眼球，使个体回归娱乐消遣的。对博览会整个过程的分析，齐美尔都是从个体的内心方面着手，来感受个体生命的存在感，从而达到他对现代性都市的批判目的。而法兰克福学派强调了商品给个体的精神所带来的伤害，批判了在发达工业下物质产品对个性的控制与奴役。他们把批判的矛头直接指向发达工业社会的发展。在他们看来，在发达资本主义工业社会，都市生活中的人与物的关系出现了异化。齐美尔善于从都市生活中提取各种碎片，通过对碎片的剖析来批判货币经济和商业化都市对个体精神生活的残害；而法兰克福学派虽然也认为个体精神异化源于发达工业中的文化异化，但他们主要强调的是对发达工业的批判，并不是像齐美尔一样着重关注现代人个体内在精神生活。

在文化工业社会下，商品拜物教、消费物质化、符号化的幻象充溢着整个都市，法兰克福学派批判了文化工业对个体所造成的伤害。法兰克福学派与齐美尔的现代性都市批判理论有很多相似之处，可以说是对齐美尔理论的继承与发展。

文化、现代性与审美救赎

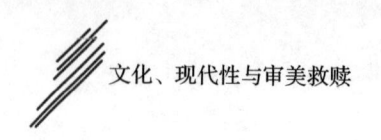

第三节 时尚化都市

时尚是与西方社会的现代性相伴而生的社会文化现象，为我们解剖现代性的质态提供了一个重要的切入点。齐美尔从个体的心理需求出发，分析了时尚的产生、特性及社会功能，并对时尚的审美现代性特征展开了剖析。齐美尔批判了现代人盲目追求时尚的趋势，并将之与现代性都市批判的主题联系起来，这对法兰克福学派也产生了很大影响。

一 时尚的生产机制

时尚是现代性都市生活中的一种风格趋势，是人们对超越生存状态的一种需求。"只有每种内部的力量超越它外在的表现方式向外发展时，生命才能获得会提高它部分真实性的无尽可能性。"[①] 齐美尔将对时尚的追求看成人们生命感觉中的一种心理需求，他细腻地察觉到了都市精神生活的变化，并将时尚视为对现存生活方式的一种突破与超越。齐美尔从社会学、心理学、哲学的角度，分析了时尚这一断片式都市现象的发展原因、特征及本质，从而达到对现代性都市的批判。

齐美尔写道："时尚是既定模式的模仿，它满足了社会调适的需要；它把个人引向每个人都在行进的道路，它提供一种把个人行为变成样板的普遍性规则。"[②] 在这里，齐美尔把握了模仿这一重要的社会

[①] ［德］齐美尔：《时尚的哲学》，费勇等译，文化艺术出版社2001年版，第70页。
[②] 同上书，第72页。

第五章 现代性都市景观

行为和个体心理特征。在齐美尔看来,模仿将一种社会行为聚合到一起,创造了流行,也就是时尚的产生。而且,模仿促进了时尚的产生,当模仿的行为超过某一限度的时候,它也导致了时尚的消失。现代大都市各种社会生活转瞬即逝,时尚也必须通过不断地创新与变化来保持自己的生命力。因此,创新也是时尚获得新生的又一重要的社会行为。

在齐美尔看来,"模仿首先为我们提供了某种适当的力量考验的刺激,但是这种力量的考验并不要求很高的个人的创造性努力,而是由于其内容的既定性,能轻而易举地顺利启动。……在模仿里,群体承载着单一个人,它干脆把它的行为举止的各种形式遗传给他,这样就使他免于自己选择的痛苦和免于个人承担选择的责任"[①]。在齐美尔的分析中,可以看出模仿的特性对时尚的产生具有不可缺少的作用。其一,模仿的简易性为时尚的产生与流行创造了条件,因为能够称其为时尚的东西,必须有多数人对某一行为进行模仿进而流行起来。在齐美尔眼中,模仿是一种简单的社会行为,只是对某一行为的盲目崇拜和简单复制,不需要有很高的创造力,也正是因为时尚的简易性为时尚的流行创造了条件。其二,模仿是对一种力量的聚合,"群体承载个体",能够对个体的生存起到保护的作用。齐美尔认为,模仿也是一种个体逃避都市生存中的压力的主要方式,有了群体作为依托,个体就有了身份认同感与生活安全感。齐美尔对模仿的分析是把其作为心理行为与社会行为的结合展开的。他对模仿的认识首先将其视为一种"心理遗传",这种心理能够维护社会日常生活中的一些对立性因素。从个体的内心精神上来说,个体通过模仿来达到抵御外部的压力,获

[①] [德]齐美尔:《社会是如何可能的》,林荣远译,广西师范大学出版社 2002 年版,第 148 页。

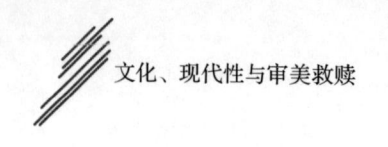

得内心的自我保护或安慰。

在齐美尔眼中，模仿只是对现存状态的保持与维护，它并不要求很高的个人创造力，因为模仿的对象是既定的，所以它很容易实现。模仿在发展到一定程度时，就变成了流行。时尚是对既定的事物的模仿，时尚需要被大众所认同和跟随，它以其自身的新奇与独特性不断吸引着大众。"不论何时当我们模仿，我们不仅仅放弃了对创造性活动的要求，而且也放弃了对我们自己以及其他人的行为的责任。这样，个体就不需要做出什么选择，只是群体的创造物，以及社会内容的容器。"① 齐美尔把模仿看作一种社会形式，它是对现存生活状态的维护，因而也只是社会生活的复制品。此外，从个体的心理出发，模仿是个体被迫接受社会潮流的一种社会行为，也是个体的自我保护行为。可以说，齐美尔眼中的模仿是与生俱来的，个体希望自己在模仿的过程中不断得到提升，找到自己在都市的位置，以寻求一种社会认同。而且，个体通过模仿的方式从而获得该群体的认同，以达到保护自我的目的。通过模仿而处于某个群体的个体，他不需要为自己的行为而付出代价，因为群体承载着个人的责任。

齐美尔认为，时尚的发展过程中有一个"临界点"，一旦时尚超过这个"临界点"，时尚就开始走下坡路，那么必须寻求创新。一种时尚的发展首先要求它必须是新的（至少在形式上是新的），才会为社会所接受。齐美尔认为时尚首先体现为阶级的时尚，时尚是为了区分身份，是上层阶级区别于下层阶级的手段和方式。因此，时尚需要不断地创新来保持其活力，于是创新成了时尚产生的又一重要动力。创新在一般情况下是符合现代个体的审美意识与道德规范的，但齐美

---

① ［德］齐美尔：《时尚的哲学》，费勇等译，文化艺术出版社2001年版，第71页。

第五章　现代性都市景观

尔认为,在时尚中出现了一种"反时尚"的现象。这种"反时尚"现象也可以是一种创新,可以成为新的时尚。在都市社会中,有的个体走另外一种极端路线,他们以怪诞的或时尚的对立方式表达自己的个性,如人对社会的样板表示全然的否定来表现自己走在时尚的前列。但是不管是怎样的创新,在齐美尔的眼里,时尚是永恒的轮回,在时尚的过程中,改变的只是事物的具体事实或形式。

法兰克福学派对模仿的分析并未从心理学的角度出发,而是从技术时代的机械复制这一行为出发的。法兰克福学派对复制这一概念的发展,也是以模仿为核心要素。在阿多诺眼中,模仿是对事物的再生产,是一种趋同,模仿不仅是对事物的模仿,也是模仿的模仿。由于资本主义社会中的模仿,使得事物变得流行,从而导致标准化的形成。阿多诺在分析流行音乐时指出,"流行音乐的音乐标准最初是在竞争的过程中发展起来的,当一首独特的歌曲获得巨大的成功之后,成百上千的其他歌曲便争相效仿。最成功的技巧、类型、音乐元素之间的'比例搭配'都成了模仿的对象,直到具体化为某种标准为止"[1]。阿多诺是从资本主义追求经济利益的过程来分析模仿的,这种模仿受经济利益的驱使,可以说更加具体化了齐美尔的模仿理论。而且,阿多诺是从模仿造成音乐标准化这一后果,认为音乐技巧、类型、音乐元素之间的模仿是对现存音乐的跟随,而这与齐美尔的模仿有着本质的相同性。

此外,本雅明的《机械复制时代的艺术》中称:"艺术作品原则上从来就是可复制的。凡是人做的事情,总可以被模仿。在艺术中,学生为了练习,进行这种模仿,匠人为了传播作品,进行这种模仿,

---

[1] 赵勇:《整合与颠覆:大众文化的辩证法——法兰克福学派的大众文化理论》,北京大学出版社2005年版,第61页。

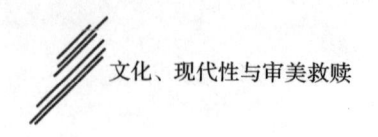

最终还有牟取暴利的第三者。"① 在本雅明眼中，模仿是普遍存在的，它与复制有着本质的相似性。一件艺术作品的成功使现代人都想拥有，但在传统社会中，艺术品的存在是独一无二的，而在技术时代，机械复制技术满足了大众的这一需求。商家不断地模仿复制，使艺术作品大批量地生产，在复制的过程中，艺术作品的灵韵消失了。基于此，本雅明对模仿或复制行为造成了艺术作品灵韵的丧失展开了反思和批判。

法兰克福学派对齐美尔时尚模仿理论的延续，首先体现在两者都重视模仿的个体心理因素。齐美尔认为，个体对时尚的模仿是因为时尚有其独特性，个体模仿时尚是为了追随潮流，或者为了体现某种身份或价值。同时在时尚上，也能让现代个体产生某种依赖感。法兰克福学派的模仿，主要是指技术与语境下艺术作品的机械复制。因为艺术作品具有原创性和独一无二性，个体想要收藏艺术作品，于是出现了利用技术进行批量生产的大量复制品。其次，他们眼中的模仿和复制都只是一种简单的社会行为，并不具有多少创造性。模仿在齐美尔眼中是一种简单的社会行为，它使得更多的下层阶级去模仿上层阶级，从而实现对自我身份的认同；在发达资本主义工业时代，机械生产已经取代手工劳动，现代都市生活中的大量复制变得普遍化了，而机械的大量复制促使艺术作品的灵韵消失了。最后，他们对于创新都有着共同的认知，即认为时尚和机械复制中的创新实际上是一种伪创新，不管是音乐还是流行时尚，它们的不断更新只是形式上的变换，并没有真正改变其实质内涵，在齐美尔和法兰克福学派看来，创新都是事物新一轮开始的动力与必然要求。

---

① 薛毅:《西方都市文化读本》（第一卷），广西师范大学出版社2008年版，第131页。

事实上，齐美尔眼中的模仿与创新，是因为个体在货币经济生活中感受到的无聊与无所适从，而时尚作为一种潮流，能够给个体带来新鲜、刺激与一定的安全感，因而个体在追求时尚的过程中是积极模仿的；而法兰克福学派眼中的机械复制，是发达资本主义工业社会中科学技术的快速发展使然。这种复制也是资本家为了自身的利益因而进行大量复制来满足大众的需求，或者说这种需求是资本家强加于大众的。在齐美尔看来，模仿是一种趋同的简单的社会行为，同时它也是个体的心理活动，他眼中的复制更多的是个体对上层阶级的盲目追逐与趋同，并没有更深层的含义；而法兰克福学派学者的复制概念，具有更多的抽象性，其中内隐着对发达资本主义工业社会技术文明的反思与批判。

二 时尚的现代性表征

在齐美尔关于时尚的论述中，时尚起源于社会的等级化体制：一部分精英人士率先采用了有特色的时尚风格，下层阶级为了竞争精英阶级的社会地位，也逐渐采用那种有特色的时尚风格，时尚就从上层滴入下层。在齐美尔的眼中，"时尚总是阶级的时尚，较高阶层的时尚有别于较低阶层的时尚，而且在较高阶层的时尚被放弃的时刻，正是较低阶层把它学会掌握的时刻"[1]。上层阶级通过时尚把自己与底层大众区分开来，而社会底层为了实现向上层社会的靠近，会模仿较高阶层的时尚，而一旦一种时尚在全社会流行开来，社会上层阶级就会抛弃过去的时尚，转而制造新的时尚。在齐美尔看来，因为上层社会需要与下层社会相区别，才会产生时尚。"任何时尚按其本质都是阶级的

---

[1] ［德］齐美尔：《社会是如何可能的》，林荣远译，广西师范大学出版社2002年版，第150页。

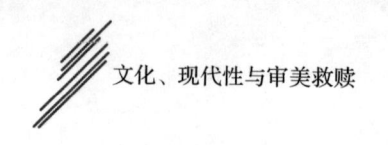

时尚,也就是说,它每一次都表示一个社会阶层,这个社会阶层通过它的现象的相同,既对内统一联合在一起,也对外对其他等级闭关自守。"①

从上层阶级滴入下层阶级的时尚论的主要成因是什么呢?在齐美尔看来,上层阶级有着自己独特的品位;而下层阶级相对于上层阶级而言没有更多的创造力。首先,时尚的发展需要不断地创新,没有创新,时尚必然走向死亡。上层阶级具备创新的能力,因此时尚从上层阶级滴入下层阶级是阶级本身的能力所致。其次,货币经济的流行也使得时尚从上层阶级滴入下层阶级。上层社会阶级一方面不止具有独特的知识品位,另一方面财富也聚集得较多,这两者的结合使上层阶级在时尚的选择与创造中有着必然的优势。齐美尔谈到的服装、珠宝等时尚都需要金钱作为后盾,因为有足够的金钱,个体才能够不断地追逐时尚,而时尚的转瞬即逝也需要足够多的金钱。货币经济条件下的时尚是需要用金钱才能追随的,它也反映了金钱背后的文化语境和消费逻辑。

对此,凡勃伦在《有闲阶级论》中,基于"炫耀性消费"揭示了时尚的社会功能建构。哈灵顿认为,对于凡勃伦来说,"贵族获得的一大批宝贵物品为人垂涎不是由于它们'如此'之美,而是由于它们稀缺、精巧、新颖的价值;手工制作的实心银勺比机器生产的更叫人满意,不是因为它在本质上更美,而是因为它更昂贵。这些物品的社会有用性在于它们实际上没有用——额外的重量让它从技术上来讲不适用于它表面上的用途。社会上形成定规的'拜金主义品味'使拥有财富的人彼此竞争,通过炫耀性消费来显示地位,表现物质需要上的与

---

① [德]齐美尔:《社会是如何可能的》,林荣远译,广西师范大学出版社2002年版,第125页。

众不同，进而引起了'时尚'这种奇特的社会模仿逻辑"①。在凡勃伦看来，时尚引发了过度消费，而过度消费的代价就是不切实际的支出。凡勃伦发现，服装在细节上的革新为了避免受到社会的直接的指责，总是要表明它是有着其他的表面目的。但由于时尚的最终目的还是有着过度消费的要求，因此这种革新的表面目的又不能表现得太为突出。

此外，齐美尔还从另一个角度即现代审美的维度阐释了时尚的特征：现代性生存的转瞬即逝性。齐美尔认为，时尚的内涵包括两点：首先是时尚变化的快速性。齐美尔写道："如果我们觉得一种现象消失得像它出现时那样迅速，那么，我们就把它叫作时尚。"② 因此，时尚与变化密切相关，变化是时尚发展的动力。时尚从上层阶级流入下层社会，下层社会追随时尚，然后上层社会追求新的时尚。可以说，时尚总是处于一个不断更新的永恒过程。其次是时尚的发展必然走向消亡。在时尚的世界里，没有事物能够永恒存在，任何事物都处于不断地变化和发展中。时尚永远只存在于即将展开而并没有普遍展开中，这是时尚所生存的特殊区间。因此，时尚的流行是一个非常短暂的过程。此外，齐美尔同时也认为，时尚从一开始就意味着即将走向消亡。因为时尚的流行会导致时尚自身被大量复制，以致缺乏新颖性，最终会被社会所淘汰而走向衰亡。因此，时尚是一个转瞬即逝的过程，最终结果也必定是走向灭亡。

齐美尔写道："时尚总是被特定人群中的一部分人所运用，他们中的大多数只是在接受它的路上。一旦一种时尚被广泛地接受，我们就不再把它叫作时尚了。……时尚的发展壮大导致的是它自己的死亡，

---

① ［英］哈灵顿：《艺术与社会理论：美学中的社会学论争》，周计武等译，南京大学出版社2010年版，第84—85页。
② ［德］齐美尔：《时尚的哲学》，费勇等译，文化艺术出版社2001年版，第77页。

因为它的发展壮大即它的广泛流行抵消了它的独特性。因此，它在被普遍接受与因这种普遍接受而导致的其自身意义的毁灭之间摇晃，时尚在限制中显现独特魅力，它具有开始与结束同时发生的魅力，新奇的同时也是刹那的魅惑。"① 从齐美尔的论述中可以看出，时尚一开始只属于一小部分人，大多数都在积极地模仿或正在跟随。当这种时尚普遍流行，其独特性开始丧失的时候，大众就开始转向另外一种潮流，在此过程中，时尚的发展是非常短暂的，它从开始到结束只占有一个很小的区间。时尚从一开始就意味着消亡，因为模仿是时尚的重要前提。但是随着时尚的流行，事物的普遍性将会取代特殊性，因此，时尚特殊性的消亡也意味着时尚即将走向消亡。

此外，时尚自身内在的矛盾性也会导致时尚走向消亡，即它既强调树异于人，又强调求同于人。因为时尚从一开始就希望永生，因此当一种时尚走向消亡时，另外一种时尚也开始流行起来，它总是处于不断的轮回之中。从时尚的流行到时尚的消亡，再到另一种时尚的兴起，总是处于不断变换和流动的过程，而这种短暂性和流动性也是审美现代性的重要特征。时尚的转瞬即逝性迫使个体要随时关注时尚的变化，否则会跟不上时代的潮流，这种不断跟随时尚的思想，使得个体的精神生活节奏也迅速加快，整个社会都处于一种快节奏的生活状态。"时尚在当代文化中具有前所未有的优势，它侵入迄今为止从未涉足的领域，在现有领域则变得更加具有强迫性，例如时尚变化的速度不断加快。……我们的内心节奏要求在印象的变化中有越来越短的停顿；或者，换种表述方式，吸引力的重点越来越从其实质性中心转移

---

① ［德］齐美尔：《时尚的哲学》，费勇等译，文化艺术出版社2001年版，第76—77页。

第五章 现代性都市景观

到起始和终结点。"① 在当下社会,时尚不断去占领那些没有涉足的领域,新的时尚不断被创造,而时尚更新的时间也越来越快。

法兰克福学派从资本主义文化工业的角度,对现代性都市社会里资本家给大众营造的虚假生活环境展开了批判。马尔库塞在《单向度的人》中批判了现代工业的发展,认为资本家并不是通过体力的劳动来压制下层社会,而是通过技术的方式来控制那些离心的力量。统治者为了获得可观的经济效益,为了缓和阶级矛盾,通过各种形式来控制他们。大众已经陷入了资本家所塑造的梦幻的世界中,现代人的思想已经被异化。在现代性都市社会中,由于阶级的分野,上层社会由于自身的经济优势,并想积极维护自身的利益,都市生活中到处都打下了资本主义的意识烙印。都市生活中的广告、商品、时尚,都已为资本家的利益服务,带有资本家的宣传意识。可以说,资本主义社会中,资本家为了维护自己的阶级利益,不断制造出新的时尚来达到控制大众的目的。

本雅明对时尚的分析主要是基于"时尚的永恒轮回"这一命题而展开的。本雅明接受了波德莱尔将现代性定义为"过渡的、瞬间即逝的和偶然的"的观点,他注重从短暂性的事物中抓住现代性的审美瞬间。在本雅明的眼中,商品与时尚一样都是处于不断轮回之中,时尚在拱廊街上已经完全体现了现代性的特征。"每个季节在它最新的创造里都会带来某种临近事物的神秘旗帜的信号。无论谁懂得如何解读它们,不仅已经知道艺术中的新流行,而且知道新的法律条文、新的战争和革命。——无疑,这就是时尚的极大吸引力所在,也是造成其结果的困难所在。"② 在本雅明的文本中,时尚总是在死亡和新生之间不

---

① [英]弗里斯比:《现代性的碎片》,卢晖临等译,商务印书馆2003年版,第128页。
② 同上书,第341页。

断地轮回，其变化速度也非常快。可以说，齐美尔与本雅明都看到了时尚在都市中的这一审美现代性特征，这使得现代个体要分散更多的注意力来关注时尚，因而也加快了现代性都市生活的节奏和步伐。

此外，本雅明对时尚的分析，延续了齐美尔分析时尚时所持的"新奇与永恒同一"的辩证观点。在《波德莱尔》中，本雅明写道："新奇是一种不依赖商品使用价值的品质。它是幻象的源泉，而幻象不可分割地属于集体无意识制作的各种想象。它是错误意识的典型，而时尚就是它不知疲倦的代理。这种新奇的幻想被反映在永远同一的幻象中，就像一面镜子反射另一面镜子一样。"① 新奇作为时尚的代名词，它没有一个确定的边界，是永恒发展的。本雅明把新奇视为一种幻想，是上层阶级给下层社会营造的梦幻般的理想生活。但与此同时，本雅明也看到了新奇中的同一性，其观点可以说与齐美尔不谋而合。在本雅明的眼中，新奇是时尚最基本的特征，但是新奇并不是商品的使用价值，它是一种幻象。个体因为新奇感会不断追求时尚，但一旦时尚盛行，时尚的同一性就会占据主导性，这就迫使现代个体去追求新的时尚，因此导致时尚总是处于不断轮回之中。

三 时尚的社会功能

齐美尔认为，"如果建构时尚的两种本质性社会倾向———一方面是统合的需要而另一方面是分化的需要——有一方面的缺席的话，时尚就无法形成而它的疆域将终结"②。很明显，齐美尔看到了时尚具有分化与同化的社会功能，并且同化与分化是不可缺少的，任何一方面的缺席都不会有时尚的发展。

---

① ［英］弗里斯比：《现代性的碎片》，卢晖临等译，商务印书馆2003年版，第340页。
② ［德］齐美尔：《时尚的哲学》，费勇等译，文化艺术出版社2001年版，第75页。

第五章 现代性都市景观

首先,作为时尚的概念给个体心理首要的印象是走在时代的前沿,是新奇的、与众不同的东西,它必然会区别于一部分人。其次,作为新奇的、与众不同的东西,必然会引诱一部分人去追随时尚大潮,对于跟随时尚的人来说,是在同化他们的审美意识。其实,时尚的"同化与分化"功能要追溯到时尚的本性,即"从众性与区分性"。齐美尔认为,时尚是一种对既定模式的模仿,它使一个人的行为适应于样板化的普遍性规则。同时又使个体的行为举止有着差异性、变化性和个体性。在齐美尔看来,时尚的从众性与区分性,是个体在现代性都市中生存的一种心理需求,主要源于个体对群体的依赖和个体的自我保护本能。个体为了获得社会的认可,在某一社会行为的效仿过程中,通过趋同来获得社会认同和社会归属感。在时尚的追逐中,个体处于大众中,时尚的群体性行为表征着大众性的行为举止,它消除了个体的个别性,也根除了个体单一行为的羞耻感和不安全感。

在齐美尔眼中,时尚也具有区分性,这种区分是时尚圈内与圈外的区分,也是阶级与阶级之间的区分。在齐美尔看来,时尚"一方面具有普遍的模仿性,跟随社会潮流的个体无须为自己的品位与行为负责,而另一方面,又具有一定的独特性,对个性的强调、对人性的个性化装饰"[1]。时尚最初产生于社会上层阶级,因为身份地位的不同,这些上流阶层希望能够与下流阶层在外表上有所区别。这就是个体"与众不同"的一种心理需求,也即时尚的区分性。但时尚在一定程度上是潮流,是一种有特色的行为。在毫无特色的都市生活中,个体希望颠覆这种平淡的生活,保持自己的个性。"时尚对于那些微不足道、没有能力凭借自身努力达致个性化的人而言也是一种补偿,因为

---

[1] [德]齐美尔:《时尚的哲学》,费勇等译,文化艺术出版社2001年版,第81页。

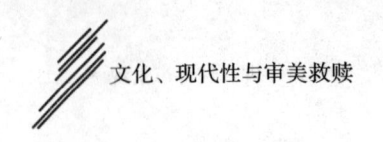

时尚使他们能够加入有特色的群体并且仅仅凭着时尚而在公众意识中获得关注。"① 时尚必定是独树一帜、具有个性化的东西，同时跟随时尚的人也想要追求自己的个性，获得公众意识中的关注。

齐美尔认为，这种"同化与区分"的社会功能本身处于矛盾之中。一方面，时尚体现着不同阶级的身份区别，时尚是一种潮流的事物，它的风格能够区别于一般人；另一方面，时尚的发展，需要多数个体的模仿，没有模仿就没有时尚的流行，因此时尚又是对另一部分人的同化。因此，"同化和区分"是时尚发展中必不可少的功能。如果只是在小部分群体中流行，而没有受到大众的关注，则不能称为时尚，时尚需要将一部分人的审美趣味调动起来，将大众的审美品位同化。当然，时尚也有着区分的社会功能，大众跟随时尚就相当于追求新潮，追求自己的个性，个体在时尚的追逐中寻求与他人身份的区别。这样，时尚的"同化与区分"功能就处于对立面，它们包含于时尚之中，是相互矛盾的存在。同化导致了时尚的消亡，而区分是时尚的开始，在时尚的发展过程中，同化与区分功能交织在一起产生作用，从而促进时尚的更替发展。

时尚不仅是一种社会生活方式，更是一种日常生活的审美化追求。时尚审美风向的不断变异，恰恰是审美现代性之"新奇"的独特表征。时尚意味着与传统的断裂，意味着对新奇事物的热爱以及对现代生活的短暂性与偶然性的敏锐感受。从齐美尔的论述中，我们能读到波德莱尔语境中的审美现代性意义建构。在波德莱尔的文本中，知识分子和艺术家的活动都已经成了商品化的东西。波德莱尔赞扬现代生活的画家居伊，他鄙视现代艺术家们以神圣、飘逸和超越性的神采来

---

① ［德］齐美尔：《时尚的哲学》，费勇等译，文化艺术出版社2001年版，第83页。

第五章 现代性都市景观

逃避那种迎合现代日常生活的意图。对此,费瑟斯通写道:"本雅明在波德莱尔作品中所看到的神经衰弱、大城市居民及顾客之类的主题,在齐美尔关于现代性的讨论中也同样十分醒目。齐美尔兴致勃勃地洞察了展览建筑之审美维度,它的即时性与虚幻性,回应的就是我们所说及的商品的审美特征。在流行时尚中,我们也能相似地发现美学进入非审美领域的过程。强化的流行步调增强了我们的时间意识,而我们对新旧事物同时感受到的快感,赋予了我们强烈的现在意识。"① 费瑟斯通认为,我们可以借用齐美尔和本雅明的审美路径去体验日常生活,"透过建构、广告牌、商店陈列、广告、包装、街头标志,透过在这些空间中穿行、具有特殊历史文化底蕴的个人(在穿戴、着装、发型、化妆等都有所不同的个人,或以特殊方式移动、控制他们的身体的人),来研究城市景观的审美化过程及其令人神魂俱销的原因。在这里,第二种意义上的日常生活的审美呈现,表明了大城市中商品生产的扩张与延伸"②。在费瑟斯通的理论中,齐美尔沿着波德莱尔的主题对现代性的时尚美学问题展开了讨论。在齐美尔那里,他试图通过现代性都市时尚风格的剖析,为现代生活世界的审美提供现实基础。

波德莱尔对现代性新奇的强调,其实也就是后来齐美尔文本中时尚的求新表征。在耀斯看来,时尚是波德莱尔美学的出发点。"它包含了一种双重吸引力。它体现了历史中的诗意,过渡中的永恒;在时尚中,美不是作为一个永久的可靠的理念而出现,而是作为人类自己创造了美这种观念而出现,在时尚中,他背叛了自己时代的道德和美学,而时尚亦像后者一样,允许他遂其所愿。"③ 正是沿着波德莱尔的足

---

① [英]费瑟斯通:《消费文化与后现代主义》,刘精明译,译林出版社2000年版,第108页。
② 同上书,第111页。
③ [英]弗里斯比:《现代性的碎片》,卢晖临等译,商务印书馆2003年版,第26页。

迹，齐美尔在其现代性都市研究中将时尚视为现代性都市生活的审美表征之一。"时尚能够吸引所有外表上的东西并且把任何选择了的内容抽象化：任何既定的服饰、艺术、行为形式或观念都能变成时尚。但是，一些形式的本质中存在着一种特定的意向使它们很容易就成为时尚，而其他一些则不太容易成为时尚。……时尚不会去抓住那些普通的日常事务，而会去抓住那些客观上一直表现得奇异的事物。"①

本雅明也延续了波德莱尔和齐美尔的时尚主题，本雅明认为，在波德莱尔的作品中，他所"关心的不是所有艺术品都共同的努力，即赋予生活以新的形式，或者理解事物的新的侧面，而是完全新的目标，其力量仅在于它是新的这一事实，而不管它可能有多么恶心多么肮脏"②。而在分析城市生活景观时，本雅明首先引用了齐美尔城市分析的观点，呈现出与齐美尔共同的都市现代性主旨。另外，本雅明在讨论新奇时也借鉴了齐美尔的时尚观。本雅明写道："新奇是一种不依赖商品使用价值的品质。它是幻象的源泉，而幻象不可分割地属于集体无意识制作的各种想象。它是错误意识的典型，而时尚就是它不知疲倦的代理。"③ 这里的新奇若仔细考察的话，可以说就是时尚的另一种表达。本雅明认为，"时尚是与有机的生命相对立的。它把生命体与无机世界耦合在一起"④。拥有和展示新奇的事物，就意味着个体跟上了时代的潮流，并且使个体的身份通过新奇的包装而实现了意识形态化的符号表达，如费斯克所言，"在意识形态层面上，对新事物的欲求的

---

① ［德］齐美尔：《时尚的哲学》，费勇等译，文化艺术出版社 2001 年版，第 91—92 页。
② ［英］弗里斯比：《现代性的碎片》，卢晖临等译，商务印书馆 2003 年版，第 22 页。
③ 同上书，第 340 页。
④ ［德］本雅明：《巴黎，19 世纪的首都》，刘北成译，商务印书馆 2013 年版，第 15 页。

第五章 现代性都市景观

根源可以追溯到进步的意识形态。将时间看成是线性的,发展前进就意味着变化"①。对新奇的追逐传达了进步的意识形态,这是时尚得以形成的社会心理条件,同时也是时尚之所以能成为审美现代性表征的最主要因素,这正如戴维斯所言,"如果说时尚就是流行的模式,那我们也必须把重心放在我们在使用这个术语时经常联想到的变化意义上"②。

在阿多诺对流行音乐基本特征的分析中,流行音乐的个性化和标准化特征与齐美尔对时尚的区分性和从众性特征的分析有着异曲同工之妙。个性化与区分性都强调和他人与众不同,而标准化与从众性则是个体与他人通过模仿或复制造成了事物的相同。在这个意义上,标准化与同一化,个性化与区分化的内涵是相同的。阿多诺谈道:"只要仔细注意一下流行音乐的基本特征——标准化,我们对严肃音乐与流行音乐的关系便可以形成一个清晰的判断。流行音乐的全部结构都是标准化的,甚至努力阻止这种标准化发生时也是如此。从最普遍的特征到最特殊的品性,标准化无处不在。"③ 阿多诺看到了这种个性化的东西其实只是伪个性的,它们都是打着个性化的幌子,其实质都是一样的。而齐美尔眼中时尚的区分性是阶级的一种需求,个体在追求时尚的过程中,在时尚开始流行之前与之初,因为跟随的人数较少是富有个性的,但当时尚发展起来,它并不具备一定的区分性,这种区分性其实是伪个性化的。可以说,齐美尔与阿多诺都批判了现代性都市中现代人的伪个性化趋势,在他们看来,这种个性化是伪装的,其内容的实质永远是同一的。

---

① [美]费斯克:《解读大众文化》,杨全强译,南京大学出版社2001年版,第44页。
② F. Davis, *Fashion, Culture and Identity*, Chicago: Chicago University Press, 1992, p. 14.
③ T. W. Adorno, "On Popular Music", *Cultural Theory and Popular Culture: A Reader*, 1998, p. 197.

文化、现代性与审美救赎

在齐美尔那里，时尚的从众性导致了个体的麻木心理，而对阿多诺来说，标准化的流行音乐无疑也导致了个体审美心理的涣散。在阿多诺看来，注意力是个体的一种感知活动，而流行音乐则为个体注意力的涣散提供了对象。阿多诺认为，流行音乐的标准化使这些音乐不可救药地在某些地方彼此相似，除去这些部分外，它的其他部分也不需要你聚精会神地倾听，而且听众事实上也无法在精神上保持完全地全神贯注。观众无法处于注意力集中和认真倾听的紧张当中，便只好顺从地向降临到他们身上的事物投降。只要观众听得心不在焉，他们就能与所听的音乐和平相处。① 阿多诺讽刺地写道："经由流行音乐呼唤、培养和不断强化的心灵结构，同时也是注意力消散和漫不经心的场所。通过不需要集中注意力去关注的娱乐，听众被流行音乐的现实要求弄得心神涣散了。"② 在齐美尔那里，货币经济的发展导致了个体的计算性格和冷漠心理，而对于阿多诺而言，商品拜物教的直接后果则是个体在倾听流行音乐时听力的退化。当然，这种退化并不是指听力退化到其本人生理发展的早期，或者说水平的退化，而是指在商品经济影响下的大众传播语境中，今天的观众在欣赏音乐时，其听力是无法与过去的听众相比的。

因此，在阿多诺的分析中，流行音乐所具有的标准化特征，在某种意义上也就是齐美尔所言的时尚的从众性特征。在阿多诺看来，大众听多了标准化和程式化的流行音乐之后，他们只认同熟悉的音乐曲调而拒绝陌生的东西。这样一来，大众就很容易形成漫不经心与心神涣散的审美心理，进而大众对音乐的审美感受能力不断退化。对此，

---

① T. W. Adorno, "On the Fetish – Character in Music and the Regression of Listening", *The Essential Frankfurt School Reader*, 1978, p. 288.
② T. W. Adorno, "On Popular Music", *Cultural Theory and Popular Culture: A Reader*, 1998, p. 205.

赵勇写道："阿多诺与流行音乐的交战实际上是两种美学观念的冲突，即以阿多诺所捍卫的、以追求心灵沉思为旨归的现代美学观念（其代表是严肃音乐）和阿多诺所批判的、以追求身体快感为核心的后现代美学观念（其代表是流行音乐）的冲突。"① 正如阿多诺谈论的文化工业一样，流行音乐的逻辑起点指向了商品的逻辑与资本的运作。他认为音乐技巧是由商品经济培育起来的，同时也为资本的再生产服务。可以说，阿多诺对流行音乐标准化与伪个性化的分析，其实是对资本主义文化工业的批判。而齐美尔对时尚的分析，是因为货币经济影响下日常生活变得单调和无聊，于是时尚成了现代都市个体追求个性的一种重要手段。在齐美尔眼中，时尚的个性化虽然也具有消极性特征，但是它还是具有自我的特色。而阿多诺对流行音乐持一种批判的立场，他认为流行音乐是标准化与伪个性化的，其批判力度远远超越了齐美尔。

---

① 赵勇：《整合与颠覆：大众文化的辩证法——法兰克福学派的大众文化理论》，北京大学出版社 2005 年版，第 75 页。

第六章 现代艺术的审美之维

随着古典艺术向现代艺术的转型，一个明显的事实就是：我们发现自己越来越难理解很多现代艺术品。现代艺术与我们有着越来越难以弥补的鸿沟和距离，距离无疑成了一个极为突出的艺术文化事实。对于现代艺术，贝尔描述道："传统的现代主义试图以美学对生活的证明来代替宗教或道德；不但创造艺术，还要真正成为艺术——仅仅这一点即为人超越自我的努力提供了意义。但是回到艺术本身来看，就像尼采明显表露的那样，这种寻找自我根源的努力使现代主义的追求脱离了艺术，走向心理：即不是为了作品而是为了作者，放弃了客体而注重心态。"[①] 贝尔描述的这种现状道出了现代艺术中的距离事实，这种距离其实也是现代艺术家面对现代社会变迁所衍生的体验。如个体艺术体验的碎片化其实源于日常生活的碎片化，正是碎片化的现代性生活景观引发了艺术家内心的相应体验，艺术家必然将这种体验外化于创作之中，也因此导致了现代艺术形式上的碎片化景观。

---

① [美]贝尔：《资本主义文化矛盾》，赵一凡等译，生活·读书·新知三联书店1989年版，第98页。

第六章　现代艺术的审美之维

第一节　艺术距离的审美之维

齐美尔发现，现代艺术家总是以内心体验化的艺术形式来对周遭世界做出反应，是以距离的形式来实现现代艺术的审美之维建构。在齐美尔那里，艺术距离既可以看作艺术家面对现实的某种艺术反应或艺术心理策略，又可以看作现代主义艺术的内在特征。因此，在齐美尔那里，距离是现代艺术的基本特征，体现为主体内在精神对外在的物化生活产生的心理策略，同时，距离也是实现现代生活审美的一个主要维度。戴维斯认为，"一方面，齐美尔分析了艺术生产和社会过程与它们的外在环境之间的关系；另一方面，他也分析了艺术生产和社会过程的内部因素之间的相互关系。齐美尔把这些美学和社会现象的内部关系置于'距离'这个概念之下。"① 可以说，齐美尔对艺术距离的讨论主要着眼于两个层面：艺术的外在距离和内在距离。前者强调艺术与现实生活的关系，而后者则注重艺术的内部因素所衍生的距离。

一　艺术与外在现实

齐美尔认为，"艺术家以他艺术的方式对世界整体做出反应，并形成了他的世界观"②。在他看来，艺术家往往以他独特的视角和艺术方式来处理周遭的日常世界。距离体现为"现实—艺术家—艺术品"三

---

① M. S. Davis, "Georg Simmel and the Aesthetics of Social Reality", *Social Force* 51, 3, 1973, p. 326.
② ［德］齐美尔：《桥与门》，涯鸿等译，上海三联书店1991年版，第127页。

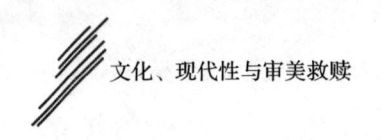

者间的动态关系,它呈现为艺术家及其产品与其周遭世界的复杂关系。这种距离在齐美尔那里呈现为艺术的外在距离,主要体现在艺术与生活的距离中。

齐美尔认为,艺术不同于现实,它建构了与现实生活的距离,他写道:

> 艺术是生活的另一种东西,它是生活的解脱,通过生活的对立面,生活得到了解脱。……但是,当艺术内容和幻想进入远距离的时候,艺术形式反而离我们近了,比它在实现形式中离我们的距离更近。……一切现实对于我们来说,最终保留着一种很强的陌生感……浇铸到艺术形式之中的恰恰是我们的灵魂。①

在齐美尔看来,现实世界是我们生存的手段和方式,而艺术世界则由浇铸着个体内在灵魂的艺术形式构成。由此,齐美尔所言的文化的客观性与主观性的矛盾在艺术与生活的关系上再一次得到了呈现。齐美尔认为,艺术与现实不一样,"艺术具有一套独特的逻辑,一种特殊的真值概念,以及一种特殊的规则;依靠这种规则,艺术使用同样的物质在现实世界之外建立起一个能够与之相媲美的崭新世界"②。在齐美尔看来,艺术与现实有着诸多不同,这种不同构建了艺术与现实的不同距离关系。艺术世界体现了个体的内在灵魂,是对压抑的现实生存的一种解脱。艺术中上演的是人性的完善和个体灵魂的自由,它与现实不同,它是个体通过内在的主观精神去拯救物化的客观精神的努力,而这也是我们为什么需要用艺术去摆脱现实的无奈与压力。

---

① [德]齐美尔:《桥与门》,涯鸿等译,上海三联书店1991年版,第141—142页。
② [德]齐美尔:《现代人与宗教》,曹卫东译,中国人民大学出版社2003年版,第83页。

第六章　现代艺术的审美之维

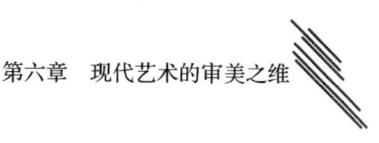

在《货币哲学》中，齐美尔写道："有一种关联的模式存在于这个自我同事物、他人、观念、兴趣之间，我们只能称之为这两方面的距离。……我们只能借着对两者的距离的一种确定的或变化的直观的象征，来描述自我与其内容间特定的关系。"① 在齐美尔那里，距离的实质在于它营造了人与人以及人与物之间的关系，一种主体与其周遭世界的关系。这种关系体现为主体与其周遭事物之间的关联多样性。在齐美尔看来，这种关系也是主体不得已而为之的，个体从不同的距离角度去应对周遭世界，所得到的世界图景是完全不同的。戴维斯认为，"观看者对客体的不同距离从而形成了不同的观看方式，通过这些不同的方式，观看者得以体验到这些客体。不仅仅在美学的和社会学的体验方式中观看者与客体存在着不同的距离，而且在那些实践的、科学的、历史的、宗教的和形而上学的体验方式中也是如此"②。对此，齐美尔展开了详细叙述：

> 生活实践将我们置入一种与空间对象的种种距离之中，在这些距离中，我们获得了这些对象的某种图像，以至于我们在距离产生比较小的差别时还在说能"看见"它们。……"距离"在艺术中的引申意义也同样如此。汇聚在一首抒情诗歌中的多种生活成分从经验性的此在的角度来看，在轮廓上呈现出一种精确性，与一切其他可能事物的千丝万缕关系，一种理智的凝合，只要在这一切面前取消抒情艺术的距离，那么这一切都会完全变成另外

---

① [德]齐美尔：《货币哲学》，陈戎女等译，华夏出版社2002年版，第384页。
② M. S. Davis, "Georg Simmel and the Aesthetics of Social Reality", *Social Force* 51, 3, 1973, pp. 326–327.

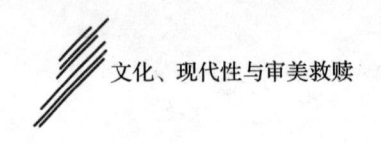

的样子。①

齐美尔认为，从不同的距离层面去体验周遭世界，可以建构我们观看世界的多重性理解。而且，在这种多重性理解中，艺术可以营造我们与对象"远"与"近"的不同距离关系。齐美尔认为，"一方面艺术使我们离现实更近，艺术使现实独特的最深层的含义与我们发生了一种更为直接的关系；艺术向我们揭示了隐藏在外部世界冰冷的陌生性背后的存在之灵魂性，通过这种灵魂性使存在与人相关，为人所理解"②。在齐美尔看来，艺术可以让我们距离日常生活更近，但这种接近并非使个体与现实生活的物理距离的接近，而是指艺术可以通过特定的个体灵魂对世界的感知而将现实世界的深层意蕴展示出来。这也如齐美尔一直坚持的现代性考察路径：在日常生活世界的碎片化景观中展示隐藏于生活背后的深层意蕴。

齐美尔认为，艺术除了使我们距离日常生活更近外，同时也有着疏远个体与周遭世界的功能。齐美尔写道："一切艺术还产生了疏远事物的直接性；艺术使刺激的具体性消退，在我们与艺术刺激之间拉起了一层纱，仿佛笼罩在远山上淡蓝色的细细薄雾。"③ 可见，艺术与现实的距离关系，可以是拉近个体与周遭世界的关系，也可以是疏远个体与周遭世界的关系。如果说在齐美尔那里，接近意味着个体对现存世界内蕴的挖掘的话，那么疏远则指日常生活直接性的取消，凸显艺术本身的审美形式。齐美尔认为，"所有这些在一切艺术中惯用的形式都使我们跟事物的完整和完美保持着一段距离。好像'隐隐约约'地

---

① ［德］齐美尔：《哲学的主要问题》，钱敏汝译，上海译文出版社2006年版，第38—39页。
② ［德］齐美尔：《货币哲学》，陈戎女等译，华夏出版社2002年版，第384页。
③ 同上。

第六章 现代艺术的审美之维

告诉我们,并没有把真实情况十分明确地表达出来,而是留了一手"①。而这一点,也是齐美尔对艺术形式偏爱的体现,正是由于对艺术形式的偏爱,齐美尔甚至将社会实存在整体上视为一种艺术形式,从而使他的社会学研究被称为审美形式社会学。

需要指出的是,在艺术与现实的这两种距离关系上,接近与疏远对齐美尔而言均有着强烈的吸引力。齐美尔写道:"艺术拉近和疏远人与现实的距离的两种效果有同样强烈的吸引力;它们二者之间的张力,这种张力在多种多样的对艺术品的要求中的分配,赋予每一种艺术风格具体的特色。"② 在这里,齐美尔强调无论是接近还是疏远,都能产生艺术与距离的距离,这使艺术与现实之间存在一定的张力,并带来了艺术阐释的多向度性。这正如约莫斯蒂迪特所言,"在齐美尔那里,个体通过距离而感知外在事物,另一方面,距离也将主体与客体分离开来"③。当然,齐美尔显然更关注艺术对日常生活世界的疏远,这也是齐美尔的距离审美文化学核心要义。在当下的日常生活中,"在任何方面,物质文化的财富正日益增长,而个体思想只能通过进一步疏远此种文化,以缓慢得多的步伐才能丰富自身受教育的形式和内容"④。在齐美尔看来,距离是现代性的基本表征,也是现代主义艺术的突出特征。现代艺术强调形式的创新,是艺术与生活的距离表现,同时也是对生活的一种偏离和疏远。

现代艺术强调形式的创新与革命,其实在某种意义上创造了艺术与日常生活世界的距离。这种距离使现代艺术产生独特的魅力,并使

---

① [德] 齐美尔:《桥与门》,涯鸿等译,上海三联书店1991年版,第229页。
② [德] 齐美尔:《货币哲学》,陈戎女等译,华夏出版社2002年版,第384页。
③ O. Rammstedt, "On Simmel's Aesthetics: Argumentation in the Journal Jugend 1897—1906", *Theory, Culture & Society* 8.3, 1991, p.133.
④ [德] 齐美尔:《货币哲学》,陈戎女等译,华夏出版社2002年版,第363—364页。

现代艺术带来与古典艺术不一样的全新艺术效果。现代艺术形式的创新与革命使艺术风格带有含蓄性。这种含蓄性使艺术风格变得朦胧和捉摸不定，也间接满足和刺激了主体审美欣赏的多方面要求。事实上，现代艺术风格的含蓄性所带来的不完全性、非确定性等特征，都可以视为现代艺术距离风格的一种呈现。在这个意义上，现代艺术通过风格的创新与形式的革命，一方面引发了现代艺术与传统艺术的距离。这主要体现为艺术风格的非连续性和艺术观念的断裂性，可以视为不同的艺术规范之间的距离；另一方面也体现了现代个体与艺术世界的距离，这主要体现为个体很难再从传统的审美观念层面去理解和阐释艺术品。在这个意义上，艺术家是以距离的方式对日常世界做出反应，如果说古典艺术通过源源不断的生活源泉，并诉诸模仿律而与生活保持关系的话，那么现代艺术家却打破模仿律，通过艺术形式的创新或无形的裸露形式来表现生活，他们以反传统的符号观念来表现自己心灵的内在冲动和原始情绪，借此与生活拉开距离。

现代艺术风格的变化导致了距离的存在，这种距离一方面表现为艺术与生活世界的距离，另一方面也表现为艺术与个体的距离。这种距离对于艺术的发展来说并非坏事，"对于艺术家以及对于艺术的欣赏者，艺术使我们超越了艺术与我们自己的关系的直接性，以及艺术与世界关系的直接性"[①]。现代艺术诉求纯粹性，就必然追求艺术距离的存在，强调在艺术与生活保持距离的同时释放主体的情绪。在齐美尔看来，现代艺术品的魅力源于主体与艺术品中原始情绪的共鸣。"正是这种原始情绪从根本上激动了我们的灵魂，那么，我们也得承认，艺术的特别之处不在于情绪的美学形式和直接性，而在于当直接性退隐

---

① [德] 齐美尔：《货币哲学》，陈戎女等译，华夏出版社2002年版，第87页。

之后艺术品所获得的新面目"①。齐美尔认为,现代艺术与传统艺术不一样,它有自己的合法性法则,这种合法性换一种说法也就是艺术的自律。

在齐美尔那里,艺术对现实世界的超越,其实也就是艺术自律所引发的现代艺术功效。现代艺术以自我形式的革命与创新,从而摆脱了艺术的传统观念束缚,也摆脱了日常生活世界附加到其身上的各种约束。在这个意义上,现代艺术的纯粹性也就是艺术的自律,它通过一种距离让自我独立于日常生活世界之外。齐美尔写道:"艺术与现实无关,特别是在其最深刻的本质方面是如此,同样艺术也不能被理解成幻象,因为任何幻象都以现实为前提。"② 在齐美尔看来,现代艺术越来越与现实无关或无涉,体现出鲜明的自律性倾向。基于此,齐美尔对自然主义风格颇有微词,"自然主义总是不能同种种艺术一致,形成自己的法则,而是形成一种'现实'。现实主义只是与自己的理论保持一贯,它从不否认其为现实的艺术"③。在齐美尔看来,自然主义根据模仿律诉求艺术与生活的相似性,这其实是不利于艺术的发展。艺术究其实质应当摆脱对生活世界的模仿,要追求自律,展现主观精神或主体的原始情绪。

坚信艺术与现实的距离,进而实现艺术的自我救赎,这是齐美尔对现代艺术审美内涵和社会功能的强调。齐美尔处于传统古典艺术向现代艺术的观念转型阶段,在这个时候,齐美尔发现现代艺术的自律性特征,这不仅是他对现代艺术的敏锐把握,也是他在文化社会学指引下以艺术对抗日益物化的资本主义文明的救赎策略。因此,齐美尔

---

① [德] 齐美尔:《货币哲学》,陈戎女等译,华夏出版社2002年版,第87页。
② [德] 狄塞:《齐美尔的艺术哲学》,薛云梅、薛华译,《哲学译丛》1987年第6期。
③ 同上。

在资本主义高速发展的时代,在艺术观念转型的语境中强调艺术自律,强调以自主性来强化艺术对物化日常生活世界的冷漠和否定,就不能不说是一个天才性的预见。齐美尔之后,法兰克福学派的诸多学者,如马尔库塞、阿多诺、本雅明和沃林等人,也正是沿着齐美尔的思考足迹,视艺术自律为现代生存的审美救赎之途,如刘小枫所言,"新马克思主义美学极大地扩展了自律这一概念,使它逾越出音乐美学的范畴,上升为文学艺术的普遍本质特征。这在马尔库塞、阿多尔诺、布洛赫那里,是相当一致的见解"[①]。事实上,如果我们将齐美尔与随后的西方艺术发展现状联系起来看的话,我们会发现,无论是"为艺术而艺术"的自律观,还是马尔库塞的审美"新感性形式"范畴,抑或阿多诺的"艺术否定社会"命题,都是循着齐美尔的足迹诉求着艺术与外在生活世界的距离。

二 艺术风格与距离

在齐美尔的文本中,现代艺术距离不仅体现为外在的距离,即艺术与周遭世界的关系,同时也体现为艺术的内在距离,即艺术自身特性的呈现,而这主要体现在齐美尔对艺术风格和艺术形式的讨论和阐释中。

在一篇讨论风格的文章中,齐美尔写道:

> 艺术一方面使我们了解真实性,使我们跟它所固有的以及最内在的意义关系更加密切,在外部世界的冷漠的陌生背后向我们显示存在的灵性,通过这种灵性使我们接受和理解存在。然而,除此之外,每种艺术也造成一种与事物的直接距离,使魅力的具

[①] 刘小枫:《诗化哲学》,山东文艺出版社1986年版,第266页。

第六章　现代艺术的审美之维

体性减弱。……这种对立面的两个方面产生了同样强烈的魅力，这些魅力之间的对立，这些魅力对艺术作品要求的多样性，使每种艺术风格都具有自己的特点。①

齐美尔认为，风格产生于我们与事物间的不同距离，"每一种风格都决定了直接的知觉对象被观察的距离或视角。这种距离或视角，也许你喜欢它怎样大，它就有这么大。它是参与形成艺术作品的东西的一部分"②。距离不同，艺术风格也就不同。在齐美尔看来，风格就像是遮掩在事物身上的一层轻纱，它使我们无法明确清晰地洞察对象，无法直面对象的丰富性和完满性，而是与对象存在着一段距离。基于此，艺术风格的存在就是距离的一种呈现，"艺术风格的内在价值来源于物我之间制造的或远或近的距离"③。齐美尔发现，主体的审美感受力不同，加上艺术风格的不同，会让主体与对象间产生不同的距离感。不同的人因感受力不同，对艺术风格的认可和体验也就不同，因此，风格源于艺术感受力的不同，它强调的是主体与对象的距离关系。

风格营造了主体与客体之间的距离，这种距离也是艺术品对日常生活世界的一种变形和遮盖，使个体与对象保持着一种若即若离的关系。在西方艺术史上，即使是强调再现和模仿，力图克服个体与现实的距离的自然主义艺术风格，也无法保证与现实之间的完全一致，依然有着一定的距离。因此，齐美尔认为，自然主义也是一种艺术风格，"这种风格化针对一种更加高雅的艺术感觉——该艺术感觉认为艺术存

---

① [德] 齐美尔：《桥与门》，涯鸿等译，上海三联书店1991年版，第226—227页。
② [德] 齐美尔：《历史哲学问题：认识论随笔》，陈志夏译，上海译文出版社2006年版，第166页。
③ D. Frisby, *Simmel and Since: Essays on Georg Simmel's Social Theory*, London: Rouotledge, 1992, p.138.

在于艺术品中，而非存在于对象之中，无论是用哪种艺术手法来表现——时越能感觉得到，假如这种风格化是在一些直接的、原始的、世俗的材料上面展开的话"①。在齐美尔生活的时代，艺术发展的主流是以德国表现主义为代表的艺术。表现主义风格不同于传统以模仿律为原则的再现艺术，它强调主体内在精神或原始情绪的展现。在齐美尔看来，表现主义风格相对于自然主义风格而言，它更强调距离所营造的独特艺术魅力。齐美尔写道：

> 现代的艺术感懂得，不仅要通过自然主义的暗示手法来获得含蓄的魅力，而且，这种尽量从含蓄中来理解事物的奇特倾向更成了现代诸多方面的共同特征。……所有这些在一切艺术中惯用的形式都使我们跟事物的完整和完美保持着一段距离。……自然主义本来是想用简单的形式摆脱与事物的距离，力求接近事物，直截了当地表述事物，但是这种尝试却令人失望，人们几乎不为它所折服。②

风格在个体与日常生活之间营造了一种距离，但齐美尔发现，这种距离并没有使我们远离日常生活，反而会让我们以另一种方式更接近日常生活。齐美尔认为，虽然"现实屈从于我们的意识产生变形，这种变形确乎是在我们与现实的直接存在之间的屏障，但同时也是认知现实、再现现实的先决条件"③。在齐美尔的理论中，风格所营造的距离也可以说审视和反思着日常生活的前提条件。艺术风格使日常生活身上披上一层面纱，这层屏障使主体与客体产生距离，而不会完全

---

① [德] 齐美尔：《货币哲学》，陈戎女等译，华夏出版社 2002 年版，第 385 页。
② [德] 齐美尔：《桥与门》，涯鸿等译，上海三联书店 1991 年版，第 228—230 页。
③ [德] 齐美尔：《货币哲学》，陈戎女等译，华夏出版社 2002 年版，第 385 页。

融为一体,这也使得主体可以在一定的距离之外实现对客体的真正认知和反思。

从齐美尔对艺术风格的阐述来看,不同的艺术风格营造了不同的距离,同时也使艺术品焕发出不同的审美感受。德国的现代表现主义艺术风格则强调对日常生活的变形,这种变形使日常生活如被蒙上了一层轻纱,让艺术品的本真若隐若现,反而有助于艺术散发出无穷的审美魅力。齐美尔认为,"自然主义与一切真正'风格化'的对立,看来主要的是它接近对象。自然主义艺术要从世间的每一细小事物中发掘它们的自身意义,而风格化的艺术则要在我们与事物之间预先规定对美和意义的要求"①。很明显,自然主义与风格化是对立的,风格强调艺术与日常生活间的距离,而自然主义艺术强调贴近日常生活,这在齐美尔看来是对风格的消解。而到了表现主义艺术那里,表现主义艺术使我们更加深入地了解日常生活背后的真实性和深刻内蕴,能使我们跟日常生活碎片背后的最内在的意义产生关联。可以说,齐美尔强调艺术风格的距离,并不是一味强调我们要远离和背离现实,而是希望以一种反向度的思维方式让我们更接近现实,能进入日常生活的内在核心,可以说,在齐美尔那里,与日常生活保持距离是为了更好地进入日常生活之中,而这也是法兰克福学派学者阿多诺的命题"艺术否定生活"的审美悖论之所在。

若我们稍加深入的话,在齐美尔的理论中,风格是现代艺术距离的表征,然而这种表征同时还可以反向度地解析。在很多时候,齐美尔甚至认为,风格又可以说是艺术中距离的消弭。而这又涉及齐美尔艺术哲学思想中的两个核心原则:风格原则和艺术原则。如前所述,

---

① [德]齐美尔:《桥与门》,涯鸿等译,上海三联书店1991年版,第227页。

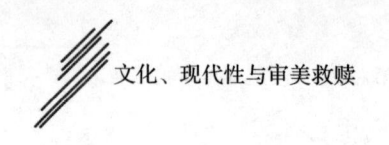

齐美尔在《货币哲学》中曾讨论了在货币文化影响下的两种现代生活风格：平均化和个性化。齐美尔认为，与生活风格的两个极端相对应，艺术领域也出现了风格原则和艺术原则。风格原则强调艺术的平均化，而艺术原则强调艺术的个性化。风格原则意味着艺术在鉴赏上的普遍性，它是一个超越个性的独特概念；艺术原则与风格原则不同，它意味着艺术品在风格上的独特性、个体性和唯一性。齐美尔认为，有一些作品之所以有着特殊的魅力，不是因为它们有着固定的风格，反而是因为他们风格的独一无二性。

在齐美尔对艺术化客体的分类中，其分类标准也与风格原则和艺术原则相对应。体现着风格原则的是工艺品，体现了艺术原则的是艺术品。齐美尔认为，工艺品一般来说有着如本雅明所言的机械复制性，其表征是共通性、普遍性和一般性。"风格总是一种普遍的东西，普遍的东西把个人的生活和劳作的各种内容放在一种很多人都共同的和对很多人都可以企及的形式里。人员的独一无二性和在真正的艺术作品里所表现的主观的生活的程度越高，它在独特的艺术作品里的风格就越不会令我们感兴趣。"① 艺术品则是本雅明眼中有着灵韵意味的作品，其特征是独特性、唯一性和个体性。一般来说，工艺品是日常生活世界中的常用品，人们对它们的规定有着共通性。而艺术品则是基于艺术家的个性所创造出来的作品，艺术品所召唤的是观众和观赏者身上的人格独特性。艺术品是个体独创的，艺术品不可能以机械复制的方式大量产生，否则就极有可能导致本雅明意义上的"灵韵"的消解。

---

① ［德］齐美尔：《社会学》，林荣远译，华夏出版社2002年版，第267页。

三 艺术自律与距离

齐美尔对艺术品的界定遵循了康德意义上的艺术界定,即艺术品有着欣赏性,它与日常生活用品不同,艺术品没有任何的外在实用目的,也没有实际的日常生活效用,有着康德意义上的"无目的的合目的性"特征。齐美尔的分析实际上阐明了艺术的自律性:艺术品是一个与生活无涉的自在之物,它属于审美世界,与生活的实际用处无多大关联。在齐美尔看来,工艺品的产生是基于它的可机械复制性和多产性,工艺品的价值在于日常生活中的普遍使用,因而不可能是独一无二的,它要满足大众的普通需求,"在工艺美术品里,不仅应该表现一种针对这种形象的唯一性的灵魂,而且应该表现一种广泛的、历史的或者社会的思想意识和情绪,凭借这种思想意识和情绪,才有可能把工艺美术纳入很多单一个人的生活体系里"[1]。可见,在齐美尔的分析中,基于艺术原则的艺术品和基于风格原则的工艺品有着本质上的区别,艺术品展示了个体创作精神的独特性,这种独特性体现了个体的内在精神和原始情绪。而艺术品展示着个体创作的客观性,它通过现代科学技术的借鉴以及机械复制的方式被制造出来。从齐美尔对艺术品和工艺品的区别不难发现,这也与他对现代文化诊断有着密切的关联,可以说,艺术品是主观文化的体现,而工艺品则是客观文化的体现。

在齐美尔那里,艺术的自律表现在艺术品自成一个自足的世界,而不能渗入它之外的另一种生活。齐美尔曾论及艺术品边框的意义,在他看来,艺术品的边框"把艺术品对周围的世界封闭起来,并在自

---

[1] [德]齐美尔:《社会学》,林荣远译,华夏出版社2002年版,第267页。

身之内把艺术品概括起来；周边框框宣示在它之内存在着一个只服从自己的各种准则的世界，这个世界并不纳入周围世界的规定性和运动中去"①。就齐美尔而言，艺术所关心的并不是客观对象的真实状态，而是它们的图像或映象。"各种感官并不能向我们提供存在，而是相反，存在是我们向各种感觉提供的东西，是一种形而上之物，它与艺术无关，因为艺术是感官的事情，是事物之可观察的内容。"② 在齐美尔的理论视域中，艺术的建构是从日常生活已有现象或者从主体领会世界的概念性表象中抽取某些具体的现象或表象，以此来建构艺术的核心或基础。在他看来，"艺术品从属于自己同所有其他物品的关系，但它依据其内在意义，摆脱了陷身于无法预见的关联中的制约，并在其直观的或者观念的框架内，显示出它同宇宙关联在整体上的相似"③。以此为前提，齐美尔认为，既然艺术是一个个独立的自足体，那么艺术史的建构就是将这些间断的艺术作品联系起来。"艺术史从这些不连续的艺术作品中构建一个逻辑上连贯的过程。它描述这些作品，仿佛一个有机进化的过程把它们像一棵树的年轮那样联系起来。"④

在韦伯那里，随着现代性的展开，文化被分化为各自为政的若干领域。在讨论现代文化的症候时，齐美尔认为，诸如科学、宗教、艺术等文化领域，都有着自成规律，自成一体的创造性。"美学的或思想的、实践的或宗教的活动的内容和结果，当然形成了彼此分离的、自

---

① ［德］齐美尔：《社会是如何可能的》，林荣远译，广西师范大学出版社 2002 年版，第 298 页。
② ［德］齐美尔：《哲学的主要问题》，钱敏汝译，上海译文出版社 2006 年版，第 59 页。
③ ［德］齐美尔：《金钱、性别、现代生活风格》，顾仁明译，学林出版社 2000 年版，第 193 页。
④ ［德］齐美尔：《历史哲学问题：认识论随笔》，陈志夏译，上海译文出版社 2006 年版，第 100 页。

律自治的王国，它们分别以自己的方式和语言制造出世界或其自身的世界。"① 在齐美尔看来，"这一系列的创造超然于日常的、错综复杂的、在实际和主观经历的生活，具有自足的纯洁性。当然，这些文化可以要求根据它们自身所存在的、从偶然的生活的忧郁中解脱出来的观念和准则进行维护和理解"②。而在讨论艺术时，齐美尔认为，艺术作品中的创造本身就是一种客观价值立场的完成，它并不取决于创造作品时个体的主观感受。在他看来，"为艺术而艺术"的口号在某种意义上恰如其分地表征了艺术自满自足的纯粹性特征，或者说准确地描述了纯艺术倾向的自足性。因为一旦艺术的过程促使对象展现最独特的意义，这一过程就已经为完成了。因此，这个命题为艺术设置了一个自我王国，就如同知识、宗教和道德一样，有着各自的领域。"艺术作品就是一个'自为世界'并象征着存在之整体，之所以能如此，也要归功于个性化的精神，是它将自己的本质注入了艺术品之中。"③

齐美尔甚至认为，艺术品的存在有着其存在的独特性：自为的存在。一切时间上的先后相对于它而言，都显得那么无足轻重。"一件艺术作品中表现出来的那个空间和那个时间，实际上丝毫未受任何其他空间和时间的限定，而是为了它们自己分别构成自己的世界，即相关艺术作品的世界。"④ 这样一来，艺术就成了一个纯粹的，甚至在某种意义上自身麻木冷漠的存在。艺术品的创造建构了一个返回其自身的整体性，"艺术品是自足的，拒绝一切与它自身之外的生存连接在一起

---

① ［德］齐美尔：《叔本华和尼采：一组演讲》，莫光华译，上海译文出版社2006年版，第95页。
② ［德］齐美尔：《桥与门》，涯鸿等译，上海三联书店1991年版，第164页。
③ ［德］齐美尔：《叔本华和尼采：一组演讲》，莫光华译，上海译文出版社2006年版，第49—50页。
④ 同上书，第106页。

的行为……任何艺术品都以某种形式包含了整个此在，这一此在仍然可能不是相对于对立双方的内容，而只是相对于整体、总体的形式而言的"①。需要指出的是，齐美尔对艺术的自主性特征也有着忧虑。在他看来，艺术自主性强调艺术自身封闭世界的纯粹性和自足性，强调从艺术本身去考察艺术。在这个意义上，艺术可以说是生存于现实被遮蔽和消失的点上。然而，齐美尔又发现，"这个世界在它自己的积极意义和规范中才能寻得价值。可此时一旦悲观主义强迫艺术，只能从对现实的背弃中创造魅力，艺术就丧失了它的自主性，它的一切也就不再能归因于它自身了"②。

从文化的角度来看，在齐美尔那里，艺术的形式革命源于现代文化的悲剧冲突。齐美尔把传统艺术形式所遭遇的现代困境视为客观文化与主观的内在精神生活不和谐的结果。"艺术品和灵魂尽管都是世界总体的一部分，仍然凭借自身的完整性同世界总体构成了对立关系，并因此指出了一种难以表达的形而上学的东西，正是它承担着形式的一致性。"③ 因为个体的内在精神的发展，它无法用传统的艺术形式来加以表征，所以产生了艺术形式的革命与创新，这体现在文化层面，即现代文化的悲剧。在资本主义高度发展的时代，个体灵魂如何为自我保留主观存在的自留地？在现代以前的时代，如果说人们依靠的是宗教的生活风格，那么在现代，现代人依靠的是艺术的生活风格。只不过，将个体灵魂与现代艺术风格联系起来，主要的基于一种形而上

---

① ［德］齐美尔：《金钱、性别、现代生活风格》，顾仁明译，学林出版社2000年版，第193页。
② ［德］齐美尔：《叔本华和尼采：一组演讲》，莫光华译，上海译文出版社2006年版，第126—127页。
③ ［德］齐美尔：《金钱、性别、现代生活风格》，顾仁明译，学林出版社2000年版，第195页。

学的审美意义,而非日常生活的社会学意义。这正如齐美尔所言,"艺术品只要求一个人,但要求是他的整个人,直至他的内心深处;而艺术作品回报这个人就是它的形式允许它成为这个主体最纯粹的反映和表现"①。贝尔也认为,"传统的现代主义试图以美学对生活的证明来代替宗教或道德……但是回到艺术本身来看,就像尼采明显表露的那样,这种寻找自我根源的努力使现代主义的追求脱离了艺术,走向心理:即不是为了作品而是为了作者,放弃了客体而注重心态"②。

在齐美尔的文化哲学思想中,现代生活已越来越裂变为主观精神与客观精神的矛盾与对立。齐美尔将艺术客体区分为艺术品和工艺品,其目的在于对时代文化精神分裂的弥合和拯救。齐美尔忧虑地写道:"能弥合主体与客体,解决现代体验冲突——源于躁动的、稍纵即逝的、由破碎感所构成的'现代突变感觉'与'对货币的永恒印象的超越'之间的矛盾——的伟大作品在现代日常生活中相当缺乏。'在生活的困境与激流中寻求拯救,追求超越生活矛盾的和解和宁静是艺术的永恒主题',但是,这一目标仅仅只能在少数出类拔萃的作品中显现出来。"③ 在齐美尔看来,艺术品体现了主观精神,而工艺品体现了客观精神,但在当下的艺术现实中,如果一件独特的、有个性和有魅力的艺术品能使我们感动,那无疑是因为它不仅体现了主观精神,同时也与外在的客观精神和平共处。

如何将主观精神与客观精神融合起来是齐美尔理想的文化建构目

---

① [德] 齐美尔:《金钱、性别、现代生活风格》,顾仁明译,学林出版社 2000 年版,第 53 页。
② [美] 贝尔:《资本主义文化矛盾》,赵一凡等译,生活·读书·新知三联书店 1989 年版,第 98 页。
③ D. Frisby, "The Aesthetics of Modern Life: Simmel's Interpretation, D. Frisby", *Georg Simmel: Critical Assessments*, Vol. Ⅲ, 1994, p. 62.

标,这体现在艺术上,则是如何打破个体性的艺术品与普遍性的工艺品之间的差异,并将它们整合在一起。齐美尔曾提及现代生活的一种特殊风格"夸张的个人主义",他称之为"我们时代的无风格性",即完全的个性化其实只是个体不自主和不自信的反映,现代个性以个性来取代风格,无视风格和形式普遍性,也让艺术品缺少了被接受的可能,无法成为大众普遍接受的共同审美要素和规范模式,因而实际上体现的是一种"无风格性"。在讨论艺术的风格时,齐美尔发现,现代个体张扬个体,已达到了一个极限或者说临界点,"形式的风格化创造物里却存在着一种调节、缓和的力量,它可以将这种极端的个体性转化为某种一般的、更普遍的东西"①。因此,面对现代生存的个性高扬,齐美尔实际上又肯定了艺术的风格原则,在他看来,风格化的表达、生活的日常惯性和合乎大众的品位,同时也是对夸张的个人主义的一种调节,也是平衡客观文化与主观文化之间距离的一种策略。

四 艺术形式与距离

艺术的内在距离除了体现在艺术风格中,同时也体现在艺术形式中。形式有着特殊的内涵,也是贯穿于齐美尔整个思想的线索性概念。奥克斯说:"形式是齐美尔思想的公理概念。他因此让人难以忘怀的社会学、美学、哲学史、社会历史科学的哲学、认识论和形而上学方面的所有论著都依赖于下列假说,即只有当作为一个整体的世界和它的各个方面由某种形式或某些形式所构成时,它们才变成认识和经验的可能的对象。"② 在齐美尔所涉及的哲学、社会学、文化和艺术美学思

---

① G. Simmel, "The Problem of Style", *Theory, Culture and Society* 8.3, 1991, p.64.
② [德]齐美尔:《历史哲学问题:认识论随笔》,陈志夏译,上海译文出版社2006年版,第24页。

考中，形式概念贯穿始终。马尔图切利认为，形式概念在齐美尔的思想中具有一种媒介的作用。在人与社会的最初距离中，形式既能解释社会生活的连续性和持续运动，也能解释社会生活的持续再创造。社会形式是表征主观与客观之间的分裂、个体和个体的表现之间的距离的一个例子。[①] 几乎所有齐美尔的著作，都是以形式来统率全文的。在齐美尔那里，形式有广义与狭义之分，广义的形式概念是与生命概念相对应的一个概念，是承载生命的外在载体。而狭义的形式概念则主要用于艺术中，是表征艺术内容和主体原始情绪的外在结构因素，即我们通常所说的艺术形式。

在齐美尔早期的作品中，他主要从形式的角度来展开社会学的研究，并对社会交往中的互动形式相当关注。后期的齐美尔对康德相当感兴趣，并在1914年完成了康德研究的著作《康德》。康德将判断力分为审美判断力和目的论判断力。审美判断力"是对客体的符合目的性的审美判断，它不是建立在任何有关对象的现成的概念之上，也不带来任何对象概念。它的对象的形式（不是它的作为感觉的表象的质料）在关于这个形式的单纯反思里（无意于一个要从对象中获得的概念）就被评判为对对这样一个客体的表象的愉快的根据"[②]。齐美尔认为，在康德的"审美冷漠"命题中，其中"冷漠"一词的内涵是指遮蔽对象的功用存在，转而关注对象的表面形式。在齐美尔看来，对象从功用价值过渡到审美价值的发展过程是一个客观化的过程，在主体与关系的遭遇中，如果我们将关注点从对象的功利性质转移到审美性质上，所获得的审美感受将会变得纯净和客观。"当它们是美的时，它

[①] ［法］马尔图切利：《现代性社会学：二十世纪的历程》，姜志辉译，译林出版社2007年版，第301页。

[②] ［德］康德：《判断力批判》，邓晓芒译，人民出版社2002年版，第25页。

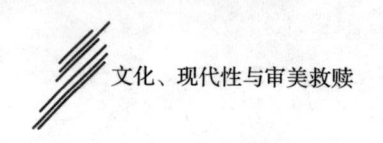

们就拥有了唯一的个别存在，并且一者的价值不能够被另一者代替，即使它可能以它自己的方式表现得跟另一者一样美。"①

可以说，齐美尔对康德的审美形式主义和审美无目的性的思想相当感兴趣。在研究康德的美学思想时，齐美尔认为我们对美的欣赏仅仅与事物的外在形式相关，而不考虑事物背后的真实与内涵。② 齐美尔在《康德》中集中研究了康德的形式概念，并以此对现代日常生活展开剖析，如对艺术和时尚的分析中。齐美尔在涉及大都市的生存体验、时尚、生活美学的研究时，更是将形式作为阐释现代日常生活的一个审美维度和剖析原则。在《货币哲学》中，齐美尔基于康德的形式美学思想，对事物的使用价值和审美价值展开剖析，认为使用价值是对象的可转换存在，而审美价值则是对象的独特存在。笔者以为，虽然齐美尔在形式概念的使用上受康德的影响颇深，但他并没有完全受限于康德，而是将康德的审美自律性形式概念转换成了一个社会学美学概念。齐美尔突破了康德对形式的形而上的艺术哲学思考范式，将形式与生命以及社会的整体进程结合在了一起。齐美尔在形式中灌注了审美情思，并希望以此来平衡货币文化所导致的日常生活的文化客观化，在他看来，将对象的功利关注转移到审美形式上来，其目的是实现个体和社会的平衡和和谐发展。而且，在对形式的审美诉求中，可以展现个体的原始情绪和审美欲求，从而克服文化的客观化所引发的个体与日常生活世界的物化距离。

齐美尔发现，当代文化的发展没有一个支撑性的主导观念，有的只是文化的否定性力量。对此，齐美尔特意对现代艺术中的未来主义

---

① [德]齐美尔:《货币哲学》，陈戎女等译，华夏出版社2002年版，第17页。
② D. Frisby, "The Aesthetics of Modern Life: Simmel's Interpretation", *Georg Simmel: Critical Assessments*, Vol. Ⅲ, 1994, p. 51.

第六章 现代艺术的审美之维

展开了分析。"针对这种文艺形势的极端结局,未来派异军突起,他们认为世袭的艺术形式已经不能适应当今生活,当今生活希望热情地讴歌自己,表现自己,可惜尚未找到新的表现形式,所以在否定旧形式时,或者说,在寻找有趋向性的、高深表现形式的可能性时,为了克服其矛盾,却又遇到了针对创作实质的矛盾。"① 在齐美尔看来,当代文化出现了生命与形式的紧张,文化出现了悲剧性的矛盾冲突。旧的形式不再能适应内在主体生命的发展,必须对旧的形式进行革命,寻求一个新的形式来适应生命的发展。齐美尔写道:

> 目前我们正处在旧有时代的斗争之中,这种斗争不再是一种新的适应生活的形式反对旧的形式,而是单纯反对形式本身,反对形式的适用法则。……在生活中,在每个可想像的方面,存在着对想用固定形式保存自身的需要的反叛。②

在齐美尔看来,文化的发展源于各个时期不同形式的更新,这种形式的更新可以实现对生命精神和原始情绪的呈现。但是在现代艺术中,这一文化发展的动力遭遇了困境。现代文化发展的动力不再是形式的更替,而是对形式的革命性抛弃。齐美尔将这种形式的革命视为"无形式"或"反形式",认为这一现状其实源于生命的冲动。在齐美尔看来,古典的艺术形式已不能满足于当下艺术中的精神生命冲动,所以生命必须要找到新的突破点来使内在的精神生命绽放光彩。为了说明这一点,齐美尔以德国现代艺术中的表现主义流派为例展开了具体分析。

在齐美尔的理论中,表现主义强调艺术家内在情感在文本中的话

---

① [德] 齐美尔:《桥与门》,涯鸿等译,上海三联书店1991年版,第100—101页。
② [德] 齐美尔:《时尚的哲学》,费勇等译,文化艺术出版社2001年版,第154页。

语呈现,"表现主义是指艺术家的内在推动力渗透于艺术品中,或更确切地说,艺术品中充满了经历。其意图不是去表达或包含被外在真实或理想强加于自身形式中的推动力"①。自古希腊以来,艺术以模仿律为主导原则,强调文本对外在世界的再现。齐美尔认为,现代表现主义艺术既不同于自然艺术家那样强调对外在生活世界的模仿,同时也不同于印象主义那样强调个人主义与外部因素的混合。在齐美尔看来,自然主义和印象主义均要依赖于外在的某种因素,如传统、技术或业已建立起来的法则,而这些妨碍了生命精神的展现。齐美尔发现,可以把一位表现主义画家在其纯粹形式意义上的创作过程想象成一种纯粹过程。画布上实际传达出的形状是内有生活的直接沉淀,它不会被任何外在综合因素改变。艺术家内在的推动力,往往来自不可名状的或不可辨认的灵魂深处。② 事实也正如齐美尔所言,印象主义强调外在刺激客体与受到刺激而创造出来的艺术成果的相似性,而表现主义艺术家的创作激情虽然也来自外在世界,但他们认为,艺术成功的最大原因在于艺术家的内在精神或内在创造性。在表现艺术家眼中,刻意地去模仿自然并不能创造出优秀的作品,艺术不是为了模仿或表现现实,艺术应当表现主体的内在精神或原始情绪。

齐美尔认为,在表现主义艺术家那里,艺术家关注的是如何表现和凸显自我的生命精神。"在所有伟大艺术家和艺术品中,还存在着比纯艺术效果更深远、更昂贵,以及更神秘的源头。它被累积,然后由艺术表现出来。在经典作品中,它完全融于艺术之中"③。至于承载生命精神的外在形式,仅仅是一个外在的承载工具罢了,这在表现主义

---

① [德]齐美尔:《时尚的哲学》,费勇等译,文化艺术出版社2001年版,第158页。
② 同上书,第158—159页。
③ [德]齐美尔:《时尚的哲学》,费勇等译,文化艺术出版社2001年版,第160页。

第六章 现代艺术的审美之维

艺术家那里是次要的,也是于艺术品没有多大的意义。表现艺术家们甚至强调,可以将艺术的外在形式与内在精神分离开来。为了说明这一点,齐美尔以伦勃朗为例展开了具体分析。齐美尔认为,在伦勃朗的艺术创作中,体现了作家对艺术形式的反叛与革命。在古典艺术中,形式有着固定的意义,是支撑内容的重要载体,但是在伦勃朗的艺术创作中,形式的完整性被打破了,他试图通过自己对形式的创造性革命来阐释和表征个体的内在生命精神。因为,伦勃朗的作品形式有其特殊意义,人们无法从形式中找到超越性的轮廓。而且,在伦勃朗的作品中,内容与形式有着结合的唯一性,形式是体现艺术品独特精神生命的存在,它只存在于所承载的独特的生命精神与个体情绪中。齐美尔发现,伦勃朗的作品"不表现自己,它们的存在曲线返回到自己,决不转向外表,而且只含有它们的个性和命运。因此,它们很难用普遍的概念来刻画自己的特征"①。就齐美尔而言,伦勃朗作品中的表现主题往往只是个人的生活,他艺术创作的动机源于自己的内心感受,或者说内在的生命精神。这种拒绝与外在现实生活对话,强调与个体生命精神交织在一起的创作动力,最终决定了伦勃朗的艺术叙事风格。

齐美尔对表现主义的艺术分析并非仅仅是为了评述这一艺术风格,而是希望通过表现主义艺术来提示现代艺术中的距离现象。如前所述,表现主义在风格上有其独特性,那就是对艺术的反叛与拒绝,而这在齐美尔看来恰恰说明了现代艺术中的内在距离。齐美尔认为,表现主义对形式的反叛,一方面说明了现代艺术在形式创新上的革命性冲动,另一方面也说明了现代艺术在观念上相对于传统艺术的转型与革新。强调形式的先锋性与革命,这是现代艺术的主

---

① [德]齐美尔:《桥与门》,涯鸿等译,上海三联书店1991年版,第190—191页。

要特性。现代主义艺术强调对传统的否定与革新，这主要是体现在形式的革命性冲动中。这种冲动并非肯定的继承与发展，而是否定性的颠覆与重建，而现代艺术也正是以这种否定性的动力来延续着艺术前进的脚步。现代艺术流派层出不穷，新的形式不断出现，不断地推翻和否定旧的形式，这种形式的创新使得现代艺术在艺术史的线性进程中明显区别于古典艺术。然而，正是现代艺术，也带来了艺术接受上的距离，主体也不能再根据古典的艺术鉴赏观念去解读和阐释现代艺术品，艺术与主体的距离由此而产生。从古典的自然主义风格到现代的抽象风格，再到表现主义风格，我们发现，现代艺术越来越强调主体性倾向。这种对艺术的内在性和表现性的强调，一方面突破了古典艺术偏重再现的自然主义风格；另一方面也暗示着艺术距离的形成过程。

齐美尔认为，在表现主义艺术的风格创新中，主体的内在精神与原始情绪要求冲破古典艺术的形式法则，这带来了艺术在形式上的革命。这种对形式的革命与颠覆，形成了现代艺术在形式上的独特表征：无风格性。这一方面是古典艺术向现代艺术转型的发展要求；另一方面也与现代人更希望在艺术中表现自我而不是像古典艺术那样为了风格而牺牲自我有关。现代人更倾向于追求抽象性的，或有着主观情思的艺术，这可能也与现代人的个人张扬与自我表现相关，对此，齐美尔说，"过去与现在的文化形式之间的桥梁似乎被摧毁了；我们只有注视我们脚下未形成的生命的深渊。但也许这个无形式的东西自身就是适合的形式"[①]。可以说，表现主义的形式反叛与革新也就是康德与利奥塔眼中的崇高风格。在康德那里，无形式是崇高的特征，而对于利

[①] 刘小枫：《人类困境中的审美精神》，知识出版社1994年版，第258页。

第六章 现代艺术的审美之维

奥塔来说,现代艺术也是因为强调在无形式和反形式中言说主体的内在生命精神而具有崇高性。

然而齐美尔的理论中又隐藏着深刻的悖论。一方面,齐美尔认为就艺术史的发展来说,现代艺术的形式创新带来了主体与对象之间的距离;另一方面,这种距离在齐美尔那里也是一种距离的消失。因为在齐美尔看来,虽然现代艺术形式相对于古典艺术来说有了革命性的颠覆与创新,但现代艺术的形式中熔铸的是艺术家主体的内在精神与原始情绪。按理说,这种与主体精神相结合的形式相对于传统艺术中那样作为模仿外在现实的载体的形式而言,应当让我们更接近作品。因为当我们进入艺术作品的鉴赏时,我们并不是与外在于我们的异己形象展开对话,而是在直面我们自我的内在灵魂或精神世界。就如同在表现主义艺术那里,艺术家本人的情绪与精神冲动,都熔铸到了艺术形式中。艺术家的主观情感不再受外在形式和自然的约束,而是直接融入形式中,这是表现主义艺术的独特性,也是其魅力之所在。因此,现代艺术并不像古典艺术那样与自然保持着一种距离,只是用形式在表征其外在形象,现代艺术强调的是内在情感在形式中的奔涌和流动,而这实际上拉近了作品与艺术家主体的距离。可见,一方面,现代艺术带来了作品与接受主体的距离;另一方面,现代艺术也拉近了作品与创作主体之间的距离。

在齐美尔的思想中,艺术的外在距离强调艺术与现实的关系,而内在距离则体现在艺术风格和艺术形式上。现代艺术风格和形式创造了不同于古典艺术的独特性,这是现代艺术在观念上与古典艺术的区别,也导致了艺术距离的产生。而齐美尔对表现主义艺术的分析,似乎更想表明,表现主义艺术不仅仅存在于对距离的创造上,同时也体现了距离的消解,因为通过生命精神的相通性导致了主体与作品的关系,而这,也正是齐美尔艺术距离不同于社会距离的独特性所在。

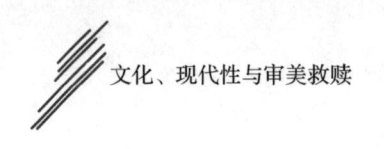

第二节　新感性形式的审美之维

在齐美尔那里，艺术距离作为现代艺术风格的一种效果呈现，它一方面是现代艺术面对艺术发展的必然选择；另一方面也是齐美尔思想中现代性审美救赎的应对策略之一。齐美尔通过距离来实现个体审美救赎的思想也被后来的法兰克福学派学者所延续。在马尔库塞那里，艺术的距离主要体现在其所提出的一个非常重要且具有代表性的命题中，即艺术的新感性形式。新感性形式延续了现代艺术以来形式革命的冲动性要求，强调把个体的感性从理性的束缚下解放出来，并使之成为一种政治和意识形态批判武器。

一　新感性形式与距离建构

马尔库塞新感性形式观念的提出，主要源于他对现代的物化资本主义文明的批判。在马尔库塞看来，在资本主义社会中，统治阶级通过取消高级文化中对立的异化因素，并努力通过意识形态的控制抹平了文化与现实之间的对抗性和矛盾性。文化与艺术被整合到统一的社会意识形态之中，并沦为单一性的文化和艺术。而现代个体也成为如齐美尔所言的现代性碎片存在，成为马尔库塞笔下的"单向度的人"。

马尔库塞指出，在当代发达资本主义社会，技术征服了社会个体，并使社会通过技术统治而同质化和一体化。马尔库塞认为，"对技术的运用是一种控制，此外，技术自身对自然和人类也是一种控制，一种法律的、科学的和计算性的控制。统治的兴趣及其特定意图不是强加于随后的技术上,并且不是来自其他外部因素,它们进入技术机制的结构中。技术总是一个历史—社会的工程:在其中,技术对社会和统治的兴趣使其对人们所要做的各种事情进行规划"①。通过技术对个体的控制,现代资本主义社会也在文化领域上加强了对个体的控制,并使其与社会意识形态层面上保持统一,并丧失了对现代社会的否定性精神。这正如哈贝马斯所言,"技术也将人类的不自由合理化了,并且显示了,个人要实现自主、决定自己人生,在'技术上'是不可能的。这种不自由既不是不合理的,也不是政治的,而是屈从于技术机制,这种技术机制增强生活的舒适,并且提高劳动生产率。技术合理性因此保护统治的正当性,而不是取消统治的正当性,这种工具主义者的理性视域为理性的极权主义社会开启了大门"②。与此相适应,在艺术领域,艺术也渐渐丧失了其审美与批判功能,而被整合到铁板一块的社会结构中,并与物化现实融为一体。

由于现代个体被资本主义社会及其文化所收编,个体曾经的丰富感性经验也因此而萎缩,现代人在文化工业面前,再也感觉不到过去经验的丰富多彩性,其鲜活的个性感受也逐渐变得单一而贫乏。马尔库塞认为,在现代物化的资本主义社会中,个体由于遭遇"社会水泥"的单向度思维影响,成为单向度的个体。要解放和拯救现代人的单向度性,就必须通过具有否定和对抗形式的艺术去唤醒个体的生命精神。在马尔库塞的思想观念中,这种否定性和对抗性的艺术所采用的形式就是新感性形式。只有通过新感性形式,才能培养个体对现代资本主义"社会水泥"的鲜活感受力,重新建构和复归个体的感性与

---

① H. Marcuse, "Industrialization and capitalism in the Work of Max Weber", *Negations: Essays in Critical Theory*, 1967, pp. 223–224.
② [美]麦卡锡:《哈贝马斯的批判理论》,王江涛译,华东师范大学出版社2010年版,第27页。

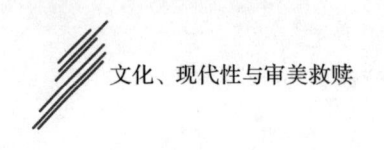

理性，救赎个体的精神生命和实现个体的最终解放。

　　艺术如何实现其否定与批判功能？马尔库塞与齐美尔一样，将目光转向艺术形式。马尔库塞对现代艺术的形式革命相当感兴趣。他从齐美尔那里看到了形式对于艺术的重要性，认为现代艺术要打破资本主义文化的统治性，就必须打破被社会意识形态所化约的习以为常性。在马尔库塞看来，由于资本主义在意识形态上对个体的同化，现代人逐渐缺乏自我的思考空间，而往往以一种惯性的生存模式去应对外在世界。个体的惯常化思维模式充斥着现代社会空间，这是一种在文化同化作用影响下的无意识的自发性，是受社会同一性思维所影响而形成的思想惰性。马尔库塞希望通过艺术形式的革命，来打破思想的被统治性，并借助新感性形式来对现存的社会体制进行反思与批判。在马尔库塞看来，文学艺术具有巨大的解放潜能，它能通过形式的革命与创新唤醒人们的感性意识，可以与物化现实拉开距离，并在感性的认知中，发现现存社会的不合理性。马尔库塞希望通过新感性形式构建一个理想中的审美之维，从而让现代个体最终摆脱资本主义的物化奴役，实现真正的人性解放和审美救赎。

　　马尔库塞强调要构建一个超越性的审美世界，从而使艺术与物化世界之间保持着一种批判的距离空间。为了实现这个目标，马尔库塞在对新感性形式概念的阐释中对艺术形式的自主性进行了强调。马尔库塞写道：

　　　　形式，是艺术感受的结果。该艺术感受打破了无意识、"虚假的""自发的"、无人过问的习以为常性。这种习以为常性作用于每一实践领域……艺术感受，正是要打碎这种直接性。这种直接性事实上是历史的产物，也就是说，它是由现存社会灌注的经验

第六章　现代艺术的审美之维

的媒介物，它自身却积淀为一个自足的、封闭的、"自发"体系。①

借助形式而且只有借助形式，内容才获得其独一无二性，使自己成为一件特定的艺术作品的内容，而不是其他艺术作品的内容。……它们使作品从既存现实中分离、分化、异化出来，它们使作品进入它自身的现实之中：形式的王国。②

马尔库塞表现出对"形式"的明显好感，在他看来，形式在现代社会中有其特殊的功效。对马尔库塞来说，要打破"社会水泥"的统治性，恢复个体的思考能力和批判精神，就必须与现存体制彻底决裂，而现代艺术作为承载个体精神和情感的东西，更应当通过新感性形式形成艺术的批判功能。

对马尔库塞而言，新感性形式营造了一个独特的审美世界，这是一个与外在生存保持异在性的世界，这种异在性一方面带来了主体与物化世界的距离；另一方面也带来了个体审美感知力和批判反思力的复苏。在这种营造的距离中，现代个体可以远距离地审视和反思现实，这样不仅打破了人们被资本主义物化现实所同化了的单向度感性，同时也让个体批判物化现实和资本主义异化文明。马尔库塞写道："审美形式使艺术摆脱阶级斗争的现实性，即摆脱那种既纯粹又简单的现实性。审美形式构成了自律，使艺术与'给定的东西'区别开来。不过，艺术的这种超然独立产生出的不是'虚假的意识'或纯粹的幻

---

① ［美］马尔库塞：《审美之维》，李小兵译，广西师范大学出版社 2001 年版，第 111 页。
② 同上书，第 180 页。

象，而是一种反抗的意识：即对现实中随波逐流的心灵的否定。"① 用马尔库塞的话来说，通过新感性形式，现存社会的单向度的意识形态虚假外衣得以揭开，艺术与现实的距离得以建构，艺术的真理也得以敞开。"美学形式构成了艺术对于'既定'事物的自主性。然而，这种游离状态并不产生'假意识'或纯粹幻想，毋宁说它产生一种反意识：对于现实主义的——顺世从俗的理智的否定。"②

二　新感性形式中的审美之维

在马尔库塞的审美思想中，新感性形式实现了艺术与现实的距离，这是艺术自律性的一种体现。这种距离使个体能以外在的角度审视社会，从而使艺术具有认识和批判社会的现实功效。马尔库塞反对将艺术与生活等同，也尽力避免让艺术成为社会水泥的认同者、拥护者，或成为资本主义统治阶级的同谋者。在他看来，如果艺术丧失了与生活的距离，那么就说明艺术丧失了自主性和批判性。马尔库塞强调说："艺术自律以一种极端的形式，即以不和解、疏远化的形式，证明着艺术自身的存在。……这些疏远化的艺术作品，不外乎都是贵族的或腐朽的征兆。然而，它们事实上都是矛盾的真实形式，因为，它们起诉着吞噬掉所有东西（甚至疏远化作品）的社会一体性。"③ 在马尔库塞看来，艺术通过新感性形式建构艺术的自律法则，进而与资本主义物化现实保持着一段批判和反思的距离。

马尔库塞发现，在一个思维被全面同化，如同"社会水泥"般的

---

① ［美］马尔库塞：《审美之维》，李小兵译，广西师范大学出版社2001年版，第197页。
② ［美］马尔库塞：《现代美学析疑》，绿原译，文化艺术出版社1987年版，第8页。
③ ［美］马尔库塞：《审美之维》，李小兵译，广西师范大学出版社2001年版，第211页。

第六章　现代艺术的审美之维

异化社会中，艺术丧失了社会的批判和否定功能，成了无病呻吟的玩赏之物，更可怕的是，在艺术批判和否定功能丧失的同时，现代艺术不知不觉成了社会现行意识形态的同谋者或帮凶。马尔库塞认为，艺术在现代社会中应当承担起救赎的功能，艺术应当坚持自律特性，以其异在于社会现实的艺术形式，与社会保持适当的距离以实现审美建构。艺术正是借助形式的革命，才超越了现实实存，成为与社会物化意识形态保持距离的批判和反思载体。在艺术的新感性形式中，艺术的传统经验和观念被重建，艺术也因而传达出与现实社会意识形态不一样的经验。在这个意义上，马尔库塞的新感性形式是对异化生存的揭露与抵制，其目的在于重新恢复个体的鲜活感受，使现代人摆脱物化社会的奴役与控制，进而实现批判和审美拯救功能。马尔库塞写道："艺术创造出一个并不存在的世界，一个'显现'、幻象、现象的世界。然而，正是在这种把现实变为幻象的转化中，也只有在这个转化中，表现出艺术倾覆性之真理。"[①] 因此，艺术的新感性形式超越了生活的日常性，打碎了现存社会中的物化客观性，带来了主体全新的艺术体验和审美感受。正是在这个意义上，马尔库塞称艺术为资本主义社会的"异端力量"，是物化文明的批判武器和现代人的审美救赎路径。

在马尔库塞对现代艺术的分析中，他希望通过感性化的审美来超越资本主义物化意识形态对个体趣味、价值、标准和经验的限制、定型和导向，进而超越社会现实"社会水泥"所带来的现代个体思想的单向度性。在他看来，"'异在效应'并非是外在强加于文学，毋宁说，它是文学对整体行为主义本身的回答——是拯救否定之合理性的

[①] [美]马尔库塞：《审美之维》，李小兵译，广西师范大学出版社2001年版，第157页。

企望,在这种企望中,杰出的文学的'保守派',也与激进的行动者结为同盟"①。"艺术异在化的传统意向的确是浪漫的,因为它们在美学上与发展着的社会势不两立;这种势不两立即它们真理之象征。"② 在这个意义上,每一个真正的艺术作品都有着具有批判功能的新感性形式,因而都是革命性的存在。这些艺术形式以其独特的方式颠覆个体对社会的认知观念,控诉和批判着既存的社会现实,以达到救赎之目的。

马尔库塞认为,艺术通过形式的革命来唤醒现代个体的感性,借以形成对资本主义社会的反思精神和批判意识。因为一旦艺术与社会结盟,被社会所同化,那么艺术的现实反思和批判精神就会丧失。因此,艺术可能的方式在马尔库塞看来就是退回到自身,也就是我们所说的艺术自律。艺术通过回撤到自身,进而在自身寻求反思与批判现存意识形态的可能性。马尔库塞提出新感性形式来反思与批判社会,其批判的矛头直指现存的意识形态语言。在马尔库塞看来,我们要批判社会意识形态语言,就必须通过与现行统治阶级不一样的语言形式。在形式的革命中,马尔库塞尤其看重语言形式的革命,在他看来,语言形式是唤起主体感性意识的主要方式。新感性语言具有革命性的功效,可以拉开艺术文本与现实的距离。"它们打破了把人和自然围蔽于其中的习以为常的感知和理解的框架,打破了习以为常的感性确定性和理性框架。"③ 对马尔库塞而言,语言形式的革命性导致了艺术的自律和艺术功效的内转,使艺术能通过感性形式唤醒现代个体的批判意识,进而在文本所建构的审美空间内实施社会批判功能。

---

① [美] 马尔库塞:《审美之维》,李小兵译,广西师范大学出版社 2001 年版,第 70 页。
② 同上书,第 64 页。
③ 同上书,第 158 页。

第六章 现代艺术的审美之维

远离现实和物化生存，在审美中实现对现存不合理性的批判，这是齐美尔美学思想的核心要义，也是法兰克福学派在寻求社会救赎无法实现时的理想出路。对马尔库塞而言，一旦社会的批判可能性不复存在，批判就转移到了语言形式层面。"艺术正是借助形式，才超越了现存的现实，才成为在现存现实中，与现存现实作对的作品。……艺术的'语言'必须传达真理，传达出并不属于日常语言和日常经验的客观性。"① 马尔库塞认为，新感性语言本身就具有疏离现实的作用，因为它们在指称现实时就有着对现实的陌生化功效。在马尔库塞看来，在现代社会，由于统治阶级逐渐把语言纳入意识形态的主导层面，从而遮蔽和掩盖了语言原本超越性的形而上意义，并使其成了现行意识形态的帮凶，成了粉饰太平的工具。而且，更可怕的是，由于资本主义意识形态对语言的收编，语言逐渐成了统治阶级进行社会控制和奴役人们的手段。因此，艺术"只有以其破除日常语言，或作为'世界的诗文'这种它自身的语言和图像，才能表达其激进的潜能"②。

在马尔库塞看来，要与"控制人的锁链决裂，必须同时与控制人的语汇决裂"③。这就要求必须搬掉日常语言这块"大众的镇石"，创造一种全新的话语方式。在现实生活中，个体将语言视为生存和交流工具。一旦语言成为控制人类思维的帮凶，个体就会成为语言的奴隶，而语言也成为一条锁链反过来牢牢套住了个体的思维和心灵。因此，马尔库塞认为，诗性语言就是一种感性的语言，它超越了日常语言的工具性，以一种新的形式摆脱指称，获取自己的独立，同时也解放了语言对个体的控制，使个体通过语言获得对现行社会的感性认知，进

---

① [美] 马尔库塞：《审美之维》，李小兵译，广西师范大学出版社2001年版，第112页。
② 同上书，第162页。
③ 同上书，第106页。

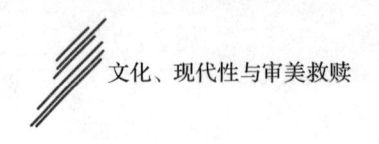

而实现反思与批判功能。

在马尔库塞的语境中,由于社会生活已被统治阶级意识形态所操纵,人和自然处于一个不自由的社会,他们原本被压抑和歪曲的潜能不能通过正常的途径表达出来,只能通过疏远社会的方式表现出来,而新感性则成了马尔库塞最好的表达方式。在马尔库塞看来,通过新感性的形式,艺术世界展示出自己的另一面,它区别于受统治阶级所操纵和同化的物化世界。在这个世界中,艺术通过形式的革命性唤醒了主体的解放潜能,从而实现认识和批判现实的功效,传达和显示出被资本主义物化世界所遮蔽的真实。新感性形式所具有的这种效果使艺术与现实保持着一种距离,现代艺术因审美形式的创新而成为一个与现实既相联系而又相区别的自律王国。这正如刘小枫所言,"艺术凭借它的审美形式使自己成为一个和既定的社会关系相对立的自律领域。作为自律领域,艺术既反抗这些社会关系,又超越这些社会。艺术有自己的对象、自己的人类学的依据、自己的形式组织。……并不总是屈从于特定的社会阶级的利益和观念"[1]。

艺术力图摆脱现实的同化影响,极力与现实保持距离,并通过与社会保持距离来反思和批判社会的不合理性。在这里,艺术自主性、审美形式和审美超越,它们建构了马尔库塞通过艺术实现个体救赎的"审美之维"。可以说,马尔库塞的新感性形式是与对社会的否定、反思和批判功能结合在一起的,新感性是指个体的感性与理性的共同解放,它在实践着艺术对现实的批判功能的同时也实践着艺术对个体的解放功能。

---

[1] 刘小枫:《诗化哲学》,山东文艺出版社 1986 年版,第 266 页。

第六章　现代艺术的审美之维

第三节　艺术自律的审美之维

阿多诺认为，艺术的本质在于对现实世界的否定，艺术具有批判现实和拯救人性的功能，而这一切的支撑点在于艺术自律。阿多诺这一营造距离的审美救赎之途存在一个内在悖论：一方面，艺术要做到与生活的完全绝缘是不可能的，它极有可能沦为意识形态的表征。因此，艺术远离社会最终只是对现实的一种审美逃避，或者说只是一种审美的乌托邦幻象；另一方面，艺术否定社会在某种程度上确实实现了对个体的审美救赎。毕竟，在资本主义异化文明的笼罩下，只有通过艺术的自主性，通过与生活保持距离，才能远距离地实现对资本主义异化文明的抵制与批判。

一　艺术自律的剖析路径

在艺术史上，现代艺术不同于传统艺术的特征在于它作为一个独立的价值领域与社会其他价值领域区分开来，成为一个相对独立、自给自足的世界。从审美艺术学的角度来说，艺术自律意味着艺术获得了通过自身言说自我的合法性，其中，康德的"审美非功利性"命题、鲍姆加通关于美学学科的命名以及巴托"美的艺术"命题的提出为艺术自律提供了理论资源。从艺术社会学的角度来说，艺术自律力图摆脱资产阶级对艺术的操纵与控制，摆脱艺术商品化和市场化的趋势，使现代艺术成为"反艺术"，进而实现对资产阶级物化现实和中产阶级平庸趣味的审美救赎。在现代美学与艺术理论中，从审美艺术

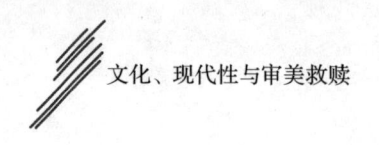

学到艺术社会学的思考路径转变中,我们可以窥见艺术自律在现代审美艺术史上的发展逻辑及其命意指向。

在《美学百科全书》中,哈斯金从美学的角度对艺术自律进行了如下定义:

> 在美学中,"自律"这个概念的内涵意味着这样一种思想,即审美经验,或艺术,或两者都具有一种摆脱了其他人类事务而属于它们自己的生命……这个命题反映了自主性的一般意义,亦即"自治"或"自身合法化"。①

哈斯金主要从美学的视角来界定艺术自律,强调了艺术通过自身而获得其合法性的特点。在哈斯金看来,作为一个美学概念,艺术自律往往被追溯到康德美学及其"审美非功利性"命题,并通常被引用为一个强调艺术品没有任何实际功利指向的审美口号。基于此,哈斯金将康德视为一个审美的"自律主义者"②。与哈斯金的见解相似,卡林内斯库指出,虽然艺术自律观念在19世纪30年代曾一度流行于法国青年波希米亚诗人和画家圈子中,但康德在《判断力批判》中提出艺术"无目的的目的"这个二律悖反的概念,并由此肯定了艺术的非功利性,而这也成了后来艺术自律观念的重要源泉。③ 对此,比厄斯利认为,康德在其美学体系中致力于建构一个艺术自律的领域,在其中,"审美对象由于其没有目的的合目的性而成为某种与所有的功利主义的对象完全不同的东西;它的创造动机也是独特的,独立于其他事

---

① Haskins, "Autonomy: Historical Overview", *Encyclopedia of Aesthetics*, 1998, p. 217.
② C. Haskins, "Kant and the Autonomy of Art", *The Journal of Aesthetics and Art Criticism*, 1989, p. 43.
③ [美] 卡林内斯库:《现代性的五副面孔》,顾爱彬译,商务印书馆2002年版,第51—52页。

第六章 现代艺术的审美之维

物之外（即在理解力所具有的合规律性一般条件之上的想象力的自由游戏）"①。在比厄斯利看来，虽然康德的规划在后来的席勒那里得到了扩大和称颂，但艺术自律的源泉绝大部分已经存在于康德体系之中。

康德的美学理论为艺术自律概念提供了必要的理论资源，这对后来的西方美学与艺术产生了重要影响，如奥地利音乐批评家汉斯里克在康德美学思想的影响下，捍卫了音乐艺术的独立性和自足性。在汉斯立克看来，音乐的美不依赖于它的生理或心理的效果，不依赖于它所预期的内容或意义，也不依赖于外在的环境，而在于它有专属于音乐的本性。音乐的美是一种独特的只为音乐所特有的美，它只存在于音乐的艺术组合中。② 汉斯立克发挥了康德美学思想中对形式美的推崇，倡导对艺术形式因素的分析和研究。除了汉斯立克，20世纪初艺术理论中所倡导的"纯艺术"观念，以及广为人知的"为艺术而艺术"口号，也都具有浓厚的康德主义色彩，如比厄斯利所言："后来被称为'为艺术而艺术'的思想源泉绝大部分已经存在于康德体系之中，尽管它们无疑有点夸大和过分简单化了。"③

若我们对西方美学和艺术史稍加考察，艺术自律概念的提出与18世纪所出现的两个事件有着偶然的关联。一个事件是法国哲学家巴托于1746年在《简化为单一原则的美之艺术》中首次为现代艺术命名，提出了"美的艺术"（fine art）概念，从而成为美学史上第一个明确区分出美的艺术系统的人；另一个事件就是德国哲学家鲍姆加通于1750年出版了一本使其获得"美学之父"之誉的《美学》，鲍姆加通

---

① [美] 比厄斯利：《西方美学简史》，高建平译，北京大学出版社2006年版，第259页。
② E. Hanslick, *The Beautiful in Music*. New York: Bobbs–Merrill Co. 1957, pp. 47–48.
③ [美] 比厄斯利：《西方美学简史》，高建平译，北京大学出版社2006年版，第259页。

选择 Aesthetica 来命名这门科学，首次在美学史上提出了专门研究艺术和美的思维的哲学学科——美学，从而促进了美学独特研究对象的确立。鲍姆加通和巴托的命名促使了艺术与美学研究的专门化，从而使得现代艺术自律的出现成为可能。周宪认为，巴托确证了艺术的独立存在地位，而鲍姆加通从感性学的立场为美学赢得了合法性地位，两者"都隐含了一个共同的结论：美的艺术是独特的，它有自己的价值和原则"①。

与哈斯金等人的审美艺术学视角不同，比格尔和哈贝马斯对艺术自律的分析则呈现出一种艺术社会学的视角。在比格尔看来，康德的命题成了席勒思考的出发点。席勒试图揭示，由于康德审美判断的无利害性思想的提出，促使人们不把艺术直接与社会现实和外在目的相关联，艺术才得以完成一个其他任何方式都不能完成的任务：增强人性。② 比格尔认为，作为自主性的现代艺术是在18世纪资产阶级兴起之后才开始出现的。由于18世纪末所流行的现代艺术概念的出现，艺术活动获得了对自我进行确证的合法性，各种艺术才纷纷从日常生活的语境中抽离出来，这样一来，自律的现代艺术也就形成了。在比格尔看来，从18世纪的艺术自律的出现，到19世纪后期与20世纪早期的唯美主义的发展，都是艺术与资产阶级社会分道扬镳的表现。

> 艺术自律是一个资产阶级社会的范畴。它使得将艺术从实际社会的语境中脱离描述成一个历史的发展，即在那些至少是有时摆脱了生存需要压力的阶级的成员中，一种感受会逐步形成，而

---

① 周宪：《审美现代性批判》，商务印书馆2005年版，第218页。
② ［德］比格尔：《先锋派理论》，高建平译，商务印书馆2002年版，第113—114页。

第六章　现代艺术的审美之维

这不是任何手段—目的关系的一部分。①

艺术作品与资产阶级社会的生活实际相对脱离的事实，因此形成了艺术作品完全独立于社会的思想。从这个术语的严格的意义上说，"自律"因此是一种意识形态范畴，它将真理的因素与非真理因素结合在一起。②

现代艺术之所以能获得自律，首先在于艺术家摆脱了他者的束缚，成为现代社会中具有自主性的自由者。传统的艺术家隶属于一定的外在社会关系，他为宫廷或一个家族服务，没有创作的自主性，而现代的艺术家则走出了这种传统的束缚，成了具有独立自主性的个体。艺术家的人身独立也就成了艺术获得自律的首要条件。在这时，艺术家对庇护人的依赖关系被疏离并最终被切断了，转而出现对市场及其所代表的利润最大化原则的非个人性的、结构性的依赖。多德认为，"在传统社会中，艺术与宗教体系和私人赞助联系在一起，尽管艺术家要依靠赞助人维持生计，艺术品本身却不被直接当作商品。它们不在市场上进行买卖，而是借助于艺术人与赞助人的长期关系被委托制作。随着资本主义的发展，这一体系破裂，其主要原因是传统的艺术赞助者在财富与势力上迅速衰败。艺术家个人越来越依赖于一次性交易中的独立买主来作为经济来源，但这只是朝向一种全新的文化产业的过渡阶段"③。而鲍德里亚认为，艺术家与其依附的家庭的分离，虽然表面上只是一种象征性的革命，但正是"通过象征的革命，艺术家摆脱了资产阶级的需求，并把自己界定为艺术唯一的主人，进而拒绝承认除了艺术之外的任何主子，这就是'为

---

① [德]比格尔：《先锋派理论》，高建平译，商务印书馆2002年版，第103页。
② 同上书，第117页。
③ [英]多德：《社会理论与现代性》，陶传进译，社会科学文献出版社2002年版，第71页。

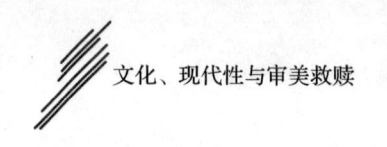

艺术而艺术'这一说法的真正含义"①。

现代艺术的自律是现代社会分化的产物。齐美尔曾认为，现代发展使美学的或思想的、实践的或宗教的活动的内容和结果形成了彼此分离的、自律自治的王国，它们分别以自己的方式和语言制造出世界或其自身的世界。② 维尔默认为，随着艺术从宗教和文化的目的关联中解脱出来，其自身也获得了自主性。在自主性艺术中，审美功能是摆脱一切外在目的的，美从一切外在的目的中抽身而出，其结果是，艺术作品将宗教符号中顶礼膜拜的灵韵吸收进来，于是艺术作品变成在内部自我循环的含义关联，由于其自身的组合，这些关联只能在内部超越自身。③ 可以说，在现代艺术上，对艺术的界定有一个越来越趋向于自主性的趋势。在18世纪的发展过程中，文学和艺术作为独立于宗教生活和宫廷生活的活动而被制度化了。而到了19世纪中期，艺术上的唯美主义观念出现了，这个观念激励着艺术家按照"为艺术而艺术"的理念去创造自己的艺术品。哈灵顿发现，虽然"为艺术而艺术"命题在某种意义上揭示了艺术概念的形而上最高境界，但这个命题也在19世纪遭到了不同思想潮流的质疑。"这些思想潮流试图把平凡的技艺和高雅的艺术置于平等的根基之上，企图确立艺术、道德和不同民族文化传统之间更确定的联系，并在多维比较的历史视野中、在不同文明、不同民族及其世界观的学术研究基础上来理解艺术。"④

哈贝马斯认为，早先在宗教和形而上学世界中所表现的理性，被分

---

① P. Bourdieu, *The Field of Cultural Production*. Cambridge: Polity, 1992, p. 169.
② [德]齐美尔：《叔本华与尼采：一组演讲》，莫光华译，上海译文出版社2006年版，第95页。
③ [德]维尔默：《论现代和后现代的辩证性》，钦文译，商务印书馆2003年版，第125—126页。
④ [英]哈灵顿：《艺术与社会理论：美学中的社会学论争》，周计武等译，南京大学出版社2010年版，第7页。

第六章 现代艺术的审美之维

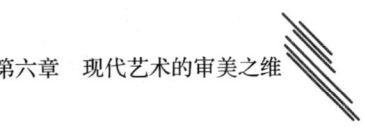

离成科学、道德和艺术三个自主的领域。由于统一的宗教和形而上学世界观瓦解了，这些领域逐渐被区分开来。① 哈贝马斯认为，在艺术获得自律的过程中，文化的分化也起到了推波助澜的作用，"文化合理性包括认知、审美表现以及宗教传统的道德评价三个部分。有了科学和技术、自主性的艺术和自我表现的价值以及普遍主义的法律观念和道德观念，三种价值领域就出现了分化，而且各自遵守的是自己特有的逻辑"②。文化分化为三个价值领域，艺术获得了自我确证的合法逻辑，也就意味着获得了自主性。不同的文化领域具有自身的游戏规则，其合法性概括无须在其他领域寻找，它自己可以证明自身存在的合理性与合法性。而根据布尔迪厄的观点，这个过程就是社会文化中的各个"场"的分离及其自身合法化的过程。文化艺术作为一个"场"，最初是与政治、宗教、道德、经济等其他"场"融为一体的，但随着文化艺术与资产阶级的对抗，文化生产由于分离和孤立逐渐发展出一种动态的自主性，而这意味着一切外在的决定因素都被转变为符合"场"自我规定的功能原则。③文化现代化进程使不同的知识领域得以分化，随着知识领域的分化，艺术逐渐从宗教和文化的目的关联中解脱出来，获得了自主性。显然，上述学者所遵循的是一种艺术社会学的思路。

从上述讨论可以看出，在对艺术自律的分析上，经历了两种考察思路：审美艺术学的考察维度和艺术社会学的维度。审视艺术自律概念在审美现代性语境中的诸种命意，也许我们可以观照艺术是如何体现并表征着当下的社会文化形态及其审美逻辑。

---

① J. Habermas, Modernity – An Incomplete Project, *Postmodernism*: *An International Anthology*, Seoul: Hanshin, 1991, p. 261.
② [德]哈贝马斯：《公共领域的结构转型》，曹卫东译，学林出版社 1999 年版，第 159 页。
③ P. Bourdieu, *The Field of Cultural Production*. Cambridge: Polity, 1992, p. 115.

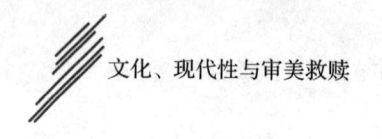

二 艺术否定社会与艺术自律

阿多诺认为，现代艺术最根本的特点就是对自主性的强调与诉求，这在其"艺术否定社会"这一命题中表现得相当明显。阿多诺认为，现代艺术最根本的特点就是对自律性的诉求。这在"艺术否定社会"这一命题中表现得相当明显。在《美学理论》中，阿多诺写道：

> 艺术之所以是社会的，不仅仅是因为它的生产方式体现了其生产过程中各种力量和关系的辩证法，也不仅仅因为它的素材内容取自社会；确切地说，艺术的社会性主要因为它站在社会的对立面。……通过凝结成一个自为的实体，而不是服从现存的社会规范并由此显示其"社会效用"，艺术凭借其存在本身对社会展开批判。……艺术的这种社会性偏离是对特定社会的特定否定。①

在《多棱镜》中，阿多诺又说：

> 只有在撤回自身的过程中，只有迂回地展示自身，资产阶级文化才能从渗透到所有存在领域的极权主义病症之正在衰败的踪迹中想到某个纯粹之物。只有当它放弃已堕落为其对立面的某个实践（Praxis）的时候，只有当它不再生产千篇一律的东西的时候，只有当它不再为替某操纵者效命的顾客服务的时候……只有当它远离大写的人（Man）的时候，文化才会赢得人（man）的信任。②

从阿多诺的论述中，我们可以总结出以下几点。

---

① ［德］阿多诺：《美学理论》，王柯平译，四川人民出版社1998年版，第386页。
② ［美］沃林：《文化批评的观念》，张国清译，商务印书馆2000年版，第15页。

第六章 现代艺术的审美之维

首先，艺术是对社会的否定。艺术中没有任何东西具有直接的社会性，即使在直接的社会性成为艺术家的特殊目的时也不例外。如果艺术想要再现社会，或者说复制社会现实时，它所得到的肯定只会是"仿佛如此"的东西。对此，哈贝马斯也分析说，现代倾向使得艺术的自律性变得相当极端化，进而从资产阶级社会核心产生出一种反文化。在艺术美当中，资产阶级曾经体验到它自身的理想，并履行在日常生活中被想象出来的幸福承诺。而极端化的艺术则很快就不得不承认，自己对社会实践起着否定而不是补充的作用。① 艺术的社会性并不在于艺术的政治态度，而在于它与社会相对立时所蕴含的固有的原动力。哈灵顿认为，"艺术品为自己设定理想的法则。艺术品实现这些理想法则的程度就是艺术品满足作品整体、满足作品整体性目的的程度；就是艺术品坚持自主性，反对社会用途和消费功能这些'外在'社会法则的程度；就是艺术品保持审美自主性的程度"②。这也正如刘小枫所言，"艺术的自律排斥他律的因素，亦即拒斥意识形态的侵入。不仅如此，艺术的自律还破坏历史的意识形态，破坏普通的经验"③。

其次，艺术的自为存在以及艺术对社会的否定实际上就是强调艺术的自律性。阿多诺认为，艺术的社会本质体现于两个方面："一方面是艺术的自为存在，另一方面是艺术与社会的联系。"④ "艺术的自为存在"也就是指艺术的自律，即艺术日益独立于社会的特性。而艺术的社会性主要在于艺术"站在社会的对立面"，并存在于对社会的否定中。沃林在评论本雅明对阿多诺的观点时展开了分析。"对阿多诺来

---

① J. Habermas, *Legitimation Crisis*, Boston: Beacon Press, 1975, p. 85.
② ［英］哈灵顿：《艺术与社会理论：美学中的社会学论争》，周计武等译，南京大学出版社 2010 年版，第 109 页。
③ 刘小枫：《诗化哲学》，山东文艺出版社 1986 年版，第 267 页。
④ ［德］阿多诺：《美学理论》，王柯平译，四川人民出版社 1998 年版，第 388 页。

说，真正自律艺术的特点是对19世纪'为艺术而艺术'的虚妄之说和唯美主义的极端否定——也就是放弃了封闭的、有机的艺术作品观念，以及用碎片化的、开放的'过程中的作品'来取代它"①。因此，"独立于社会"意味着同社会保持距离；而"站在社会的对立面"则意味着艺术持一种远距离的批判立场去否定现行社会的不合理性，进而揭示其假面，如哈灵顿所言，"艺术要获得批判社会现实的力量，就必须远离现实。正像批判理论在没有融入实践而得保持一定距离的分析时最为有效一样，艺术通过与生活保持距离的方式来接近生活"②。只有艺术凝结为一个自在自为的实体，艺术才能保持这种社会性偏离，实现对社会的审视与反思。

再次，艺术对社会的否定是艺术抵抗资本主义物化世界的策略。阿多诺认为，艺术的本质、社会职能及社会重要性，正在于它同这个世界的对立。而现代艺术之所以被视为一种"否定艺术"，主要是因为它表现出一种"反世界"倾向。它有意地不再美化人生与社会，而是直接地呈现人的生存困境和揭露社会弊端。在阿多诺的思想中，随着资本主义的发展，艺术在商品化的影响下，已逐渐从其他社会方面分离出来。资本主义社会发展在现代已成为一个控制现代人的无所不在的铁笼，而艺术想要对这种现实展开批判，就不能服从于现实生活的逻辑，"艺术只有具备抵抗社会的力量时才会得以生存。如果艺术拒绝将自己对象化，那么它就成了一种商品"③。艺术为了避免自己成为现实商品，为了避免受到物化意识形态的侵蚀，就只有通过否定现行

---

① [美]沃林：《瓦尔特·本雅明：救赎美学》，吴勇立等译，江苏人民出版社2008年版，第197页。

② [英]哈灵顿：《艺术与社会理论：美学中的社会学论争》，周计武等译，南京大学出版社2010年版，第164页。

③ [德]阿多诺：《美学理论》，王柯平译，四川人民出版社1998年版，第387页。

意识形态，通过与现行意识形态拉开距离，才能保持自身的丰富性和实践对现行意识形态的远距离的审视和批判。这正如王柯平对阿多诺的分析："具有自律性的艺术一般表现为它极力想摆脱这个行政管理世界对它的支配与干扰，它想独来独往，抵制整体社会文化运动。面对这个它所厌恶的现实世界，它不压制也不拒绝表现愚蠢和丑恶的东西，它竭力暴露和控诉当今社会的流弊。"① 可见，在阿多诺那里，艺术的本质和社会职能恰恰在于艺术同这个世界的对立。

就艺术与社会的关系而论，艺术其实处于一种相当尴尬的困境。马尔库塞写道："当艺术放弃这个自律，放弃自律在其中得以表现的审美形式时，艺术就屈从于它想去把握和起诉的现实。"② 而阿多诺也描述了艺术与社会的复杂关系：一方面艺术要自律；另一方面又不能完全自律。艺术具有解放的革命功能，它是社会解放的一种策略。对马尔库塞而言，艺术的解放潜能存在于它自身的审美之维中，而在阿多诺看来，艺术的革命性功能又具有其局限性。"在任何地方也不能保证艺术将履行其客观的许诺。"③ 而阿多诺自己也认为，"在艺术中，不可避免地存在着不着边际的空想因素，也就是说，艺术不可能把它的洞见变成现实"④。可见，在对艺术功能的判断上，法兰克福学派明显地延续了齐美尔的审美救赎的悖论情绪。一方面，艺术要想超越现实，要想实现现代人的审美的救赎，只能是间接的、远离现实的形式存在；另一方面，这一审美的设想却不免带有乌托邦的情结，毕竟，远离和超越现实的艺术，很容易使艺术落入自成一统的边缘化空间内，从而

---

① ［德］阿多诺：《美学理论》引言，王柯平译，四川人民出版社1998年版。
② ［美］马尔库塞：《审美之维》，李小兵译，生活·读书·新知三联书店1989年版，第204—241页。
③ ［德］阿多诺：《美学理论》，王柯平译，四川人民出版社1998年版，第150页。
④ 同上书，第246页。

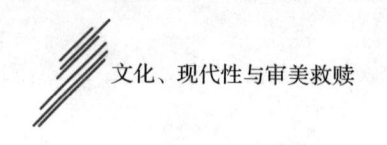

又使得艺术完全与现实无涉,从而消解艺术批判和否定现实的功能。

阿多诺强调了艺术与现实的距离。如周宪所言:"艺术要站在社会的对立面,作为现实的一种比照和镜子,从而构成一种尖锐的社会批判。……阿多诺的这个想法又是韦伯审美自律性,以及齐美尔保持心灵的丰富性只有远离物化的现实世界的观点的发挥。"[1] 现代主义是一场不断挖掘鸿沟和产生距离的过程,这个过程中的一个显著倾向就是追求纯粹化的审美经验和艺术对社会的远离。从齐美尔到阿多诺的审美建构都强调了一种观念:艺术不是现实,艺术必须有别于现实,艺术必须颠覆现实。通过与社会对立,而不是通过融入社会来认识和批判社会,这也正是现代艺术的距离策略。

三 机械复制艺术的自律悖论

第一代批判理论家把艺术自律当成资本主义批判和个体审美救赎的武器。在他们看来,艺术具有与20世纪"大众文化"类似的娱乐与神秘化功能。然而,"批判理论家也因此认为,要辩证地、策略性的为艺术自主性辩护,以批判资产阶级思想对自主性虚假的赞美。他们形成了辩证的艺术观:艺术既是自律的也是他律的,既是自为的也是为他的,既是条件也受约束"[2]。批判理论家极力强调通过艺术自律,认为只有当艺术以独立作品的形式并保持其自律的时候,才能实现对资本主义社会的揭露和批判。与阿多诺和马尔库塞一样,本雅明的理论也延续了齐美尔的距离意义。本雅明一方面对现代技术革命表现出向往和认可,另一方面又对现代技术革命所引起的社会异化现实表达了

---

[1] 周宪:《20世纪西方美学》,南京大学出版社1999年版,第126页。
[2] [英]哈灵顿:《艺术与社会理论:美学中的社会学论争》,周计武等译,南京大学出版社2010年版,第137页。

第六章 现代艺术的审美之维

深刻的忧虑。

本雅明在《机械复制时代的艺术作品》中提出了灵韵与震惊这一对范畴,并将灵韵定义为:"在一定距离之外但感觉上如此贴近之物的独一无二的显现。"① 在本雅明看来,灵韵是艺术作品独一无二的显现,灵韵首先强调一种距离,其次是这个距离能产生一种非常亲切的情感。在本雅明看来,古典艺术根植于特定的社会文化背景之中,因而具有此时此地独一无二性,这便是"灵韵"。但是在现代机械复制时代,灵韵消失了,取而代之的是震惊体验。现代机械复制技术不断给人带来各种各样的震惊体验,震惊固然能使现代人获得强烈的刺激,但过多的震惊却使敏锐的感受逐渐麻木。对此,伊格尔顿有着精辟的分析:

> 本雅明把灵韵与距离相联系。……灵韵开启距离只是为了更有效地赢得亲近:人的目光必须克服的荒漠越深,从凝视中所散发的魔力就越强。灵韵如同想象世界,其中会产生迷惑式的他性与亲密性之间的相互作用……传统的绘画与现实始终保持着冷冰冰的距离,而电影摄像机却深入现实之网,运用其探索和分离之能力扰乱"自然的"视角,凝固、夸大或割裂某个动作的片断,然后用多样化的形式把它们重新组合。②

在这里,灵韵艺术和震惊艺术就是齐美尔所分析的艺术品和工艺品。在本雅明看来,艺术自律的解体缘于机械复制时代技术的兴起。在比较绘画和摄影的功能时,本雅明用大量的案例阐释和表明了现代

---

① [德]本雅明:《机械复制时代的艺术作品》,王才勇译,中国城市出版社2002年版,第13页。
② [英]伊格尔顿:《沃尔特·本雅明或走向革命批评》,郭国良等译,译林出版社2005年版,第50—51页。

技术在日常生活中的主导性地位所引发的后果。本雅明对19世纪巴黎城市空间中受技术渗透的艺术情有独钟，在他看来，照相和电影提供了最合适的手段来认识艺术的膜拜价值的消解和展示价值的出场。如哈贝马斯所言，"复制的技术冲击了艺术作品的内在结构，一方面，作品失去了时空个性。但是另一方面，它具有了更多的文献真实性。短暂性和重复性的时间结构替代了作为自主艺术时间结构特征的独特性和延续性，因此破坏了光晕，即那种'独特的距离感'，同时却强化了'在世界上的同一感'"①。

本雅明认为，在过去，由于绝对强调艺术作品的膜拜价值，艺术品是仪式的呈现或工具，只是后来它才被视为艺术品。而今天，艺术的膜拜价值消解，艺术品强调自身的展览价值，艺术品就变成了一个具有新功能的结构，其中我们都知道的一个功能即艺术成其为艺术的功能，或者说艺术自律。②然而，现代机械复制技术的兴起，却对现代艺术的艺术性带来了冲击。比格尔认为，在文学和艺术中，没有出现一个能与照相技术的影响相比的技术革新。"当本雅明将'为艺术而艺术'的兴起解释为对照相术的反应时，这一解释模式显然被歪曲了。'为艺术而艺术'的理论并不简单的是对新的复制手段（不管它对推动美术的独立起了多么重要的作用）的反应，而是对全面发展了的资产阶级社会中艺术作品失去社会功能倾向的回答。"③

在本雅明的理论中，艺术的功能被转化成了艺术的政治化隐喻。这种转换体现在艺术作品膜拜价值解体的过程中，是建立在艺术的政

---

① [德]哈贝马斯：《瓦尔特·本雅明——提高觉悟抑或拯救性批判》，郭军、曹雷雨：《论瓦尔特·本雅明：现代性、寓言和语言的种子》，吉林人民出版社2003年版，第408—409页。
② W. Benjamin, *Illuminations: Essays and Reflections*. Pimlico, 1999, p. 227.
③ [德]比格尔：《先锋派理论》，高建平译，商务印书馆2002年版，第100页。

第六章 现代艺术的审美之维

治实践基础上的,或者说得更明显点,体现在艺术所呈现出来的法西斯大众文化的政治性断言中。本雅明也发现了艺术自主性解体的危机,这正如哈贝马斯在评论本雅明时所言:"纳粹宣传性质的艺术实现了对从属于一个自主领域的艺术的解体,但是在政治化的背后,它实际上被用来将赤裸裸的政治暴力美学化。它用一种在操纵下产生的价值替代了资产阶级艺术衰落的膜拜价值。膜拜性魅力被打破,结果却被人为地复活:大众接受变成了大众建议。"[①] 可以说,本雅明对机械复制时代艺术的宽容态度事实上引发了危机。因为这种普遍化的艺术明显相当适应于政治的宣传目的,它们极容易屈从于现存社会意识形态的制约。它们与资产阶级社会意识形态的合作与一体化,在某种程度上也消解了艺术的审美救赎情怀和反思精神。或者说,本雅明以政治性消解和牺牲了艺术的审美自律原则。在沃林看来,机械复制时代的"艺术需要"正是阿多诺文本中的"否定性"因素,但"本雅明为了机械复制的、普遍化的艺术——适合于政治宣传目的的艺术——之故而牺牲审美自律原则的意愿,存在过早地将艺术交付给功利利益领域的危险"[②]。

本雅明希望以波德莱尔的现代性观念来对现代艺术的危机进行救赎。波德莱尔之所成为本雅明文本中的核心议题,是因为他揭示了现代性的"永远同一中的新颖,和新颖中的永远同一"特征。哈贝马斯认为,"本雅明式的批判揭示了这种前进与太古时间的巧合,这种批判从由生产力的推动而实现了现代化的生活方式中确认出在资本主义条

---

① [德]哈贝马斯:《瓦尔特·本雅明——提高觉悟抑或拯救性批判》,郭军、曹雷雨:《论瓦尔特·本雅明:现代性、寓言和语言的种子》,吉林人民出版社2003年版,第406—407页。

② [美]沃林:《瓦尔特·本雅明:救赎美学》,吴勇立等译,江苏人民出版社2008年版,第201页。

件下同样普遍存在着的循环往复的神话倾向——新颖中的永远同一"①。然而,本雅明这样做的目的并非如阿多诺那样对资本主义意识形态展开批判,他延续了齐美尔式的文化忧患意识,其目的是挽救和追忆那永存的"现时的过去"。

四 先锋派艺术的自律性反思

哈灵顿认为,在19世纪后半期,面对资本主义工业文明所带来的社会全面物化,"一些作者把艺术看成拯救精神的最后来源。对于一种已经失去了传统宗教信仰的社会来说,艺术被认为提供了一种超验的自我理解的可能性"②。对此,比格尔从艺术与社会关系的视角出发,认为现代艺术的发展过程实际是艺术在资产阶级社会不断体制化的过程,即不断获得自主性的过程。在比格尔看来,现代主义与先锋派有着根本不同,现代主义坚持艺术的自主性,而先锋派则基本上反对艺术自主性。

在比格尔看来,艺术自律是一个悖论性存在:它一方面是艺术对资产阶级的批判,另一方面却是艺术日益变得体制化而丧失批判锋芒。"当艺术摆脱了所有外在于它的东西之时,其自身就必然出现了问题。当体制与内容一致时,社会无效性的立场成为资产阶级社会的艺术的本质,因此激起了艺术的自我批判。历史上的先锋派运动值得赞扬之处就在于它提供了这种自我批判。"③ 比格尔无非想说明,现代主义的批判锋芒已随着自身的被体制化而变得逐渐式微,而先锋派艺术通过

---

① [德]哈贝马斯:《瓦尔特·本雅明——提高觉悟抑或拯救性批判》,郭军、曹雷雨:《论瓦尔特·本雅明:现代性、寓言和语言的种子》,吉林人民出版社2003年版,第412页。
② [英]哈灵顿:《艺术与社会理论:美学中的社会学论争》,周计武等译,南京大学出版社2010年版,第7页。
③ [德]比格尔:《先锋派理论》,高建平译,商务印书馆2002年版,第93—94页。

自律性拒绝直接介入社会，并以此保存了对社会现实和意识形态更加激进的批判能力，如沃林所言，"现代艺术正是通过这种拒绝因素，即不愿参加游戏的态度，证明社会的非理性具有其自身的荒谬性。现代主义虽然无用于社会，但它却是在资产阶级效用原则基础上对这个社会的活生生的控诉"[①]。

在比格尔看来，艺术的自主化并不是一个线性的解放过程，而是一个矛盾的发展过程。这个过程不但体现为艺术新潜能的产生，而且也体现为艺术批判性的丧失，即批判力量最终消融于艺术的体制化之中。而后期现代主义，也可以说是早期的后现代主义（先锋派艺术即为其中的一种），则力图否定艺术自主性，主张艺术与生活的融合，并希冀在这种融合中实现对现代性自身的反思与批判。在比格尔的论述中，在18世纪后期和19世纪早期，艺术一方面强调自律性，另一方面也继续着对社会的批判性思考，这尤其体现在18世纪艺术自律性的形成和19世纪末20世纪初唯美主义"为艺术而艺术"的观念提倡中。如果我们将比格尔语境中的先锋派看成后期现代主义或者说是早期后现代主义的话，比格尔的分析表明，早期的现代主义强调艺术自身的合法化，主张艺术与生活保持一种距离，然而这种现代主义在发展过程中，其最初的批判功能逐渐被现存社会体制所同化和遮蔽，从而使其原初的批判和反思功能变得式微。现代主义强调艺术与生活的距离实现对现存制度的反叛，但随着日常生活意识形态向艺术的渗透，艺术已逐渐沦为现存制度的默认者和拥护者。

在比格尔那里，早期先锋派主要包括达达派和早期的超现实主义，以及十月革命后的俄国未来主义，而现代主义则以象征主义和唯美主

[①] [美]沃林：《瓦尔特·本雅明：救赎美学》，吴勇立等译，江苏人民出版社2008年版，第213页。

义为代表。两者的核心区别是,如果说现代主义的主要特征是艺术与生活实践相分离,专注于语言形式的革新的话,那么早期先锋派则恰恰相反,它不再仅仅革新语言形式,而是对整个艺术发难,攻击资产阶级的艺术体制,尤其是艺术的自主地位,导致艺术与传统的激进断裂。在唯美主义之前,资产阶级艺术只有相对的自主性,只要艺术在想象中解释现实或为剩余的需要提供满足,与生活实践疏离的艺术仍然保持着与生活的联系。而唯美主义在早期先锋派的产生中具有重要作用,只有到了唯美主义的阶段,艺术与生活才获得绝对的分离,这一分离也构成唯美主义文本的中心。

比格尔对艺术的自律概念进行了历史化处理,他赋予艺术自律概念意识形态的内涵和意义。在他看来,在唯美主义之前,艺术和生活有着确定性的联系,艺术是对日常生活的一种补偿。而到"为艺术而艺术"的唯美主义思潮中,艺术自律的观念得到了进一步的强调。这种经过强调的艺术自律概念实际上表征了一种意识形态假设:对日常生活的激进否定态度。但事实在于,"为艺术而艺术"强调艺术与日常生活事物现实的绝对化分离,实际上导致了艺术生活体验的萎缩,使艺术丧失了反思和批判性。早期先锋派正是看到了这一点,因而对自律艺术展开了质疑和批判,强调艺术与日常生活实践的融合。可以说,早期先锋派不仅攻击自律美学,质疑艺术本质,而且否定自律美学的意识形态,试图革新艺术与现实的关系。这正如舒尔特·扎塞所言:"唯美主义对艺术自律性及其对建立一个被称为审美经验的独特王国作用的强调,使得先锋派艺术可以清楚地认识到自律性艺术的社会意义的丧失,从而试图把艺术重新拉回到社会实践之中。"①

---

① [德]比格尔:《先锋派理论》序言,高建平译,商务印书馆2002年版,第10页。

比格尔援引了本雅明和马尔库塞作为自己的理论支撑。在比格尔看来，本雅明所言的经验的萎缩意味着"审美经验是作为社会子系统的'艺术'将自身定义为一个独立的领域之过程的积极的一面。其消极的一面是艺术家失去任何社会的功能。"①而沃林认为，比格尔"指出了对理解现代主义审美现象具有无法估量的重要意义的东西：审美判断的传统对象——完整的自足的艺术作品——无可挽回地进入了分解状态"②。比格尔将此视为现代艺术家自我意识的反应，并在审美意识的基础上对出现于18世纪末期的艺术直觉观点展开了批判。比格尔指出，艺术直觉理论强调艺术是一种远离资产阶级社会的功利性目的的存在，这一观念事实上在康德的非功利性审美理念中有着经典的阐释和证明。

比格尔通过评析马尔库塞的观点进一步表明了自己的态度。他认为，在马尔库塞的思想中，现代艺术有其内在的矛盾性，它在资产阶级社会处于一种不稳定和模棱两可的位置：艺术既对现存状态提出抗议，也能维护和肯定现存社会的现状。一方面，现代艺术对资本主义的异化现实表示抗议，并保持着未来的理想主义色彩；另一方面，现代艺术力求脱离社会和保持自我独立，并将自己置于与现存社会一样的位置上。在马尔库塞看来，现代艺术同样会蜕变为仅仅是对现存社会的融合与补充，从而最终成为对现存社会状况的肯定和同谋者。"由于艺术与日常生活的分离，这种体验仍然没有实在的效果，即不能融入生活之中。缺乏实在的效果并不等于无功能性（正如我在前面的一个模糊的陈述中所提到的），而是表示了艺术在资产阶级社会中的一种

---

① [德]比格尔：《先锋派理论》序言，高建平译，商务印书馆2002年版，第101页。
② [美]沃林：《瓦尔特·本雅明：救赎美学》，吴勇立等译，江苏人民出版社2008年版，第137页。

特殊的功能：使批判无效化。"① 比格尔认为，"马尔库塞勾画了资产阶级社会中全球性的对艺术功能的一个矛盾的规定：一方面，它显示出'遗忘的真理'（因此它抗议一种现实，在其中这些真理是无效的）；在另一方面，这些真正借助其审美外观的媒介而偏离现实——艺术因此而恰恰对它所抗议的社会状况起稳定作用"②。

对此，沃林在评论卢卡奇时也表达了相同的观点。沃林认为，卢卡奇依赖审美形式来实现对物化的日常生活的救赎，借以实现主体与客体的统一，但其中有着不可避免的内在矛盾。按卢卡奇的审美理想，物化的日常生活应当原封不动地纳入审美文化的救赎方案中，但事实上，"通过寻找文化危机独立的、私人化的审美解决方法，艺术家本人退缩进了他自己狭隘的专业领域；在这个方面，由劳动分工所造成的普遍的生活碎片就穿透了'为艺术而艺术'，即所谓审美形式的自律领域。这样，艺术家就彻底退化为以专门化而自傲的社会中诸种'专家'中的一种"③。因此，"对整体被管理的世界的控制越普遍、越深入，为了保存自身，艺术先锋派就越是被迫疏远这个世界。为了逃离商品生产的异化之网并保存其否定力量和拒绝力量，它必然越来越以隐晦的方式表现自己"④。

齐美尔看到了现代艺术或审美的困境，在他的理论中，自律的两难困境缘于现代性批判的审美维度的合理性与审美艺术解脱之道的非现实性之间的内在矛盾，如阿多诺所言："艺术之所以提防和谐的理想，是因为它意味着艺术已经全托付给了这个备受支配或行政管理的

---

① ［德］比格尔：《先锋派理论》，高建平译，商务印书馆2002年版，第76页。
② 同上书，第37页。
③ ［美］沃林：《瓦尔特·本雅明：救赎美学》，吴勇立等译，江苏人民出版社2008年版，第18—19页。
④ 同上书，第211页。

世界。在另一方面，在审美自律的条件下艺术与这个世界的对立，也是自然的支配作用的一种延伸。"① 自从 18 世纪以来，艺术通过资产阶级的体制化而得以自律，被称为审美—实践理性的自律艺术发展的"内在逻辑"就成了争论的焦点。审美艺术在西方现代性的理论话语中一直承担着类似于救赎的作用，艺术与审美论证和表征着现代性的基本规范同时又外化为现代性的批判策略或路径。审美现代性展现了启蒙规范对立面的异质性张力，并被视为启蒙现代性失落情绪背后的替代性——乌托邦希望。可以说，从康德的审美的自律性，再到海德格尔、阿多诺、马尔库塞、本雅明和比格尔，现代性的审美之维建构了一个反思与批判启蒙现代性的思想谱系。

---

① ［德］阿多诺：《美学理论》，王柯平译，四川人民出版社 1998 年版，第 254 页。

第七章　现代性审美救赎及其反思

在齐美尔的现代性美学思想中，"距离"是一个相当重要且十分关键的概念。距离在齐美尔的现代性社会理论中具有极其重要的地位，"距离以及它在社会与文化生活中的意义，是齐美尔社会学思想中一个持续且带有普遍性的主题"[①]。齐美尔提出"距离"这一概念，在他看来，现代个体及艺术只有远离被工具理性控制的现代生活，才能对异化文明进行抵御，最终实现个体的审美救赎。而法兰克福学派的学者们也对文化工业的极度发展所导致的工具理性所带来的人性的异化给予了严厉的批判，试图通过乌托邦式的救赎来拯救艺术及其整个人类。距离和审美救赎在齐美尔与法兰克福学派学者的眼中各自成了一种现代性的救赎策略，他们都希望通过主体与现实保持距离，使主体能够从物化的外在现实中脱身出来，并对物化及其异化进行了否定和批判。不管是齐美尔，还是法兰克福学派的其他学者们，都为抵制异化提出了各自的救赎策略。

---

① R. Cooper, "Georg Simmel and thetransmission of distance", *Journal of Classical Sociology*, 2010. p. 69.

第七章 现代性审美救赎及其反思

第一节 距离与齐美尔的审美救赎策略

库珀认为,在齐美尔那里,距离有着双重意义。首先,距离意味着两种位置之间的关系,如你和我,这儿和那儿,当下和以后等。其次,距离也是社会存在的构成性特征。"距离意味着人类身体是由无法解决的生存的不完整性而建构的。……距离就如同靠近时但却不断后退的地平线,就如同明天只是被作为缺席的承诺而在场,而从来不会真正到来。"[①] 可以说,距离在齐美尔的文本中有着相当丰富的命意:时空上的关联;现代日常生活中的个体关系;个体及其心灵与外在物化现实的关系,主观文化与客观文化的关系;等等。在齐美尔的文化社会学思想中,距离的诸种内涵融会在一起,构成了一组"家族相似"概念。

一 从社会学距离到美学距离

斯温杰伍德深入分析过齐美尔的距离概念,在他看来,"文化的发展必然会既导致由货币经济所带来的社会关系的对象化(在现代社会中,社会关系受制于金钱的考虑,这就使得不同个体之间出现了一种功能性的距离),又导致了个体与他们的劳动产品的分离(主体与客体的关系以金钱和商品价值为中介,再次导向与对象自身的远离)。齐

[①] R. Cooper, "Georg Simmel and thetransmission of distance", *Journal of Classical Sociology*, 2010. p. 69.

美尔的'距离'概念既是社会学的,又是美学的"①。在斯温杰伍德的评述中,距离有着社会学和美学的双重考察路径。

从社会学的路径来看,距离在齐美尔的思想中是个体之间关系的判定标准,或者说是指一个人与他者亲近或熟悉的程度。在这个意义上,距离是现代人交往中所体现出来的一种心理状态。距离太远,个体之间缺乏交流的语境;距离太近,个体之间又会因为过于熟悉而产生防范和保护意识,因而实际上并不能完全充分地自由交往。在齐美尔看来,距离既是现代性个体的生存策略,又是个体在现代社会中自我保护的策略。一方面,齐美尔认为,由于货币文化的发展,货币在现代都市现代个体之间营造了一种距离。随着现代性的展开,个体之间会越来越缺乏可沟通性,他对现代人的这种日益缺乏沟通性深感焦虑;另一方面,齐美尔又认为,随着现代性的深入,这种距离又是现代人在都市日常生活中得以自我保护的策略,距离对现代个体而言,是必不可少的自我保全工作。"若无这层心理上的距离,大都市交往的彼此拥挤和杂乱无序简直不堪忍受。……如果这种社会交往特征的客观化不与一种内心的设防和矜持相伴随的话,神经敏感而紧张的现代人就会全然堕入绝望之中。"②齐美尔发现,货币的平面性和中立性在个体之间产生了一道交流的鸿沟,但这种鸿沟也隐蔽地发挥着作用,它对现代生活中个体之间的过分拥挤和摩擦起着保护和协调作用。

在齐美尔的理论中,距离是现代人日常生存的前提和自我保全的策略。阿迪蒂认为,在齐美尔那里,现代文化的日益理性化必然会导致社会结构中距离现象的增长。③ 在齐美尔看来,现代性大都市中的

---

① 周宪:《20世纪西方美学》,南京大学出版社1999年版,第42页。
② [德]齐美尔:《货币哲学》,陈戎女等译,华夏出版社2002年版,第388页。
③ J. Arditi, "Simmel's Theory of Alienation and the Decline of the Nonrational", *Sociological Theory* 14. 1996, p. 99.

人际关系主要体现在个体之间距离感的体验上。一方面,生活从各个方面向个体提供各种各样的刺激,这些刺激仿佛将人置于一条溪流里,个体几乎不需要自己游泳就能浮动;另一方面,生活由越来越多非个人的以及取代了真正个性色彩和独一无二的东西构成,个体为了保存其最个人的精髓,不得不强烈呼唤个性和夸大个体因素。① 可以说,在现代性都市生存中,个体为了保存个体性和自我意识,就不得不在与他者的交往中创造一种距离,这也正如弗里斯比所言:"随着新鲜或不断变化的印象而来的诸多感觉的持续轰击,产生了神经衰弱人格,它最终不再能够处理这些纷至沓来的印象和冲击。这导致了在我们自身和我们的社会及物质环境之间创造距离的努力。"②

距离成了齐美尔现代性生存中的个体自我救赎策略,是现代个体面对物化社会的必然应对策略。这种距离在齐美尔那里是现代生活中所特有的情感特征,是一种广场恐惧症的病理学反应。这种广场恐惧症体现为:害怕与周围人群的过分亲密接触,害怕太近地靠近对象。这缘于现代人感觉过敏的反应,现代人被日常生活的日益外在性所压抑,因而对现代日常生活日趋冷漠,而任何直接或强烈的干扰和接触都会给个体带来不适感。正是这样一种现代性的城市生活,由于货币文化所导致了个体社会关系的日益客观化,必然要求现代人与其所处的社会环境保持一种自我保护的距离。对此,马尔图切利形象地写道:"在现代性中,问题不仅仅在于客观文化和主观文化之间不断增加的差异,而是也在于个体被客观精神粉碎的危机,因为客观精神的增加速度是惊人的。碎裂感之所以是不可克服的,是因为客观文化借助于大大超越局部和有限的个体能力的力量,变得精致和不断扩展。在现代

---

① [德] 齐美尔:《时尚的哲学》,费勇等译,文化艺术出版社2001年版,第198页。
② [英] 弗里斯比:《现代性的碎片》,卢晖临等译,商务印书馆2003年版,第96页。

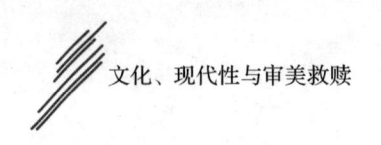

性中，个体不是感到拥有的东西太少，而是感到拥有的东西太多。……围绕人的物体是微不足道的，尽管它们始终是有意义的，不过，物体仍然是人的文化发展的潜在世界。"①

齐美尔所言的现代人的都市心理距离，其实就是广场恐惧症和都市敏感症的症状表现，它是现代人在现代都市中表现出来的冷漠态度。如刘小枫所言："在齐美尔看来，距离心态最能表征现代人生活的感觉状态：害怕被触及，害怕被卷入。但现代人对于孤独，既难以承受，又不可离弃；即便异性之间的交往，也只愿建立感性的同伴关系，不愿成为一体，不愿进入责任关系。"② 一方面，距离使现代人之间的关系变得生疏、冷漠和相互设防，然而，这种心理距离也使现代人可以获得主观性的自我保护，形成属于现代都市人在现代性语境中特有的封闭隐私领域。现代人在现代社会的紧张环境下，他必须给自己带上不同的面具，扮演各种不同的角色。他企图融入社会生活当中，但又不能完全与社会保持一致，他时刻准备着远离一切外在的现实，退缩到他自己所营造的安全距离内。在这个意义上，现代人的都市心理距离所导致的个体怀疑的内敛，实际上是现代人对资本主义物化现实的一种抵抗策略，即摆脱外在世界的客观性和理性化，将外在世界当作内在世界去体验。弗里斯比认为，齐美尔"实际上是有意要表现与现实保持距离的某种情感格局。这种情感格局病理形式就会发展成为环境恐惧症或'过度感觉主义'。生命的形式使我们与事物的实在总有一定的距离，实在'似乎从老远的地方'向我们说话；人不可能直接

---

① ［法］马尔图切利：《现代性社会学：二十世纪的历程》，姜志辉译，译林出版社 2007 年版，第 316—317 页。
② 刘小枫：《现代性社会理论绪论》，上海三联书店 1998 年版，第 334—335 页。

第七章 现代性审美救赎及其反思

触摸到现实,人一触摸,现实立即就退缩回去。"① 在这个意义上,现代性的生存模式体现在"我与对象分离,返回我自身,或者有意识地接受我与对象之间不可避免的距离,从而使得我与对象的关系更密切、更真实"②。现代主体主义强调与现实保持距离,现代个体要逃避资本主义的物化生活世界,就只能返回自我的内在心灵,而这也是19世纪以来的个体审美主义思想的核心与特质。

若进一步深入挖掘,齐美尔所强调的个体与外在物化社会的距离在某种意义上也是个体精神救赎的生命哲学思考范式的体现,即通过富有创造性和纯粹性的内在生命来抵抗外在的物化现实。在这个意义上,齐美尔所提示的文化悲剧也许可以获得乐观的阐释,那就是不论外在的和客观文化如何异化,个体总会以内在的精神生命和原始情绪去设法抵抗。因此,虽然在资本主义的物化社会中,客观文化的发展日益庞大,个体的生存世界变得越来越客观化,但主体却愈发展示自我的个性与内在生命精神,而现代人的自我救赎就存在于对个体内在纯粹生命本身的诉求与挖掘中。

因此,从社会学的维度来考虑齐美尔的距离观念,距离是一个形容货币经济下资本主义社会主客关系的现代性概念。货币经济所带来的工具理性对现代社会的全面管控使现代人由对事物外在价值的追求转向对手段和工具的追求,这种追求的转变使得现代人越来越关注现实生存的量而忽视了质,并使现代社会主体之间的感情联系变得越来越困难。此外,距离表征了现代文化的内在张力,在齐美尔那里也成为审美现代性反对和批判启蒙现代性的策略。在这个意义上,距离是

---

① [英]弗里斯比:《论齐美尔的〈货币哲学〉》,[德]齐美尔《金钱、性别、现代生活风格》,顾仁明译,学林出版社2000年版,第236—237页。

② 同上。

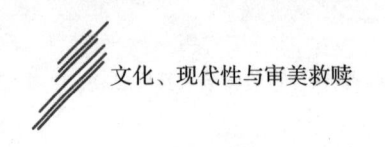

现代人面对客观文化的压制所采取的自我保全和应对策略。客观文化对主观文化的压制，使得现代人不得不内撤到自己的生命精神和主体情绪之中，进而保持与外在物化文化的距离。因此，在货币文化所影响的现代社会中，个体的内撤，强调与日常生活保持距离，其实也是齐美尔面对现代文化悲剧困境所开出的治疗药方。在文化的冲突中，日益理性化的外在客观文化忽略了个体的内在精神生命，进而迫使主体不得不高扬内在心灵和自我个性，从而保持自身的自由和自在。齐美尔写道："每一天，在任何方面，物质文化的财富正日益增长，而个体思想只能通过进一步疏远此种文化，以缓慢得多的步伐才能丰富自身受教育的形式和内容。"[①] 现代文化的悲剧带来了客观文化对主观文化的压制，这使现代人的自我日益沦丧，并遭遇前所未有的精神危机和生存困境。为了保全自我和内在精神生命的丰富性，现代人不得不一步步地疏远外在的物化（客观）文化。"疏远"与其说是强调主体远离和摆脱那个日益物化的资本主义社会现实，还不如说是主体退回到自我的内在主观世界，通过自我生命精神的高扬来对抗那被货币文化所日益侵蚀的物化世界。

二 距离的审美救赎之维

在齐美尔的距离观念中，除了社会学的维度，还存在着一个美学维度。审美感觉社会学就是社会日常生活的审美维度或审美视角，而距离观念的审美学内涵在齐美尔那里，则是希望通过距离来实现现代人生存的审美救赎。弗里斯比认为，齐美尔是从当代审美主义的视角来讨论现代社会中个体与现实的距离的。"齐美尔倾向于将这种距离与

[①] [德]齐美尔：《货币哲学》，陈戎女等译，华夏出版社2002年版，第363—364页。

现代货币经济以及城市生活联系起来。现代货币经济以及城市生活导致了各种社会关系的客观化，同时，它也导致对一种美学距离的需求。"① 在这个意义上，齐美尔的社会学可以被称为社会学美学或审美感觉社会学。

在齐美尔对现代性的生活感觉的描述中，他强调了一种审美性，并以此来凸显和把握现代性的个体审美生存感。刘小枫认为，"对于齐美尔来说，感觉层次上的变迁，可用审美性来描述，因为，审美范围已然从个别的、思想性的形态扩张为社会形态。……阿多诺的审美现代性理论更多的是一种审美主义的话语，齐美尔的'社会学美学'则并不旨在为审美性辩护"②。"在此语境中，'美学'的概念必须予以修正：首先，它并非指艺术和美的学科，而是社会生存之感觉学。"③ 在刘小枫看来，齐美尔区分了作为日常生活质态的审美性与作为文本话语的审美性，并且强调了日常生活的审美性的重要性。审美性之于齐美尔，是一种此岸感的体验主义，而这也是剖析日常生活的关键所在。基于此，齐美尔对现代日常生活的社会学剖析不再是纯粹的普通社会学，而是转向了文化社会学或审美社会学。这种审美社会学强调日常生活的审美挖掘和审美体验，它回避了审美的形而上规制，转向了审美的感性主义和日常碎片化。

戈德柴德在评论齐美尔的著作时认为，齐美尔的《货币哲学》并不是对货币影响下的现代人伦理理想的诉求，而是以一种审美的理想

---

① D. Frisby, *Sociologyical Impressionism: A Reassessment of Georg Simmel's Social Theory*, London: Heinimann Educational Books Ltd, 1981, pp. 87–88. 在此书中，弗里斯比还批评雷文只注意到齐美尔社会学思想中的自然距离和社会距离，而未能意识到距离是齐美尔"对现实审美化"的思想立场。
② 刘小枫：《现代性社会理论绪论》，上海三联书店1998年版，第306—307页。
③ 同上书，第307页。

来理解和解读现代生活。① 伯林格在评论中也认为齐美尔的《货币哲学》呈现出阐述型的美学风格和理论,甚至可以称为一本演绎现代艺术理论的伟大著作。② 不难看出,上述对齐美尔《货币哲学》的解读更多是将货币经济下的主客文化的距离理解为一种审美的救赎方案。而事实上,齐美尔的这种审美救赎维度也体现在他的诸多论文之中,这些论文包括探讨美学现象的社会学论文,也包括专门研究艺术家或艺术现象的美术专论。在齐美尔早期的社会学授课纲要中,他就对社会交往形式中的美学维度情有独钟。"这种美学维度由各种不同的、相互交错的,以及相互作用的框架组成。……这位社会学家能揭示和分析存在于和原本就潜藏在'日常生活的无聊表面'中的美学布局和美学结构。"③ 格罗瑙认为,齐美尔受尼采思想的影响很大,但他"将强调的重点从伦理学转向美学,同时齐美尔至少在某种程度上也放弃了过去对尼采式的道德谱系的研究计划,即放弃了分析道德范畴的社会根源的企图"④。

在19世纪末20世纪初社会学还处于萌芽姿态时,齐美尔就在其社会学思想中融入了美学的维度。可以说,齐美尔的距离观念不仅仅只是从社会学的层面去理解,而且同时也可以从审美艺术学的视角去理解。如果说社会学维度下的距离立足于日常生活和都市心理体验,更多强调资本主义物化现实中的主客关系的话,那美学维度下的距离则更多是立足于都市日常生活体验和都市审美心理的,更多强调现代

---

① D. Frisby, *Sociological Impressionism: A Reassessment of Georg Simmel's Social Theory*, London: Biddles Ltd, 1981, p. 85.
② D. Frisby, "The Aesthetics of Modern Life: Simmel's Interpretation, D. Frisby", *Georg Simmel: Critical Assessments*, Vol. Ⅲ, 1994, p. 54.
③ Ibid., p. 50.
④ [芬]格罗瑙:《趣味社会学》,向建华译,南京大学出版社2002年版,第167页。

第七章　现代性审美救赎及其反思

人在物化的资本主义社会中实现审美救赎。这种审美维度主要体现在通过距离来实现对现代日常生活的体验、批判、反思和审美超越上。在齐美尔的理论中，距离不仅是个体面对货币经济下的文化悲剧所采取的必然应对策略，同时也是现代人在物化的现实生存困境中所持的一种审美立场或审美救赎方案。这也正如齐美尔自己所言：现代人的艺术感受在根本上是强调距离的吸引而不是接近的吸引。[①]

弗里斯比认为，对齐美尔来说，"'现代人们对碎片、单一印象、警句、象征和粗糙的艺术风格的生动体验和欣赏'，所有这些都是与客体保持一定距离的结果"[②]。在弗里斯比看来，齐美尔从审美的维度来阐释距离观念，"这意味着我们可以通过与客体保持距离来欣赏它们。在其中，我们所欣赏的客体'变成了一种沉思的客体，通过保留的或远离的——而不是接触——姿态面对客体，我们从中获得了愉悦'。……它创造了对真实存在的客体及其实用性的'审美冷漠'，我们对客体的欣赏'仅仅作为一种距离、抽象和纯化的不断增加的结果，才得以实现'"[③]。在齐美尔看来，通过距离获得对生活的诗意挖掘和审美的呈现，进而实现个体的审美救赎。在距离所营造的审美救赎体验中，距离带来主体对外在现实以及货币文化实用性的审美远离和冷漠，这实际上也是一种对物化现实的审美规避和审美隐退。齐美尔试图通过审美的方式，在个体与其周遭的现实世界中搭建一座和解的桥梁，进而弥合自启蒙以来的启蒙现代性和审美现代性的鸿沟，最终构建现代人自我救赎的审美超越之路。

[①] D. Frisby, *Simmel and Since: Essays on Georg Simmel's Social Theory*, London: Routledge, 1992, p. 138.

[②] Ibid..

[③] D. Frisby, *Sociological Impressionism: A Reassessment of Georg Simmel's Social Theory*, London: Biddles Ltd, 1981, p. 88.

文化、现代性与审美救赎

通过与生活保持距离来实现对物化生存的审美挖掘、审美超越和审美救赎，这种思想在齐美尔早期发表的《1870年以来德国生活和思想的趋势》一文中就有所涉及。齐美尔认为："为了体验个别现象的所有全部细节和它的全部真实，就必须在一定程度上撤离此现象，甚至要对这些现象进行一种转化，不再对其应有本质做出纯粹反应，以便从一个更高的视角来重新获得更全部、更深刻的真实。"[1] 齐美尔现代性研究的出发点是从日常生活的碎片化景观，即从看似表面的和微小的碎片入手，来揭示其审美内蕴。戴维斯在分析中表明，齐美尔试图将社会学建立在美学的基石上，这使得他区别于马克思，后者将社会学建立在经济和政治的基石上；区别于杜克海姆，后者将社会学建立在生物学和统计学的基石上；区别于韦伯，后者将社会学建立在历史学和人类学的基石上。[2] 齐美尔认为，生活的细节以及碎片化景观连接着日常生活的本质，因此，他总是力图通过对碎片的远离，来获得对碎片背后深刻内涵的审美感知。可以说，"齐美尔的论述涉及美学的方方面面。他作品广泛地论及了艺术和对生活的美学态度。同时，他的生活风格也被打上了审美化的标签。在齐美尔的作品里，美学是以一种非美学的模式被写作出来的"[3]。

刘小枫认为，在齐美尔那里，"现代性表现为个体生存的整体感觉和完整感的丧失，碎片或部分代替了整体，现代性与审美性的同质表现在一种新的心性或生存伦理的成形：审美距离——心理距离、社会

---

[1] G. Simmel, "Tendencies in German Life and Thought since 1870", D. Frisby, *Georg Simmel: Critical Assessments*, Vol. I, 1994, p. 24.

[2] M. S. Davis, "Georg Simmel and the Aesthetics of Social Reality", *Social Force* 51, 3, 1973, pp. 320 – 329.

[3] B. S. Green, *Literary Methods and Sociological Theory: Case Studies in Weber and Simmel*. Chicago: University of Chicago Press, 1988, pp. 96 – 97.

第七章　现代性审美救赎及其反思

距离、感性经验的绝对现在性（同时感和即刻性）、自我的绝对评断、强调个人不受任何限制"[1]。碎片是齐美尔现代性分析的起点，而艺术无非是由现实的碎片所产生的"独立的总体性"。对此，弗里斯比解释说："无论审美之维对于齐美尔描画现代性多么重要，艺术作品也不是齐美尔现代性分析的起点——即便它可能已经成为其中很多现代性洞识的源泉，即使齐美尔对艺术作品的解说为我们提供了理解他'方法'的源泉。"[2] 在弗里斯比看来，齐美尔视审美维度为审视和洞见社会现实的角度。因此，在评论齐美尔的思想时，我们必须考察这个审美的维度，"在齐美尔的现代性社会理论背景中，审美之维也为自身在刻画现代性方面的作用，提供了一定程度的'自我理解'。人们甚至可以说这一审美之维使得齐美尔的现代性社会理论成为可能"[3]。

齐美尔认为，通过营造距离可以实现现代人的审美救赎，但需要指出的是，对于自己所提出的这条救赎策略到底能发挥多大的现实作用，齐美尔也有着自己的忧虑，他写道：

> 这种渴望呈现出一种审美的特征。他们似乎在对物品的艺术观里，发现了一种从现实生活的碎片和痛苦中解脱出来的办法。……这种对艺术陡然的，增加的钟爱现象不会太长久。对任何终极之物都缄口不言的残缺不全的科学，忽视精神发展之内在的、自我本位的实现的社会性利他活动，二者一起打破了超越冲动的美梦，这种冲动为自己在审美领域里找寻了一个出口，但是

---

[1] 刘小枫：《现代性社会理论绪论》，上海三联书店1998年版，第305页。
[2] ［英］弗里斯比：《现代性的碎片》，卢晖临等译，商务印书馆2003年版，第63页。
[3] 同上书，第71页。

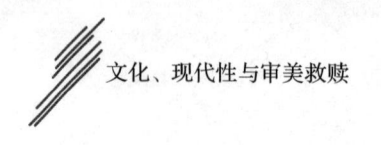

它会明白，这个领域仍然过于狭窄。①

在另外一篇文章中，齐美尔认为，审美距离可以让个体远距离地对日常生活展开剖析，进而使我们暂时摆脱生活，最终实现对日常生活的审美超越。然而，事实却是：现代人却不得不生存于物化的现实世界之间，个体不可能完全脱离生活和摆脱生活，生活的真正审美意义存在于日常生活之中，需要回归到现实生活本身中去寻找。齐美尔写道：

> 艺术也许透露了生活的秘密；所谓艺术使我们自我拯救，并非通过单纯的让我们看向别处的方法，而是在艺术形式那种显然自足自律的游戏中，我们构建与体验生活最深层的现实性的意义与力量，同时又不失去现实本身。②

齐美尔的表述明显呈现出一种矛盾的心态。一方面，距离可以抵抗物化现实对现代人日常性的侵蚀，它建构了个体救赎的审美领域；另一方面，审美距离也只是对现实的审美逃避，这个审美领域仍然过于狭窄。由此，齐美尔的距离策略理论笼罩着一层乌托邦的光芒，而这也是后来法兰克福学派学者在延续齐美尔的主题时无法回避的一个问题或困境。尽管齐美尔有足够锐利的眼光看到资本主义文化矛盾的不可消除性，但具有生命哲学意识的他却时刻在一种相对主义或虚无主义自我安慰中寻求心灵的寄托。"齐美尔的这种意味的相对主义和怀疑就给德国哲学意识中带进来一种新的东西：自我陶醉的（视外物如浮云的）玩世主义。"③ 在卢卡奇看来，虽然齐美尔对资本主义现代文

---

① G. Simmel, "Tendencies in German Life and Thought since 1870", D. Frisby, *Georg Simmel: Critical Assessments*, Vol. I, 1994, p. 25.
② ［德］齐美尔：《时尚的哲学》，费勇等译，文化艺术出版社2001年版，第27页。
③ ［匈］卢卡奇：《理性的毁灭》，王玖兴等译，山东人民出版社1997年版，第406页。

化冲突和文化悲剧的分析有着警世和批判性，但却远远没有将这种批判付诸实践，而是消融在一种审美印象式的乌托邦解读和阐释中。

虽然如此，但在资本主义货币文化大行其道的语境中，面对现代人的生存困境，审美距离有着基于现实又超越现实的内在超越性，它的提出在一定程度上克服了现代人的自然惰性。在距离的审美维度之下，现代人也许可以摆脱文化的束缚，冲淡对货币和现代工具理性的迷恋，实践现代性生存的另一种可能，并最终建构一种合理的审美化生存理念。因此，这种远距离的审美维度，对现代人寻求诗意栖居于大地的理想生存模式而言，不失为一种使现代人在精神层面上摆脱生存困境的审美救赎策略。齐美尔发现，"现代文明的发展通过那种可以称之为客观精神的东西对主观精神的优势而形成了自己的特点，即在诸如语言和法律、生产技术和艺术、科学和家庭环境问题上体现出了一种总体精神，这种总体精神日渐发展，结果是主观的精神发展很不完善，距离越拉越大"[①]。由于主观精神与客观精神的距离愈来愈大，以至于作为客观精神的文化产品与作为主观精神的创作者的内在生命相隔越来越远。正是外在客观文化对个体内在生命的强大压制，导致现代艺术家不得不通过与生活保持距离来使艺术得以曲折地表现生活和批判生活。

三　距离的审美救赎体验

齐美尔理论中的距离观既有社会学的维度阐释，也有审美学的维度阐释，这为我们进一步地思考现代人的距离体验现象提供了理论支撑。齐美尔并不是一个严格意义上的美学家，而是一个文化社会学家

[①] ［德］齐美尔：《桥与门》，涯鸿等译，上海三联书店1991年版，第275—276页。

或社会学的审美印象主义者。齐美尔习惯于在社会理论与审美理论融合的视域下对日常生活片段进行美学审视和挖掘,进而构建其独具特色的审美现代性理论。在齐美尔看来,距离的审美救赎之维不仅存在于形而上的理论拷问中,同时也存在于社会日常生活的审美体验中。齐美尔以社会学美学的视角切入现代性问题的诊断,在他看来,解决现代性矛盾的方案不仅存在于审美艺术的疗效方案中,同时也涉及日常生活的实践体验层面。对齐美尔而言,现代性的矛盾与冲突一方面可以在审美与艺术的理论中寻求救赎方案;另一方面也可以让这种救赎方案在富有审美意义的距离体验中付诸实践。以此来剖析现代性视域下的日常生活,我们会发现,原本并不具有审美意义的日常生活和不属于美学考察范围的日常现象由此被纳入了审美的视域之中。

在现代性日常生活的审美体验中,齐美尔对诸多现代性碎片和日常生活现象的关注都强调突出距离的考察和剖析视角。在齐美尔对游戏、时尚和冒险等现代日常生活体验的分析中,都强化了距离的审美维度,如弗里斯比所言,齐美尔对现代性碎片的关注是为了突出"距离"这一现代生活的审美维度,如"旅行、冒险活动就是借助审美来逃出'平淡的日常生活'的尝试,或者说是以时尚的方式来对日常生活进行抵制"[1]。在齐美尔看来,旅行、冒险、游戏和时尚等现代性碎片,都营造了个体与日常生活的距离,可以在日常生活实践层面上验证审美距离的救赎方案。游戏使个体超越了日常生活的平淡与烦琐,可以揭示现代性视域下个体的审美体验,并在一个与现实保持距离的层面上实现对生活的审美超越。时尚在齐美尔眼中是对陈旧的日常生活体验的中断和颠覆。至于冒险,这在齐美尔看来是一种现代性生存

---

[1] D. Frisby, "The Aesthetics of Modern Life: Simmel's Interpretation", D. Frisby, *Georg Simmel: Critical Assessments*, Vol. III, 1994, p. 63.

中的极端审美体验,它是现代人对自我生存的越境。冒险实现了对连续性的现代日常生活的中断与超越,同时也是现代人生命精神高扬的表征。

齐美尔对游戏的讨论主要也是基于一种社会学意义上的分析,在他看来,"在我们称之为'社会'的这个群体内部发展出,或者说由这个群体产生出,一种相对应于艺术和游戏的社会学上的特殊结构;它们从现实中提取自身的形式,又将现实撇在身后"[①]。在齐美尔的理论中,日常生活中的社会交往类似于游戏,或者在齐美尔眼中,社会交往本身就是以一种游戏的形态存在的。齐美尔认为,游戏与艺术都源于现实生活,然而它们又与现实生活保持着一定的距离。游戏和艺术都以各自的方式远离现实,而社会交往也是如此。虽然齐美尔并不否认个体社会交往中的特定目的,但他更倾向于认为,与交往背后的利益或目的相比较,现代人更热衷于停留在仅仅由于交往本身的形式而获得的满足上。齐美尔分析说,现代人在展开社会交往时,会将关注点放在交往的纯形式上。齐美尔在很多时候都将社会与游戏相比较,认为现实生活中的大多数社交活动都是对过程的享受,社交就类似于一场游戏。

齐美尔以"社会交谈"这一日常生活中最常见的交流方式,揭示了社交性究竟在何种程度上使抽象的形式成为现实。齐美尔指出,"在社交性中,交谈本身就是目的;在纯粹应酬性的谈话中,谈话内容仅仅是一个互相激发的必不可少的工具,这在交流现场不难感受到。……为了使这种游戏在纯形式上保持自足的状态,内容必须始终被排除在外;一旦对话涉及生意上的事,那么它就不再是纯社交的了;

[①] [德]齐美尔:《时尚的哲学》,费勇等译,文化艺术出版社2001年版,第15页。

一旦论证真理成为对话的目的，那么其性质也就相应改变。它作为社交性交谈的性质受到了干扰，就好像对话变成了一场严肃的争论，那么它也就不再是本来意义上的交谈了"①。在日常的生活中，交谈的主要目的在于交流和传递信息，但是在社交活动中，交谈的所指被遮蔽了，而能指被前置，社交形式本身成了目的。在齐美尔看来，这类似于一种审美的游戏，人们只是"对事物的形象"或"对事物的外观和形式"做出反应。齐美尔认为，社交活动与审美艺术具有内在的相通性，都在于从客体中抽取形式，而社交则正是把交往过程中的这种纯粹形式抽取出来，并视其为一种让个体在无聊的生存之余感到愉悦的审美过程。

正因为如此，齐美尔视社交活动为一种游戏，他写道："使艺术和游戏连接起来的东西现在出现在两者与社会交往的相似之中。……游戏摆脱了构成生活严肃性的实质性东西，但却获得了它的令人愉悦的轻松和使其区别于纯娱乐的象征性意义。"② 在齐美尔看来，个体在社交活动中的内容不再重要，重要的是作为纯粹游戏的社交形式本身。这是一种日常生活中的游戏态度，是康德意义上的不再对事物本身有功利目的的审美态度。在这个意义上，社交活动成了生活的象征，就如同一个简单轻快的游戏一样，能使个体在社交的形式过程中体验到审美的愉悦感。弗里斯比认为，"齐美尔在'游戏的自由与轻松'之间提炼出了一种审美维度——游戏。因为游戏隐含的意思是'事物仅依靠纯粹的形式而产生作用'，而完全忽略'生活的真实内容'。"③ 在齐美尔那里，只有形式本身可以承载美，因此，齐美尔把对社交纯形

---

① [德] 齐美尔：《时尚的哲学》，费勇等译，文化艺术出版社2001年版，第23页。
② [芬] 格罗瑙：《趣味社会学》，向建华译，南京大学出版社2002年版，第171页。
③ D. Frisby, "The Aesthetics of Modern Life: Simmel's Interpretation", D. Frisby, *Georg Simmel: Critical Assessments*, Vol. III, 1994, p. 51.

式的关注与日常生活的距离体验联系起来，社交活动原本的社会学意义便被淡化而承载了审美意义。齐美尔认为，对社交活动的关注，可以让个体超越日常生活的平淡，进入审美的救赎体验之中。齐美尔写道："如果现在我们想象一下我们单纯以'人类'，以我们本来的面目——卸下一切重负，停止焦虑，那些玷污我们生活纯粹性的不平等现象也一并消失——进入社交性的话，那是因为现代生活已经不堪客观内容和物质要求的重负。在社交圈中摆脱掉这种重荷，我们相信自己能够返璞归真，找回最自然最本真的自我。"① 因此，社交活动的纯粹形式营造了生存的理想审美王国，它使现代人摆脱了日常生活之累，实现了对日常生活的审美超越。

在齐美尔之前的18世纪，康德和席勒就对游戏的审美性展开了论述。康德认为游戏除了纯粹的愉悦之外，并没有任何实用目的，"诸感觉（它们没有任何意图作依据）的一切交替着的自由游戏都使人快乐，因为它促进着对健康的情感：不论我们在对它的对象甚至对这种快乐作理性的评判时是否有一种愉悦"②。继康德之后，席勒在《审美教育书简》中强调了审美游戏对于个体社会化和人性发展的重要性。格罗瑙发现，"在论述社会学应该研究社会交往的纯形式或交往的游戏形式如社交时，齐美尔实际上将席勒的美学计划变成了一个社会学计划"③。应当说，齐美尔继承了康德和席勒的审美游戏思想，并试图加以调整。他在《康德》中写道："企图在美学领域达成和解的最初和最后的双方就是人的独特的个人主观性和他们同样不可避免的超个人集体性。"④ 齐美尔将康德的美学规则进行社会学美学规则的转换，齐

---

① ［德］齐美尔：《时尚的哲学》，费勇等译，文化艺术出版社2001年版，第20页。
② ［德］康德：《判断力批判》，邓晓芒译，人民出版社2002年版，第177页。
③ ［芬］格罗瑙：《趣味社会学》，向建华译，南京大学出版社2002年版，第187页。
④ 同上。

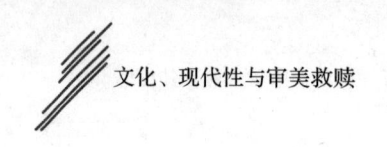

美尔想要表明,席勒所言的美育计划似乎离日常生活太远,现代人与社会的和解其实就存在于对日常生活形式的审美挖掘中。"最能吸引现代人的审美价值问题就是审美这种特殊的游戏作用,它在主体与客体、个体感觉和超个体的普遍感觉之间发挥作用。"[1]

在审美游戏中,个体关注的是客体的纯粹形式,并在这种关注中产生远离现实生存的烦琐和平淡的特殊感觉。这种摆脱了现实生存所累的超越性感觉,是与齐美尔强调通过距离来实现现代人生存的审美救赎思想遥相呼应的。弗里斯比认为,审美游戏"淡化了所有的存在现实,从而使整个灵魂领域从现实存在中逃离出来成为可能,否则,灵魂领域往往会因内心活动过分关注现实而受到制约"[2]。"淡化所在的存在现实"即不能沉迷于日常生存中,而应当与现实远离和保持距离。因此,与康德以及席勒的游戏理论相比较,齐美尔的游戏理论强调日常生活实践的现实感,内含了对现实的审美体验维度,这正如格罗瑙所言:"齐美尔试图在所有游戏,或者更有根据和更有雄心地说,在所有社会结构或社交形式中寻找出一个美学维度。"[3]

除了游戏,时尚在齐美尔那里也是其建构现代性审美距离体验的范例。齐美尔将时尚看作一种社会生活和个体行为方式的体现。在其所写的一系列文章中,齐美尔强调了时尚作为一种社会生活和个体行为的特殊性。"时尚是对一种特定范式的模仿,是社会相符欲望的满足。一般来说,时尚具有这样的特殊功能,它能够诱导每个人都效仿他人所走的路,并可以把多数人的行为归结于单一的典范模式;同时,时尚又是求得分化需要的反映,即要求与他人不同,要富于变化和体

---

[1] D. Frisby, "The Aesthetics of Modern Life: Simmel's Interpretation", D. Frisby, *Georg Simmel: Critical Assessments*, Vol. III, 1994, p.51.

[2] Idib..

[3] [芬]格罗瑙:《趣味社会学》,向建华译,南京大学出版社2002年版,第184页。

第七章　现代性审美救赎及其反思

现差别性。"① 对齐美尔而言，时尚一方面把众多不同阶层的个体聚集起来，另一方面又使不同阶层得以区分开来。在这里，齐美尔看到了个体在追逐时尚时的矛盾心理：一方面意味着相同阶级的联合；另一方面又意味着不同阶级间的界限被不断地打破。塞拉贝格认为，"一方面，追逐时尚体现了社会精英与大众的社会距离；但另一方面，时尚其实也是一个杂多的矛盾统一体"②。时尚正是由于诸多的内在矛盾冲突，引诱个体对之进行不断的追逐与仿效。追逐时尚的过程就成了一个自我推动的过程，因为塑造个性和模仿他人这两个对立的阶段会自动互为因果。时尚就如一台永动机，它永不停息地运动，引发一轮又一轮模仿和创新。

现代性的显著特征就是现实生活的当下性，用哈贝马斯的话说，即"在对转瞬即逝、昙花一现、过眼烟云之物的抬升，对动态主义的欢庆中，同时表现出一种对纯洁而驻留的现在的渴望"③。齐美尔也认为，"时尚在限制中显现独特魅力，它具有开始与结束同时发生的魅力、新奇的同时也是刹那的魅感"④。从齐美尔的论述中，我们能读出时尚所体现出来的这种瞬间性与现实感，正是审美现代性追逐新奇感的典型个案。需要指出的是，时尚的追新逐异也恰恰说明了审美现代性的吊诡之处。时尚对新奇的追逐也引发了时尚的自身矛盾：时尚在自我的建构中又走向了自我解构。史文德森认为，"时尚自我不仅是没有真正过去的自我，因为由于对现在的青睐而忽视了过去，它也是没

---

① D. N. Levine, *Georg Simmel: On Individuality and Social Forms*, Chicago: The University of Chicago Press, 1971, p. 296.
② A. Sellerberg, *A Blend of Contradictions: Georg Simmel in Theory and Practice*, New Brunswick: Transaction Publisher, 1994, p. 60.
③ 汪民安：《现代性基本读本》，河南大学出版社2005年版，第109页。
④ ［德］齐美尔：《时尚的哲学》，费勇等译，文化艺术出版社2001年版，第76—77页。

有未来的自我,因为这个未来是完全随机任意的。时尚没有任何终极目标——除了向前它别无去处"①。在时尚的领域中,没有任何东西能够永在,时尚的魅力在于它永远处于生成中。

戴维斯认为,"如果说时尚就是流行的模式,那我们也必须把重心放在我们在使用这个术语时经常联想到的变化的意义上"②。在时尚的运作中,创新和模仿处于相互的博弈状态。这种博弈也揭示了时尚的另一吊诡之处:建构"新奇"的同时也建构了"传统"。时尚既模仿新的、最近的、时新的事物,它又利用过去的形式和模型来建构自身。在时尚中,转瞬即逝性似乎让时尚充满着无穷的创新性,然而,这种创新在很大程度上只不过是在改头换面地利用传统,让传统以一种新的姿态出现,或者说,将传统进行重新包装而显示出新奇。对此,格罗瑙指出,"时尚常常只是对旧风格和模式的重复和演变。时尚中没有任何进步可言"③。时尚通过周期性的模式操作玩着"旧瓶装新酒"的游戏。时尚通过消费的创新掩盖其本身传统的模式化循环,反映了个体在时尚创新中的惰性和想象力的匮乏,同时也体现了审美现代性新奇表征的吊诡之处:新奇与传统的组合。

关于时尚的矛盾,我们可以追溯到康德关于"趣味二律悖反"的审美阐释中。康德曾提出了著名的趣味(美感)二律悖反思想:趣味既是私人性的,又是普遍性的;既是个人性的,又是社会性的;既是主观的,又是客观的。趣味要求得到人们共享,但是完全基于个人主观判断的美感,又怎么能适合于其他所有人呢?康德的解决方案是提出一个"共通感"概念,认为趣味的个体有效性在共通感的前提下可

---

① [挪]史文德森:《时尚的哲学》,李漫译,北京大学出版社2010年版,第154页。
② F. Davis, *Fashion, Culture and Identity*, Chicago: Chicago University Press, 1992, p.14.
③ [芬]格罗瑙:《趣味社会学》,向建华译,南京大学出版社2002年版,第95页。

第七章 现代性审美救赎及其反思

以实现普遍有效性。然而,"共通感"概念只是一个预设的前提,它所提供的仅仅只是一个"应当在内"的判断,"它不是说,每个人将会与我们的判断协和一致,而是说,每个人应当与此协调一致"①。就康德本人而言,他也承认这种普遍同意只是一个理念上的存在,而并不具备必然性。康德所纠结的趣味悖论问题,齐美尔在时尚中找到了事实依据与解决方案:时尚强调了趣味的社会共同性,但时尚也可以容纳个人趣味的独特性和主观性。"时尚的问题不是存在的问题,而在于它同时是存在与非存在;它总是处于过去与将来的分水岭上,结果,至少在它是最高潮的时候,相比于其他的现象,它带给我们更强烈的现在感。"② 在时尚中,个体可以表达他对于现代社会共同趣味标准的拥护,同时也不用否定内心的个体趣味标准或个性自由。

由此,趣味判断的"二律悖反"在时尚结构模式中实现了解决:时尚既满足了对普遍性的追求,又满足了个体的独特需求。在时尚中的审美建构中,二律悖反的消除具有日常基础:时尚以个人趣味的主观偏好为基础,同时又形成了具有社会约束作用的行为标准。如坎贝尔所言,"理论家们在18世纪所无法解决的趣味问题,在时尚中却获得了事实上的解决方案"③。虽然如此,但事实上却复杂得多。史文德森质疑说:"我们坚韧不拔、不断努力地表达我们自己的个性,但是吊诡的是,越这样做,似乎就越仅仅只表达了抽象的非人个性。"④ 在史文德森看来,虽然时尚在建构自我的同时确保了个体性的张扬,但这种个性的张扬同时也是个性的消解。时尚虽然强调个体性,但却终却

---

① [德] 康德:《判断力批判》,邓晓芒译,人民出版社2002年版,第76页。
② [德] 齐美尔:《时尚的哲学》,费勇等译,文化艺术出版社2001年版,第77页。
③ C. Campbell, *The Romantic Ethic and the Spirit of Modern Consumerism*, Oxford and New York: Basil Blackwell, 1987, p.157.
④ [挪] 史文德森:《时尚的哲学》,李漫译,北京大学出版社2010年版,第12页。

总是在诉求从众性。而且，时尚作为一种审美化的社会行为模式，似乎也只是在审美精神的层面上实现了个性与社会性的暂时调和。这正如齐美尔所言，"任何情况下，企图在美学领域达成和解的最初和最后的双方就是人的独特性和他们同样不可避免的超个人集体性"①。这也正是时尚为何不断寻求创新，不断寻求变化，追求自我更新的原因。

然而正是在这种动态的创新中，时尚建构着另一重审美现代性意义：通过与现实生活保持一种动态的距离关系来实现个体的审美救赎。在这种审美救赎建构中，时尚作为个体的一种现代生活审美体验，它也是对现代性矛盾的一种解决。一方面，时尚的从众性表征了日常生活的审美化趋向；另一方面，时尚的区分性使个体与生活拉开距离，进而实现对平庸生活的成功颠覆。现代性有其与生俱来的内在矛盾：它为个体的个性化提供了新机会，但又扼杀了社会协调的可能性。现代性矛盾的解决客观上需要一种平衡的力量，而时尚恰恰具有对社会进行平衡的功能。对此，马尔图切利认为，齐美尔对时尚的剖析"证明了克服与他人的距离和保持与他人的距离的双重要求：他尤其在时尚中发现了现代生活的神经兴奋性，新事物和旧事物的双重性的特征表达"②。

由此看来，时尚所建构的审美现代性意义即在于通过与生活拉开距离来实现个体对平庸生活的颠覆，进而实现现代个体的审美救赎。"时尚的抽象性也是在历史现象中发展成熟的，它根植于其最深的本质，而且'和现实的疏离'将现代性自身的某种美学标记赋予那些非

---

① [芬] 格罗瑙：《趣味社会学》，向建华译，南京大学出版社2002年版，第187页。
② [法] 马尔图切利：《现代性社会学：二十世纪的历程》，姜志辉译，译林出版社2007年版，第310页。

第七章　现代性审美救赎及其反思

美学的领域。"① 齐美尔认为，在现代性体验中，"对于带有个人主义碎片的当代生活来说，时尚具备的同质性因素尤其重要"②。而利波维茨基更是明确宣称："时尚已将人类的虚荣美化和个人化了；它已成功地将肤浅的东西转变为拯救的工作和存在目标。"③ 对时尚的追逐意味着现代个体对日常生活的中断与打破，时尚导致了一种对生活态度的改变，而这种改变就是强调通过一种与众不同的行为模式来达到对日常生活刻板模式的中断和颠覆。毕竟，为了拒绝日常生活的平淡与庸俗，现代人不得不用怪异的方式和极端夸张的举止来表现自我的与众不同。通过对社会现实进行另类的反拨，可以使现代个体在这种反拨和背离中得以抗拒并超越平淡的日常生活，实现对现代平庸生活的审美超越和审美救赎。

在对时尚的追逐中，现代个体通过用新潮和夸张的方式使日常生活中断，从而实现现代性生存的自我救赎。而冒险作为现代人的另一种距离体验，齐美尔认为它是现代性生存中的一种极端体验，是个体生命力的高扬和内在生命冲动的显现。冒险是现代人对生存的越境，它通过与日常生活保持距离，抗拒日常生活的自动化和平庸化，从而实现个体现实生存的解放与自由。

齐美尔对冒险的论述与他的"人是越境者"思想紧密相连。齐美尔认为，人是作为天生的越境者而存在的，"我们虽然知道我们在我们的特性与思维、我们的积极价值与消极价值、我们的意志与力量上是受限制的——但同时我们又具有越过限制眺望、越过限制前进的能力，

---

① ［英］弗里斯比：《现代性的碎片》，卢晖临等译，商务印书馆2003年版，第126—127页。
② 同上书，第128页。
③ G. Lipovetsky, *The Empire of Fashion*, Princeton, Princeton: Princeton University Press, 1994, p.29.

而且也知道那样做是必需的"①。因此，人是天生的越境者，个体一方面意识到自己在一个边界内，同时又能自觉地努力去超越这个边界，实现自我的对外开放。在齐美尔看来，个体在认识世界的过程中，"能够用甚至非常棘手的方式设想一种我们简直无法想象的世界现实——这就是精神生命的自我超越，它不仅仅是对个别界限、而且是对精神生命界限的突破和超越，是一种自我超验的行为"②。而个体生命只有在这种自身超验的存在中，才表现为不折不扣的、活生生的东西。北川东子认为，在齐美尔眼中，人的本质存在在于可以超越自我的边界，"人的存在原本就是'越境者'，我们能够一面在一个边界内，一面又自觉地认识到这点并能超越这个边界性"③。

如果我们将齐美尔关于边界的论述与他关于现代性体验的论述相对照，可以发现，边界在某种程度上就是个体生存的种种现实存在，它是个体现代生存的整体连续性，而人作为天生的越境者，就必须不断地打破束缚自我生存的边界，对现实中的连续性自我进行不断超越。这种超越的现代性体验的最佳形式，在齐美尔看来就是冒险。"冒险的最一般形式是它从生活的连续性中突然消失或离去"，它是个体现实存在的一部分，同时又是对这种连续性的中断和超越，"就其最深的意义而言，它发生在这种生活的日常连续性之外"④。这正如瓦德勒所言："冒险是一段插曲，它与日常生活之间存在着距离，因为它是对习以为常的当下性和因果关系的一种远离。……冒险的一个最显著特征就在

---

① ［日］北川东子：《齐美尔：生存形式》，赵玉婷译，河北教育出版社2002年版，第154页。
② ［德］齐美尔：《生命直观》，刁承俊译，生活·读书·新知三联书店2003年版，第5—6页。
③ ［日］北川东子：《齐美尔：生存形式》，赵玉婷译，河北教育出版社2002年版，第154页。
④ ［德］齐美尔：《时尚的哲学》，费勇等译，文化艺术出版社2001年版，第204页。

第七章　现代性审美救赎及其反思

于它是对生活连续性的某些方面的超越,这也是正常生活与冒险的区别。"① 阿克勒诺德认为,齐美尔讨论冒险,"是将它视为一种具有特殊性质的体验,它与我们的其他体验全然不同,并且,它脱离了我们生活的连续性"②。

由于生命意志不能停留在日常存在之中,它要不断地生成与创造,要不断地跨越边界,不断地超越现实存在中的陈旧自我,这种超越意味着人成了真正的自我越境者,实现了对自我的否定与重新审视。因此在某种程度上,冒险也就是一种艺术,是人类生存的一种艺术,它通过对生活的中断与超越承担着对现代个体异化生存的救赎使命。在冒险的体验中,个体实现了对自我边界的成功超越,它在生命存在的连续性中具有超区域的特性。但对生存空间的超越只是冒险的一个方面,它的另一个方面是对连续性时间存在的中断。冒险既不由任何消逝的过去所决定,也不受无法预期的未来所影响。冒险家把不确定性和非计算性作为行动的前提,"冒险的气氛是绝对的当下性——生活过程突然之间跳跃至过去和未来全然无涉的一点。……冒险的魅力,从来都不在于它所给予我们的实质——而且如果换一种形式,说不定它根本不会引人注意——而在于体验它的冒险形式"③。生活的此在体验让冒险家心向神往,对过程以及行动本身的关注,就是对当下性与即时性的关注,而生活的即时性则能让冒险者感受到生活浪潮的全部力量。

---

① H. Wardle, "Jamaican Adventures: Simmel, Subjectivity and Extraterritoriality in the Caribbean", *Journal of the Roral Anthropological Institute* 5.4, 1999, p.525.
② C. Axelrod, "Toward an Appreciation of Simmel's Fragmentary Style", *The Sociology Quarterly* 18.2, 1977, p.192.
③ [德]齐美尔:《时尚的哲学》,费勇等译,文化艺术出版社 2001 年版,第 215—216 页。

文化、现代性与审美救赎

齐美尔揭示了冒险的深刻内蕴所在。第一，冒险是与个体生存不可分割的一部分，是个体存在的组成部分。对边界的超越并不是完全地与现实存在绝缘，它以超越此在的彼在形式内在于现实的当下存在中。第二，冒险是个体对生活连续性的中断，是个体对生存边界的一种越境。冒险发生在边界之外，是生活此在的"异质躯体"，它常常远远地游离于自我中心以及由自我意识引导和组织的生活进程之外，以至于我们把它看作另一个人所经历的事。弗里斯比认为，冒险作为一种体验形式，体验的内容不能说是冒险，而逃离呆板的日常生活体验的当下"封闭整体"才可以说是冒险。冒险将冒险者引向当下性，引向碎片性的偶发事件。[1] 可以说，作为现代生活中的个体生存体验，冒险是个体对日常生活意识形态的中断和超越。在冒险体验中，在这种偶然的、外在给予的内容和内蕴意义的生活存在中，冒险使冒险家的生活具有一种新的存在的必然性。冒险"消除了日常生活所具有的条件性和制约性，可使生命作为整体，并在其强度与广度上为人所感受"[2]。冒险体验是对物化生活之平淡乏味的明确决裂，也是对个体所观察到的物化现实的明显拒绝。瓦德勒认为，"对齐美尔而言，冒险的超越性——溢出于生活之流——类似于置换了冒险中的自我。冒险中的自我不同于日常的自我，从某种方面而言，冒险中的自我比日常生活的自我显得更为真实。冒险使冒险者作为一个主角与他者得以区分开来"[3]。可见，冒险使现代个体在现存的生活之中感受到一种超生活

---

[1] D. Frisby, *Simmel and Since: Essays on Georg Simmel's Social Theory*. London: Routledge, 1992, pp. 132–133.

[2] ［德］伽达默尔：《真理与方法》（上），洪汉鼎译，上海译文出版社1999年版，第88—89页。

[3] H. Wardle, "Jamaican Adventures: Simmel, Subjectivity and Extraterritoriality in the Caribbean", *Journal of the Roral Anthropological Institute* 5.4, 1999, p. 525.

性，也正是在这种超生活中，现代个体在越境的他者体验中获得精神上的自我救赎。

齐美尔所讨论的诸如游戏、时尚、冒险等现代生活体验都有一个共同的特征，即它们虽然存在于这个世界之中，但却超越于那单调、理性、压抑、窒息的日常生活之上。在游戏、时尚和冒险这些距离体验中，齐美尔实际上是高扬了个体在与物化的日常生活遭遇时的主动性。这种主动性实际上就是个性反对共性或普遍性，个性化的经验反对普遍的或惯常的经验的一种体现。由此，现代性体验中对感性心灵和审美维度的关注最终在齐美尔那里得到了凸显，审美是个体内在精神对外在世界的内心体验，它与个体的现代性体验最终融为了一体。

第二节 法兰克福学派的审美救赎策略

在现代性的背景下，齐美尔旨在对现代性进行批判。他对现代都市空间、现代人形象和货币文化等现代性碎片的剖析，于零星的展示中揭示出现代性的诸多弊端，强调了现代性社会中的"文化悲剧"并对其展开了批判。齐美尔所讨论的文化悲剧在法兰克福学派学者的眼中变成了对文化工业和单向度人等现象的批判和反思。法兰克福学派延续了齐美尔对现代性的批判主题，如阿多诺和霍克海默对启蒙的批判和对文化工业的批判，马尔库塞的对单向度社会的批判，等等。齐美尔提出距离观念，并通过游戏、时尚和冒险等现代日常生活中的距离体验，强调主体与物化客体保持距离，从而实现对个体的自我救赎。而法兰克福学派试图通过一种审美上的乌托邦来实现对现代人的审美

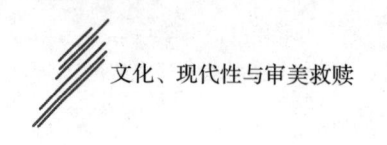

救赎。不论是距离还是审美乌托邦，都旨在保持艺术的自主性，避免沦为物的奴隶。对这些问题进行探讨，将有助于我们梳理和理解从齐美尔到法兰克福的审美救赎之路。

一 文化工业批判与审美救赎

齐美尔认为，现代性在相当程度上体现为日常生活的偶然性和碎片化。他通过各种各样的碎片，以自己独特的眼光来描绘现代性的各个侧面，从现代日常生活现象中的细节和瞬间中，洞察出现代性的主题，阐释了主观文化和客观文化走向分裂与对立的文化悲剧。齐美尔从对货币经济主宰的文化反应方式中，剖析了现代人的生命体验和心性结构。齐美尔最终要说明的是，客观文化的发展是以压抑个体的主观文化为代价的。"物化"是齐美尔观点中的一个关键概念，技术的发展使现代社会越来越理性化，主体被客体所控制，主体需要受客体的支配。人对于周围的一切已经没有任何的感觉和体验，只沉迷于物的奴役中而不能自拔，甚至完全丧失了人的个性。而法兰克福学派阿多诺所言的文化工业产品的"标准化"与"伪个性化"；马尔库塞强调的逻各斯（理性）与爱厄斯（爱欲）的冲突；本雅明认为在机械复制时代，艺术作品最大的特征就是"灵韵（气氛）的消失"；哈贝马斯所提出的工具理性与交往理性的冲突，都揭露了技术发展所导致的现代人的生存异化状态，这些在齐美尔眼中，无疑都是一种"文化的悲剧"。

在现代性进程中，合理性概念为现代人提供了理解世界的普遍基础，但正如齐美尔所言，合理性也在个体之间设置了一种距离。"它使相距最遥远的人之间能够相互接近和协调，所以它也在最贴近的人之

第七章 现代性审美救赎及其反思

间促成一种冷静的而且往往令人疏远的客观求实性。"① 由于空间的更容易接受，现代人在彼此的接触中不得不小心谨慎。在齐美尔对距离的分析中，现代个性与社会的距离也是齐美尔对个体与周遭世界分裂情况的阐释。"艺术真理的法则关系到可以说从一个远得多的距离来观看事物的轮廓，因此允许事物之间出现的关系与科学真理或者经验性实践的真理所要求的关系全然不同。与此相比，宗教采用的又是另一种距离。"② 在齐美尔看来，与世界这种分裂就产生了个体本身，如马尔图切利所言，"在以前，个体是一个连续的感觉领域的一部分。抽象引入了一种双重的开创性断裂：它重视媒介，轻视世界的直接感知的描述，它表明了个体的生存和漂泊的可能性。齐美尔竭尽一切手段和方式不断探索的东西就是人和世界的这种距离"③。齐美尔不遗余力地对文化理性以及货币文化展开剖析，并引入距离来解释复杂的文化关系，他的主要目的是实现主体文化的审美救赎。在他看来，现代文明发展的结果是主观精神越来越不完善，完全落在了客观精神的后面。"这种情况发展到极点时，往往就使作为整体的人的个性丧失殆尽，至少也是越来越无法跟客观文明的蓬勃发展相媲美。人被贬低到微不足道的地步，在庞大的雇佣和权力组织面前成了一粒小小的灰尘。"④ 齐美尔坚持认为，只有从构成现实的文化客体退回来，人类主体才能把握现实的本质。

卢卡奇1923年出版了他最为重要的著作《历史与阶级意识》，并

---

① ［德］齐美尔：《社会是如何可能的》，林荣远译，广西师范大学出版社2002年版，第309页。
② ［德］齐美尔：《哲学的主要问题》，钱敏汝译，上海译文出版社2006年版，第39页。
③ ［法］马尔图切利：《现代性社会学：二十世纪的历程》，姜志辉译，译林出版社2007年版，第297页。
④ ［德］齐美尔：《桥与门》，涯鸿等译，上海三联书店1991年版，第275—276页。

提出了"物化"概念。此概念虽然受到了马克思的《政治经济学批判》和《资本论》的影响,但主要的源头还在齐美尔和韦伯那里。其中特别是齐美尔的《货币哲学》对现代人心理体验影响的分析,对卢卡奇产生了不可忽略的影响。卢卡奇将物化与社会理性化过程结合起来,通过物化进入社会文化心理领域的剖析,为后来的法兰克福学派在工具理性的技术层面——如对文化工业展开社会诊断与批判上提供了关键性的借鉴路径。基于此,法兰克福学派的学者们对文化工业的极度发展所导致的工具理性所带来的人性的物化也给予了严厉的批判。虽然处在不同的年代及不同的研究领域,但法兰克福学派和齐美尔一样,对现代性给出了相当具有批判性的论述。

阿多诺认为,工具理性的发展对人的个性及人的精神性有着极大的摧残性。"人凭着自身的理性能力创造了无与伦比的物质、技术文明,但这种文明都反过来成为压迫人、毁灭人的强大异己力量。"[①] 物慢慢地操纵着人的生活、情感,长此以往,人变成了物的奴役,人只是一台机器,毫无个性可言,人也变得毫无快乐可言,内心往往充斥着空虚与寂寞。理性的过度发展使得理性由解放的工具沦落为统治自然和人的工具。理性由于被局限于目的—手段的关系,已蜕变为工具理性,并发展成一种社会统治形式。阿多诺写道:"从进步思想最广泛的意义来看,历来启蒙的目的都是使人们摆脱恐惧,成为主人。但是完全受到启蒙的世界却充满着巨大的不幸。"[②] 在他看来,受到启蒙的世界充满着不幸,因为整个现实世界越来越趋于同一,人的自主性遭到扼杀。在他看来,文化是属于精英文化的范畴,而大众文化在他们

[①] 朱立元:《法兰克福学派美学思想论稿》,复旦大学出版社1997年版,第12页。
[②] 陈学明:《二十世纪哲学经典文本·西方马克思主义卷》,复旦大学出版社1999年版,第145页。

第七章 现代性审美救赎及其反思

看来则是商品的代名词。在对齐美尔思想的评论中,阿多诺虽然认同齐美尔哲学思想中美学维度的积极性意义,但他认为齐美尔无疑将审美维度进行了无限的夸大。而且阿多诺也不认同齐美尔对文化现状的诊断和分析,在他看来,齐美尔的文化哲学无法解决当下人们所面临的现实困境。

谭好哲认为,"文化产品的真正使用价值应该是在积极的意义上满足人的真正审美需要和认知需求,而大众文化产品所满足人对社会地位和威望的虚幻需求从本质上说是一种消极的需求,一个富有积极性和创造性的个体是不会产生这样的需求的。所以文化工业的这种使用价值对于大众来说不是积极肯定的价值,而是对人的本质、人的创造性的一种消极的否定"[1]。阿多诺也指出:"特殊文化的东西就是远离赤裸裸的生活需要的东西。"[2] 在阿多诺看来,文化产品是基于同样的机制,在贴着同样标签的批量生产中创造的。人们做事情不再依赖自己的思想,人们习惯于标准化,不喜欢标新立异或者创新。在这个信息爆炸的社会,视觉的刺激才能吸引受众的注意,人们不满足于刚开始时那种浅尝辄止的尝试,工作的压力也使得他们寻求更刺激的视觉享受,这就是性、血腥和暴力大肆出现的原因。基于此,阿多诺对大众文化展开了反思与批判。"就艺术贬低人类的程度而言,它是庸俗的,结果缩短了人类与艺术之间的距离,并且一味地迎合人类的欲念。庸俗的艺术是肯定这个世界的,而不是摆出一种反叛的姿态。文化商品之所以是庸俗的,就是因为商品能使人类与非人性化产生认同。"[3]

---

[1] 谭好哲:《流行的代价:法兰克福学派大众文化批判理论研究》,山东大学出版社2006年版,第54页。

[2] T. W. Adorno, "Culture and administration", *The Culture Industry: Selected Essays on Mass Culture*, 1991, p. 94.

[3] [德] 阿多诺:《美学理论》,王珂平译,四川人民出版社1998年版,第528页。

文化、现代性与审美救赎

阿多诺认为，技术的进步推动了大众文化的发展，而这种大众文化的兴盛也让我们感受到了文化与实际生活的零距离的接触，而我们知道文化是属于精神层面的，它是一种幻象，应该远离我们的现实物质生活。因此，当文化被打上技术的烙印之后，也无所谓文化，只能称其为文化工业。"正是这种文化产业，在现代大众媒介和日益精巧的技术效应的协同下，借用源于自由竞争资本主义的意识形态中的'伪个体主义'，张扬戴有虚假光环的总体化整合观念，一方面极力掩盖处于严重物化和异化社会中的主体—客体关系之间与特殊——一般关系之间的矛盾性质，另一方面则大量生产和复制千篇一律的东西来不断扩展和促进'波普文化'向度上的形式和情感体验的标准化。其结果是有效地助长了一种精于包装的意识形态，使人们更加适应于习惯性的统治，最终把个性无条件地沉淀在共性之中，从而导致了生活方式的平面化，消费行为的时尚化和审美趣味的肤浅化。"① 阿多诺认为，文化的神圣性和严肃性已经被商品性所代替，文化已经成了一种只能引起人们快感的消费品。"文化工业没有得到升华；相反，它所带来的是压抑。它通过不断揭示欲望的肉体、淌着汗的胸脯或运动健将们裸露者的躯干，刺激了那些从未得到升华的早期性快感，长期以来，习惯性的剥夺已经把这种早期性快感还原成为受虐的假象。"②

我们看到，理性的出现虽然极大地促进了人类文明的发展，但当它发展成为一种工具理性时，却给人类带了极大的负面影响，并带来了社会的物化和人性的异化。法兰克福学派正是从理性带给人类的危害出发，展开对工具理性的批判，并力图通过审美救赎来恢复人的真

---

① [德] 阿多诺：《美学理论》，王珂平译，四川人民出版社1998年版，第4页。
② [德] 霍克海默、阿多诺：《启蒙辩证法》，曹卫东译，上海人民出版社2006年版，第126页。

正理性。这正如谭好哲所言,"与文化的非现实性与非物质性相联系,文化与既定的现实与物质实在之间具有一种距离,而这种距离和不一致使文化得以具有反思现实的角度和空间;文化的非物质性使其具有逃避现实的倾向,因而文化对现实间接地具有辩护性,而正是这种与现实和物质的距离使文化又具有否定现实和批判现实的功能"①。

二 否定美学与审美救赎

面对物化崇拜导致的大众鉴赏力的退化、审美活动的庸俗化、主体反思和批判意识的匮乏、享乐主义的盛行等负面效应,人类应该如何救赎自己?阿多诺认为,"人类要想救赎自己,或者说是人类要想摆脱这场危机,除了别的途径之外还得从文化入手。这就需要培养和发展一种真理意志"②。按照阿多诺的理论预设,救赎之路应该在精神性和自律性的艺术中去寻找。艺术应是对现实世界的背离与否定,艺术应是自主自律的。正如沃林评述阿多诺时所言:"在现象世界之无处不在的堕落中,艺术作品拥有一种独一无二的拯救力量:他们把这些现象置于某个自由塑造的、非强制的、整体的处境中,借此把他们从其残缺的日常状态中拯救出来。"③阿多诺寄希望于通过和现代生活保持距离来拯救现代艺术及其现代社会,正是通过保持艺术与日常生活的距离,批判资本主义所带来的异化的文明,突破工具理性的钳制,艺术才能在一定程度上实现其救赎的功能。

阿多诺标举主观意义上的精神,目的在于"通过'精神化',使艺术抛开外在的制约因素,以便少受异化的影响,以便尽量保持本身

---

① 谭好哲:《流行的代价:法兰克福学派大众文化批判理论研究》,山东大学出版社2006年版,第47页。
② [德]阿多诺:《美学理论》,王珂平译,四川人民出版社1998年版,第6页。
③ [美]沃林:《文化批评的观念》,张国清译,商务印书馆2001年版,第121页。

的社会性批判纬度——即通过表现媒介和历史所确定的方式，攻击和揭露当今社会状况的种种弊端"[1]。阿多诺认为，文化本来应当是自主自律的艺术，应当是弘扬个体精神和灵性的活动，但是在商品交换的逻辑下完全被物化和量化了，艺术也因此被标准化和统一化了。阿多诺非常推崇卡夫卡，认为卡夫卡"从不直接谈论垄断资本主义。然而，卡夫卡把矛头指向这个行政管理或受人支配的世界上所存在的糟粕，从而充分揭露出压抑性社会整体的非人性"[2]。阿多诺认为，卡夫卡对人性异化的一针见血的阐述及其展现，他的作品向我们展示了在受现实压迫下人类心灵的极度扭曲，揭露了现代个体真实的异化内心世界。

在阿多诺看来，批判只是救赎的另外一种手段，必须诉诸艺术审美，才能消解高度发达的工具理性对人的异化，恢复人性和救赎人性。李树锋认为，在阿多诺的艺术思想中，"人可以通过艺术达到对现实世界的超越，这是因为艺术具有精神超越性。如果要把人类从工具理性的苦海中拯救出来，不能只依靠盲目的革命行动。而是应从思想上先进行革命，那么只有艺术的审美功能担重任了"[3]。即便是在最悲观的时刻，阿多诺也并未放弃他的乌托邦审美想象。刘小枫认为，"阿多诺的审美现代性理论更多的是一种审美主义的话语，齐美尔的'社会学美学'则并不旨在为审美性辩护。……区分作为话语的审美主义与日常生活样态及质态的审美性，具有极端的重要性"[4]。在刘小枫看来，齐美尔提出了社会学美学范式，强调从审美性的维度来感知整体性的社会形态，阿多诺虽然延续了齐美尔的审美话语，但关注点显然不同。

---

[1] [德] 阿多诺：《美学理论》，王珂平译，四川人民出版社1998年版，第7页。
[2] 同上书，第394页。
[3] 李树锋：《理性之蚀的审美救赎：法兰克福学派的美学思想研究》，《中北大学学报》2009年第1期。
[4] 刘小枫：《现代性社会理论绪论》，上海三联书店1998年版，第306—307页。

第七章 现代性审美救赎及其反思

阿多诺认为,在一个彻底被物化的社会里,也唯有艺术才是希望的真正所在,艺术应否定现实、应与现实保持距离。对此,阿多诺在《谈谈抒情诗与社会的关系》中认为抒情诗"要完全根据自己的法则来建构自身,抒情诗与现实的距离成了衡量客观实在的荒诞和恶劣的尺度。在这种对社会的抗议中,抒情诗表达了人们对与现实不同的另一个世界的幻想"①。在这里,"与现实不同的另外一个世界"正是对与现实保持距离的另外一种阐述。这也表述了阿多诺的现实审美救赎情怀,即任何真正的艺术必然具有两种相互关联的精神:批判精神与乌托邦精神。乌托邦思想在本质上属于宗教的希望,它表征了一种希望。这正如洛文塔尔所指出的那样,"对霍克海默、阿多诺和马尔库塞等人来说,从他们的著作中去除其乌托邦渴望之维是不可想象的。而乌托邦是这样一个历史概念。它指的是那些被认为不可能实现的社会变革方案"②。

阿多诺认为,艺术是社会的,是虚构和幻想,它是对现实世界异化和压迫的否定,这种对立性的艺术只有当其成为自律性的艺术时才能够实现。在阿多诺看来,艺术通过"艺术对社会的否定"实现了对现行世界的批判,这样,艺术便承担了一种对现实生活的审美救赎功能。在阿多诺看来,"如果说艺术真有什么社会功能的话,那就是不具有功能的功能。艺术与世俗的现实不同,它否定性地体现了一种事物秩序,其中的经验存在将会获得应有的地位"③。也就是说,艺术通过不介入现实的否定姿态来实践艺术的社会批判功能,这是一种悖论性

---

① 转引自曾庆豹《上帝、关系与言说:批判神学与神学的批判》,华东师范大学出版社 2008 年版,第 377 页。
② L. Lowenthal, "The Utopian Motif Is Suspended", *New German Critique* 38, 1986, pp. 105–111.
③ [德]阿多诺:《美学理论》,王珂平译,四川人民出版社 1998 年版,第 388 页。

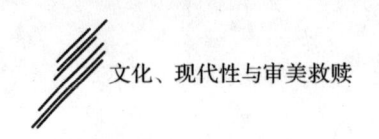

的存在。艺术"奉献给社会的不是某种直接可以沟通的内容,而是某种非常间接的东西,即抵抗或抵制。从审美上讲,抵制导致社会的发展,而不直接模仿社会的发展"①。

阿多诺认为,艺术的自为存在与艺术的精神性合二为一,艺术凭借这种精神实体而实现远距离的反思及批判社会现实,而"那种试图使自个摆脱拜物主义的困扰故而参与暧昧的政治介入的作品,发现自身经常陷入虚假的社会意识的网络之中,因为它们惯于把事情过于简单化,结果全然不顾地投入缺乏远见的实践之中,它们对此所作的唯一贡献就是自身的盲目性"②。因此,"艺术作品的品质在很大程度上取决于它们的拜物主义程度,或者说,取决于生产过程对人工制品所表示的崇拜程度。……正是这种拜物主义思想,也就是艺术作品对现实(艺术作品是这种现实的一部分)的盲目性,使得艺术作品能够打破现实原则的魔力而成为一种精神实体"③。在这里,拜物主义也就是艺术的自为特征,即艺术与距离保持社会。

三 单向度批判与审美救赎

在马尔库塞的理论中,文学艺术有着巨大的审美救赎潜能,它强调文学艺术要与社会现实拉开距离,创造一个与现实异在和有着批判功能的审美之维,将文学艺术变成拯救现代性个体和推动历史前进的审美规划。在马尔库塞看来,这个通过艺术新感性而建构的审美王国,可以使现代人在其中按照美的规律生存,实现现代性生存的真正审美救赎。

---

① [德]阿多诺:《美学理论》,王珂平译,四川人民出版社1998年版,第387页。
② 同上书,第390页。
③ 同上书,第572页。

第七章 现代性审美救赎及其反思

马尔库塞认为,科学技术通过创造大量标准化产品形成现代人的虚假需求。文化工业的出现,虽然满足了大众的虚假需求,但却是以牺牲个人的自主性为代价而获得的。在马尔库塞看来,虚假需求使现代人逐渐丧失了判断能力,个人逐渐沦为社会中的"单面人",这无疑也是人性的一种物化和异化。马尔库塞强调,意识形态利用大众传媒压抑了他们的真实需求,但现代人却感受不到。在发达工业社会,大众面对大众传媒唯一的选择就是接受。马尔库塞认为"'假的需要'是这样一些需要,它们是通过社会对个人的压抑的特殊影响附加到他头上去的:这种需要使得劳苦、侵略性、困境及非正义永恒存在。……大多数对松弛、玩乐、按照广告来表现与消费、爱憎他人所爱憎的需要都属于这个假需要范围"①。

文化的基本功能本来是提升人的气质,培养人的情感,而在这里文化却成了滋生病菌的温床,文化的自主性完全丧失,文化也失去了它应该发挥的作用。因此,马尔库塞认为,现代技术的发展并没有使人们感受到真正的自由和满足,他们需要通过不断的物质消费来填补自己空虚的内心,在追求高消费的现代社会里,人逐渐沦为金钱和机器的奴隶。德兰蒂认为,在法兰克福学派那里,"现代性已经把大量的现实驱逐到了文化的层面,而在文化层面上,作为技术和经济组织变迁的结果,现实实际上可能正在失去其矛盾性。赫伯特·马尔库塞后来在其《单向度的人》中把这一论点推向极端——因为文化本身已经成了一种创造现实的力量——而这种距离是批评所必需的"②。

为了更好地实现对物化现实的批判功能,马尔库塞认为,必须强

---

① [美]马尔库塞:《单面人》,左晓斯译,湖南人民出版社1988年版,第4页。
② [英]德兰蒂:《现代性与后现代性:知识、权力和自我》,李瑞华译,商务印书馆2012年版,第79页。

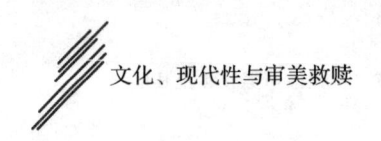

化文学艺术本身的审美距离功能。基于此，马尔库塞转向了对文学艺术的审美形式的关注。马尔库塞认为，形式是艺术感受的核心，对形式的艺术审美感受可以打破个体原本的无意识感受和习以为常性。这种对习以为常性的感受也就是本雅明意义上的震惊体验。在马尔库塞看来，日常生活实践的习以为常性作用于现代人几乎所有的实践领域，包括政治实践。这种习以为常性是一种被社会现行意识形态所规训了的惯性经验，是一种反对感性解放并受社会意识形态操纵的经验。马尔库塞认为，这种直接性事实上是历史的产物，它是由现存社会灌注的经验的媒介物，它自身却积淀为一个自足的和封闭的"自发"体系。[①] 而新感性正是要打碎这种直接性和习以为常性。因此，文学艺术的社会功能不在于它的内容，而在于将内容转化后的感性审美形式，而通过新感性形式，可以实现文学艺术的革命功能——把现代个体从"社会水泥"的单向度思维奴役中解放出来。这正如瑞兹所言："马尔库塞所对抗的基础和他所提出的政治活力的基本因素不是具体的阶级斗争，也不是意识形态的历史斗争，他的宗旨是以美学形式的'能动性'来寻求快乐、美、幸福和满足的真正实现。"[②]

席勒曾坚持和期望审美假象所带来的审美愉悦可以导致个体整个感受方式的彻底革命。和席勒一样，马尔库塞也认同艺术与革命的这种关系。哈贝马斯认为，对马尔库塞来说，"由于社会不仅在人的意识中，而且也在人的感官中进行再生产，因此，意识的解放必须以感官

[①] [美]马尔库塞：《审美之维》，李小兵译，广西师范大学出版社2001年版，第111页。

[②] C. Reitz, *Art, Alienation, and the Humanities: A Critical Engagement with Herbert Marcuse*, Albany: State University of New York Press, 2000, p.171.

第七章　现代性审美救赎及其反思

的解放为基础——必须'放弃对给定的客观世界的强制性亲近'"①。因此，在马尔库塞所建构的审美救赎策略中，核心的一点在于对艺术审美感性形式的强调。在马尔库塞看来，"形式适应于艺术在社会中的新功用：在生活的可怕的琐碎繁杂中提供'假日'、提供超脱、提供小憩——也就是展示另外更'高贵'、更'深沉'，也许还更'真实'、更'美好'的东西，以满足在日常劳作和嬉戏中没有满足的需求"②。正是在这个意义上，马尔库塞以审美新感性形式对当下艺术中被"社会水泥"所包裹的单向度的"现实性"进行了尖锐批判，在他看来，"艺术的新对象尚未'给定'；而那些熟知的对象又已经是不可能的东西，已经是虚假的东西了。现代艺术从幻象、模仿、和谐到现实，可是这个现实尚未给定；作为'现实主义'对象的那个'现实'实际上并不存在。……必须打碎那种欲图左右我们感性的恶劣的机能主义"③。

马尔库塞认为，要建构否定美学，就必须与现存体制彻底决裂，通过距离打破艺术感受上的"单向度性"。在马尔库塞看来，审美的新感性世界是一个与现存社会体制保持"异在"的世界，这种"异在性"能使审美艺术与现实保持距离，并在对现实的远距离审视和反思中，呈现出现实的荒谬，从而起到现实批判的功效。艺术的真理就存在于它的批判和救赎之维中，因为它能揭开现存社会不合理的意识形态虚假外衣。对此，沃林高度评价马尔库塞，认为"马尔库塞对想象的这种否定现实力量的热情倡导预示着对如下情况之非同寻常的重视：

---

① [德]哈贝马斯：《现代性的哲学话语》，曹卫东译，译林出版社2004年版，第57页。
② [美]马尔库塞：《审美之维》，李小兵译，广西师范大学出版社2001年版，第180页。
③ 同上书，第110页。

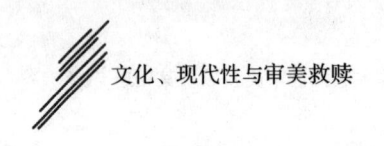

批判理论将在以后的岁月里把'审美领域'列为关于批判超越性的一个必不可少的领域"[①]。可以说，在马尔库塞的审美理想建构中，审美救赎功能存在于艺术的审美形式所建构的乌托邦幻象中，表面上的艺术与现实的距离所透露出来的是物化现实背后的真实体现。

四 震惊体验与审美救赎

齐美尔的"距离"观有着社会学、审美学和艺术学多重阐释视域。齐美尔认为，通过与物化（客观）文化保持距离，可以实现自己主观精神世界的独立性。在他看来，艺术家正是要通过保持艺术的自主性来实现对现代艺术的救赎。在齐美尔的思想中，艺术是自主的，艺术作品解除了现实社会中的种种束缚，它根据它自身而不是从外在的种种观点去表现自己，在齐美尔看来，这正是艺术作品不同于其他日常实践中的事物的主要原因之一，艺术作品可以摆脱外界的束缚而独立存在，它不会因外在的意志而改变自己的自律性。

以齐美尔的论述为前提，现代艺术的自律，现代艺术对日常生活的变形、遮盖和否定，它实际上是对现行的日常生活秩序的一种抵制或反叛。而齐美尔提出了一系列的概念，比如说时尚和冒险等，换一种表述来说就是本雅明笔下的震惊体验。本雅明对震惊体验的分析并非仅从美学的角度思索，同时也援引了弗洛伊德的心理学分析方法。在弗洛伊德看来，意识有着抑制兴奋的重要功能：抑制突如其来的刺激。这种刺激的能量很大，它对人的威胁就是一种震惊，它是在对焦虑缺乏防备的情况下造成心理伤害的原因。本雅明认为，人们就是每次接受同样的大脑皮层的刺激，从而使自身的知觉麻木，感觉逐渐变

---

① ［美］沃林：《文化批评的观念》，张国清译，商务印书馆2000年版，第74页。

得迟钝。在他看来,当下震惊体验已取代传统的灵韵体验,成为现代个体的一种独特的生存感受。这种转变无疑折射出机械复制时代的艺术所呈现的特点,即一种新的作品形式和作品内容展现在了大家的面前。由于技术的发展,人们生活节奏的加快,人们无法醉心解读传统的艺术作品形式,相反,只有新奇、刺激的画面才能吸引人们的眼球,才能引起人们的震惊。而随着震惊艺术的发展,现代人逐渐丧失了自己的主体性,丧失了自己原有的经验与记忆。因为消遣的心态使人更容易习惯震惊。消遣性接受——在电影院中占据着主导地位,而电影则通过震惊效果来迎合这种消遣性接受方式。

本雅明引用瓦雷里的话描述了机械复制技术给现代人生活所带来的震惊体验。"住在大城市中心的居民已经退回到野蛮状态中去了——就是说,他们都是孤零零的。那种由于生存需要而保存着的赖依他人的感觉逐渐被社会机器主义磨平了。"[1] 在本雅明看来,"震惊"在大城市当中是非常普遍的经验,大城市每天发生的事情层出不穷,所以大城市当中的人,必须发展出一种特殊的心理机制,来抵御各种各样的震惊。这无疑也是齐美尔思想中文化悲剧的体现:客观文化的疯狂滋长,压抑了主观文化的自身创造性,加速了现代文化的物化。人们面对客观文化时只懂得被动接受,于是出现了震惊体验。人们的思想会日益受到钳制和控制,最后变得毫无创造力和想象力,其结果是导致了现代人的生活和生命都成了本雅明和齐美尔所说的碎片。

本雅明认为,频繁的刺激感受让人们对非人化的震惊体验见怪不怪。人们不断地寻找刺激,也在不断地接受刺激。就像本雅明所说的那样,"不知什么时候开始,一种对刺激的新的急迫需要发现了电影。

---

[1] [德]本雅明:《发达资本主义时期的抒情诗人》,张旭东等译,生活·读书·新知三联书店1992年版,第146页。

文化、现代性与审美救赎

在一部电影里,震惊作为感知的形式已被确立为一种正式的原则"[1]。由新的视觉技术——摄影技术以及衍生出来的电影技术所带来的"震惊"效果和体验,成为本雅明讨论机械复制时代艺术的核心概念。"奢侈本来是由精神性因素撑起来的,它完全超脱了物的使用属性,就像对贫和富没有感觉的贵族式麻木一样。如今,它被机器无休止地成批生产出来,这样,本来寓于其中的精神性因素也就荡然无存了。"[2]在本雅明看来,传统艺术允许你从容思考,现代电影失去了传统艺术的灵韵,取而代之的是蒙太奇的震惊效果。

本雅明对现代艺术和传统艺术所作的区别无疑是对齐美尔艺术距离思想的一种延伸。阿多诺认为,"本雅明首先引进了灵韵概念。他对灵韵的否定性评价很有助于揭示真正的现代艺术,这样使自身与实际行动逻辑拉开了距离,并且使处于另一极端的大众文化产品失去了效用;无论在什么地方,包括那些自诩的社会主义者所掌管的国家,这类产品均带有利润的印记"[3]。复制技术使得文化工业产品的大量复制成为可能,也使电影、照片失去了灵韵。就像本雅明所说的那样,20世纪艺术作品的生产和接受领域最重要的变化当属技术手段对这些过程日益强烈的干涉,结果就是"灵韵衰落"。本雅明认为,"机械复制艺术用大堆的复制品取代唯一的原件,破坏了灵韵艺术作品生产非常重要的基础——作品的权威性与真实性所倚重的时空唯一性"[4]。可见,气氛和灵韵一样,体现了艺术和艺术经验中隐藏的、稍纵即逝的

---

[1] [德]本雅明:《发达资本主义时期的抒情诗人》,张旭东等译,生活·读书·新知三联书店1992年版,第146页。
[2] [德]本雅明:《单行道》,王才勇译,江苏人民出版社2006年版,第37页。
[3] [德]阿多诺:《美学理论》,王珂平译,四川人民出版社1998年版,第99页。
[4] [德]本雅明:《启迪:本雅明文选》,张旭东等译,生活·读书·新知三联书店2008年版,第239页。

美，也就是说复制品可以再现艺术作品，但是，它永远无法占有原作的本真性，也无法体现出真正的美。因为本真性仅仅只归属于原作，或者说，正因为原作的本真性，原作才是原作。本雅明认为，原作的这种出现在历史中的在场，构成了原作的本真性。本真性即属于原作自身的，独一无二的存在。艺术作品存在的独特性决定了在它存在期间制约它的历史。这包括它经年历久所蒙受的物质状态的变化，也包括它的被占有形式的种种变化。① 可以说，灵韵与艺术作品的在场联结在一起，没有任何东西可以代替。

本雅明提出的灵韵概念与齐美尔眼中的距离有着异曲同工之处。灵韵既体现着外在距离即艺术自律性的消失，也体现着艺术外在距离即风格和形式上的转变，但随着机械复制技术的发展，艺术的神圣性已经不复存在，艺术的根基不再是礼仪，而是另一种实践：政治。本雅明认为，这种灵韵消逝的真正的原因就在于复制技术的出现，当然他也不排除大众的需求的不断增长这一主观上的条件。阿多诺指出，"正如本雅明所指出的那样，艺术作品的韵味只要越出每件作品的规定性，那就不仅是指作品的现状，而且成了作品的内容。取消内容必然会殃及艺术"②。正是这种灵韵逐渐消失，从而逐渐消解了主客体之间的距离。正是由于机械复制时代人们的生存状况的普遍反应——震惊的存在，才使得距离得以消解，震惊取代了灵韵，灵韵被迫消失。

在《讲故事的人》中，本雅明指出，"讲故事艺术的衰落和新闻报道的兴盛反映出人的经验已经变得贫乏，他们丧失了想象的能力和丰富故事的能力，从而丧失了判别真伪的能力，并逐渐放弃了鉴别真

---

① [德]本雅明：《启迪：本雅明文选》，张旭东等译，生活·读书·新知三联书店2008年版，第234页。
② [德]阿多诺：《美学理论》，王珂平译，四川人民出版社1998年版，第80页。

伪的能力"①。就像只有走进巴黎圣母院你才可能聚精会神地想象和思考一样，大街上随处可见的复制品绝对不会引发你无限的遐想和思考。人的经验因为复制技术的出现而变得越来越贫乏，人因此而成了机器的附庸，长此下去，对于周边发生的人和事，人的反应也会变得越来越迟钝、越来越麻木。因为，灵韵决定了艺术作品的审美价值主要是一种膜拜价值，而复制技术对这种氛围的毁灭就把艺术从礼仪的生存中转换出来。与本雅明的观点相类似，阿多诺认为，艺术需要主体创作者的凝神专注，而不是走马观花式的随意扫描，也不是靠机器的大量复制所能实现的。"艺术的确不是人类主体的复制品，而是比其创造者更为广大的东西，艺术时常达到这样一种程度，即：艺术家对其在作品中予以对象化的东西来说只是一个空壳。同样，也务必承认，目前没有一件艺术作品可以在主体不将其存在注入作品之中的情况下完成。"② 当机械复制能实现大规模的复制时，这意味着艺术作品几乎是无生命的，它没有融入创作者自己的思考和情感，就连艺术作品本身也只是机器的一个附属产品而已，冷冰冰地从机器中复制出来，没有了灵魂，也没有了主体。

　　齐美尔试图通过创造一种艺术距离来摆脱客观文化被物化的现状，而本雅明的灵韵概念可以说是对齐美尔的延续。通过保持艺术的自主性和自我的风格、形式，保持艺术内在的本真性和灵韵，从而实现对现代艺术的审美救赎，来拯救现代艺术的泛滥化和庸俗化。而这，正是本雅明对齐美尔审美救赎思想的沿袭和超越。刘小枫认为，本雅明通过对艺术作品的文化社会学分析来建立现代生活的审美题域，这与

---

① ［德］本雅明：《启迪：本雅明文选》，张旭东等译，生活·读书·新知三联书店2008年版，第224页。
② ［德］阿多诺：《美学理论》，王柯平译，四川人民出版社1998年版，第74页。

更早进入这一题域并建构社会学思想的齐美尔有着理论上的差异。"本雅明基本上以马克思社会理论为基础来开拓这一题域,并把这一题域引向文化批判,成为新左派的资本主义文化批判的标本。与此不同,齐美尔独立地建构出一种现代感觉的日常生活理论和文化分析理论,由此发展出与马克思主义文化批判理论不同的现代性理论。因此,同样涉及现代生活质态的审美性,齐美尔与本雅明的问题提法和处理问题的方式都完全不同,本雅明虽然并非完全、但确实更多停留在美学＝艺术现象的限定内。"①

第三节　审美救赎的乌托邦幻象及其反思

齐美尔、阿多诺、马尔库塞和本雅明等法兰克福学派的学者为拯救失落的现代个体精神而提出了审美救赎之维,并给现代个体提供了一种应对策略。在他们眼中,距离是一种基于现实又超越现实的内在超越精神,其合理性在于提醒人们反思生活于其中的世界的非合理性。这正如杰伊在评析阿多诺时所言:"尽管在不自由的世界中它仍然不可避免的是幻象,但是非美学化的艺术至少知道自己是如此。它决不想使清醒的世界重新着迷。它可以避开曾经存在的危险——世界由于提供躲避现实苦难的幻象的避难所将转变为肯定的安慰。"② 然而问题在于,他们的批判力度又是有限的,或者说,试图通过距离实现对现代个体的救赎是否可以通向成功呢?

---

① 刘小枫:《现代性社会理论绪论》,上海三联书店1998年版,第331页。
② [美]杰伊:《阿多诺》,瞿铁鹏等译,中国社会科学出版社1992年版,第246页。

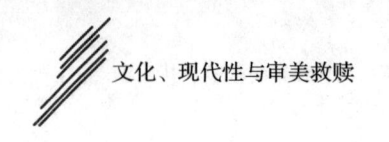

一 审美救赎的乌托邦幻象

阿多诺主张通过保持自主性和"否定社会",使艺术与物化现实保持距离,从而实现个体在物化生存中的审美救赎。然而问题在于,现代艺术在现代社会中是否能做到完全自律?阿多诺所提出的方案是一条真正的审美救赎之路,抑或只是一种审美救赎的乌托邦幻象?

对这个问题,阿多诺自身的态度也表现出暧昧性与模糊性。在《美学理论》中,他写道:"艺术发觉自个处于两难困境。如果艺术抛弃自律性,它就会屈从于既定的秩序;但如果艺术想要固守在其自律性的范围之内,它同样会被同化过去,在其被指定的位置上无所事事,无所作为。"① 虽然有过困惑,但阿多诺也认为,对社会的否定并不是要取消与社会的联系,毕竟,艺术也不能完全脱离社会,如果艺术与生活之间的差异完全消失,艺术也就消亡了。事实上,阿多诺也一直承认,无论是艺术的自律,还是艺术对社会的否定,其实都是在与现实社会的联系基础上展开的,在某种意义上,自律原则本身也是一种慰藉,艺术通过摒弃现实而为现实进行辩护。细见和之在对阿多诺的研究中也认为,任何自律的艺术,并不是一定要与社会相对抗:"无论是什么作品都不可能与社会没有任何联系。任何自律性的艺术,都存在于他律性的社会之中。"② 由此可见,阿多诺是从与他律性的社会相联系的角度来确认艺术的自律的。从这个角度来看,我们就很容易发现这么一个悖论:艺术一方面要否定社会从而实现审美救赎;另一方面艺术实际上又极容易沦为现代社会的代言人。

---

① [德] 阿多诺:《美学理论》,王珂平译,四川人民出版社1998年版,第406页。
② [日] 细见和之:《阿多诺:非同一性哲学》,谢海静等译,河北教育出版社2002年版,第131页。

第七章 现代性审美救赎及其反思

阿多诺强调艺术要实现自律，其意图在于使主体和艺术远离物化现实，进而构建出一个属于主体内在心灵的审美领域。然而，这只是一种美好的审美理想，毕竟艺术不能离开对社会与生活的批判，艺术完全退缩到自己的狭小天地里，那么势必会成为一种象牙塔内的纯游戏，成为纯粹的自恋艺术，也就谈不上对物化现实的真正批判了。因此，虽然现代艺术的自律在一定程度上抵抗了物化现实对个体的侵蚀，但强调与现实的距离最终也只是一种对现实的审美逃避，这个领域仍然过于狭窄，它不能成为最终的解决之道。对此，伊格尔顿在分析阿多诺的审美思想时认为，"文化深陷在商品生产的结构之中；但是这种结构的一种效果，是把它放松为某种意识形态的自律性，这就允许用它来反对社会秩序却与之具有一种有罪的同谋关系，但是也使反抗极度痛苦而没有效果，只是一种形式化的姿态而不是愤怒的攻击"[①]。因此，面对这种自律性，伊格尔顿发现，阿多诺更多的是表示出失望、悲观与无奈的情绪，"艺术越多地从社会中分离出来，它就越耻辱地被颠覆并且越彻底地没有意义。因为艺术属于——即便是反抗——与它的敌手组成的共谋关系；在这里，否定性否定了它本身，因为对它所意欲破坏的对象，否定性并没有什么作用"[②]。

若稍加剖析，这种救赎仅仅只是一种精神层面上的拯救或慰藉。在阿多诺那里，现代工业社会是一个压抑人，造成人性分裂和人格丧失的社会。人分裂为无数不同的角色与片断，完整的人已不复存在。面对这样一个精神失落与虚无的社会，人们日趋绝望，因而需要一种精神性的补偿来消除绝望和拯救心灵。具有否定性和批判性的现代艺

---

① ［英］伊格尔顿：《审美意识形态》，王杰等译，广西师范大学出版社 2001 年版，第 354 页。
② 同上书，第 355 页。

术正好满足了这种需要，艺术在异化现实面前，使自己处于拯救状态，它能把人们在现实中所丧失的希望、所异化了的人性重新展现在人们面前，在批判现存社会的同时给人以希望，进而补偿性地拯救了人性。但是，阿多诺的艺术批判与拯救功能都只是在意识和精神领域内进行的，而不具有实践性。沃林认为，"在阿多诺的美学中，艺术在某种更加强烈的意义上变成了救赎的工具。作为和谐生活的某种预示，它起着强制性的乌托邦作用"①。阿多诺自己也认为，在达到高度工业文明的资本主义社会中已不可能再产生像19世纪下半叶的无产阶级革命运动那样的进行革命实践的主体了，因此，对现代资本主义社会的否定就只能采取理论批判或精神批判的形式。正是因为如此，艺术的拯救也限于精神领域，它只是一种精神上的补偿与超越，而并非实践上的变革。

由此可见，阿多诺所强调的艺术自律实际上只是一种意识形态假设。从外在层面来看，它表达的是现代艺术对现实生活激进的否定态度。但若深入内在层面，艺术与生活现实彻底分离的意图，不过是假设了一个乌托邦的审美世界，它实际带来的是艺术体验的萎缩和艺术家社会功能的丧失。这正如沃林所言："从一个'全面受到主导的世界'当然产生不了美好的东西。并且在这种诊断无能的结果中，关于必然解放的预言被涂上了某种不切实际的乌托邦的色彩。由于没有能力把进步的解放趋势置于历史中，批判理论家们被迫到审美领域去查找否定力量的替代性源泉。但是，总而言之，艺术无力承受在他们的体制中必须承受的沉重负担。结果，留下来的只是某个'全面受到主导的世界'的观念窘境和历史上无法实现的乌托邦计划。"② 沃林的话

---

① [美]沃林：《文化批评的观念》，张国清译，商务印书馆2000年版，第116页。
② 同上书，第113页。

第七章　现代性审美救赎及其反思

是相当深刻的,一方面,艺术要么进入社会,要么通过一定的策略审视和批判社会,才能唤起现代个体对资本主义日常生活模式的批判意识。只有通过艺术与社会的交流,艺术才能真正发挥其积极的社会功能,有效地揭露被统治阶级的偏见或习俗所蒙蔽的现实,否则,它只会成为一个乌托邦的审美幻象。

在本雅明的文本中有两个关键的概念:灵韵和震惊。在他看来,通过灵韵,可以对机械复制时代的艺术作品进行救赎,在本雅明那里,灵韵能够暂时性地摆脱物化控制,因此,强调艺术作品的灵韵,可以实现弥赛亚式的审美救赎。

就本雅明来说,灵韵虽然能让艺术作品暂时性地摆脱物化控制,但却不可能从根本上实现对现代个体的救赎。基于此,本雅明对电影等机械复制艺术的出现给予了高度的认可和评价,他极力推崇电影带给我们的震惊效应,并从艺术接受的角度,对电影的出现所带来的震惊效果给予了高度的推崇与表扬。本雅明认为,电影作为人类知觉发生深刻变化的标志,它通过"惊悚"和"悬念"等题材的展示迎合了大众的这种接受方式。电影的出现意味着艺术平民化和大众化,一系列镜头的推、拉、摇、移及其镜头的剪辑与连接给了大众无与伦比的视觉和触觉享受。一个个带给人们视觉想象的震惊形象及其产生的震惊效果是为了让人们清醒看清自己的生存和生活环境,看清自己身处之地其实只是一片现代性的废墟。

难道电影真的有如此强大的拯救功能,能够实现现代个体的救赎?我们知道,电影从出现之初,就打上了商业化和利润化的印记,它虽然在出现之初能够使大众震惊,但久而久之,重复的刺激也会钝化人们的知觉和触觉,使大众对周围的新奇事物麻木不仁、毫无反应。在大众通过对复制品的占有缩减了与艺术之间的距离之后,艺术作品的灵韵逐渐消失了,正如本雅明所说,灵韵在当代衰微的社会基础,"跟当代群众想让食物在空间上和人性上更'贴切'些的渴望有关。这种渴望,就和他们接受每件实物的复制品以克服其独一无二性的倾向一样强烈"①。而当这种渴望成了习惯,如此反复,又会陷入新一轮的物化旋涡之中,使现代人无法自拔。电影的出现代表着灵韵的距离正日益减小与模糊,因而导致了艺术作品膜拜价值的消解。伊格尔顿认为,"传统的绘画与现实始终保持着冷冰冰的距离,而电影摄像机却深入现实之网,运用其探索和分离之能力扰乱'自然的'视角,凝固、夸大或割裂某个动作的片断,然后用多样化的形式把它们重新组合。这种对熟悉事物的祛秘,一种严格说来属于认知性质的祛秘——如果不用电影技术把它录制成慢镜头,谁又能知道伸手去拿勺子这一动作的精确结构呢?——与其相关的、无灵韵的远离过程"②。尽管本雅明是立足于批判现实的基础上,但这显然是一种乌托邦的幻想。虽然如此,本雅明却始终没有停止过对救赎的追寻,他与齐美尔也有着同样的追求与渴望,而且,他的批判精神也很好地表征了法兰克福的学派批判性主题。

本雅明在文学作品、文化产品和商品物质中寻找救赎的碎片,从各种历史文本中解读弥赛亚救赎的信息。本雅明认为在我们的生命中,幸福和救赎是紧密联系在一起的,"过去带着时间的索引,把过去引向救赎。"③ 这是本雅明坚持记忆方法论的首要性,反对肤浅地指向未来

---

① 王齐建:《机械复制时代的艺术作品》,《文艺理论译丛》(3),中国文联出版公司1985年版,第119页。
② [英]伊格尔顿:《沃尔特·本雅明或走向革命批评》,郭国良等译,译林出版社2005年版,第51页。
③ [美]沃林:《瓦尔特·本雅明:救赎美学》,吴勇立等译,江苏人民出版社2008年版,第29页。

的"进步"概念的原因。他授予这种能力以深刻的神学力量。因为只要通过记忆,两代人之间的"秘密协定"就能得到救赎。通过它,批评就可以激活匿藏在过去的"救赎的时间索引"。在 20 世纪初,本雅明在他的《神学政治残篇》中明确表达了弥赛亚式的救赎思想,这个残篇所包含的议题是弥赛亚精神的唯一性、弥赛亚救赎力量的辩证法以及作为救赎手段的虚无主义。弥赛亚在希伯来语中的原意是"被涂了油膏的"。在《旧约》中指上帝派来完成特定使命的人,在《新约》中常用来指耶稣。在本雅明眼中,弥赛亚有时指救世主,有时就是指人类最初生活的原初状态。对本雅明而言,弥赛亚意识主要是指一生追求恢复那种永恒状态的情结。本雅明认为,19 世纪满载了寓言的商品乌托邦产生了梦幻意象和期盼意象。他把意识到的行动与从梦幻中唤醒的因素联系在一起,这个行动同时还承担着把梦幻中所包含的乌托邦潜能现实化的使命。沃林认为,"在一个自身降格为碎片和废墟的世界里,寓言表达了这种关系的本质必然是碎片化的。在这个意义上,本雅明对历史哲学的类型意义的关注透露出他与卢卡奇早期美学——尤其是《心灵与形式》中对悲剧历史唯一性的理解,以及《小说理论》中对现代小说的历史规定性的类似阐述——明显的师承关系"①。

在本雅明看来,使世界恢复和谐与秩序的可能性在弥赛亚式的救世主那里。本雅明把"弥赛亚式时间的碎片"的当下和历史纪元的同质时间对立起来,后者在他看来等同于永恒轮回观念或者神话。本雅明认为,救赎的主旋律代表了悲苦剧的真理内容,悲苦剧的谜底在这样的事实中:不是尽管,而是因为其实在内容的极端污秽与绝望,它最终转变为救赎的神学戏剧。"关于历史的一切,从一开始就是不合时

---

① [美]沃林:《瓦尔特·本雅明:救赎美学》,吴勇立等译,江苏人民出版社 2008 年版,第 68 页。

宜、令人悲伤和无胜利可言的,都在那面容上——或在骷髅头上表现出来。……这是寓言式观察方法的核心,是把历史解做耶稣在现世受难的巴洛克式世俗解释的核心,其重要性仅仅在于世界没落的不同阶段。"① 在这里,"界限"意味着距离,本雅明认为的通过死亡所营造的界限无疑是一种消极的救世观,如果凡事要通过死亡才能够解决的话,这无疑是一种悲剧,同时也是一种无望的救赎。

本雅明认为,通过艺术来实现救赎的光芒太微弱,只能寄托于一种意念上的想象,都只能说是一种乌托邦。这里,我们不得不反思,法兰克福学派建构起来的这种审美乌托邦到底意味着什么呢?是拯救现代艺术的武器,还是为了逃避这个物化的社会?事实上,将救赎诉诸艺术审美,在个人层面上有可能实现,但是对整个社会的现实层面而言,显然是无能为力的,这也正如沃林和伊格尔顿所言:"本雅明停下来没有推导出来的结论恰恰应当被颠倒过来看:最重要的是,一旦艺术和政治融为一体,艺术就有沦为冷漠之物的危险。"② "灵韵如同想象世界,其中会产生迷惑式的他性与亲密性之间的相互作用;这在商品身上再突出不过了:商品结合了神话里不可玷污的圣母之魅力和神话中的娼妓随时可得性。"③

二　审美救赎幻象的批判反思

法兰克福学派传承并延续了齐美尔的观点,他们在对待现代性这

---

① [德]本雅明:《德国悲苦剧的起源》,陈永国译,文化艺术出版社2001年版,第166页。
② [美]沃林:《瓦尔特·本雅明:救赎美学》,吴勇立等译,江苏人民出版社2008年版,第135页。
③ [英]伊格尔顿:《沃尔特·本雅明或走向革命批评》,郭国良等译,译林出版社2005年版,第50页。

个问题上,都有着一个共同的认识,那就是都认为现代性的发展,在某种程度上阻碍了人性的发展。基于此种原因,他们都提出了自己的救赎策略。齐美尔率先提出的距离观念,引起我们对现代性诟病的关注有着非常重要的意义。虽然齐美尔和法兰克福学派都强调与生活保持距离,但是法兰克福学派的思想无疑是对齐美尔距离思想的升华。

艺术自主性作为法兰克福学派审美乌托邦构想的理论基础,使艺术的自律显得尤其重要。艺术要与现实社会保持距离,避免被同化,也就是说,艺术的存在不是以外在的意志为转移的,它不具有任何功利性的,而是以艺术自身的规律为存在条件的。艺术的存在本来就是为了自身的审美,是为了欣赏的,如果为了外在的目的而创作,那么艺术也就无所谓艺术,只能称其为技艺罢了,那么,它陶冶情操、熏陶心灵的功能也将不复存在了。齐美尔强调主观文化与客观文化的平衡发展,虽然诉诸审美,但他也发现"这种领域过于狭窄",因为审美毕竟是个人层面的,对整个社会而言则显得无能为力。这也正如卢卡奇在面对这个困境时表现的摇摆不定,"他似乎相信艺术家能够因其赋形者的能力,成为可以恢复现代社会失落的意义总体性的唯一个体。同时,他也认识到,局限在审美文化领域的解决方法是有局限的,因为它无法改变生活本身的形式和体制"[1]。

由于法兰克福学派和齐美尔处于不同的年代,因此他们各自看待问题及解决问题的方式也有不同。齐美尔提出了文化的悲剧诊断,提出了现代性的诸多问题,目的只是引起人们的关注和反思而已。对于法兰克福学派而言,齐美尔对意识形态的批判明显不足。法兰克福学派发现,从文化层面的批判已经虚弱无力,自齐美尔开始,这种批判

---

[1] [美]沃林:《瓦尔特·本雅明:救赎美学》,吴勇立等译,江苏人民出版社2008年版,第20页。

一直没有停止过，但似乎这种趋势并没有好转过，反而愈演愈烈。从文化工业到工具理性的急剧发展，人从物化到异化的转变，使他们发现，艺术是他们对理性所作的最后拯救。艺术通常是通过一种感性形式来表达自己的情感的，实际上它有着价值理性的内容，因为它的存在是无功利性的，就像比格尔在《先锋派理论》中所阐述的一样："正是由于自律，由于不与直接的目的相连，艺术才能完成一个其他任何方式都不能完成的任务：增强人性。"[①] 通过艺术进行救赎，就是为了抵制工具理性的急剧发展，艺术可以通过其感性形式来揭示工具理性的非理性本质，从而揭示理性的真正内涵。

法兰克福学派虽然强调通过恢复艺术的自主性来获得救赎，但他们也不确定艺术是否能一定作为一种新的启蒙形式唤醒大众。就如维尔默所言，"借助审美启蒙的微弱力量，可以驯化工业进步中的自身动力，使其变得人性化。可是，即使将大众作为争取的对象纳入其中并对其进行物质和生产审美的启蒙，在这一设想里仍旧存在着某种幼稚的成分"[②]。他认为通过理性本身来寻找救赎已经不可能，因为工具理性带来的是失去自我的个体，只有借助审美的力量，从意识形态上树立正确的价值观念，用正确的意识形态来改造人、指导人的行为才是出路。

齐美尔的距离观念更多是从主体与现实的关系角度提出来的，它并不要求主体保持一种无功利性，而仅仅是希望通过主体与现实拉开距离，使主体从物化的现实中抽出来，并对这个物化的现实进行批判。而艺术作为一种主体而存在，它要求绝对的无功利性，这就是法兰克

[①] [德] 比格尔：《先锋派理论》，高建平译，商务印书馆2002年版，第115页。
[②] [德] 维尔默：《论现代与后现代的辩证法》，钦文译，商务印书馆2003年版，第145页。

福学派的救赎思想与齐美尔的区别。当然，我们不能说法兰克福学派的救赎观是完全脱离现实的，不具有批判性，实际上它是立足于现实，基于审美的角度而试图实现的救赎。因为法兰克福学派的学者们发现仅仅靠单纯的批判已经不能够解决问题，让批判和救赎结合起来才有希望。无论是阿多诺，还是马尔库塞、布洛赫，都把艺术的审美救赎功能抬到了异乎寻常的高度。在他们看来，艺术承诺了一种可能性的理想生活样态，即使有着乌托邦性质，但也直接指向超越的理想之境：现代人的自由和解放。

其实，齐美尔的思想也是矛盾的，一方面，"距离"是为了抵制这个"物化"社会的侵蚀；另一方面，齐美尔强调与现实的距离也许是对现实的一种审美逃避，"所谓艺术使我们自我拯救，并非通过单纯的让我们看向别处的方法，而是在艺术形式那种显然自足自律的游戏中，我们构建与体验生活最深层的现实性的意义与力量，同时又不失去现实本身"[①]。因此，寄希望于艺术，不是不可能实现救赎，但感觉是缥缈的，这正如他所言，"通过距离才可以产生的那种宁静的哀伤，那种渴望陌生的存在和失落的天堂的感觉"[②]。与法兰克福学派学者们相比，齐美尔至少是抱有希望的，但阿多诺、本雅明却有着一种绝望的心境。本雅明提出的通过死亡来进行的弥赛亚式的救赎，无疑是一种无望的救赎。而阿多诺指出艺术自律要打破艺术与异化现实的怪圈，他认为，"正由于艺术作品脱离了经验事实，从而能够成为高级的存在，并可依自身的需要来调整其总体与部分之间的关系"[③]。但阿多诺也发现，现代艺术不仅仅是要复制现实的外观。相反地，真正的现代

---

① [德] 齐美尔：《时尚的哲学》，费勇等译，文化艺术出版社2001年版，第27页。
② [德] 齐美尔：《货币哲学》，陈戎女译，华夏出版社2003年版，第389页。
③ [德] 阿多诺：《美学理论》，王柯平译，四川人民出版社1998年版，第7页。

艺术在避免为现实所污染的同时，也一味地复制或再现现实。① 艺术也变得不再标新立异，就连艺术也陷入了一种怪圈之中，一方面在抵制现实，另一方面又被现实所同化。真正使艺术言说的东西不在于对无声现实的否认，而在于艺术与僵化和异化现实的模仿性关系之中，这种模仿无情地抹杀了艺术的个性。不难看出，法兰克福学派通过艺术来实现救赎基本上是悲观无望的，因此是一种完完全全的审美乌托邦理想。

虽然艺术的审美救赎策略只是一种精神上的慰藉，但若我们换一个角度来考察的话，法兰克福学派的审美救赎策略又不能简单地贴上审美乌托邦的标签。艺术诉求自律并非想使艺术成为与现实无涉的真空之物，它同时也内蕴着对现实的批判与拯救精神。而这种精神在现代主义那里，便是强调通过艺术自律来实现对资产阶级工具理性秩序的反抗。韦伯指出，在生命的理智化和合理化的发展条件下，艺术承担了对世俗的救赎功能。它提供了一种从日常生活的刻板，尤其是从理论的与实践的理性主义的压力中解脱出来的救助。② 应当指出，这种救赎就是通过与生活的距离来实现的。通过这种距离，艺术在一定程度上拒绝了物化现实对人性的侵蚀。在这种拒绝中，艺术可以使现代人感受到现代日常生活的中断，并实现对不合理的物化文明的拒弃与批判。这样，艺术便承担了对现实生活的救赎任务，它超越了此岸世界的救赎功能，能将现代人从日常生活的常规中，尤其是从工具理性的压迫中拯救出来。这正如沃林所言："在现象世界之无处不在的堕落中，艺术作品拥有一种独一无二的拯救力量：它们把这些现象置于

---

① ［德］阿多诺：《美学理论》，王珂平译，四川人民出版社1998年版，第67页。
② H. H. Gerth&C. W. Mills, *From Max Weber: Essays in Sociology*. New York: Oxford University Press, 1946, p. 342.

某个自由塑造的、非强制的整体的处境中,借此把它们从其残缺的日常状态中拯救出来。"① 可见,强调艺术对生活的中断、反对和否定,都是希望通过与现代生活保持距离来使艺术承担对现实社会的批判和对个体的拯救之大任。正是通过保持艺术与日常生活的距离,艺术在一定意义上实现了其救赎功能:批判资本主义所带来的异化文明,实现对"铁笼"中现代人生存的审美救赎。

沃林在评述阿多诺时认为,艺术在现代生活中体现了拯救功能。"在阿多诺的美学中,艺术在某种更加强烈的意义上变成了救赎的工具。作为和谐生活的某种预示,它起着强制性的乌托邦作用。如果阿多诺把黑格尔的主观颠倒过来,即声明'全体是虚假的',那么只有艺术能够提供改变这种状况的前景,只有艺术能够提供把令人苦恼的社会整体性重新引导到和谐的道路上去的前景。"② 在沃林看来,阿多诺显然把审美形式推荐为社会工具理性主导原则的积极替代者。基于此,审美王国的非有效性逻辑被看作对日益理性化和无诗意的资产阶级社会秩序相抵抗的唯一选择。因此,对于阿多诺来说,艺术遵循的是为其所特有的非同一性原则,在现代艺术中,艺术不再与社会保持同一性,而是持否定态度。由于艺术远离了社会,并因此不再机械地服从于某种意识形态。"通过把它们吸收到某个审美构象之解放的轮廓中,艺术拯救了日常生活的物欲因素。……按照阿多诺的观点,在历史发展的现阶段,审美形式指示了一个独一无二的避难所,事物在其中暂时地处于为他存在的强制,并且它们的自为存在允许得到繁衍。只有通过这个办法,人们才能解除主体的'咒语',才能解除由此产

---

① [美]沃林:《文化批评的观念》,张国清译,商务印书馆2000年版,第121页。
② 同上书,第115—116页。

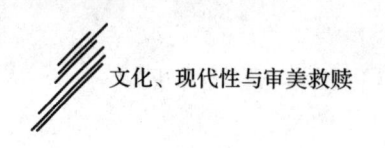

生的社会组织原则——工具理性。"① 因此，艺术作品通过否定现实来确定自身，恰恰是对现实的否定，恰恰是这种与现实的距离，才可以确保批判的可能性。

通过艺术自律进而实现审美救赎的思想是建构齐美尔与法兰克福学派思想关联的核心线索。在现代艺术中，有许多先锋派艺术就激进地否定了生活，强调艺术自律，呼吁创造艺术与生活的距离，希冀艺术在对日益平庸无聊的生活方式的偏激反叛中，追求一种超然的审美生存。对此，斯卡福有着精辟的表述："艺术宣称自主存在，要与宗教生活分庭抗礼：为艺术而艺术的战斗口号飘荡在世纪末的天空。这种挑战的意识在齐美尔关于艺术形式和主要艺术家的文章中得到了明显的体现……现代艺术的吸引力尤其在于它能够通过一种把艺术视为'摆脱'日常生活的途径这样的方式解决这些古老的二元对立并提高它们。"②

对齐美尔到法兰克福学派的距离与审美乌托邦这条线索进行梳理，对我们重提齐美尔思想观的重要性、重新认识现代性这个问题以及法兰克福学派的思想源流都起到了重大的作用。法兰克福学派在拯救现代性这个问题上所提出的救赎策略尽管存在着一些不切实际的乌托邦因素，也许提出的救赎策略并没有真正解决问题，但是他们为现代人面对生存困境提供了一种可能性的疗效和方案。毕竟这种审美救赎策略给我们留下了一个审美与思考的广阔自由空间，在这个自由空间里，也许我们可以设想出了另条与现实生存不同的生存选择。

---

① ［美］沃林：《文化批评的观念》，张国清译，商务印书馆 2000 年版，第 121—122 页。

② ［美］瑞泽尔：《布莱克维尔社会理论家指南》，凌琪等译，江苏人民出版社 2009 年版，第 272 页。

结　　语

  由于对日常生活景观的碎片化体验，很多学者给齐美尔标上了日常生活的"审美印象主义者"标签。作为一个现代生活的审美主义者，齐美尔更多是以一个现代生活审美印象主义者的面孔出现的。曼海姆认为，齐美尔以现代艺术的印象主义风格去描述现代日常生活的精细入微处，就像当今的印象派绘画反映日常生活的色彩变化和光影效果一样。从这一点来说，他也许可以被称为社会学中的"印象主义者"，他的才华不在于建构一种关于整个社会的理论，而在于分析前人未予注意的各种社会现象的内蕴意义。[①] 卢卡奇评价齐美尔时，也将齐美尔称为"地道的印象主义哲学家"。弗里斯比则认为齐美尔的著作中有着鲜明的印象主义风格。[②] 哈曼将齐美尔看作象征主义（印象主义）大师，并认为他关于艺术、文学及哲学的论说基本上是以"印象主义"为中心而展开的。对此，弗里斯比指出，哈曼在论文《生活

  [①]　K. Mannheim, *Essays on Sociology and Social Psychology*, London: Routledge, 1998, p. 217.
  [②]　D. Frisby, *Sociologyical Impressionism: A Reassessment of Georg Simmel's Social Theory*, London: Heinimann Educational Books Ltd, 1981, p. 101. 有学者对弗里斯比的这本著作进行了批判，认为《社会学的印象主义》一书忽略了两个方面：齐美尔的审美偏好和齐美尔对欧洲现代主义的最直接和最具重要意义的贡献。参见 R. M. Leck, *Georg Simmel and Avant - Garde Sociology: The Birth of Modernity*, 1880—1920, New York: Humanity Books, 2000, p. 212.

和艺术中的印象主义》中以《货币哲学》为基础，包括关于印象主义、大都市和货币经济之间关系的大量材料，证实了同代人对齐美尔的评价：社会生活的印象主义者。[①] 印象主义风格在齐美尔的审美社会学分析中是以心理主义为核心的，在齐美尔看来，现代人往往是在印象中思考和言谈，而印象主义的生活方式最容易在现代大都市里找到适合其发展的土壤。

齐美尔带着审美化的形而上学悲情去剖析与体验现代性的日常生活，他的审美立场源于两种彼此关联的心态：形而上学的悲情主义与远离现实的距离心态。在这两种心态的交织中，远离物化现实可以让主体退回内在世界，远距离地审视和批判日常生活的不合理性，而形而上学的悲情主义则让齐美尔在"完美的永恒形式"和现代性碎片中展开印象主义的审美解剖。审美的印象主义在心理层面上以心理的原始情绪为核心，在外在的现实剖析层面上则以主观主义为核心。在齐美尔眼中，人们往往是在印象中思考和言谈。印象主义的生活方式最容易在现代大都市里找到适合其发展的土壤，因为现代大都市的外部生活环境，特别适合于用来解释大多数人的印象主义生活，而齐美尔就是这样一个印象主义者。

在法兰克福学派思想史上，与齐美尔有过接触的哲学家，可以说都曾受齐美尔思想影响并对其展开过评论，如卢卡奇、克拉考尔、本雅明、阿多诺、布洛赫和马尔库塞等。甚至德国现代哲学的代表人物海德格尔，在其29岁作为崭露头角的无薪讲师的时候，也曾致力于齐美尔研究。需要指出的是，就齐美尔与马克思比较而言，齐美尔是康德哲学的信徒，而马克思是黑格尔哲学的信徒。这是两者思想差异的

---

① 转引自［英］弗里斯比《现代性的碎片》，卢晖临等译，商务印书馆2003年版，第79页。

哲学根源。而且，齐美尔悲观主义哲学中有着叔本华的"世界表象与意志"的痕迹。因此，虽然齐美尔与马克思之间有着诸多的相似之处，但是这种相似的背后，两人所涉及的问题语境与背景则有着很大的差异性。在齐美尔那里，他对社会基本问题的处理是基于货币经济的审美文化批判，这与马克思的政治经济学批判是不同的。但有意思的，却正是齐美尔与马克思的分歧，使这些他曾经的忠实粉丝，最终却跑到了马克思主义的阵营中去了。北川东子认为，虽然齐美尔的影响力足够大，"尽管现代哲学巨人们在年轻的时代都从齐美尔那里获得了开启哲学圣殿的钥匙，但是对于和齐美尔共同奋斗的哲学领域究竟发生了什么这一问题，这些光彩的证人们，却丝毫没有触及。他们异口同声地对齐美尔进行了这样的评价，即，齐美尔是某种过渡现象，是从19世纪到20世纪对于时代和思想变动起桥梁作用的人物，因而，最终也只能是必须克服的思想形态而已"[1]。在北川东子看来，齐美尔作为一种文化过渡现象在德国思想界有着相当重要的意义，而德国现代哲学正是由于越过了齐美尔这座桥梁而达到一个新阶段。在刘小枫看来，齐美尔所讨论的生命感觉的异化，"不能完全归罪于货币生活——或者资本主义，这是齐美尔与他的那些后来者纷纷跑到马克思主义文化批判论中去了的学生们（卢卡奇、本雅明）的根本分歧所在"[2]。

就齐美尔与法兰克福学派的关系而言，他们都将现代性理解为一个反思的过程。这种反思性基于一种对社会批判以及自我批判相结合的立场。用列斐伏尔的话说，这种反思现代性同时也是一种对知识的渴求。现代性不同于现代主义，前者是需要在社会中加以阐释的观念，

---

[1] ［日］北川东子：《齐美尔：生存形式》，赵玉婷译，河北教育出版社2002年版，第11页。
[2] 刘小枫：《金钱 性别 生活 感觉：纪念齐美尔〈货币哲学〉问世100年》，齐美尔《金钱、性别、现代生活风格》，顾仁明译，学林出版社2000年版，第15页。

而后者更多是指一种社会现象,这就如同一种思想迥异于实际的活动一样。[①] 而凯尔纳也认为,"批判理论的一些形式是对相关的政治理论进行关注和对受压迫、被统治的人们的解放予以关心的产物。因此,批判理论可以被看成是对统治的批判,是一种解放的理论"[②]。凯尔纳所言的这种解放性,事实上也就是齐美尔文本中的救世主义情怀。

立足于现代性体验和都市生活风格诊断,齐美尔对现代人形象展开剖析中对异化文化进行了批判,最后提出以距离为核心的审美救赎策略。齐美尔的文艺美学对法兰克福学派的文艺美学产生了很大影响,对于二者之间关联的考察,仅仅从文学的角度或者说社会学的角度是完全不够的,需要结合文学、社会学、美学等学科的综合知识进行考察。可以说,法兰克福学派的审美救赎与审美乌托邦思想,以及对现代性的批判主题都与齐美尔的理论紧密相关,可以说,法兰克福学派的诸多理论都是对齐美尔理论的延续和补充。对这些问题进行梳理,我们可以看到审美救赎思想是怎样从齐美尔开始,并经由法兰克福学派学者们的发展而建构成一种审美乌托邦想象。

---

① H. Lefebvre, *Introduction to Modernity*, London: Verso, 1995, pp. 1-2.
② D. Kellner, *Critical Theory, Marxism and Modernity*, Cambridge: Polity Press, 1989, p. 1.

参考文献

一 外文文献

A. Salomon, "Georg Simmel Reconsidered", *International Journal of Politics, Culture, and Society*, Vol. 8, No. 3, Spring, 1995.

A. Scaff, "Review of Walter Benjamin und Georg Simmel", *Contemporary Sociology: A Journal of Reviews*, 2012.

A. Scaff, "Weber, Simmel, and the Sociology of Culture", *Sociological Review* 36. 1, 1988.

A. Sellerberg, *A Blend of Contradictions: Georg Simmel in Theory and Practice*, New Brunswick: Transaction Publisher, 1994.

A. Vidler, "Agoraphobia: Spatial Estrangement in Georg Simmel and Siegfried Kracauer". *New German Critique*, No. 54, Special Issue on Siegfried Kracauer, Autumn, 1991.

B. Highmore, *Everyday Life and Cultural Theory: An Introduction*, London: Rouotledge, 2002.

B. Nedelmann, "Individualization, ExaggerationandParalysation: Simmel's Three Problems of Culture", *Theory, Culture&Society* 8. 3, 1991.

B. S. Green, *Literary Methods and Sociological Theory: Case Studies in Weber and Simmel*. Chicago: University of Chicago Press, 1988.

C. Axelrod, "Toward an Appreciation of Simmel's Fragmentary Style", *The Sociology Quarterly* 18, 2, 1977.

C. Campbell, *The Romantic Ethic and the Spirit of Modern Consumerism*, Oxford and New York: Basil Blackwell, 1987.

C. Haskins, "Kant and the Autonomy of Art", *The Journal of Aesthetics and Art Criticism*, 1989.

C. Reitz, *Art, Alienation, and the Humanities: A Critical Engagement with Herbert Marcuse*. Albany: State University of New York Press, 2000.

D. Frisby, *Georg Simmel: Critical Assessments*, Vol. I, London: Rouotledge, 1994.

D. Frisby, *Georg Simmel: Critical Assessments*, Vol. II, London: Rouotledge, 1994.

D. Frisby, *Georg Simmel: Critical Assessments*, Vol. III, London: Rouotledge, 1994.

D. Frisby, *Fragments of Modernity: Theories of Modernity in the Work of Simmel, Kracarer and Benjamin*, Cambridge: Polity Press, 1985.

D. Frisby, *Simmel and Since: Essays on Georg Simmel's Social Theory*, London: Routledge, 1992.

D. Frisby, *Sociological Impressionism: A Reassessment of Georg Simmel's Social Theory*, London: Biddles Ltd, 1981.

D. Kellner, *Critical Theory, Marxism and Modernity*, Cambridge: Polity Press, 1989.

D. N. Levine, *Georg Simmel: On Individuality and Social Forms*, Chicago: The University of Chicago Press, 1971.

D. Weinstein and M. Weinstein, "Georg Simmel: Sociological Flâneur

Bricoleur", *Theory, Culture & Society* 8. 3, 1991.

Durkhein, *The Elementary Forms of the Religious Life*, London: Allen&Unwin, 1957.

E. Fuente, "The Art of Social Forms and the Social Forms of Art: The Sociology – Aesthetics Nexus in Georg Simmel's thought", *Sociological Theory* 26: 4, 2008.

E. Hanslick, *The Beautiful in Music*. New York: Bobbs – Merrill Co. 1957.

E. M. Rogers, "Georg Simmel's Concept of the Stranger and Intercultural Communication Research", *Communication Theory* 9: 1, February 1999.

E. Skidelsky, "From epistemology to cultural criticism: Georg Simmel and Ernst Cassirer", *History of European Ideas*, 2003(29).

F. Davis, *Fashion, Culture and Identity*, Chicago: Chicago University Press, 1992.

G. Lipovetsky, *The Empire of Fashion, Princeton*, Princeton: Princeton University Press, 1994.

G. Simmel, *The Philosophy of Money*. London: Routledge, 2004.

G. Simmel, "The Problem of Style", *Theory, Culture and Society* 8. 3, 1991.

H. Alan, *Critical Theory*, New York: Palgrave Macmillan, 2004.

H. H. Gerth&C. W. Mills, *From Max Weber: Essays in Sociology*. New York: Oxford University Press, 1946.

H. J. Helle, *Messages from Georg Simmel*, BRILL: LeidenBoston, 2012.

H. Lefebvre, *Introduction to Modernity*, London: Verso, 1995.

H. Marcuse, "Industrialization and capitalism in the Work of Max Weber", *Negations: Essays in Critical Theory*, 1967.

H. Wardle, "Jamaican Adventures: Simmel, Subjectivity and Extraterritoriality in the Caribbean", *Journal of the Roral Anthropological Institute* 5. 4, 1999.

Haskins, "Autonomy: Historical Overview", *Encyclopedia of Aesthetics*, 1998.

I. Borde, "Space beyond: Spatiality and the City in the Writings of Georg Simmel", *The Journal of Architecture*, Vol. 2, 1997.

J. Arditi, "Simmel's Theory of Alienation and the Decline of the Nonrational", *Sociological Theory* 14, 1996.

J. Habermas, "Georg Simmel on Philosophy and Culture: Postscript to a Collection of Essays", *Critical Inquiry* 22. 3, 1996.

J. Habermas, *Legitimation crisis*, Boston: Beacon Press, 1975.

J. Habermas, "Modernity – An Incomplete Project", *Postmodernism: An International Anthology*, 1991.

J. K. Dickinson, "Ernst Bloth's The Principle of Hope: a review of and comment on the English translation", *Babel*, 1990.

K. Lichtblau, *Georg Simmel*, Ffm, 1997.

K. Mannheim, *Essays on Sociology and Social Psychology*, London: Routledge, 1998.

K. P. Etzkorn, *Georg Simmel, The Conflict in Modern Culture and Other Essays*, New York: Teachers College Press, 1968.

L. Coser, "The Many Faces of Georg Simmel", *Contemporary Sociology* 22. 3, 1993.

L. Lowenthal, "The Utopian Motif Is Suspended", *New German Critique* 38, 1986.

L. Müller, "The Beauty of the Metropolis: Toward an Aesthetic Urbanism in Turnofthe Century Berlin", *Berlin: Culture and Metropolis*, 1991.

M. Featherstone, *Consumer Culture and Postmodernism*, London: Sage, 1991.

M. Kaern, "Georg Simmel's The Bridge and the Door", *Qualitative Sociology*, Vol. 17, 1994.

M. Maffesoli, "The Ethics of Aesthetics", *Theory, Culture and Society*, 1991.

M. S. Davis, "Georg Simmel and the Aesthetics of Social Reality", *Social Force* 51, 3, 1973.

N. R. Orringer, "Simmel's *Goethe* in the Thought of Ortega y Gasset", *Hispanic Issue*, 1977.

O. Rammstedt, "On Simmel's Aesthetics: Argumentation in Journal Jugend, 1897—1906", *Theory, Culture & Society* 8. 3, 1991.

P. Bourdieu, *The Field of Cultural Production*. Cambridge: Polity, 1992.

P. Bürger, *Theory of the Avant——Garde*, Minneapolis: University of Minnesota Press, 1984.

P. Crowther, *Critical Aesthetics and Postmodernism*, Oxford: Clarendon Press, 1993.

R. Aronson, "Review of The Principle of Hope", *History and Theory*, Vol. 30, No. 2, 1991.

R. Cooper, "Georg Simmel and the Transmission of Distance", *Journal of Classical Sociology*, 2010.

R. M. Leck, *Georg Simmel and Avant——Garde Sociology: The Birth of Modernity, 1880—1920*, New York: Humanity Books, 2000.

S. Kracauer. *The Mass Ornament: Weimar Essays*. Boston: Harvad University Press, 1995.

S. Kracauer. *The Salaried Masses: Duty and Distraction in Weimar Germany*, London: Verso, 1998.

T. W. Adorno, "Culture andAdministration", *The Culture Industry: Selected Essays on Mass Culture*, 1991.

T. W. Adorno, "Ernst Bloth's Spuren", *Notes to Literature*, Vol. 1, 1991.

T. W. Adorno, "On Popular Music", *Cultural Theory and Popular Culture: A Reader*, 1998.

T. W. Adorno, "On the Fetish – Character in Music and the Regression-ofListening", *The Essential Frankfurt School Reader*, 1978.

W. Benjamin, *Illuminations: Essays and Reflections*. London: Pimlico, 1999.

W. Benjamin, *Charles Baudelaire: ALyric Poet in the Era of High Capitalism*. The Thetford Press Ltd. , 1983.

W. Benjamin, *The Arcades Project*. Harvard University press, 1999.

W. J. Mommsen and J. Osterhammel, *Max Weber and his Contemporaries*, London: Routledge, 2010.

Y. Regev, "Georg Simmel's Philosophy of Culture: Chronos, Zeus, and In Between", *The European Legacy*, Vol. 10, No. 6, 2005.

二　中文译著

［英］阿比奈特：《现代性之后的马克思主义：政治、技术与社会变革》，王维先等译，江苏人民出版社2011年版。

［德］阿多诺：《美学理论》，王柯平译，四川人民出版社1998年版。

参考文献

[美] 阿格尔：《西方马克思主义概论》，慎之等译，中国人民大学出版社 1991 年版。

[匈] 艾尔希：《卢卡契谈话录》，郑积耀等译，上海译文出版社 1991 年版。

[英] 安德森：《西方马克思主义探讨》，高铦等译，人民出版社 1981 年版。

[英] 巴托莫尔：《法兰克福学派》，廖仁义译，台北桂冠图书股份有限公司 1993 年版。

[英] 鲍曼：《全球化》，郭国良等译，商务印书馆 2001 年版。

[英] 鲍曼：《生活在碎片之中：论后现代道德》，郁建兴等译，学林出版社 2002 年版。

[英] 鲍曼：《现代性与矛盾性》，邵迎生译，商务印书馆 2003 年版。

[日] 北川东子：《齐美尔：生存形式》，赵玉婷译，河北教育出版社 2002 年版。

[美] 贝尔：《资本主义文化矛盾》，赵一凡等译，生活·读书·新知三联书店 1989 年版。

[德] 本雅明：《巴黎，19 世纪的首都》，刘北成译，商务印书馆 2013 年版。

[德] 本雅明：《单行道》，王才勇译，江苏人民出版社 2006 年版。

[德] 本雅明：《德国悲剧的起源》，陈永国译，文化艺术出版社 2001 年版。

[德] 本雅明：《发达资本主义时代的抒情诗人》，张旭东等译，生活·读书·新知三联书店 1992 年版。

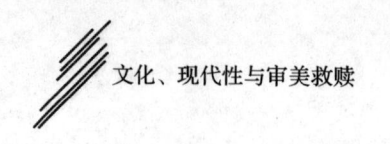

〔德〕本雅明：《技术复制时代的艺术作品》，胡不适译，浙江文艺出版社 2005 年版。

〔德〕本雅明：《经验与贫乏》，王炳军译，百花文艺出版社 2002 年版。

〔德〕本雅明：《莫斯科日记·柏林纪事》，潘小松译，东方出版社 2012 年版。

〔德〕本雅明：《启迪：本雅明文选》，张旭东等译，生活·读书·新知三联书店 2008 年版。

〔德〕本雅明：《驼背小人：1900 年前后柏林的童年》，徐小青译，上海文艺出版社 2003 年版。

〔美〕比厄斯利：《西方美学简史》，高建平译，北京大学出版社 2006 年版。

〔德〕比格尔：《先锋派理论》，高建平译，商务印书馆 2002 年版。

〔德〕波德莱尔：《1846 年的沙龙：波德莱尔美学论文选》，郭宏安译，广西师范大学出版社 2002 年版。

〔法〕波德里亚：《艺术的消亡与无差别》，台湾远流出版事业股份有限公司 1996 年版。

〔英〕伯林：《俄国思想家》，彭淮栋译，译林出版社 2001 年版。

〔美〕布朗：《电影理论史评》，徐建生译，中国电影出版社 1994 年版。

〔美〕布雷德伯里：《现代主义》，胡家峦等译，上海外语教育出版社 1992 年版。

〔德〕布洛赫：《自我介绍》，张慎译，见《德国哲学》编委会《德国哲学论文集》第 14 辑，1995 年。

［日］初见基：《卢卡奇：物象化》，范景武译，河北教育出版社2001年版。

［英］德兰蒂：《现代性与后现代性：知识、权力和自我》，李瑞华译，商务印书馆2012年版。

［德］狄塞：《齐美尔的艺术哲学》，薛云梅、薛华译，《哲学译丛》，1987年第6期。

［英］多德：《社会理论与现代性》，陶传进译，社会科学文献出版社2002年版。

［美］凡勃伦：《有闲阶级论》，蔡受白译，商务印书馆1964年版。

［英］费瑟斯通：《消费文化与后现代主义》，刘精明译，译林出版社2000年版。

［美］费斯克：《解读大众文化》，杨全强译，南京大学出版社2001年版。

［英］弗兰契娜：《现代艺术和现代主义》，张坚等译，上海人民美术出版社1996年版。

［美］齐美尔：《金钱、性别、现代生活风格》，顾仁明译，学林出版社2000年版。

［英］弗里斯比：《现代性的碎片》，卢晖临等译，商务印书馆2003年版。

［德］伽达默尔：《真理与方法》，洪汉鼎译，上海译文出版社1999年版。

［美］格雷：《滑动的商品——商品拜物教与瓦尔特·本雅明的物质文化异化》，李晓译，《马克思主义美学研究》，2001年。

［芬］格罗瑙：《趣味社会学》，向建华译，南京大学出版社2002年版。

［法］贡巴尼翁：《现代性的五个悖论》，许钧译，商务印书馆2005年版。

［德］哈贝马斯：《公共领域的结构转型》，曹卫东译，学林出版社1999年版。

［德］哈贝马斯：《后民族结构》，曹卫东译，上海人民出版社2002年版。

［德］哈贝马斯：《交往行动理论》第一卷，洪佩郁等译，重庆出版社1994年版。

［德］哈贝马斯：《现代性的哲学话语》，曹卫东译，译林出版社2004年版。

［德］哈贝马斯：《作为"意识形态"的科学与技术》，李黎等译，学林出版社1999年版。

［英］哈灵顿：《艺术与社会理论：美学中的社会学论争》，周计武等译，南京大学出版社2010年版。

［美］哈维：《巴黎城记：现代性之都的诞生》，黄煜文译，广西师范大学出版社2010年版。

［美］哈维：《后现代的状况》，阎佳译，商务印书馆2003年版。

［德］海德格尔：《海德格尔选集》，上海三联书店1996年版。

［英］海默尔：《日常生活与文化理论导论》，王志宏译，商务印书馆2008年版。

［德］霍克海默、阿多诺：《启蒙辩证法》，洪佩郁等译，重庆出版社1990年版。

［德］霍克海姆：《批判理论》，李小兵译，重庆出版社1989年版。

［英］吉登斯：《现代性的后果》，田禾译，译林出版社2000年版。

［美］杰伊：《阿多诺》，瞿铁鹏等译，中国社会科学出版社 1992 年版。

［美］杰伊：《法兰克福学派史》，单世联译，广东人民出版社 1996 年版。

［美］卡林内斯库：《现代性的五副面孔》，顾爱彬等译，商务印书馆 2003 年版。

［美］卡罗尔：《今日艺术理论》，殷曼梓等译，南京大学出版社 2010 年版。

［美］卡斯比特：《艺术的终结》，吴啸雷译，北京大学出版社 2009 年版。

［英］凯吉尔：《视读本雅明》，吴勇立等译，安徽文艺出版社 2009 年版。

［德］康德：《判断力批判》，邓晓芒译，人民出版社 2002 年版。

［德］克拉考尔：《从卡里加利到希特勒：德国电影心理史》，黎静译，上海人民出版社 2008 年版。

［德］克拉考尔：《电影的本性》，邵牧君译，江苏教育出版社 2006 年版。

［德］克劳斯哈尔：《经验的破碎：瓦尔特·本雅明——作品、生活、时代和历史的交叠》，李双志等译，《现代哲学》2005 年第 1 期。

［英］莱斯利：《本雅明》，陈永国译，北京大学出版社 2013 年版。

［英］里希特海姆：《卢卡奇》，王少军等译，中国社会科学出版社 1989 年版。

［匈］卢卡奇：《理性的毁灭》，王玖兴等译，山东人民出版社 1997 年版。

［匈］卢卡奇：《历史与阶级意识》，杜章智等译，商务印书馆

1992年版。

［匈］卢卡奇：《卢卡奇早期文选》，张亮等译，南京大学出版社2004年版。

［美］马尔库塞：《单面人》，左晓斯译，湖南人民出版社1988年版。

［美］马尔库塞：《单向度的人：发达工业社会意识形态研究》，刘继译，上海译文出版社2008年版。

［美］马尔库塞：《审美之维》，李小兵译，广西师范大学出版社2001年版。

［美］马尔库塞：《现代美学析疑》，绿原译，文化艺术出版社1987年版。

［美］马尔库塞：《现代文明与人类的困境：马尔库塞文集》，李小兵等译，上海三联书店1989年版。

［法］马尔图切利：《现代性社会学：二十世纪的历程》，姜志辉译，译林出版社2007年版。

［德］《马克思恩格斯全集》第2卷，人民出版社1957年版。

［德］《马克思恩格斯全集》第42卷，人民出版社1979年版。

［德］玛丽安娜：《马克斯·韦伯传》，阎克文等译，江苏人民出版社2002年版。

［美］麦卡锡：《哈贝马斯的批判理论》，王江涛译，华东师范大学出版社2010年版。

［美］米勒：《文化研究指南》，王晓璐等译，南京大学出版社2009年版。

［法］珀蒂德芒热：《20世纪的哲学与哲学家》，刘成富译，江苏教育出版社2007年版。

［德］齐美尔：《货币哲学》，陈戎女等译，华夏出版社 2002年版。

［德］齐美尔：《金钱、性别、现代生活风格》，顾仁明译，学林出版社 2000 年版。

［德］齐美尔：《历史哲学问题：认识论随笔》，陈志夏译，上海译文出版社 2006 年版。

［德］齐美尔：《桥与门》，涯鸿等译，上海三联书店 1991 年版。

［德］齐美尔：《社会是如何可能的》，林荣远译，广西师范大学出版社 2002 年版。

［德］齐美尔：《社会学》，林荣远译，华夏出版社 2002 年版。

［德］齐美尔：《生命直观》，刁承俊译，生活·读书·新知三联书店 2003 年版。

［德］齐美尔：《时尚的哲学》，费勇等译，文化艺术出版社 2001年版。

［德］齐美尔：《叔本华和尼采：一组演讲》，莫光华译，上海译文出版社 2006 年版。

［德］齐美尔：《现代人与宗教》，曹卫东译，中国人民大学出版社 2003 年版。

［德］齐美尔：《哲学的主要问题》，钱敏汝译，上海译文出版社 2006 年版。

［英］索珀：《人道主义与反人道主义》，廖申白等译，华夏出版社 2011 年版。

［美］瑞泽尔：《布莱克维尔社会理论家指南》，凌琪等译，江苏人民出版社 2009 年版。

［美］瑞泽尔：《当代社会学理论及其古典根源》，杨淑娇译，北

京大学出版社 2003 年版。

［日］三岛宪一：《本雅明：破坏·收集·记忆》，贾倞译，河北教育出版社 2001 年版。

［德］桑巴特：《现代资本主义》，李季译，商务印书馆 1958 年版。

［日］山崎正和：《社交的人》，周保雄译，上海译文出版社 2008 年版。

［德］舍勒：《人在宇宙中的地位》，李伯杰译，贵州人民出版社 1989 年版。

［德］舍勒：《舍勒选集》，孙周兴等译，上海三联书店 1999 年版。

［挪］史文德森：《时尚的哲学》，李漫译，北京大学出版社 2010 年版。

［英］斯威伍德：《文化理论与现代性问题》，黄世权等译，中国人民大学出版社 2013 年版。

［英］特纳：《社会理论指南》，李康译，上海人民出版社 2003 年版。

［德］滕尼斯：《共同体与社会》，林荣远译，商务印书馆 1999 年版。

［英］威廉斯：《现代主义的政治》，阎嘉译，商务印书馆 2002 年版。

［美］韦伯：《新教伦理与资本主义精神》，于晓等译，生活·读书·新知三联书店 1987 年版。

［德］维尔默：《论现代和后现代的辩证性》，钦文译，商务印书馆 2003 年版。

［德］维泽:《德国社会学简论》,梅贻宝译,《社会学界》1929年第3期。

［德］魏格豪斯:《法兰克福学派:历史、理论及政治影响》,孟登迎等译,上海人民出版社2010年版。

［美］沃林:《瓦尔特·本雅明:救赎美学》,吴勇立等译,江苏人民出版社2008年版。

［美］沃林:《文化批评的观念》,张国清译,商务印书馆2000年版。

［日］细见和之:《阿多诺:非同一性哲学》,谢海静等译,河北教育出版社2002年版。

［德］耶格尔:《阿多诺:一部政治传记》,陈晓春译,上海人民出版社2007年版。

［英］伊格尔顿:《审美意识形态》,王杰等译,广西师范大学出版社2001年版。

［英］伊格尔顿:《沃尔特·本雅明或走向革命批评》,郭国良等译,译林出版社2005年版。

［美］詹姆逊:《晚期资本主义的文化逻辑》,陈清侨译,生活·读书·新知三联书店1997年版。

三 中文著作与期刊

傅海勤:《克拉考尔的"现代人"观念研究》,硕士学位论文,湘潭大学,2012年版。

高岭:《商品与拜物——审美文化语境中的商品拜物教批判》,北京大学出版社2010年版。

郭军、曹雷雨:《论瓦尔特·本雅明:现代性、寓言和语言的种子》,吉林人民出版社2003年版。

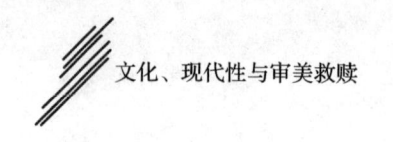

蒋孔阳、朱立元：《西方美学通史》（第五卷），上海文艺出版社1999年版。

金寿铁：《真理与现实：恩斯特·布洛赫的哲学研究》，同济大学出版社2007年版。

曾庆豹：《上帝、关系与言说：批判神学与神学的批判》，华东师范大学出版社2008年版。

陈戎女：《齐美尔与现代性》，上海书店出版社2006年版。

陈学明：《二十世纪哲学经典文本：西方马克思主义卷》，复旦大学出版社1999年版。

成伯清：《现代性的诊断》，杭州大学出版社1999年版。

杜章智：《卢卡奇自传》，社会科学文献出版社1986年版。

李佃来：《公共领域与生活世界——哈贝马斯市民社会理论研究》，人民出版社2006年版。

李树锋：《理性之蚀的审美救赎——法兰克福学派的美学思想研究》，《中北大学学报》2009年第1期。

刘小枫：《人类困境中的审美精神》，知识出版社1994年版。

刘小枫：《诗化哲学》，山东文艺出版社1986年版。

刘小枫：《现代性社会理论绪论》，上海三联书店1998年版。

王鲁湘：《西方学者眼中的西方现代美学》，北京大学出版社1985年版。

欧力同、张伟：《法兰克福学派研究》，重庆出版社1990年版。

石计生：《阅读魅影：寻找后本雅明精神》，南京大学出版社2008年版。

谭好哲：《流行的代价：法兰克福学派大众文化批判理论研究》，山东大学出版社2006年版。

汪民安、陈永国、马海良：《城市文化读本》，北京大学出版社 2008 年版。

汪民安：《大都市与现代生活》，《西北师范大学学报》2006 年第 3 期。

汪民安：《身体、空间和后现代性》，江苏人民出版社 2006 年版。

汪民安：《现代性基本读本》，河南大学出版社 2005 年版。

王才勇：《本雅明"巴黎拱廊街研究"的批判性题旨》，《南京社会科学》2007 年第 10 期。

王园波：《齐美尔与青年卢卡奇异化思想关联研究》，硕士学位论文，湘潭大学，2013 年。

吴宁：《日常生活批判：列斐伏尔哲学思想研究》，人民出版社 2007 年版。

夏凡：《乌托邦困境中的希望：布洛赫早中期文本学解读》，中央编译出版社 2008 年版。

谢胜义：《卢卡奇》，东大图书股份有限公司 2000 年版。

谢永康：《形而上学的批判与拯救》，江苏人民出版社 2008 年版。

邢崇：《游手好闲者——大众话语权利的确立者：本雅明后现代诗学的主体建构》，《北方论丛》2008 年第 3 期。

薛毅：《西方都市文化读本》，广西师范大学出版社 2008 年版。

杨善华、谢立中：《西方社会学理论》，北京大学出版社 2005 年版。

杨向荣：《审美幻象抑或审美救赎：阿多诺艺术自主性的内在悖论》，《学术月刊》2008 年第 2 期。

杨向荣：《从功能建构到审美建构：社会理论视域中的时尚意义建构》，《学术月刊》2013 年第 2 期。

杨向荣：《从康德到鲍德里亚：基于"审美距离"的多维解读》，《求是学刊》2010年第2期。

杨向荣：《从齐美尔到法兰克福学派的审美救赎之路及其反思》，《外国美学》，2015年。

杨向荣：《距离》，《外国文学》2010年第2期。

杨向荣：《齐美尔"距离"观念的多维向度》，《马克思主义美学研究》，2013年。

杨向荣：《审美印象主义与现代性碎片：齐美尔论现代性体验》，《湘潭大学学报》2009年第1期。

杨向荣：《现代性和距离：文化社会学视域中的齐美尔美学》，社会科学文献出版社2009年版。

杨向荣：《艺术现代转型中的技术崇拜及其反思：循着法兰克福学派的批判路径》，《湘潭大学学报》2015年第6期。

杨向荣：《艺术自主性》，《外国文学》2012年第2期。

杨向荣、傅海勤：《现代性生存与审美救赎：论克拉考尔思想中的"现代人"形象》，《求是学刊》2013年第4期。

杨向荣、王园波：《文化社会学视域中的齐美尔与西方马克思主义》，《马克思主义美学研究》2010年经12期。

俞吾金、陈学明：《国外马克思主义哲学流派新编·西方马克思主义》，复旦大学出版社2002年版。

张伯霖：《关于卢卡契哲学、美学思想论文选译》，中国社会科学出版社1985年版。

赵勇：《整合与颠覆：大众文化的辩证法——法兰克福学派的大众文化理论》，北京大学出版社2005年版。

周文：《世界电影美学名著导读》，中国广播电视出版社2010年版。

周宪：《20世纪西方美学》，南京大学出版社1999年版。

周宪：《审美现代性批判》，商务印书馆2005年版。

周宪：《文化现代性精粹读本》，中国人民大学出版社2006年版。

朱立元：《法兰克福学派美学思想论稿》，复旦大学出版社1997年版。

后　　记

　　本项目的研究工作历经了 13 年。

　　2003 年，我进入南京大学跟随周宪先生攻读博士学位，选择当时尚无人系统研究的齐美尔的美学思想作为博士论文的选题，后来形成博士论文《论齐美尔社会学中的"距离"观念》。此选题对我而言无疑是一个很大的挑战，因为无论是在金陵攻读博士学位期间，还是时至今日，对齐美尔的美学研究仍然是一个"冷门"，但所幸论文还是如期完成。2006 年博士毕业后，我进入湘潭大学工作，2007 年以"现代性、碎片和距离——齐美尔文艺美学思想研究"为题获得教育部科研基金资助，2009 年出版项目成果《现代性和距离——文化社会学视域中的齐美尔美学》一书，并获得湖南省第十一届哲学社会科学优秀成果奖三等奖。随后，我围绕此研究继续探讨齐美尔与法兰克福学派之间的审美思想关联，并于 2010 年通过国家社科基金项目"齐美尔与法兰克福学派文艺理论的关联研究"的立项。历经 5 年的研究，2016 年，此项目以免予鉴定的方式通过结项，其系列成果获得湖南省第十二届哲学社会科学优秀成果奖一等奖。本书稿即该项目成果的修改和完善，亦算是我近 13 年研究齐美尔思想的一个总结。

　　如果要把所有与本研究相关的人罗列出来，这将会是一个由一长串名单所形成的群体：一个由学者、智者、学生和聆听者等构成的群

后　记

体。当然，要想提及为本研究提供睿智建议的全部个人是不可能的，本书或忽略或曲解或沉默地接受了他们的建议。虽然如此，但我还是得对能回忆起来的那些个人或群体致以感激之情，因为没有他们的参与，也许本研究的写作很早就草草收工了。我的博士导师周宪先生，一次又一次纠正我思想的误区，使我能在写作的路途中没有因为贪迷外在风景的美好而偏离方向。我在南京大学学习时的周计武、殷曼楟、周韵、李健等朋友，他们一次次耐心而又批判性地倾听我的声音，认真且努力地使我把本研究从历史的泛泛而论转化为思想的在场阐释。还有参加我博士答辩的滕守尧、赵宪章、陶东风、周群和胡有清等诸位先生，他们对我的研究提供了宝贵而富有批判性的声音。我在湘潭大学工作时的季水河、王洁群、罗如春、刘中望等诸位先生，他们向我指出了本书稿应当避免的误区以及修改完善的方向。如果我采取了他们的全部意见，本研究无疑会变得相当优秀，但这证明也只是我的一厢情愿。我的研究生们，一次又一次无奈而又不得不聆听我的无聊呓语，并且提供了详细而周密的交流报告，我怀念和他们在一起的讨论时光，这些交流的声音思维敏捷，令人兴奋。傅海勤和王园波参与了我的研究，他们的成果经过修改和完善，构成了本书关于克拉考尔和卢卡奇的诸种论点。

在这个感谢名单中，还必须提到浙江传媒学院的项仲平、张邦卫和朱旭光等诸位先生，以及湘潭大学社科处的董懿女士和中国社会科学出版社的郭晓鸿女士。由于他们的无私支持和帮助，本项目才得以顺利结题和出版。本研究的部分内容和章节曾在《文学评论》《外国文学》《学术月刊》《求是学刊》《外国美学》《马克思主义美学研究》《中外文化与文论》《艺术百家》《百家评论》《上海文化》和《阅江学刊》等刊物上发表过，在此向这些刊物及责编表示衷心的感谢。

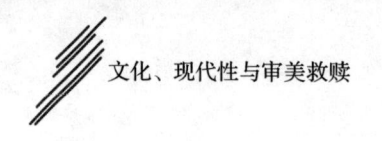

在西方思想史上，齐美尔由于其极富哲性、诗性和灵性的思想风格而让不少学者着迷。与齐美尔的思想交流无疑是一种痛并快乐的感知体验，这种体验从步入金陵伊始就始终伴随着我。在与齐美尔、卢卡奇、阿多诺、本雅明等诸多先哲的对话中，我经常陷入他们思辨话语的诡异眩晕中。这种幻迷般的情感与思维体验，是一种时尚的诱惑，同时亦是一种触及灵魂的纠结。我感谢在这种诱惑与纠结中所获得的哲思，因为它们越过文字的表面困惑，梦幻般地从云雾中隐现出来。

在思维的穿行中，很多时候并不知道前路如何，或许依然只能继续前行。

是为记。

2016 年冬

钱塘江畔云水苑